茅盾文学奖得主
徐贵祥小说

特务连

徐贵祥 ◎ 著

中国文史出版社

第 一 章

一

我敢说这个世界上没有两个同样的特务连，就像世界上没有两片相同的树叶。我笔下的特务连只属于我的记忆，同你们理解的那些正面的或者反面的特务们基本上是两回事。要想说明这一点，还得从头说起。

从头说起就是从我当兵的时候说起。我当兵进军营的那天是个大雪天，雪有多大呢，它在空中飘落的时候你听不见声音，但是你能看得见声音，你能看见一团团像是浸了水的绒絮，大块大块地，哗哗地从头顶往眼前落，落在地上还发出叭叭哒哒的声音。

众所周知，我是个半南不北的皖西人，以黄河为界我是南方人，以长江为界我又是北方人，所以我是南方人中的北方人，北方人中的南方人。但是在我当兵的那天和那个地方，我感觉我是个南方人。我当时的主要想法是，这下糟了，受骗上当了，到咱老家接兵的康营长和李连长都说咱们部队是武汉军区，武汉那可是个大城市啊！后来才搞清楚，咱这个部队是武汉军区的一部分，驻扎在华北平原上，同武汉相差千把公里。

这一趟火车拉的兵多数都是鄂豫皖地区的。火车把我们卸下来之后，接兵的干部就把我们吆喝起来集合，集合之后就开步走，顶着风雪，奔拉着眼皮。那时候还没有给我们发领章帽徽，我们穿着臃肿的棉袄棉裤，有的新兵还把棉帽的耳巴子放了下来，队伍七零八落，背包松松垮垮，个个愁眉苦脸，步伐拖泥带水。那模样，就像我们小时候看电影，《智取威虎山》里的座山雕的队伍。

后来就来到了一片开阔地。接兵的干部命令我们原地解散休息，开阔地里就乱了，有的坐着，有的站着，有的背着背包，转圈跺脚。湖北兵武晓庆把手拢在棉袄的袖筒里，缩头缩脑，样子很不雅观，被接兵的李连长看见了，立即一顿训斥：看看你那个样子，简直就像小炉匠！

武晓庆很走运。他向李连长点点头哈哈腰，刚把手从袖筒子里抽出来，正要继续点头哈腰向李连长检讨，就听得头顶上传来炸雷一般的喊声：全体起立！稍息，立——正——！

一阵短促的骚动之后，坐着的，站着的，转圈的，全都固定了。一望无际的雪原万籁无声。我感觉好像过了很长时间，至少也有半天过去了——半天过去之后，才听见咚、咚、咚、咚的脚步声。在苍茫混沌的雪缝里，那声音从雪地一直传到我们的鞋底，再从鞋底传到脚掌，又从脚掌传到小腿、大腿、腹部，直达我们的心脏。我当时打了个冷战，好像连鹅毛大雪都停止了飘动。

虽然我们那时候还没有受过正规的训练，但是在那一瞬间，我们全都站直了。我在火车上认识的湖北兵胡林昶因为站得过直，肚子都挺出来了。以后我们才知道那是康营长拔正步的声音。那当口队伍并不整齐，可以说压根儿就没有队伍，新兵加上接兵的老兵，刚才还在风雪里散乱地猫着，骨碌着眼珠子东张西望。全体立正之后，有的来不及调整方向，脸朝北的有，朝南的有，也有朝东朝西的。我本来是脸朝东北方向的，不知道发生了什么事，像一根木桩一样原地站立，恰好看见了一辆越野吉普车停在东北方。接兵的康营长一步一个脚印，向着吉普车方向咔嚓咔嚓地挺进，迎着风雪，踩着泥路，动作机械，满脸庄严。

几秒钟后我们就看见了，从越野车的前排跳下来一名军官，拉开了后面的车门，然后从后排开门处的脚踏板上伸出了一只皮鞋，再伸出一条腿，后来就走下来一位个子很高的军人。个子有多高呢，那时候我感觉他就像一座山。我似乎看见，在他的屁股从车上搬下来的一瞬间，越野车的两个后轱辘呼哧一下往上蹿了一截。大个子军人下车之后，往前走了一步，我清楚地看见他只动了一下左腿，然后真的就像一座山一样纹丝不动了。

这个人后来差点儿成为我的岳父。后来我知道差点儿成为我的岳父的这个人其实也才只有一米八五，他之所以在那天让我感觉到他像一座山一样地高大，是因为那时候我们的心里充满了神秘和敬畏，同时还有矮胖子康营长反衬着他的高大。

康营长的正步走得很不漂亮，他显然是过于激动了，没有把距离掌握好。尤其是那声响遏行云的口令，消耗了康营长不少力气，以至于后来的几米正步，他走得有点摇晃。

我们在心里都为康营长捏了一把汗，要是他摔倒了可怎么办啊？但康营长就是康营长，他没有摔倒，摇晃并没有挡住他坚定的步伐，他终于一步一顿地迈到了那位以后差点儿成为我岳父的高个子首长的面前，上身稍微摇摆了一下，但很快就站稳了，并且立正，鼓起两只眼珠子瞪着高个子首长——我们不明白，为什么他要用那样的眼神，好像有点仇恨地瞪着级别显然比他高得很多的高个子首长，而高个子首长似乎习以为常，很平静地看着这个在风雪中向他跋涉并且凸起眼珠子瞪着他的康营长。半个月后学习队列条令的时候，我们才从老兵的嘴里知道，那叫行注目礼，必须很严峻很庄重，敬礼者的表情越是庄严肃穆，越是表示对受礼者的敬畏和受礼者的威严。

谢天谢地，康营长终于把自己的身体弄直了，他瞪着高个子首长足足有五秒钟，猛地举起了臃肿的胳膊敬礼，由于动作太猛，差点儿把棉帽都戳翻了。我们的心呼啦一下子又提到了嗓子眼上，要是康营长的棉帽被戳到雪地上，再滚上几轱辘，那洋相就出大了，这个连我们新兵都明白。好在康营长的棉帽没有滚落，虽然有点歪斜，好歹还扣在康营长的脑门上。康营长顾不上一脑门冷汗，定了定神，然后流利地报告：师长同志，步兵一团新兵营到达驻地，是否归建，请指示。新兵营营长康必绪！

高个子首长的眼睛略微往上抬了一下，向我们这个方向缓缓地移动了一下目光，眉头似乎皱了一下，然后才曲里拐弯地举起巴掌，往帽沿上随意碰了一下说，稍息！

康营长响亮地回答了一声——是！又敬了一个礼，咔嚓一声来了个向后转，但是转过来之后，康营长似乎有点拿不定主意，因为我们这些新兵在他那一声口令下全都就地立正，面对的方向五花八门，这样的队伍稍息之后，很多人将是屁股对着首长，如果首长讲话，也将对着新兵们的屁股。康营长原地立正，当机立断，轰轰烈烈地又喊了一嗓子——面向我，成五列横队集合！

我们的新兵连长，我们的新兵排长，我们的新兵班长，刚才都还像我们这些新兵一样老老实实傻傻乎乎无声无息，埋没在新兵中间，这会儿听到康营长的口令，全都像是从天而降，各就各位，一连二连三排四排五班六班的喊声此起彼伏。他们就像纲，纲举目张；纲一收回，一网打尽。大约不到两分钟的时间，我们新兵加上老兵就全部有模有样地站在首长的对面了。

这时候我看清楚了，那位后来差点儿成为我岳父的师长同志，估计有五十来岁，阔脸大耳，眉毛很长，面无表情地巡视着我们，忽然之间脸上有了笑意。他问康营长，康必绪，这是多少人？

康营长毫不含糊地回答，二百三十二人。

高个子首长问，都是哪些地方的？

康营长毫不含糊地回答，河南、安徽、湖北。

高个子首长又问，平均身高多少？

康营长毫不含糊地回答，一米……，一米……回答到这里，康营长才开始含糊，他显然没想到首长会问这个问题。

高个子首长摆摆手说，以我目测，平均身高一米七三，最高的不超过一米七八，最低的不低于一米六五，一米七六以上的不超过四个。其中有两个罗圈腿，四个短脖子。

我们的康营长，一路上威风凛凛说一不二的康营长，此刻呆若木鸡，傻傻地看着高个子首长，嘴巴动了动，什么也没有说出来。

高个子首长这才往前跨了两步，开始给我们讲话。他的声音不大，但是音质浑厚，一字一顿，抑扬顿挫。他说，同志们，稍息。接着，他伸出了他的胳膊，遥遥一指说，同志们，请看那里，那里就是你们的家，是你们未来几年的用武之地！就是那一片红房子，当地老百姓，把它叫作北兵营，那是一座了不起的兵城，你们将在那里学会，什么是军人，军人是做什么的，军人应该怎样做。同志们，看见了没有？

我们这群新兵一起伸长了脖子，又一起缩回了脖子。我们谁也没有回答，不是不回答，而是不敢瞎回答。

满天雪花，一片苍茫。我什么也看不见，倒是想起了伟大领袖毛主席的诗词——北国风光，千里冰封，万里雪飘……大河上下，顿失滔滔……伟大领袖毛主席的诗词太伟大了，背诵几句，冻僵的耳朵似乎都有些发热了。

我正在走神，突然感到脚下一阵颤动。

看见了没有？我们的北兵营，我们的兵城！

高个子首长，我们的师长阚大门同志，猛然提高了嗓门，炸雷般的发问似乎挟着一股热风，从我们的头顶隆隆滚过。这时候我听见了同样如同炸雷的吼声从我的身边腾空而起，同样有一股热风扑向首长——看——见——了，我们的兵——城，我们的北——兵——营！

我震惊地发现，我身边的老兵，新兵营三十多个干部和班长，整齐划一，吼声震天！

高个子首长转向康营长说，我命令，挑选四个一米七六以上的，十个一米七五以上的，三个一米七四以下的。罗圈腿不要，挺肚子的不要，短脖子的也不要。立即执行。

康营长肚子向前一挺说，是！

就从这一刻起，我就知道，我所服役的这支部队太神奇了，太有东西可学了。路漫漫其修远兮，吾将上下而求索！

二

我们的师长阚大门离开之后，就开始分兵。接兵的干部们乱作一团，将已经捆扎成包的我们的档案又重新解开，分到几个人的手里，然后轮流在新兵堆里窜来窜去，按照阚师长的标准捕捉目标，而且剔除了罗圈腿和短脖子，还有两个本来已经选上了，但是因为讲话时露出牙花子，显得嘴巴太大，所以又被重新赶回到大队人马当中。

经过大约半个小时的比较和调整，共挑选出了二十一个新兵，由李连长指挥，脱离了新兵大队，单独集中在人群的东边。我不知道是有幸还是不幸也在其中，但我预感到是有幸的。因为我发现按照阚师长的标准提前挑出来的新兵，除了徐敬爱和另一个名叫傅广征的河南兵看着不太顺眼以外，其他的人要么高大魁梧，要么英俊潇洒。阚师长命令把这样的人集中在一起，明显不是坏事。

在此之前，当陆军是我们在路上就知道的，那时候心里有点打鼓，不知道陆军好不好。我在火车上认识了湖北兵武晓庆，这伙计最害怕当炮兵，而且不知道他是从哪里得到的消息，说我们这批新兵当的是炮兵。在火车上他就嘟囔过，说这回倒了霉了，当炮兵要扛炮扛炮弹，那么大的铁家伙，以后落在我们的肩膀上，不死也得脱层皮。

武晓庆说这话的时候我有点麻木不仁。我在穿上军装的那天起就知道，当兵可不是好玩的，管他当什么兵，肯定是要吃苦的。我抱定的原则，第一是听天由命，第二是逆来顺受，第三是见机行事。所以说那一路上我对一切都无所谓，既不像武晓庆那样老是忧心忡忡，也不像胡林昶那样疑神疑鬼，更不像徐敬爱那样主动巴结李连长。这不是说我有多高的觉悟，因为我觉得在路上一切都不明朗，想得太多一点用处也没有。

后来的事实证明，我们那批兵，尤其是那些特别机灵的，特别有心眼的，特别工于心计的，多数没有太大的出息。譬如说徐敬爱吧，为了当技术兵，在新兵训练的时候他就开始主动接近领导，拼命地打扫卫生，为了对付紧急集合，半夜不睡觉起来打背包；想学开车，操心操得夜里说梦话。他能学开车当司机确实是他呕心沥血换取领导好感的结果。可是，三十年后，我探亲回家，早已转业在家乡并且当了县委副书记的张海涛组织老战友吃饭，这伙计听说后，连夜开着他的那辆早已超龄的破卡车，装了一车白菜跑上海去了。我回去几次都没有见到他，据说他有自卑感。

我和张海涛、武晓庆等人都是按照阚师长的要求量了尺寸的，由接兵的李连长带着。第一批卡车是由一个看起来比李连长年纪大的干部带来的，他下车之后，东张西望，似乎不太在意我们。李连长似乎也不怎么在意他，指挥我们爬上去之后，才吆喝那个干部说，一排长，走了！

这时候我们才知道，这个看起来比连长年纪大的干部原来是个排长，也就是我以后的排长祝生珉。李连长和祝生珉坐在驾驶室里，跟祝排长一起来的几个穿两个兜的老兵跟我们一样坐在大车厢里。有个长着络腮胡子的眼睛很亮的大个子老兵给我的印象特别好，一个又一个地拉着我们上车，乐呵呵地冲着我们说，都把背包放下，放在屁股下面就是弹簧椅子。

见我们犹豫，络腮胡子又说，不要怕脏。咱们当兵的背包，摊下去是铺盖，捆起来是行李，垫下去是板凳。要是演习拉练打仗，背包就是咱们的家。坐在背包上，你就是坐在家里了。

我们七嘴八舌地说，谢谢班长。

络腮胡子说，我是一班长陈骁，你们就叫我一班长。然后又给我们介绍，这个是七班长耿尚勤，那个是四班长王晓华，门口那个拉保险链的是二班长马学方等等。

我等新兵之辈于是纷纷点头哈腰唯唯诺诺，一边招呼班长班副，一边伸长脑袋找座。

因为一班长大大咧咧自来熟，新兵老兵混在一起就显得很融洽。但是落座之后，武晓庆犯了一个错误，为了讨好班首长们，他掏出了一包锡纸大前门香烟，拆开后站起来，撅着屁股首先往一班长面前递。一班长那当口正趴在前面的大厢板上，脑袋勾着同驾驶室里的人说话，估计是向李连长报告可以开动了，没有看见武晓庆递过去的香烟。武晓庆还在弓着腰等着递烟，没想到传来一声严厉的断喝：车上不许抽烟！

断喝来自矮个子四班长王晓华。

一班长陈骁回过头来，看了看四班长王晓华，又看了看新兵武晓庆，笑笑说，回去再抽吧，车上禁止烟火。

这时候我才注意到，王晓华自从上车之后，表情一直都很庄重，连点头似乎都很矜持。本来车里很热闹，经过王晓华这一声断喝之后，就不热闹了。新兵们不敢搭讪，其他两个班副也没了言语，只有那个叫耿尚勤的七班长带笑容地说，部队有部队的规矩，你们还不懂，不过不要紧，以后慢慢就懂了，规矩慢慢就养成了。我们也是从新兵过来的。

我对这个名叫耿尚勤的班长很有好感，他不仅像陈骁那样比较和善，而且仪表堂堂，个子很高，瘦长，剑眉，厚嘴唇，一看就是憨厚人。这个人将在我此后的兵旅生涯中起到至关重要的作用——此为后话，暂且不表。

过了一会儿，武晓庆问一班长说，我们这是往哪里去啊？

陈骁笑笑说，当然是往营房去啊，难道是往北京去不成？

武晓庆眨巴眨巴眼睛又说，我是问，我们是啥兵种，为什么先把我们挑出来？

陈骁拍拍武晓庆的肩膀说，别急，小伙子，到时候你们就知道了。

武晓庆哦了一声，不说话了。坐在武晓庆对面的四班长王晓华说，新同志注意一点。没进营房之前，少说话。

说实话，这个王晓华越来越让我别扭了。我心里想——我相信多数新兵都和我有同样的想法，不就是多当几年兵吗？装腔作势地好像他是干部似的。这是给新兵下马威呢。

后来武晓庆就不敢吭气了。我们几个新兵好像心照不宣，都故意耷拉着眼皮，或者故意转过脸不去看王晓华。车子继续颠簸着前进，车厢外面雪花还在滔滔不绝地飘扬，车厢里却好像千里冰封。走了一阵子，坐在车厢最后面负责看管保险链的二班长马学方打破了沉闷，对张海涛说，你们这批兵有特点，好像都是城镇兵吧？

张海涛说，就算是吧，不过都是小城镇。

二班长说，城镇兵好啊，当了兵复员之后可以安排工作。

张海涛没有接话，他大概不知道该怎么回答。这时候王晓华又说话了，说二班长你现在可别给他们灌输复员找工作的思想，他们还没进营房呢，不能散布消极情绪。

二班长把大手一挥说，我操，你老四觉悟够高的，我们新兵老兵促膝谈心，早点进入情况嘛，你干吗老是不让我们说话？二班长说完，又转向我等新兵说，你们想当什么兵？

张海涛知道武晓庆最怕当炮兵，所以故意说，我们想当炮兵。

二班长奇怪地问，为什么想当炮兵？

张海涛说，炮兵过瘾啊！

二班长说，你们喜欢大炮还是小炮？

张海涛挠挠头皮说，一颗红心，两套准备。大炮小炮我们都喜欢。

二班长哈哈大笑说，小兄弟，告诉你们吧，我们连队，你们要去的连队，既不是大炮，也不是小炮，我们的部队是步兵团，我们的连队是特务连。

二班长马学方说完，车厢里一下子就安静下来了，连我的心里都吓了一跳。

天啦，特务连！

什么叫特务连啊？货真价实的特务我们没有见过，但是电影里的特务还是见过的，那往往都是歪戴礼帽斜叼烟卷面带奸笑的家伙，还往往心狠手辣。

我们的心情很不平静。但也有个别人想法出奇，武晓庆就趴在我耳边说了一句，当特务也没啥不好，你看电影里的特务都是吃香喝辣的，还很神气，要是走运了，还能遇上女特务呢。

我没吭气，我比武晓庆聪明，我预见到我们要当的特务不是吃香喝辣的，就算能够吃香喝辣，我也不稀罕过那种暗无天日的生活。

这次分到一团特务连的新兵，一共二十一个，半数来自安徽和湖北，这半数里面又有多数是来自城镇。说得明白点，我们是农村人里的城里人，城里人中间的农村人。以后我们特务连的主角之一王晓华说我们是一批特殊兵，很难带，比纯粹的城里兵傻冒，比纯粹的农村兵狡诈。王晓华说我们是新时期的新情况。

从兵站外面的开阔地到我们以后将要长期生活的北兵营，其实也就十多公里，但是就这十几公里的路程，对我们此后的军旅生涯有着很大的影响，尤其是对这几个班长的不同印象，将是我们在特务连丰富生活的重要感情基础。

三

我们的北兵营是一座货真价实的兵城。北兵营在平原市的北郊，除了我们一团，一路之隔的东边还有一个炮兵团和防化营；一路之隔的北边还有一个通信营和工兵营；一路之隔的南边还有一个步兵团和汽车营。可以说，在这块方圆十几公里的地盘上，集中了我们二十七师除了坦克团以外的主要部队。坦克团之所以没有住在北兵营，是因为北兵营在城郊，我们的坦克要是从城里走一趟，这个城市的交通基本上就瘫痪了，除非把履带卸下来。

关于北兵营的布局情况，我是当兵好几个月之后才逐渐弄清的，当务之急需要介绍的是我们的西南方向。我们师属汽车营的南边是一个更为了不起的部队，海军航空滑翔学校，简称海滑。想想吧，既是海军，又有航空。也就是说，想当年，在北兵营最繁荣的时候，陆海空三军都有。不过，现在的海军航空滑翔学校只剩下了一个留守处，还有一百来号人。人是少了点，但是在北兵营可以说意义非常重大，因为这一百多个人里面有一个毛泽东思想文艺宣传队，宣传队里有一个女兵分队，女兵分队里有五朵金花，五朵金花在我们北兵营几千名陆军官兵的心目中，就像初升的太阳一样光芒万丈。北兵营因为有了海滑的五朵金花，其活力成几何倍地增长，这一点是不言而喻的。

还有一点很重要，那就是我们步兵一团特务连的营房在整个北兵营里，距离海滑留守处最近。我们驻扎在北兵营的二十七师官兵要是想见到五朵金花，即便是做梦，我们也是近水楼台。

以后我们听连长李开杰说，我们师长阚大门过去是一团团长，再过去就是我们一团的特务连连长。师长那天一来看新兵，团里的首长和营里的首长心里就有数了，要把文化程度高的兵、长得顺眼的兵、看起来机灵狡猾的兵分到特务连。虽然师长很看重兵的身材，但是因为我们特务连执行的任务五花八门，有的技术性强，有的表演性强，只有执行野战勤务的三排多数高大威猛，多数肌肉发达，多数面目狰狞。所以分到特务连的兵，基本上体现了高中矮三结合的原则，连徐敬爱这样的矮个子也混了进来。

我们营房西边有一片空旷的地盘，方圆十几公里大，原先是海军航空滑翔学校的飞机场，海滑迁走之后，就废弃不用了，只剩下几条跑道，中间长了一些北方的干草，还有一些零星的建筑和废墟。秋冬季节，显得很荒凉，正好可以作为我们野外训练的场所。从训练场的设置上，我们隐约知道了，我们特务连的兵确实不是一般的兵。训练场上有三大技术设施，特种技能设施，攀登越障设施，还有通信、侦听、摩托驾驶、单兵格斗、刀山火海等等。

第一次整队熟悉这个训练场的时候，代理排长兼一班长陈骁站在队列前面，很自豪地跟我们说，同志们，请注意，从我们的训练场上你们就应该懂得一个道理，我们特务连是干什么的呢，谁来回答？

10

没有人回答，半天才有一个自作聪明的家伙小声嘀咕说，是当特务的。

说这话的人是徐敬爱。

陈骁说，有点靠谱，但不确切。我再问一个问题，你们可以集体回答。我们陆军有多少兵种？

武晓庆抢着回答，首先有步兵。

我不失时机地回答，还有炮兵。

张海涛回答，还有工兵。

再往下，大家沉默了，停了一会儿才有人说，还有侦察兵，还有通信兵，还有汽车兵……

河南籍新兵傅广征觉得自己不发言不合适了，举手说，还有炊事兵、卫生兵。

陈骁笑笑说，对，你们说得都沾边。还有防化兵、防空兵、火箭兵等等等等。提出这个问题是什么意思呢，就是要告诉大家，我们特务连是陆军所有兵种功能的综合，你们刚才列举的所有兵种的基本技能都要掌握。

我们傻傻地站着，都有点发蒙。如果我们把陆军所有兵种的基本技能都掌握了，那还是人吗？那不是神仙吗？上天入地、飞天遁土、七十二变、耳听八方眼观六路，那还得了？真的学会这些功夫，我们还用当兵吗？走遍天下都是吃香喝辣。

陈骁又说，一句话说到底，人所不能我能。我们特务连是要打仗的，我们特务连就是战争中的幽灵，地上的战斗全明白，天上海里的战斗明白一半。什么叫四两拨千斤，我们特务连就是四两，重大任务就是千斤。大家想想，在战争中，不管兵力悬殊有多大，敌情多么严重，任务多么紧急，只要我们特务连能够深入敌人核心，一个小小的行动就能决定一个大战役的胜利。所以，从现在开始，你们要严格训练，要有脱胎换骨的决心。谁怕吃苦，尽早提出。

应该说，刚开始的兵旅生活我过得还算不错，学习三大条令，学习新兵须知，学习辩证唯物主义，这些脑力劳动我不怕，我的记忆力好，理解力也还行。我们的教员，也就是连队干部或者班排长提问的时候，我总是抢着回答。

还有办黑板报。我在读高中的时候就写过大批判文章，练得一手漂亮的仿宋字，所以我们新兵排的黑板报主要由我承担。

再有就是开班务会或者排务会，要我们谈当兵的动机，这是我的强项，我能够从辛弃疾谈到文天祥，大丈夫志在四方，马革裹尸砍头只当风吹帽；生当做人杰，死亦为鬼雄；人生自古谁无死，留取丹心照汗青；等等等等。这一套我谈得头头是道，谈得连队干部和班排长们一愣一愣的。

那时候我很得意，觉得开端不错，第一印象不错，起点不错。得意中就老做美梦，幻想自己成了特务连的才子，成了特务连的后起之秀，成了特务连的一把手或者二把手。当初在家乡报名参军的时候，我就立下了志向，要在短时期内当上排长，哪怕先当上班长也行。我想当班长只是为了获得一个舞台。那时候我坚信不疑，只要把三个人交给我指挥，我就会充分显示我的组织指挥才干。

可是没过多久，我就感到现实和愿望差距很大。

我这个人的特点是，动脑子动嘴行，动手能力差。尤其是特务连，做什么事情都讲究速度，吃饭要快，睡觉要快，连上厕所都要快，一句话说到底，快速反应。而快速反应恰好是我的弱项。我比武晓庆和张海涛他们更倒霉，负责管教我的新兵班长恰好是王晓华，这伙计的脸上基本没有笑容，如果有笑容，那一定是冷笑，或者是狞笑。但据说这伙计和陈骁、耿尚勤都是师干部科备案的干部苗子，带兵很有一套，随时准备当军官。

队列训练开始不久，王晓华就给了我一个下马威。

其实我并没有得罪王晓华，要说得罪，我只是在心里不把他当回事而已。因为我的个子比较高。以后回忆，我太佩服我们师长阚大门了，阚师长那天目测了一下，就断定我们二百多名新兵中一米七六以上的不超过四个，真是惊人的准确，而我就是那四个人之一，我身高一米七八。

我没有想到我会因为身高得罪我们的班长王晓华，因为王晓华身高仅有一米六六。搞队列训练的第一个动作就是向右看齐，整个新兵连集合在一起，一声向右看齐，全连的脑到刷地一下，向右倾斜四十五度。

我的麻烦就出在向右看齐上。因为我是我们新兵二班中个头最高的，所以我就成了排头兵，班长列队的时候，我的位置是第二，班长在队列外指挥的时候，我的位置就是第一。向右看齐，要求第二名的脑袋右斜四十五度，用眼角余光看右边排头兵的鼻尖以上。我的右边是班长王晓华，这伙计基本上比我矮一个脑袋，我看他的鼻尖，不仅要把脑袋向右偏斜四十五度，还得向下偏斜四十五度，这样一来，我的表情就不可能自然，怎么看都有怪里怪气的样子，怎么看都有点蔑视班长的意思。

我记得我在全连集合向右看齐的时候，当我把脑袋右偏四十五度，再下偏四十五度的时候，心里好像有一种隐隐约约的快感，有一种隐隐约约的优越感。也许我在那一瞬间脸上会情不自禁地露出微笑，而我的每一次不怀好意的微笑，都会被我们聪明绝顶的矮个子班长用眼角的余光明察秋毫。

懂得一点行伍常识的人都知道，队列训练首先要练习集合，集合的过程中向右看向左看向前看以后，就开始报数了。本来我有绝对的优势，因为我是排头兵，班长在队列里我是二，班长不在队列里我就是一，所以我报数不是报一就是报二，这么简单的问题我要是出错，那我也就太弱智了。

可是我想错了。所谓道高一尺，魔高一丈，这是经过无数事实证明了的。既然我有在向右看齐的时候蔑视班长的前科，班长自然不会熟视无睹。

我们连队的新兵组建成一个新兵排，新兵排长是一排长祝生珉，也就是那天在开阔地里带着卡车接我们的看起来比李连长年纪还大的干部，事实上他也确实比李连长大两岁，他二十八岁，李连长才二十六岁。祝生珉是穿四个兜的军官，不屑于管理新兵的鸡零狗碎，除了全团或全营新兵会操，他基本上不管我们的训练。这个人给我的感觉不仅老气横秋，而且总是心事重重的样子，所以我们一点儿也不怕他。我们的命运全攥在新兵排一班长兼代理排长陈骁、二班长王晓华和三班长耿尚勤的手里。

据说我们这支部队有个不成文的规矩，通常情况下，带新兵的干部都是以副代正，譬如我们一团的新兵营长康必绪，其真实身份是三营副营长，我们团直新兵连的连长，是我们特务连的副连长李开杰，这些以副代正的干部，用不了多久就会提拔使用。新兵班长们往往也是这样，副班长很快就会被提拔成班长。但是我们新兵排的三个班长都是正的，而且在连队里，他们的真实身份分别是一、四、七班的班长，都是本排的第一班，在炮兵部队它们叫基准班，在步兵部队它们叫示范班。你要是参加过队列训练你就会知道，一个连队排成横队，这三个班全在第一排，要是纵队行进，这三个班全在最里面的一层。这三个班就好比连队的外套，谁不想让自己的外套漂亮一些呢？

我这样一说你可能就明白了，这三个班的班长其实就是我们特务连的门面。尤其是一班的班长陈骁，是基准班里的基准班班长，是示范班里的示范班班长。那时候可以直接从连队骨干中提拔干部，能够当上连队一班长的，如果不出生活作风等方面的问题，很少有人不提干的。

关于这三个班长的关系，也是我们新兵必须关心的。据说陈骁是师长阚大门老上级的后代，此人老成持重，军事素质也很好，所以陈骁提干已是板上钉钉了。看得出来，耿尚勤对陈骁比较尊重，据说耿尚勤当新兵的时候，陈骁还当过他的副班长。耿尚勤那时候有个弱项，口才不行，还有点结巴，一讲话就面红耳赤，脖颈都是红的，班务会上不敢发言。陈骁能说会道，经常带着耿尚勤到球场上练习讲话，帮他归纳一二三四，矫正口吃。我们这些人到部队之后，已经很少听到耿尚勤口吃了。他讲话虽然不多，但是很有条理，据说陈骁为此费了不少工夫，这是事实。

在我看来，耿尚勤这个人比较老实厚道，他不仅对陈骁很尊重，对王晓华也同样让着三分。听马学方说，耿尚勤和王晓华是在团教导队里的同学，是一对比武场上的搭档，耿尚勤动作更利索一点，帮助王晓华克服了不少难关，王晓华对此感恩戴德，教导队学习结束后，王晓华在连队首长面前说了耿尚勤不少好话，这好像也是事实。

当然了，从表面上看，我们既看不出这三个家伙亲密团结，也看不出他们钩心斗角。用马学方的话说，此一时，彼一时，利益面前，知人知面不知心啊！

我们觉得这话有道理。至于他们之间会不会为提干问题明争暗斗，我们有兴趣，但是兴趣不大，我们最关心的是他们对我们的态度。

我在前面说了，我们的队列训练通常都是以班为单位，但是集合解散这一套，班长们嫌一个班的人太少，练不出阵势，于是便全排合在一起练。稍息立正向右看齐向前看，完了就是报数，一报数我就完了。一列横队的时候我是第八名，但因为紧张，几乎每次我都报错了，不是跟着前面的报七，就是抢了后面的报九。

王晓华肯定发现了我的软肋，肯定知道我的某个脑垂体不灵光，对于数字变换不敏感，所以王晓华就变着手法刁难我。他站在队列前方的指挥位置，下达口令，报数……我刚刚适应了报八，他又下了一道口令，一二报数！这样我又得迅速调整思路，牢牢记住我该报二，不料王晓华又下了一道口令，一二三报数！我的脑袋又快速旋转，转了半天，才搞明白，我还是得报二，可是冲口而出的却是三……

如此这番，练了十几遍报数，我报对的不到一半，别说班长了，就连新兵都觉得我很笨。休息的时候，武晓庆这小子假装关切地说，你是怎么回事？你那么聪明，二元二次方程都难不倒你，为什么报数老是报不好，你不会是故意气你们班长的吧？

这个武晓庆，在火车上是他屁儿颠颠地跑来和我套近乎的，他说我们都是来自五湖四海，为了一个共同的革命目标走到一起来了，他要率先打破老乡观念，同我这个外省同志结为一帮一、一对红的对子。他说一看我就是个聪明人。我们坐在闷罐子车厢的角落里谈学习，谈理想，我说起我的参军动机——要么流芳千古，要么遗臭万年，但是我绝不遗臭万年，我要以自己的实际行动流芳——哪怕仅仅流芳三年，我也要发奋图强。他佩服得五体投地，很真诚地向我竖起大拇指说，有志不在年高，牟卜同志你志向高远，我要向你学习，至少也要流芳三年。

不客气地说，在我最初认识武晓庆的时候，我是不把他放在眼里的，仅凭他那张小白脸和一副乖巧伶俐的样子我就不喜欢，我认为男人还是要有气势，哪怕粗犷一些。那时候他要是敢用讥讽的口气跟我说话，我会毫不客气地予以反击，以我的火爆脾气，对其进行武力威慑的可能性都不是没有。但是现在我不敢，我们一样都是新兵，而且我还是一个屡教不改报不好数的新兵，真他妈的虎落平川被犬欺，落毛凤凰不如鸡。

四

你要是问七十年代末的新兵，最受欢迎的文体活动是什么，我敢打赌，百分之八十以上的新兵答案都是一样的：看电影。我们部队看电影与众不同，第一，不管何时何地，一周两次看电影是雷打不动的，所以你用不着担心看不上；第二，不管你喜欢看不喜欢看，只要你不担任岗哨勤务，你就必须看，哪怕那个片子你已经看过十五遍了。看电影有时候是娱乐，有时候是任务。

老兵说，天晴的时候都是在东边大操场上露天放映，但我第一次看电影是在团部大礼堂，因为那天外面下着雪。

那天是个值得纪念的日子。上午九点多钟，我们一群新兵被王晓华吆喝着东张西望地进了大礼堂，正在乱哄哄地挪动的时候，突然感觉到眼前一亮，定睛望去，原来在礼堂中部偏左的地方有一群身穿蓝色军服的人，蓝色的棉军帽下面跳跃着一些小辫子或者马尾巴。我本能地联想到海滑的五朵金花——经常出入于马学方等人嘴里的美丽的令人心驰神往的五朵金花。马学方说过，要是团里放电影，你们就有机会见着海滑的五朵金花了，我们两个单位是一个放映点。

坐下之后我用眼角的余光向那个方向窥探，什么也看不见。但是越是看不见我就越想看。

平心而论，我并没有别的想法，我就是想看看，五朵金花到底是个什么样子。不幸的是，我还不能明目张胆，坐在大礼堂里看电影的官兵都是正襟危坐，目不斜视。偶尔我假装挠痒，摇头晃脑地将两只眼睛凝聚成飞速旋转的雷达，向海滑观众区扫描，却只能看见一片大同小异的后脑勺。

我能够感觉到，坐在我右边的王晓华自始至终都在警惕地注视着我，我每一次眼光分散的时候，都或多或少地有点心虚。我越是这样想，就越是心虚，以至于后来如坐针毡，更加不自然了。我再说一遍，我那时候想看看那几个海滑女兵，看看就是看看，而没有其他任何不良企图和不轨计划，仅仅是因为好奇，甚至可以理解为求知。但是，不知道为什么，我就是不敢光明正大地走过去看。

好在不久电影就开始了，首先是一场激烈的战斗、紧张的战地救护，后来所有的枪声都停止了，所有的硝烟烽火都消失了，在一片海洋一样辽阔的，朝霞一样灿烂的映山红的簇拥下，银幕上出现了一个女孩。那女孩圆圆的脸蛋，一笑俩酒窝，纯真稚气憨态可掬。要是不笑呢，那两只水汪汪的大眼睛又似乎闪烁着一丝忧郁，又是另外一番楚楚动人的情景。

好了，我解放了——我从对五朵金花欲看不敢的尴尬中解脱出来，却又被电影片子俘虏了。我的心和我的眼睛一起定格，一动不动地落在银幕上。现在我不仅可以肆无忌惮地看，还可以肆无忌惮地想，我想怎么看就怎么看，想怎么想就怎么想，怎么想都不犯法。

我看着银幕上的女孩，能够听见自己的嗓子眼里不停地发出咕咕咚咚的声音，也能够听见右手边上王晓华的嗓子眼里不停地发出咕咕咚咚的声音，我们一起安静了，各自纵情飞驰着自己的思绪，像大礼堂外面那无休无止洋洋洒洒的雪花。

跟银幕上的女孩比较，海滑的五朵金花算什么？她们太平常了，五朵"金花"也比不上一朵"小花"。

我不能确定那时候自己是怎么一回事，那场电影好像使我受到了很大的刺激，在那个时期——前后大约有个把月的时间，我的思想斗争都很激烈，常常在梦中惊醒，那个叫"小花"的女孩子像是落地生根，一会儿跑到我脑海的左边，一会儿跑到脑海的右边。白天我在训练场上搞训练，她就在白雪皑皑的旷野上看着我。夜晚我端着冲锋枪在后营门的岗楼里站岗，她就在月色下的薄冰上看着我。

某一时刻，我甚至设想，假如这时候大礼堂失火了就好了，假如大礼堂失火了，我相信我们的团长、连长和班长们就会把我忘记，他们一定会不顾一切地救火，去扯水龙头开消防车。而我不会去救火，我一定要首先冲到银幕上，抱上"小花"姑娘，视死如归，赴汤蹈火，披荆斩棘，浴火重生。

请原谅我的假想很不高尚。我没有办法高尚。如果你遇到一个美好的可望而不可即的人儿，你想和她说一句话或者拉一下手，连门都没有，我相信你也会不择手段的——我是说在想象中不择手段而不是在现实中。

坦率地说，在我看电影的时候，在我一丝不苟地盯着"小花"的时候，并不是说一点亵渎的意识都没有，在我当时的那个年龄，遇上美丽的女孩子，要想真的做到思想和行为上完全统一，完全没有丝毫的邪念，完全洁白无瑕，那基本上是不可能的。我那年十九岁，夜深人静的时候想到了人间的某些秘密，我的血管会发出咔咔嚓嚓的响动。假如我见到了年轻貌美的女孩子而连一点反应都没有，那就是有病了。

在被"小花"折腾得神魂颠倒的那些日子里，我逐渐地明白了一个道理：人要有自知之明。明白了这个道理，对我来说非常重要。一个人倘若有了自知之明，就能够把握方向，做自己力所能及的事情，做自己可以做得成做得好的事情，人生的轨迹就不会偏差。

我想现在你可能了解我当时的心态了，一句话说到底，与其临渊羡鱼，不如退而结网。我的意思是，我先羡鱼，后结网。这就意味着我的兵旅生涯起点比较高，至少在思想准备方面是这样的。而这个思想基础的形成，最初得益于"小花"的刺激。我想，倘若我们——我和"小花"——以后在北京或者联合国或者其他的什么场合见面了，我把我的这段心路向她袒露，一定是她始料不及的。

五

正如老兵们估计的那样，我们到了部队之后不久，呼啦一下提拔了很多干部。李开杰正式当上我们特务连的连长之后，二排长刘爽桥就升任副连长。带新兵的干部普遍官升一级，只有我们的新兵排长祝生珉是个例外。

刘爽桥是我所见过的最有风度的干部，用现在的话说长相很帅。刘爽桥的皮鞋永远擦得锃亮，军装永远熨得笔挺，两眼炯炯有神，平时不言不语，走路不紧不慢，训人不急不躁。但是，只要他往训练场一站，那几个班长就像上足了劲的发条，把口令喊得字正腔圆，把我们紧张得神经错乱。这个人在连队没有待多长时间，很快就调到机关了，并且在若干年后再次成为我的顶头上司——这是后话了。

刘爽桥当了副连长而一排长祝生珉仍然在当排长，这件事情引起了我的兴趣，因为祝生珉已经当了八年排长，刘爽桥曾经是他接来的兵，是他培养起来的班长，又是他同时期的排长。

在我当兵之后的若干年里，我很少见到过像祝生珉这么老的排长，更很少见到像祝生珉这样对别人升迁、身边人一个个超过自己而仍然无动于衷我行我素的人，除了我们师长阚大门。

我们师长阚大门当了十九年师长，前后脚跟他在一个班里的首长们加起来恐怕有百儿八十个人，有的还当了军区和军里的首长，阚师长还是阚师长，所以说跟阚师长相比，祝生珉的进步还不算是最慢的。但是祝生珉能跟师长比吗？从排长到师长之间的距离，就像从我们特务连的驻地到联合国那样遥远。

祝生珉此人其貌不扬，长得比较老相，而且有点谢顶。乍一看年纪奔小四十去了，其实我们当兵那年他才二十八。祝生珉从来不摆架子。即便是面对我们新兵，也笑眯眯地打招呼。但是我们很快就发现，他虽然跟你打招呼，但他的眼睛并不注意你，而是游离在你身外。他的打招呼是公事公办，他今天叫你小赵，明天就有可能叫你小于，后天又有可能叫你小吴。让他记住你的姓名是一件很困难的事情，除非天长日久。这个人就连当新兵排长也不是很合适。后来听说，之所以让他当新兵排长，其实就是让他不管事的，那时候团里正在考察干部苗子，在我们的三个新兵班长中，很有可能提拔一至两个干部，所以我们的新兵班长轮流代理排长，其实就是见习。

我记得有一次我从洗脸间出来，遇到祝生珉，我的双脚一靠，立正打了个招呼，他抬头看了我一眼说，哦，小王，辛苦啦！

晚上开饭前列队唱歌，王晓华为了锻炼新兵，让我打拍子，唱《团结就是力量》，我打的拍子还是有板有眼的。进饭堂之后，排队盛稀饭，祝生珉走到我身边说，小李，拍子打得不错。

到了下个星期，我们在训练场上拔正步，他遛过去看了一眼，休息的时候对陈骁说，啊，这个小丁身材不错，正步不行。

陈骁问，哪个小丁？

祝生珉指了指我说，他不姓丁吗，那他为什么告诉我他姓丁？

陈骁知道他糊涂，根本就不跟他解释。

我这样介绍你恐怕就明白了，祝生珉这个人是个书呆子。他很爱搞小发明，那时候有个好听的说法，叫作技术革新。我们特务连的营房是早年苏联人设计的，每个排一个大房间，外面住着兵，里面有个小套间，大约七八平方米。苏联人设计的这个小套间本来是做仓库用的，但是我们连队后来又盖了更为坚固的仓库，这个小套间便成了排部。

祝生珉的排部被他搞得乱七八糟，大多数都是无线电元件，据说他在当排长的八年期间，不厌其烦地搞过很多发明，其中有两个特别值得一提，一个是透像仪，一个是窃听器。

什么叫透像仪呢，就是隔着建筑物拍摄照片。他是从医院的透视仪器上得到的启发，既然隔着衣服隔着皮肉能够看清里面的肺，那么也当然可以隔着墙壁去看清里面的人。要说他的这个想法也有一定的道理，但是当时他没有能力去解决更高深的技术问题，也没有能力购买试验材料。他的发明纯属个人行为，各级领导机关均不予承认。

离我们平原市不远的一个秘密的山沟里，有一个后勤部门设在那里的装备研究所，对外号称 909 部队。

在相当长的一段时间里，只要有机会，譬如节假日，祝生珉就请假外出，他要去的两个目标，一个是师医院，一个是 909 研究所。去医院是为了研究 X 光透视机，他已经跟医院管透视的大夫混熟了，有一次趁这位大夫上厕所，他差点儿把透视机给拆开了，等那位大夫上完厕所回来，透视机已经被他卸下好几根螺丝钉了，从此之后那位大夫再也不让他进 X 射线室了。

祝生珉在 909 研究所受到的待遇更惨，因为 909 研究所是一个高度保密的单位，他在 909 研究所的传达室待了几个半天，认识了几个警卫战士，最走运的时候见到了 909 研究所的一名技术员，是到传达室来会客之后被祝生珉截住的。祝生珉说明来意，从挎包里掏出一个大纸卷子，那是他数年来研究的关于透像仪的设计方案。那位技术员用怀疑的眼光看了一下祝生珉黑乎乎的脸和他手里黑乎乎的破纸卷子，嘿嘿一笑说，这些东西让你们野战军搞出来了，还要我们这些科研单位做什么，杀肉吃啊？

祝生珉的透像仪最终没有搞出名堂，因为他面对的还不仅是光学知识和研究材料的问题。在一个相当长的时期，祝生珉暂时放弃了透像仪的研究，而专攻窃听器，这玩意儿看起来比透像仪稍微靠谱一点，成功的可能性稍微大一点。

虽然当时国内国外早就有窃听器了，但是祝生珉的窃听器有他自己的特点，他想搞远距离不现形窃听，他不屑于我们在电影里经常见到的、需要放在电话听筒或者反粘在桌子下面的窃听器，而是致力于发明一种外形像手枪一样的被他自己命名为远程定向的窃听器，原理是在几百米甚至一公里外，像枪口一样瞄准目标，譬如某间会议室或者某个窗口，或者干脆瞄准某个人的嘴巴。

祝生珉本来只是个老三届的初中生，参军之后才在初级指挥学校搞了个约等于中专的进修结业证书，所以他搞发明遇到了很大的困难。

那时候上级给我们特务连配发了很多装备，连队干部的意思很明确，能把这些装备学会使用就相当不错了，我们应该在现有装备的基础上弄通弄懂弄精，弄得出神入化炉火纯青。一排是搞情报的，若干年后被发展为技术侦察，简称技侦，祝生珉这个排长既然是技侦排长，搞技术革新似乎无可厚非，但是他的问题在于过于投入，简直到了走火入魔的地步。他基本上不管排里的事情，过去李开杰在他手下当一班长，同时代理一排长，后来刘爽桥在他手下当一班长，也是同时代理一排长，我当兵这一年陈骁在他手下当一班长，一如既往也是陈骁主持排里的工作。好在排长这个角色夹在连长和班长之间，班长强了，排长就可有可无，排长实际上就是连首长的预备队。

关于祝生珉的故事都是后来听说的，主要是听马学方说的，但有一件事不是马学方说的，而且马学方对这件事情一直讳莫如深。

祝生珉的远程定向窃听器搞了很长时间，仍然一无所获。直到我当兵的前半年，正是夏天，有一天中午，大家都在午休，突然从祝生珉的排部里传来一阵号叫，接着大家就看见祝生珉从里面钻出来了，眉飞色舞地跳起来了，激动得满脸通红说不出话，带着一班长陈骁和二班长马学方，路上又派人叫来当时的三班长王晓华，跑到西边的训练场上，趴在从前用来训练的壕沟后面，鬼鬼祟祟地寻找目标。

后来目标果然就出现了，远远地看见两个穿着蓝裤白褂的人，在南边的海滑留守处指挥塔下面走来走去。

这两个人就是我们后来知道的海滑留守处的五朵金花之一苏晓杭和之二冉嫒嫒，她们那年夏天刚到海滑留守处宣传队当兵。冉嫒嫒是学话剧的，那天她在指挥塔下面的荫凉处练习朗诵《蓝天白云丽日》，苏晓杭好像是个业余画家，一边充当冉嫒嫒的观众，一边写生，这两个女兵没想到稀里糊涂地成了祝生珉试验窃听的目标。

看见她们，祝生珉颤抖着两手，举起那个既像手枪更像电钻一样的玩意儿，瞄准了其中的一个，并且把耳机交给陈骁说，你听，你听，我成功了，我成功了！

陈骁把耳机塞在左耳朵里，用右手小指头堵住右耳朵，很长时间都没有呼吸，但还是听不出什么。陈骁又把耳机塞在右耳朵里，用左手小指头堵住左耳朵，又有很长时间没有听出什么。陈骁把耳机取下，茫然地看着他的顶头上司。

祝生珉似乎感觉到什么，他有些失望，但还是不甘心地问，你听见了吗，他们在说话，还有女的，你难道一点也没有听见？

陈骁向那边看了看说，我听见了。

祝生珉一把抓住陈骁的胳膊，激动得嘴唇都快打哆嗦了，急切地问，你说的是真的？你真的听见了，是不是还有女的说话？

陈骁表情很痛苦地说，我说的是真的，我听见了，但是只有把耳机摘下之后才能听见。

祝生珉愣住了，愣了半晌才从陈骁的手里夺过耳机，戴在自己的耳朵上，嘴里嘟嘟囔囔地说，你不行，你的耳朵一定有问题，你要到卫生队查一查。

陈骁的心里一定在想，你的耳朵才有问题呢，你的神经都有问题。

但是这话陈骁没说。

祝生珉说，我已经听见了，有信号了，说明我的研究有了重大突破。这叫声波反馈，我发射出去的声波有反馈了，不信你们听听。说完，就把耳机塞到二班长马学方的手里。

马学方如此这般听了一阵子，脸上的表情急剧变化，最后居然露出惊喜的笑容，大声说，排长、一班长、三班长，你们动作轻点轻点，轻点，再轻点，好像……好像……

祝生珉腰杆一硬，两眼放光，盯着马学方问，好像什么？是不是有声音了？

马学方说，好像……真的啊，有女的说话。

祝生珉这次没再跳了，反倒冷静了，把耳机塞到王晓华的手里说，三班长你再听听。

当时的三班长王晓华也是如此这般听了一阵子，脸上的表情也是急剧变化，但是他没有喜形于色，而是越来越庄重，越来越严肃。王晓华的脸色由红变白，由白变黑，连祝生珉看着都害怕。王晓华就这么长久地听着，听着，最后，他缓缓地摘下耳机，深情地看着祝生珉，一字一顿地说，排长，我向你致以热烈祝贺，你成功了！

祝生珉仰起脸问，你说什么？

陈骁和马学方都用很复杂的眼神看着王晓华，王晓华没有看他们，王晓华的目光坚定地落在祝生珉的脸上，再次庄严宣布：排长，我真诚地热烈地祝贺你，你成功了！

两行热泪顿时从祝生珉的脸上滚滚落下。祝生珉举起拳头说，功夫不负有心人，苍天有眼！

那天晚上，陈骁召集马学方和王晓华到篮球场上密谋。陈骁说，你们两个都讲假话，排长要是当真了，那不是害了他吗？

马学方说，我看排长挺可怜，真不忍心让他失望，我怕他做出毛病了。下一步怎么办啊？

陈骁说，我找你们来就是商量下一步怎么办的。现在排长正在兴头上，就别戳穿了。让他接着搞，时不时地给他泼点冷水，就说是万里长征他才迈出第一步，要他做好继续迎接挫折的心理准备。

这时候王晓华说话了。王晓华说，我真的听见了，那耳机里的确有声音，是女的说话。

陈骁说，你见鬼，你是投其所好，不负责任！

王晓华说，真的，信不信由你，排长的发明成功了。

陈骁说，打死我我也不相信你的鬼话！但是有一条咱们三个必须统一起来——现在排长在团里形象很一般，有风声要他转业；而他眼下不想转业。这个时候，我们不能落井下石。一句话，不管你们是真听见了还是假听见了，这件事情到此为止，免得节外生枝。

王晓华说，陈老一你好高尚啊，排长转业了你不就可以提干了吗？

陈骁说，你把我看成什么人了？

王晓华笑笑说，那你又把我们当成什么人了？

这次球场密谋之后，三个班长决定对此事严格保密。但蹊跷的是，这件事情后来还是在一团传开了，机关的那些干部见到我们连队的干部就说，听见了没有，女的说话？

这还是好听的。老话说，不怕人说人，就怕话传话。同一件事情，从几张嘴巴的流水线里传出，就面目全非了。

就在我们当兵之前，一团突然传出一个说法，说是特务连一排长祝生珉八九年来如一日，搞什么远程定向窃听器，不仅窃听海滑留守处女兵的悄悄话，连家属院也窃听。这个话一传出来，搞得沸沸扬扬，家属院里人人自危，尤其是那些新婚的干部，夜里想做点实事，眼前便闪现出祝生珉那张苍白的脸，情绪便受到了很大的影响。有好事者以后说，在传言最严重的那两个月，我们一团家属院的做爱率锐减，不及此前此后的三分之一。从做爱质量上讲，那就更是一言难尽了。

后来不知道是谁，把这件事情向团政治处报告了，政治处派了保卫股长张震峰来调查，调查到陈骁，当然是一口否定。调查到马学方，马学方的话说了半个多小时，但全都是东拉西扯，全是说排长的好话，什么技术革新啦，什么爱兵尊干啦，但就是不说那件事。张震峰被他搞得很不耐烦，挥挥手让他滚蛋了。

调查到王晓华，王晓华说，什么窃听器？就是一个破收音机加上耳机，那鸟玩意儿塞在耳朵窟窿里，别说三百米外听不见，就是面对面讲话也听不清楚。

这次调查起初是瞒着祝生珉隐蔽地进行的，但是到了最后的程序，还是要同祝生珉本人见面的。祝生珉听了张震峰说明来意，两眼一下就变直了。祝生珉说，说我偷听家属院睡觉？啊，那好啊，那不说明我的发明成功了吗？苍天有眼啊，我的窃听器要是能够听见家属院的声音，我宁肯当流氓犯！

后来张震峰把祝生珉排部里的东西多数席卷走了，拿回去研究，他自己没有研究出名堂，又交到师保卫科研究，也没有研究出名堂。本来想送到地方公安局研究的，但考虑到这件事情不光彩，再说那时候平原市公安局的水平也不比我们师保卫科高到哪里去，所以直接把祝生珉的零碎物件送到了909装备研究所里。后来得出鉴定，祝生珉的所谓远程定向窃听器，基本上是一堆废铁，关于祝生珉窃听家属院的谣言才不攻自破。

这件事情说大不大，说小不小，留下了一个不解之谜。因为知情人除了祝生珉以外，只有当时他手下的三个班长。到底是谁传出去的，一直没有搞清楚。据我们以后了解，陈骁不可能把这件事情传出去，因为陈骁这个人给我们的感觉是一个比较正派的人，应该不会暗箭伤人。王晓华的嫌疑不是没有，因为他迫不及待地想当排长，而且这个人给人感觉比较阴险。但是王晓华的嫌疑不是太大，因为这个人虽然阴一点，但好像还有清高的一面，似乎不屑于做这种偷鸡摸狗的事情。那么，嫌疑最大的就是马学方。倒不是说这伙计品质不好，主要还是因为他话多，没准就是他一不留神说漏嘴了。

我把这个故事讲完，你就明白为什么祝生珉当排长一当就是八年，整个是个疯子嘛。当排长当了很多年还算好的，要不是后来又发生了一件事情，在连队干部和团首长的脑子里，早就让他转业八次了。

后来的事情跟我们师长阚大门同志有关，暂且按下不表。

六

众所周知，新兵生活对于我来说没有什么值得炫耀的，所以我才不厌其烦地跟你讲那些听来的故事。我想尽可能地忽略我自己当新兵的这段经历，谈谈我们南边滑校里的五朵金花。

在我们特务连，最了解五朵金花的就是王晓华，王晓华虽然让我们深恶痛绝，却因为一段阴差阳错的缘分，同五朵金花有过近距离接触。在这个问题上，我们要感谢王晓华，因为没有他，我们就不可能知道五朵金花的故事，也就不可能看到后来发生的那些好戏。

从前面我讲的祝生珉的故事里，你可以看出王晓华的不寻常，这家伙阴阳怪气让人很难捉摸，但是有一条，这个人跟我一样，非常想当军官。他在我们当兵之前几个月从三班长提升为四班长，也就是说当了二排的一班长，从而成为二排长的候补骨干。

五朵金花来自同一个海岸，同一个海军基地，在同一个小学、同一个中学上学。五朵金花这个响亮的称号，是生长她们的那个海军基地的司令员最先喊响的。那还是在她们的小学时代，五个小姑娘，清一色地扎着羊角辫，背着海蓝色的小书包，上学结伴而行，放学比肩接踵，打打闹闹，嘻嘻哈哈。有一天被基地司令员撞上了，司令大爷童心大发，把她们全部塞进伏尔加轿车里，拉到海滩上跟她们打了一场仗，狼扑羊群，司令员当头羊，让她们每个人轮换着当狼，人人过了一把战争的瘾。事后司令员对人说，我们的这几个小东西，个个机灵，个个漂亮，简直就是我们基地的五朵金花。五朵金花的名声由此而得。几年后司令员调到海军总部工作，临走之前在办理诸多大事的同时，也办了一件公私兼顾的小事，一个招呼打下去，把这几个女孩子一起送到平原市海军航空滑翔学校当了兵，当的都是文艺兵。而且算是特招，一年下来都是排级干部。

这下你知道我为什么那么渴望进步了吧，不进步就只能当大头兵，当大头兵别说实现远大理想，别说见着"小花"，就连跟五朵金花讲句话的机会都没有。

我们班长王晓华有机会接触五朵金花，纯属偶然。我们的新兵训练快要结束的时候，刚刚学完条令条例，海滑留守处到我们团求援，要求去几个骨干帮助他们训练新兵。他们的新兵不多，男女加起来不过十来个，就把宣传队的五朵金花也放到新兵里一起练，因为这五朵金花到海滑留守处之后还没有正儿八经地搞过队列训练。

从我们一团借人，就等于从我们特务连借人，我们特务连是全团的门面。但是在研究派谁去的问题上，连队干部还是很伤脑筋。首先要选一名干部，一排长祝生珉肯定是不行的，祝生珉不仅军人仪表差，而且不爱管事，负不了这个责任。后来决定派三排长黄嘉平去，因为三排长是已婚青年，人长得不俊不丑，说话不多不少，水平不高不低。在选择骨干的时候，连首长可以说慎之又慎。派马学方这样的话痨去不行，派耿尚勤这样的赳赳武夫去显然也不行，这两个人都有可能损害本部形象。连长李开杰提出让陈骁去，但是遭到了指导员王得建的反对，王得建的理由是陈骁形象过于招眼，用今天的话说，小伙子太帅了，怕出男女生活作风方面的问题。大家议来议去，终于统一了意见，派王晓华去。连首长的共识是，王晓华同志原则性强，有自律精神，而且军事素质高，形象一般，个头较低，惹是生非的可能性相对要小一些。

天地良心，王晓华本来是不想去海滑留守处训练那些女兵的，准确地说是不想在那年的冬天去，虽然说去了可以指挥几十个人的队列，但那也还是以一个正班级士兵的身份。他很看重身份，也很看重地位。跟黄嘉平同去，黄嘉平穿的是四个兜的军官服，他是两个兜的战士服，有些寒酸不说，还极有可能被那个排长使唤来使唤去，有损尊严。要知道他也是干部苗子啊。他估计至多当年年底就可以实现提干的梦想，如果明年再让他到海滑留守处去训女兵，那就完美了。

但是连首长的决定是不能违抗的。

到了海滑之后王晓华很快就发现，他的犹豫是多余的，因为黄嘉平形象较差，而且抽烟抽得很凶，口臭厉害，女兵们都不愿意接近他。同时，黄嘉平的特长是射击，搞队列的时候他的主要职责是管行政，也就是说负责在训练中不要出事，再进一步说白了，黄嘉平负责的行政工作实际上就是负责王晓华一个人不要出事，因为女兵们自有海滑留守处的干部自己管着。明白了这一切，王晓华并不介意，反倒落得一大片鲜花盛开的用武之地。身份和地位在以后的日子里已经变得很次要了，重要的是作用。

王晓华打心眼里对高干子女没有好感，但是他没有好感的是本部队的那些高干子弟，认为他们胸无大志不学无术，还有自来红的优越感，牛皮轰轰的谁也不尿，而且多数还能提干。王晓华对本部队那些干部子弟的不满，其实夹杂着很多个人利益方面的因素。

但五朵金花就不一样了。一是因为这几个海边长大的女兵都很漂亮，二是因为她们从红小兵时代就受过唱歌跳舞的教育，三是因为她们有神秘而高贵的家庭背景。

在组织她们进行队列训练的时候，王晓华的眼睛无数次从那些太阳一样灼眼的小胸脯前面掠过，每次他都在心里默默地背诵毛主席的教导：要斗私批修，要狠抓私字一闪念。后来居然还想起了一段很悲壮的语录：要奋斗就会有牺牲，死人的事情是经常发生的，但是我们想到人民的利益，想到大多数人民的痛苦，只要我们为人民而死，就是死得其所。

当时王晓华也闹不明白，他为什么会在那一年的冬天训练海滑留守处女兵的时候，会经常性地想起这样一段毛主席语录，直到以后我们特务连有人在男女作风问题上出事了，他才幡然醒悟，那是冥冥之中有个意志在把握他的前进方向，那是由灵魂深处发出来的自我警醒。

正是由于有了这种警醒，尽管他无数次地产生冲动，尽管他经常被她们鲜艳的笑脸和大胆无邪的目光弄得神魂颠倒，但是，他最终没有做出任何不得体的事情，在他完成任务回到我们一团之后，海滑留守处的于主任到团里致谢，亲口对我们团长赵州章说，一团的兵，就是过硬。

我们团长赵州章说，我们一团特务连的兵，更是过硬。

七

几个月后，我是在连史上发现了阚大门这个名字，这才进一步搞清楚阚大门和我们特务连的关系。

二十多年前，在朝鲜战场上，阚大门同志就是我们特务连的连长。当然那时候的特务连不叫特务连，叫侦察队，归团长和参谋长直接指挥。阚大门带着这个侦察队，立了很多战功，从侦察队长到团长，前后不到六年。部队一九五七年回国，两年之后他当师长，那一年阚大门才三十一岁，是全军闻名的年轻师长。到我们当兵这一年，阚大门已经当了十九年师长，又成了全军闻名的老师长，尽管在师长这个位置上他的年龄并不算老。这一年，他刚刚五十岁。

据说阚大门同志有一句名言，一个人当三年五年师长并不难，难的是十年八年如一日，只当师长不当军长，更难的是二十年如一日，只当师长不当军长。据说阚大门同志的这句名言让军里和军区的首长普遍反感，认为这伙计实际上是在表达不满发牢骚。

说句心里话，我们听说这个情况，内心都为阚大门同志抱屈，一个人在一个职务上一干将近二十年，发发牢骚是完全可以理解的。

我坚信不疑，在我当兵的那个年头，也就是"文革"刚刚结束不久的那个年代，那时候有很多错误，有很多很奇怪的事情，但是有一条，那时候当官不用花钱买，买也买不到。像阚大门这样出生入死的老军爷，你让他放弃自尊卑躬屈膝地跑官买官，那他宁肯拿枪把自己毙了。

我发现我们的阚师长特别爱到我们一团来，尤其是喜欢到我们特务连

28

来，因为他是我们的老连长啊。有时候是前呼后拥地来，有时候是一个人悄悄地来，后面远远地跟着警卫员。

后来，就有故事了。

王晓华离开新兵排之后，我比别人更能体会出翻身解放的滋味。这一个月，我们的训练由三班副孙阿本负责，偶尔陈骁会组织一次会操，虽然我的动作仍然有许多需要纠正的地方，但是无论陈骁还是孙阿本，都是和颜悦色地纠正，不像王晓华那样拿腔拿调。整个新兵排都有感觉，自从王晓华离开之后，再也没有那么多刁钻的考核了，星期天甚至还可以跟老兵打打篮球。

有一个星期天，师长又来了。这天师长没有穿皮鞋，而且穿了一身便装，浅灰色的中山装。穿中山装的师长似乎变了一个人，不像我们初次见到的那个威风凛凛气吞山河的师长了，就像一个普通的工人阶级老师傅。

我们是在篮球场上看见师长的，师长远远地看我们打篮球，但是没有走到近处。中间休息的时候，担任老兵拉拉队队员的一排长祝生珉看见师长的背影，很同情地说，师长老了，师长再有一年升不上去，恐怕就要离休了。

我们都不吭气，我们觉得祝生珉讲的话太深沉也太深奥。祝生珉说，师长过去也爱到我们一团特务连来，主要是看我们表演，我们连的擒拿格斗和攻城攀登都是全师第一流的。我们的篮球也是全师第一流的，过去师长还上场跟我们一起打篮球呢。但是这半年……说到这里，祝生珉顿了一下，叹了一口气说，师长真的老了。

这是我从祝生珉的嘴里听见的最像人话的一段话，从此我知道，祝生珉并不是完全不食人间烟火，祝生珉也是有感情的动物。

祝生珉的话语里透着真切的伤感，这与当时的氛围很融洽。祝生珉说这番话的时候正是傍晚，太阳已经贴在西边的山脊上了。在我们营房西边有一大片空旷的开阔地，也就是海滑废弃不用的飞机场，混沌的晚霞荡漾在一望无际的开阔地里，当真有点大漠孤烟、长河落日的味道。

那天我们对我们的师长充满了好奇，很想多知道他的一些情况，但是祝生珉却什么也不肯说了。

我们后来还是从其他途径知道了阚师长的一些故事，而且是连史、团史和师史上没有记载的，属于外传野史范畴。这个所谓的其他途径，不是马学方，而是一向憨厚的耿尚勤。据说耿尚勤掌握的关于阚师长的故事具有很强的真实性。

有一次训练休息的时候，武晓庆给耿尚勤敬了一颗香烟，不知怎么地就说起了我们特务连的光荣历史，说起我们特务连的光荣历史就说起了我们的阚师长。武晓庆这个鼠目寸光的家伙对我们特务连和阚师长的光荣历史都不感兴趣，突然问了一个非常庸俗的问题：我们师长有孩子吗？

我估计这小子真正想问的是，我们师长有女儿吗？也许他还想问，我们师长的女儿有多大了？

耿尚勤斜了他一眼说，什么话！我们的阚师长当然有孩子，不仅有，而且是四个。

武晓庆这个愚蠢透顶的家伙居然感到不理解，居然又问，阚师长为什么只有四个孩子而不是五个，或者三个？

耿尚勤突然笑了，把烟卷送到嘴角猛吸一口，美美地吐了一长串烟圈说，这个问题问得好，问得有水平。你说我们的阚师长为什么一定是四个孩子而不是五个或者三个？我告诉你，因为我们的阚师长只需要四个孩子，一个不能多，一个不能少。我们阚师长的老婆是执行我们阚师长的命令，严格按照阚师长的命令生的。

耿尚勤这样一说，连我也来了情绪，觉得这里面大有文章。耿尚勤说，我们的阚师长的第一个孩子是女孩。我们的阚师长给这个孩子起了个名字叫作阚层林，知道为什么叫这个名字吗？

我们大家面面相觑，连我也给难住了。

耿尚勤又吸了一口烟，颇为得意地说，你们不懂吧？伟大领袖毛主席教导我们说，看万山红遍，层林尽染。

我们都被搞得云山雾罩，一起傻乎乎地看着耿尚勤。

耿尚勤说，我们的阚师长当着很多人的面对他的老婆说，我的孩子就这么起名，男孩阚万山、阚红遍，女孩阚层林、阚尽染。四个就够了。你就照着这个计划给我生。

我的老乡张海涛张大了嘴巴说，天啦，那不是为难人吗？生男育女，生多生少，那是以人的意志为转移的吗？

耿尚勤说，但她就是以我们的阚师长的意志为转移的。知道我们的阚师长最常说的两句话是什么吗？第一句是，我命令。第二句是，立即执行。据说那天我们的阚师长给他老婆下达要完成四个孩子而且是两男两女的指标之后，不光是我们的阚师长的老婆，在场的其他首长都向阚师长提出了严重的抗议。我们的阚师长把大手一挥说，我命令，两男两女，一个不少，一个不多。

我当新兵的时候，关于阚师长有很多说法，其中一个最流行的说法是阚师长当师长年头太长了，恐怕很快就要交流到省军区或者提前离休。阚师长过去至少放弃了三次提升的机会，因为这三次都是提拔他当副军长。而我们的阚师长说他一辈子都没有当过副职，他不能老了还当副职。要提拔就提拔他当军长，前面有个副字，打死不干。因为不愿意当副职，所以一直没法过渡，要是他老人家稍微弯弯腰，从副职上迂回一下，没准大军区司令都当上了。现在倒好，"支左"的干部都回来了，哪个部队都有十几个副军长，我们的阚师长就是妥协了，也没有位置了。

八

我们的新兵生活终于结束了。至于我在新兵阶段吃过多少苦头，受过多少屈辱，我现在已经不愿意想它了，因为那些经历带有普遍性，挺没意思的，所以我就不多讲了。

有一件事我不能不讲，那就是下老兵班的事。

我前面说过，我的一位同年兵徐敬爱的人生最高目标似乎就是当汽车司机，他当兵就是冲着当司机来的。所以早在新兵训练期间，他就开始同司机班长余杏文套近乎，他是怎么套的我不得而知，也不感兴趣。事实上很多新兵在进入连队之后就暗暗地有了目标，有针对性地做了工作。我始终认为自己是个大智若愚的人，我这个高智商的人偏偏在这个问题上弱智。因为在宣布分兵的那天，我才发现情况非常不妙。

按照当时约定俗成的规矩，分兵的时候先由各班班长挑选，然后由排长和连首长调整。实际的情形是，分兵的工作早在分兵之前就已经八九不离十了，哪个班长挑选哪个，包括排长同意哪个，事先都有勾兑。到了连首长那里，基本上尊重班排长们的意见。

下班的那天下午，除了徐敬爱等几个已经提前进入司机训练队、卫生训练队、通信训练队的以外，我们十五个新兵全都集合在宿舍里，全都立正，心里很紧张。等连长指导员带着老兵班长们过来，就更紧张。我在新兵排表现一般，个子虽大，但反应迟钝，除了报数，在其他方面也出过不少洋相，而且没有来得及给任何老兵班长留下好印象，不仅王晓华不待见我，包括陈骁和耿尚勤，我感觉他们都不是很喜欢我。当我意识到问题的严重性时，已经迟了。

我非常想进一排，尤其是想进一班，因为一排是技术侦察排，在特务连里可以算是高智商群体，所从事的工作有技术含量，这比较符合我的志向。事实上挑兵的时候也确实是一排一班长先挑。

当陈骁走过来的时候，我第一次把自己站得笔直，我的眼睛密切地观察着陈骁，我在向他那张长着络腮胡子的英俊的脸庞行注目礼，我的目光里充满了期待。

我相信陈骁分明已经感受到我的目光了，但是他面无表情，在从我身边走过的时候，他突然站住了，并且抬起头来看着我。

我的心里一阵惊喜，我知道陈骁对我的看法一直有别于其他的班长，慧眼识珠啊。

我的嘴巴动了动，我想说，一班长，你没有看错，你的选择是对的，我会以我的实际行动报答你的。但是我不能说，在这种场合里，我得矜持一点。

陈骁伸出手来，往我的裤腰带下面指了指，低声说，注意军容风纪。

我愣了一下，低头一看，他妈的，真是忙中出错，原来我的裤扣没有扣好，下面竖着裂开一条缝，极不雅观。善解人意的陈骁此刻故意挡在我的面前，给了我一个遮丑的机会。

等我不动声色地把裤扣扣好，陈骁又迈开步子，跟我擦肩而过。陈骁首先挑走的是张海涛。

就凭这件事情，陈骁的高大形象在我的心目中就跌落了。我在心里暗骂陈骁，居然是个笑面虎，居然有眼无珠，难道就因为一个裤扣？一个裤扣没扣好，能够说明什么呢，说明我不是好兵？裤扣没有扣好，至多说明我不拘小节，绝不能说明我办不了大事。

我暗暗发誓，此处不留爷，自有留爷处。你不要我，总会有人要我，我一定当一个高智商的兵，当一个叱咤风云的兵，让你刮目相看后悔莫及。

但是我很快又原谅了陈骁，因为张海涛在新兵班就是陈骁的兵，张海涛谦虚谨慎任劳任怨，叫他向左转，他绝不会向右转，他一直是陈骁的主要表扬对象，陈骁不挑张海涛，就似乎自相矛盾了。这样一想，我的心里就好受些了。我是个通情达理的人。

然后是四班长王晓华挑。这伙计白天到海滑留守处训练五朵金花，晚上回连队住，我们下班这天，他恰好完成任务彻底地回来了。此刻我的心情很矛盾，一方面我希望他不计前嫌把我挑到四班，因为四班也是二排的基准班，是面子班。另一方面，我又暗暗祈祷，你可千万别挑上我，我可不愿意在你手下活受罪。但是后来再一转念，我还是希望他挑选我，他要是挑上我了，我就有主动权了，我也可以不去，可以向连首长提出申请微调。

然而，当他真的对我熟视无睹的时候，当他终于从我的面前目不斜视地走过去的时候，我的心突然被刺痛了。妈的，我好歹是你带出来兵啊，我虽然在向右看齐的时候有蔑视你的嫌疑，但是那是天灾人祸，我不是故意要高出你一头的，我的爹妈给了我一米七八而你偏偏只有一米六六，我有什么办法？你带出来的排头兵你都不要，这就等于照我的脸上打了一巴掌，别的班长会怎么看我？

我对于王晓华的怨恨，就从那一瞬间正式开始了。

王晓华挑完之后是七班长耿尚勤挑。耿尚勤同样没有挑我。我再一次保持了宁死不屈的风度，同样原谅了耿尚勤。因为耿尚勤挑中的是他带的兵武晓庆，尽管武晓庆在我的眼里基本上是个小爬虫。

第一轮基准班挑选之后，第二轮从二班长马学方开始。我拿不准马学方到底对我是什么看法，但是这伙计的故事我听得最多，也就是说我是他的忠实听众。他爱显示自己的满腹经纶，除了我没有谁有耐心听他胡编乱造。我想，就凭这一点，马学方也许会要我吧。进不了一班，进二班也行啊，好歹是技术侦察排，进二班照样可以显示我的高智商。

然而，二班长马学方仍然没有要我。

再然后是五班长田齐、八班长吴本贵、三班长张省相、六班长秦万竖、九班长胡万户……好像他们密谋了一般，没有一个人选我。

我不仅发现情况不妙了，而且越来越不妙。

你没有过这样被挑选的经历吧？

我相信绝大多数人都没有这样的经历，这种挑选新兵的办法，太伤人自尊了，太不人道了。你站在灯光下面，肢体僵硬，表情麻木，让那些叫作班长的家伙像贩畜牲看牙口一样打量来打量去，你笑也不是，哭更不行，就那么面无表情地直不笼统地杵着，那是什么滋味啊？

当时我在心里想，是哪个王八蛋出的这么个主意，居然用这样缺德的招数来挫伤新兵的自尊。三个月后我才听说，别的部队并不是这样做的，只有我们二十七师这样做，而这样的做法居然是我们敬爱的阚大门师长发明的，我们的师长阚大门同志说，我命令，新兵下班之前，必须集体亮相，有班长以上干部公开挑选，以示优劣，此命令立即执行！

我没有听见过这个命令，但是我分析阚师长的命令大概就是这个样子的。以后当我知道这是阚师长的规矩之后，虽然我不敢在心里骂王八蛋了，但是我对我们的阚师长还是心存意见的。我们的阚师长有很伟大的地方，但是我们的阚师长一定会有不伟大的地方，而他的这个不伟大的地方，受害最深的莫过于我。

现在回过头来讲下班的故事。

所有的班长挑了一遍，剩下的人就不多了，只有四五个人稀稀拉拉地站在原地，面部表情十分难堪。

我的眼泪都快流出来了，我那时候只有一个念头，就是希望陈骁或者王晓华或者耿尚勤他们能够看出我眼睛里的泪花，那泪花代表着我的屈服，象征着我的妥协，表达着我的求饶。我知道，他们并非真的厌恶我，他们厌恶的是我的自以为是的臭脾气。

但是，第二轮挑选过去了，陈骁没有要我，王晓华也没有要我，耿尚勤还是没有要我，其他班长都在躲闪我的注目礼，全都像泥鳅一样从我的身边无声无息地滑过。

我绝望了，我的眼前一片漆黑。

我不怨恨其他班长，包括陈骁和耿尚勤。我把所有的账目都算在了王晓华的头上。不管怎么说，你是我的新兵班长，就算我自己不争气，而你作为直接管教我的新兵班长，没有把我调教好，你就有推卸不掉的责任。尤其严重的是，你作为我的新兵班长，你不要我，就等于出卖了我，就等于向其他班长宣布，瞧瞧，这个兵我最了解，所以我不要他。那别的班长还会要我吗？

我的故事讲到这里，你作为一个好心人一定会替我难过，替我尴尬，更替我担心。这么大一个活人，而且是一个高智商的活人，这么多班长选了几个来回，居然无人问津，往后的兵旅生涯可怎么办啊？

我的好心的朋友，请你不要为我伤感，不要为我担心。老话说，天涯何处无芳草，青山处处埋忠骨。老话还说，人不可貌相，海水不可斗量。老话还说，三十年河东，三十年河西。老话还说，山不转水转。

老话老话，都是经过时代岁月千锤百炼的，有些老话哪怕不是真理，但是在你需要它的时候，它就是真理，或者说相当于真理，它既可以给你安慰，还可以给你力量和信心。以后每当遇到挫折的时候，我的潜意识里就会蹦出很多具有积极意义的可以鼓舞斗志的老话出来，这大约就是我的生存法则。

你要是以为我跟你贫嘴，那你就错了。我一个受人冷落遭到命运抛弃的人，我还有心思贫嘴吗？我之所以用了这么多老话，既不是为了安慰你，也不是为了安慰自己。

老话还有一句，叫作好事可以变成坏事，坏事也可以变成好事。

那次下班挑兵，对我来说是人生的一次非常重要的转折。你不用替我担心，在我们二十七师一团特务连里，并不是所有的班长都是鼠目寸光的，并不是所有的人都是有眼无珠的，总会有个把具有远见卓识的班长，能够慧眼识珠，能够穿越世俗的迷雾，能够透过现象看本质，能够以大无畏的精神和宽广的胸怀把我纳入到他温暖的怀抱。

就在我的心里充满了绝望，充满了愤懑，并且充满了困惑的时候，就在我抱定了死猪不怕开水烫的坚定信念听天由命的时候，一个人，一个至关重要的人物器宇轩昂地大踏步地向我走来。

这个人就是我们特务连的炊事班长胡达成。

九

如果我是总参军务部的部长或者是分管编制的局长，我一定要把炊事班这个机构改名为后勤班或者叫军需班。叫后勤班或者叫军需班不仅是因为好听，也不仅是因为有新意，而是因为准确。

所谓炊事班，全国人民都将其理解为是烧火做饭的，然而事实并非如此。拿我们特务连炊事班来说，一共有九个人，其中两个是专业种菜的，一个是专业喂猪的，所以说用炊事班来概括这样的机构，显然不够准确，在逻辑上有点混乱。问题是，我既不是总参的军务部长，也不是总参的编制局长，所以我们特务连的炊事班只能叫炊事班，而不是叫后勤班或者叫军需班。

我到了炊事班之后，胡达成同志并没有让我做饭，因为他知道我不会做饭。我的工作被分配为专业喂猪，原来的专业喂猪员赵本山升任炊事班副班长，他的主要职责就是分管我。这也是我们特务连的惯例，炊事班的副班长一般都是从专业喂猪员或者专业种菜员中间产生，从哪个专业产生就分管哪个专业。

我在炊事班里——不，准确地说是在猪圈里，不仅真正实现了高智商和低智商的最佳结合，而且有了大量的时间可以看书学习。我读我们连队的连史就是在那个时期。

还有一个重要的情况值得一提。以我的猪圈为圆心，以三千米为半径画圆，往北可以把全团划进来，往东可以把炮兵团划进来，往西可以把一大片训练场的开阔地划进来。这些都不重要，重要的是往南可以把海滑留守处划进来，也就是说，可以把五朵金花划进来。

除了菜地，我们特务连的猪圈处在北兵营最靠西而偏南的地方。我见到五朵金花的机会要比别人多得多。但是我不是那种目光短浅的人，不是那种轻举妄动的人。不是我对姑娘不感兴趣，我太感兴趣了，只是我不能穿着沾满猪食猪粪的蓝大褂去表达我的兴趣。

你要是认为我不愿意喂猪那你就想错了。像我这样有着远大理想宏伟抱负的人，绝对不会被眼前的困难吓倒，当然也不会被眼前的熏天臭气所吓倒。我并不认为喂猪是个低下的工作，我这样说你恐怕会认为我伪装进步，但当时我确实是这么想的。

这么跟你说吧，在喂猪的一百多个日日夜夜里，我的心情好得不能再好了，我每天都要背诵很多名言或者警句，我常常用这些名言或者警句把自己激动得热血沸腾。大丈夫能屈能伸，纵天下横也天下；好男儿志在四方，不在乎一城一地的得失；天将降大任于斯人，必先劳其筋骨，饿其肌肤。喂猪不要紧，只要感情深，为了做大事，把猪当亲人。

我这个特务连的专职喂猪员没有丝毫的自卑感，我尤其喜欢夕阳西下的时候，那像波涛一样汹涌的火烧云会铺满我们西边的训练场，眺望着西边的苍穹和镶着金边的山脊，眺望着一望无际的苍茫平原，我的心里会涌动起不可遏止的激情。

冷眼向洋看世界，热风吹雨洒江天。

是命运改变了我们，还是我们改变了命运？这是我在那个时期经常思考的问题。

当然，我不会满足于永远喂猪，而且我不能保证我喂猪的水平很高。但是我尽心尽力，我有的是力气，有的是文化，我可以利用喂猪的时间来钻研营养学，也可以利用养猪的时间钻研文学，还可以利用喂猪的时间来干坏事。

后来，我果然干了一件挺让人解气的坏事。这件事情我不会轻易告诉你的。我现在想告诉你的，是一件还算幸运的事情。

那个值得纪念的傍晚，也是一个周末的傍晚，太阳即将下山了，我从十里铺打猪草回来，快到我们一团营房西门的时候，突然发现外面有两个海军女兵从南往北行进。她们去干什么我不知道，其中一个背着画板，估计是写生去了。因为那天的晚霞特别壮观，那天的农舍特别亮丽，那天我们营房西边的开阔地特别静谧。

我和她们狭路相逢，躲避已经来不及了。再说，我是一个心理素质很健康的人，虽然我身上的每一个汗毛孔都有猪粪的味道，但是我绝不自卑，我就是自卑，也不在脸上自卑。在我们相距还有二十米的地方，我就暗暗地拿定主意，要昂首挺胸，虽然背上的一大捆干草压得我直不起腰，但是我必须尽可能地把脑袋举起来。不管怎么说，我也是一团特务连的兵，用我们的阚师长的话说，特务连的兵应该都是豺狼虎豹，即便我不是豺狼虎豹，也应该是一只高智商的狐狸而不是耗子。更何况，我的心里还装着高贵神奇的"小花"，我没有必要在平凡的五朵金花面前卑躬屈膝。

令人意外的是，在我和这两朵金花擦肩而过的时候，我发现她们压根儿没有注意我，就像迎面过来的是一只羊或者驴，她们连看都没有看我一眼。我在心里骂了她们一句脏话，然后就同她们背道而驰了，一边加快脚步一边在心里想，我一定要进步，一定要发展，一定要在某个日子里，让这两个连看都不看我一眼的蠢丫头惊呼，啊，这个年轻有为的军官，这个英俊潇洒的青年，不就是那天我们见到的那个猪倌吗？那时候我就可以不拿正眼看她们了。

我这样想着，心里就好受多了。我的心里刚刚好受了些，就听到身后有一个好听的声音说，媛媛，你干吗不走啦？

我马上判断出这声音来自前面的女兵，我在心里把她命名为女兵甲。

就在我胡思乱想的时候，我听见女兵乙说，3399817，幺拐不就是特务连吗？王晓华连队的。

我愣了一下，马上就明白过来了，是我的猪倌制服暴露了我的身份。因为是打猪草，我自然要穿工作服，我的军装外面罩着蓝色的大褂，而我的大褂除了在前面的口袋上，还不偏不倚地在屁股上也印着33998—17 的字样，当我背着干草的时候，我的屁股不可能不撅起来，这样一来，好像我是故意向她们炫耀我是特务连专职喂猪员似的。

我飞快地向她们瞥了一眼，然后又瞥了一眼。但是说实话，我不喜欢这个说话更好听的女兵，也就是女兵乙，一看她走路我就不喜欢。她走路的时候，好像在做表演，胸脯挺得很高，脖子竖得很硬，屁股夹得很紧，有点假模假式的。

我打算不理睬她们，并且暗中加快了步伐。就在这时候，我听见女兵乙说，喂，老兵，你等一下。

你知道我当时是什么感觉吗？你一定会认为我很激动，至少有点激动，可能还会脸红。你要是这样想，你就全想对了。我当时确实很激动，确实脸红了，尽管我看不见，但是我能感觉到我的脸发烫。

我激动地、脸红地想，我他妈的什么时候成了老兵啦？我老吗，我是去年年底才入伍的新兵，我今年才十九岁啊！

我为我的面相老气而悲哀。

女兵乙完全不在意或者说完全无视我的感受，从后面雄赳赳气昂昂地追了上来，问我，你是王晓华连队的吧？

我放下背上的干草，竭力保持一个特务连猪倌应有的风度，回答她说，王晓华是我们连队的。

女兵乙怔了一下，然后撇嘴一笑说，嗨，你还挺会咬文嚼字。请你转告王晓华，有空到我们宣传队玩儿，看看我们的队列舞。我们好长时间没有见到他了。

这当口我才发现，女兵乙虽然嗓子很好，但是长得很一般，除了有挺胸脯夹屁股的毛病，脸上还有雀斑，头发黄黄的稀稀的。而那个说话次好听的女兵甲才是真正的漂亮，身材很匀称，走路也是自自然然落落大方的，既不夸张地挺着胸脯，也不刻意地夹着屁股。她背着画板，沐浴在傍晚斜阳灿烂的光辉里，就像一幅闪闪发光的油画。我的眼睛看着稍微远一点的女兵甲，对稍微近一点的女兵乙说，为什么不请我去看你们的队列舞？

女兵乙似乎惊讶了一下，脱口而出说，你？

我迎着她惊疑的目光，仰起下巴说，我。

女兵乙突然咯咯地笑了起来，说，你这个猪倌还挺有个性。

我说我当然有个性，我要是没有个性我能当特务连的猪倌吗？说完这话我就背起干草，头也不抬地走了。我走了几步才听见身后那个漂亮的女兵说，媛媛，走吧，太阳快要落山了。

那个叫媛媛的说，王晓华就是不简单。

女兵甲说，怎么不简单啦？

那个叫媛媛的女兵说，王晓华连队的猪倌都很有个性。

女兵甲说，你废什么话，那个王晓华装腔作势的，动不动就是辩证法，有什么不简单？我看他还不如这个猪倌不简单。

你知道我听了这话是什么感受吗？你以为我高兴吗？不，我难受。多好的女兵啊，多么聪明的女军官啊，多么有眼光的女孩啊！可是，我不简单又有什么用呢，再不简单的猪倌也是猪倌，再不简单我也不敢重新回过头去跟她们侃侃而谈。

这次跟她们相遇之后，在我的猪倌生涯最后的五十多个日子里，我利用职务之便，数次在同样的时候出现在同样的路段上。遗憾的是，我没有重新遇见过她们。

但是，这次相遇很有意义。

十

尽管我本人并不在乎喂猪员的地位，但是有一点还是比较麻烦的，那就是给家里写信不好说。我参军的时候，有不少亲戚朋友到我家里为我饯行。我的父亲是个小学校长，他一再叮咛我到了队伍上千万好好干，首先要谦虚谨慎，其次是吃苦耐劳，再次是勤奋好学。说真的，我认为我父亲这几句话还是很有水平的，高度精练，高度概括，高度准确，一语道破天机，阐明了那个年代当兵的进步之道。

我记得那天我还喝了两杯白酒，我当着很多人的面对我父亲说，放心吧老爸，不用两年，我就给你弄件四个兜回来穿穿。

当时我的父亲身上也穿着一件军上衣，那是我的堂兄探亲时送给他的，美中不足的是两个兜。我父亲低头打量他的两个兜军装，表情有点复杂地看着我说，儿子啊，你一定要记住，要谦虚谨慎啊，谦虚谨慎是一切一切的根本。

父亲的这句话我不是太喜欢，因为我不认为所谓的谦虚谨慎就是一切一切的根本。再说，这句话也有点不符合逻辑。

可是，现在我有点明白父亲的良苦用心了。知子莫如父，这话确实很有道理。说到底，我到部队吃的这么多苦头，我之所以当上了专职喂猪员，主要的原因可能就是不注意谦虚谨慎。当喂猪员并不可耻，可是一到部队就干这活计，怎么说也光荣不到哪里去啊。虽说我本人可以把坏事变成好事，可以用因祸得福来自我安慰，可是我的父亲，我的那个等着我两年之后穿着四个兜回家光宗耀祖的父亲会怎么想？要知道，他大小也是个小学校长，在当地属于名流阶层，他是多么需要面子啊！

我跟我的老乡张海涛和马建国都严肃地交代过，现在是特殊时期，也是组织上对我们的考验时期，写信的时候绝不能把我们的分工告诉家里，保密工作必须慎之又慎。一句话说到底，你们往家里写信的时候，一个字都不许提我喂猪的事，谁提了，一切后果自负。

自然，我这话只是吓唬他们，因为不可能有太大的后果，所谓的自负，也是说说而已，就算他们暴露了我的秘密，我这个猪倌也不能把他们怎么样。

我说过，喂猪给我带来的最大的好处就是有了充分的时间。我白天跟猪们战斗在一起，搅拌饲料、冲洗猪圈、更换干草，有时候高兴了我还给它们搞搞队列训练，尽量让它们养成上厕所的习惯，在指定的地方和指定的时间拉屎拉尿。

晚上我回炊事班的宿舍住。说真的，更多的时间我还是愿意待在猪圈旁边的饲料房里，这里的气味虽然差了点，但是安静，没有人打扰，可以享受到心灵的自由，可以读书看报，还可以想象一墙之隔的五朵金花，可以放心大胆地想入非非，怎么想都不过分。

你可能会想，牟卜这个人怎么老是惦记五朵金花啊，这个人是不是有问题啊？我实话跟你说，按照通常的规律，像我这个年纪的，像我这样生理年龄和心理年龄都大于实际年龄的新兵，不想异性是不可能的。我也坦白地说，我想，真的很想，可是我有自知之明。

以后我从间接的渠道得知，那个漂亮的背着画板的女兵叫苏晓杭，那个不漂亮的脸上长着很多雀斑的女兵叫冉媛媛，苏晓杭是五朵金花当中最漂亮的，也是最有气质的，但这人也有一点不好，给人的感觉特别高傲。而且她的高傲还不是像冉媛媛那样靠夹着屁股夹出来的，苏晓杭的高傲往往是隐藏在随和里面的。

饲料房其实也就是我的办公室，跟一排长祝生珉的排部差不多大，有七八平方米。除了一口上了年纪的铁锅，我的办公室里永远都有一堆干草，这是我亲手从训练场周围割来的，晒干之后储存在我的办公室里，用于冬天给猪们垫身，我累了就躺在上面。

有一次，我躺在我办公室的干草堆上，做了一个梦，梦见我和我们的阚师长坐在西边训练场边的地埂上，我和我们的阚师长像哥俩——不，像爷俩一样抽着烟聊着天。因为我已经证实了，我们的阚师长确实有四个孩子，而且确实按照他的计划是两男两女，但有一点不在他的计划之中，因为老大出生后的第三年，我们的阚师长的老婆一次性生下两个孩子，也就是双胞胎阚万山和阚红遍，两年之后又不折不扣地生下计划中的最后一项指标，也就是最小的女儿阚尽染。阚尽染跟我正好同龄，所以我说我和我们的阚师长像爷俩一样坐在训练场边的地埂上，你大约就能揣摩出我的隐秘心理了。

我记得那天我和我们的阚师长抽着聊着就吵了起来，我说阚师长，我给你提一个意见。

我们的阚师长说，我命令，立即执行。

我说，请问阚师长，为什么我们师的女兵特别少，我听说是你下的命令是不是？

阚师长说，我命令，宣传队解散，通信营一律不招女兵，师医院少用女兵。

我说，阚师长你不让女同志参军，这不是歧视妇女吗？

阚师长说，我们的男同志用得完吗？我们一个国家的男人抵得上日本全部人口的四倍。我们二十七师是要打仗的，打仗的部队不能拖泥带水，要那么多女人干什么？难道留着给你们犯错误不成？

我说，你不让女人参加工作，那她们吃什么？

阚师长说，我命令，所有参加工作的女人立即回家享福，她们的工作全部由她们的爱人承担，她们的工资全部由她们的爱人领取并上交。立即执行！

我说，阚师长我还给你提一个意见。

阚师长说，我命令，立即执行！

我说，你为什么规定新兵下班之前要集中起来，由老兵公开挑选？

阚师长说，我命令，优胜劣汰，物竞天择，立即执行！

我说，这样太没面子啦，可不可以暗中分配协商解决？

阚师长说，我们二十七师是要打仗的，打仗的部队是不能讲情面的。像你这样军事素质差的，虽然在挑选的时候丢了面子，但是根据你的能力分配你来喂猪，打仗的时候你就不会送死，丢了面子保住了命并不重要，重要的是丢了面子而没有贻误战机！

我说，师长我还想提一个意见……

师长说，我命令你闭嘴，立即执行！

我从这个梦里醒来的时候，发现有一只母猪，不知道用的是什么功夫，居然把木条门的插销给拔掉了，率领一群半大的约克夏、巴克夏在我的办公室门前游行示威，这时候我才想起来我没有给它们按时喂晚餐。

看看吧，他妈的我们特务连的老母猪都身怀绝技，都有当特务的潜质，都有民主意识，可见我这个猪倌也是身负重任的。

我把老母猪和它的队伍撵回猪圈，来来回回跑了五六趟，给它们端水上饭，累得我满头大汗。我满头大汗地回到办公室，呆呆地回忆刚才做的梦，觉得那梦似梦非梦，好像在此之前我真的跟我们的阚师长有过一次对话，好像我真的跟我们的阚师长在灵魂上有着某种丝丝缕缕的关联。我这样说绝对没有攀龙附凤的意思，因为这时候整个二十七师都在流传我们师长要交流到地方军分区当司令的小道消息。

我很为我们师长着急，心想师长你怎么那么死脑筋呢，你为什么就不能稍微灵活一点，先当上年把副军长，以后不就可以当军长了吗？我不知道我为什么会这么设身处地地为我们的阚师长着急，难道真的是因为阚尽染跟我同龄的缘故？

我从来没有见过阚尽染，只是我听说阚尽染非常漂亮，也非常聪明，是我们师部大院最可爱的女孩，据说与海滑的苏晓杭不相上下——以后才知道事实并非如此。我相信我对阚尽染的兴趣绝对不会超过对我们的阚师长的兴趣，我太崇拜我们的阚师长了，如果说我对阚尽染同志有什么想法的话，那也一定是爱屋及乌爱老阚及小阚。二十五岁以前，我对爱情这玩意儿从来不认真，准确地说是从来没有认真地想过，因为爱情迟早都会有的，老婆也是迟早都会有的，但是像阚师长这样的人，却往往是百年不遇的。

我是一个有长远眼光的人，我知道，当你成为一条龙的时候，凤凰自然就会飞过来，而当你还是一个猪倌的时候，你想什么都没有用，白费工夫不说，还容易让人自卑。

春节过后不久，我们特务连发生了一件事情。

有一天，我们团的保卫股长张震峰陪同一名上了年纪的干部来到我们特务连，二话不说，直接进了连部。很快连长就出来吩咐连值日到操场上去找一排长祝生珉，连值日路过一排宿舍，对一排的排值日说，坏了，你们排长的事情可能又犯了，上面来抓人了。

连值日这么一说不要紧，排值日撒丫子就跑，一直跑到操场，见到祝生珉就说，排长你快逃吧，上面来人了，要抓你。

祝生珉那当口正在鼓捣他的远程定向窃听器。自从上次张震峰把他的那堆破铜烂铁弄走之后，他费了好大的劲才又把东西找齐，而且找得更齐了。经过上次的挫折，他的信心更足了，干劲更大了。

猛然听说上面来人抓他，祝生珉一时半会没有回过神来，愣愣地看着排值日，眼角皱纹倏然挤在一起，仰起脸来干笑着说，嘿嘿，抓我？抓我干什么，我又不是反革命！

排值日说，搞得不好还是你上次窃听的事情，我亲眼看见是保卫股张股长带着来的，手里拎着一包东西，像是铐子。

我们的一排长当然不信，但也不是全不信。那阵子阶级斗争还抓得很紧，什么情况都有可能发生。就在一排长发愣的当口，连值日追了过来，连值日还没有跑到跟前，又看见三排长黄嘉平远远地也跑了过来。那阵势就像当年宋朝皇帝要杀岳飞，十二道金牌一道接着一道，把在场的几个战士吓得脸都白了。

祝生珉倒是很能沉得住气，很从容地收拾着他的零散物件，神态很安详，一副大义凛然视死如归的样子。

黄嘉平跑到近处说，老一老一祝生珉，赶快到连部去，你老哥恐怕有好事了。

祝生珉满脸狐疑地看着黄嘉平，不知道发生了什么事。黄嘉平气喘吁吁地说，909研究所派人来了，说你的远程定向窃听器搞成了。

祝生珉一听这话，二话不说，把刚刚收起的家伙又重新摊开，嘴里嘟嘟囔囔地说，别拿我穷开心了。你有你的正经事，我有我的穷忙活。

黄嘉平急了，跺脚喊道，谁骗你谁是孙子。我告诉你，师长来了，团长也来了，都在连部等着你呢。

祝生珉盯着黄嘉平看了好一阵子，见黄嘉平不像开玩笑，这才扭过头对张海涛他们说，你们给我看好东西，别乱动啊，我一会儿就回来。

祝生珉回到连部，喊了一声报告，进到会议室，果然看见阚师长和赵团长都在，还有张震峰和另外一个不认识的人。那个人一见到祝生珉就说，你是祝排长吧，我是909研究所的工程师朱景山。我代表我们三分所首先向你检讨，由于我们的疏忽，由于我们低估了基层同志的创造性，没有认识到你的发明的重要意义。

然后就娓娓道来。朱景山说，909研究所的高级工程师姜文璜姜总多年来致力于远程定向窃听装备的研究，但是始终没有找到最佳方案，后来偶然得知二十七师一个排长提出了长波反馈的设想，很受启发。虽然祝生珉的长波反馈理论还不成熟，但是仅凭这个创意就非常有价值，因为这个想法非常超前，非常适应未来陆战的需要，所以请祝生珉到909研究所去一趟，结合训练作战需求再谈谈自己的想法。

朱景山讲话的时候，祝生珉的表情很奇怪，他大约有东张西望的习惯，但是有师长和团长在场，他又不敢东张西望，只好暗暗地骨碌着眼珠子，不时地偷看师长和团长。

我们的阚师长这天到我们特务连来，纯属偶然，他是来一营观摩攻城战术训练的，听说了这件事情，就顺便过来看看。我们的赵团长这天到特务连来，也是纯属偶然，因为他是陪同师长来的。团长陪着师长过来，就把这件本来很小的事情弄得动静很大。

在朱景山介绍情况的时候，我们的阚师长端坐如钟，脸上看不出表情。等朱景山说完了，我们的阚师长站起来了，从椅子背后走到祝生珉的身后。祝生珉诚惶诚恐，转过脸想站起来，却被我们的阚师长按住了双肩。我们的阚师长说，我听明白了，在这件事情上，我们的祝生珉同志就是提供了一个想法是不是？

朱景山说，是，是创意。

我们的阚师长笑笑说，一回事，就是想法。我没有想到我们二十七师还有这么个排长，不务正业，没事找事，胡思乱想。

我们的阚师长这么一说，本来很热烈的会议室，咔嚓一下变得鸦雀无声，连赵团长的脸色都变了。

阚师长问祝生珉，你今年多大了？

祝生珉站起来，上牙碰着下牙，磕磕绊绊地说，二……十八。

阚师长又问，哦，二十八岁了还当排长啊，当了几年啦？

祝生珉这回没有结巴，很清楚地回答，八年了。

阚师长说，啊，一个排长就当八年啊，八年抗战啊！照我看来，在我们二十七师，只有两个人进步最慢，一个是你，一个是我，你说是不是？

祝生珉说……祝生珉的嘴巴动了几下，什么也没有说出来。

阚师长说，一个人三年五载当排长并不难，难的是十年八年如一日只当排长不当连长，更难的是十年八年只当排长不干排长的事。

这回不仅是我们的团长、我们的营长、我们的连长面部表情僵硬，大气不敢出，就连909研究所的朱景山的脸上都很尴尬。祝生珉此刻虽然脑门子冒出了冷汗，但是眼睛里却流露出不屈，他用一种委屈甚至是愤懑的眼神盯着我们巍峨高大的阚师长。

阚师长问，祝生珉你结婚了没有？

祝生珉说，没有，我连女朋友都没有。

阚师长问，想不想结婚，想不想要个女朋友？

祝生珉说，我还没考虑到这个问题。

阚师长说，那么你都考虑些什么问题了，就是远程定向窃听器？就是不务正业？就是空想幻想？就是只当排长不做排长的事？

祝生珉呼啦一下站起来说，报告师长，请您……

阚师长喝道，坐下，我没有让你说话！

此时我们特务连会议室里的空气紧张极了，朱景山几次欲言又止，我们的赵团长几次欲言又止，我们团的康副参谋长几次欲言又止，但是没有一个人敢说话。只有我们的阚师长一个人说话。我们的阚师长突然对我们的连长李开杰说，把黑板给我抬进来！

不到三分钟，黑板就抬进来了。我们的阚师长走到黑板前面，停顿了一下，捏住粉笔，把手举到了头顶，然后又举到右上方，以胳膊根子为圆心，以胳膊长为半径，只见他上身猛然一动，像是汽车的方向盘转了一圈，黑板上立即出现一个像太阳一样的圆圈。

那个圆圈我们是后来才有幸亲眼看见的，太圆了，我从来没有见过那么圆的圆，简直比圆还圆。我们的师长画好圆圈之后，刷刷两笔，圆圈的中心出现了一个十字线。

我把故事讲到这里，你用不着怀疑我们的阚师长画十字线的笔法，那就像用直尺画的，一点不带拐弯的，纵横两根线的交会处不偏不倚，就是圆心，这样黑板上就出现了四个九十度。

我们的阚师长说，祝生珉，你给我站起来，我来考考你。考试合格，我就把我的女儿嫁给你！

阚师长的那句话就像一个晴天霹雳，把在场的所有的人都炸蒙了，祝生珉当然更蒙。但是祝生珉那当口还顾不上蒙，他的注意力都集中在阚师长即将出的那道题目上。

当时在我们特务连会议室的有八个人，除了我们的阚师长，还有赵州章团长、朱景山、张震峰、康必绪、李连长，另外就是三排长黄嘉平和祝生珉。八个人有七双眼睛都盯着黑板。我们的阚师长的手腕一动，像是打拍子似的把手往下一砍，只听"嚓"一声，黑板上出现了一条笔直的斜线。

我们的阚师长扔掉粉笔，拍了拍手，转过身来问祝生珉，说说密位？不超过三十密位就算及格。

在场的人像是接到了口令，脑袋刷地一下转向祝生珉。祝生珉看了一眼黑板，底气很足地说，35—50！

阚师长的脸上这才微微露出笑容，问祝生珉，你敢肯定？

祝生珉没有马上回答，上体稍微向前倾斜了一下，声音比刚才还大。祝生珉说，报告师长，我敢肯定，35—50！误差超过十密位就算不及格。

这时候我们的团长赵州章说话了，李开杰，去拿指挥尺量一下。

李开杰答应了一声，是，然后就屁儿颠颠地要去找指挥尺。我们的阚师长说，不用了，他说得没错，不会超过十密位。

说到这里，我又得给你普及一下军事常识了。

圆是三百六十度不会错吧，但说它是三百六十度那是你们的说法，用我们军事术语说，它是六千密位，九十度就是一千五百密位，一度约等于十七密位，不超过十密位的误差，就是说不超过半度。你目测方位，或者说你目测角度，能够不超过半度吗？就像从三百六十粒沙子里抓了一把，让你猜出这一把有多少粒，你的误差能不超过半粒吗？我估计你没有这个把握。别说是你，就是我们的赵团长、康副参谋长、李连长都没这个本事，简直就是天方夜谭。

但是我们的一排长祝生珉就有这个本事，这不仅因为祝生珉是特务连的排长，而且是个搞技术侦察的排长，而且是个神机妙算的排长。

搞技术侦察的为什么要有这个本事呢？因为这太重要了。想当年，我们的阚师长还是我们特务连的连长的时候，在朝鲜战场屡建奇功，靠的就是这个本事。阚师长在朝鲜战场的故事我以后再说。

据那天在场的人讲，当祝生珉高质量地通过了阚师长的考核之后，我们的阚师长很长时间没有说话，在场的其他人自然也有很长时间没有说话。我们的阚师长看着祝生珉，其他的人也看着祝生珉。我们的阚师长看了一会儿祝生珉，仰起头来看天花板。我们的阚师长看着天花板说，行了祝生珉，按我说的办，我把我的大女儿阚层林交给你了。

那一屋子人都在傻着，只有祝生珉东张西望。祝生珉看看阚师长，再看看我们赵团长，再看看我们李连长，突然把腰一挺说，不，师长，不能啊……

我们的阚师长已经准备离开了，正在跟朱景山交代什么，听到祝生珉一连串说了几个"不"，脸色立马就变黑了。我们的阚师长回过头来恶狠狠地看着祝生珉说，不什么不，未必我的掌上明珠还配不上你这个秃头排长？难道委屈你啦？

祝生珉的腰立马又弯了下去，一脸痛不欲生的表情。祝生珉说，不，不啊师长，我不配啊，我这个样子，我不配啊……

我们的阚师长仍然恶狠狠地看着祝生珉，恶狠狠地说，你这个熊样子，是不配。我们的阚师长说完，戴上军帽，气冲冲地走出了会议室。我们的赵团长、我们的康副参谋长、我们的李连长，全都呆若木鸡。还是我们的赵团长反应快一点，恶狠狠地瞪了祝生珉一眼，一个箭步冲向会议室的门口，去追阚师长去了。

但是还没等我们赵团长追上去，我们的阚师长突然又回过头来，大喝一声，祝生珉！

祝生珉打了一个冷战，胸脯一挺应声而答，到！

我们的阚师长掉转身子，几大步甩了回来，走进会议室，又喝了一声，祝生珉！

祝生珉的胸脯又挺了一次，比刚才更高声地回应，到！

我们的阚师长说，看着我！

我们的一排长说，是，看着你！

我们的阚师长说，回答我！

我们的一排长说，是，回答你！

我们的阚师长说，把头抬起来！

我们的一排长说，是，把头抬起来！

据黄嘉平后来说，他从来没有看见我们的一排长像那天那样把腰板站得那么直，从来没有看见我们的一排长的眼睛瞪得像那天那样圆。我们的一排长的眼睛那天一次都没有眨巴，甚至还有凶光，就像他对我们的阚师长有深仇大恨似的。

后来我们的阚师长移动步子，把他那副像座山一样的身躯移到一排长的面前，伸出两只手，把我们一排长的下巴颏往上搬了搬，再后退一步，看着我们一排长说，现在我宣布，你配当我的女婿了。

十一

我把故事讲到这里，你可能会感到不可思议。其实没有搞明白的不光是你，当时有很多人都蒙在鼓里，因为我们的阚师长和我们的一排长的言行都超出了常规，这件事情充满了悬念。当然，以后你就会明白为什么了。

众所周知，我们的阚师长习惯于发号施令，但是那一次我们的阚师长大意失荆州了。他回到家里，跟他的老婆也就是我们师医院的院长苏静仪说，我把阚层林许配给一团特务连的一个排长了。

苏静仪一听就蒙了。苏静仪说，阚大门，你休想！现在不是你横行霸道的时候了。儿女的婚姻大事，绝不能由着你胡来！

我们的阚师长鼓起眼珠子问苏静仪，我怎么胡来啦？你了解那个排长吗?

苏静仪说，不管我了解不了解，我也不用了解，这个事你说了不算，我说了也不算。

阚大门同志说，那就奇怪了，你想让谁说了算?

苏静仪同志说，婚姻自由，孩子的事情孩子自己说了算。

阚大门说，我是孩子的父亲，我有这个责任，有这个义务，也有这个权力给孩子选择对象。

苏静仪同志说，阚大门，你再也不要摆你的师长威风了。你一年两年摆师长的威风我让着你，你三年五年摆师长的威风我让着你，你十年八年摆师长的威风我还让着你，可是你十九年如一日只摆师长的威风而不摆军长的威风，是可忍，孰不可忍! 我宣布，你的决定无效!

我们的阚师长气坏了，我们的阚师长从沙发上嘣的一声站了起来，挥动着大手，还下意识地朝腰胯上摸了一下。想当年在朝鲜战场上，谁要是宣布阚大门同志的决定无效，他没准会给你一枪。

但是我们的阚师长那天没有发火。据说在我们当兵前的这一年，我们阚师长的脾气较之过去有了很大的变化，虽然在队伍上仍然八面威风，但是一回到家里，或者在没有人的时候，阚师长就会变得沉默寡言，会变得心事重重。我们特务连的干部和老兵都说，这几年我们的阚师长老得很快，才五十岁的人，老年斑都长出来了。用马学方的话说，这都是因为不打仗造成的，因为我们的阚师长爱下命令，打仗的时候我们的阚师长的命令一就是一，二就是二。我们的阚师长说，特务连给我上，特务连就上去了。我们的阚师长说，阵地丢掉了枪毙，阵地果然就没有丢掉。但是不打仗了，我们的阚师长说话就没有过去灵光了，特别是最近几年，因为当师长年头太久，我们的阚师长常常说的那些话、阚师长的故事，在我们二十七师，基本上家喻户晓了，所以我们的阚师长再也没有过去那样威风了。

作为一个有思想的喂猪员，我有大量的时间阅读。我们连队的指导员王得建听说我向文书借连史，既惊奇又高兴，还专门到养猪场把我视察了一下。

王得建问我为什么要借连史，我说我要了解我们连队的光荣历史，当一名合格的喂猪员。其实我讲的不全是实话。我研究连史，好比看小说，有的故事甚至比小说还有味道。譬如我们的连史里记载，说队伍刚刚开进朝鲜的时候，在第二次战役中，我们的老连长阚大门同志奉命带领一个班去侦察敌人的炮兵阵地，阚大门同志带着这个班先到了一个地方，潜伏了半个小时，搞清楚这里没有炮兵阵地，就带着队伍回来了，途中钻到一个山洞里，美美地睡了一觉。傍晚回去向团长报告说，敌人的炮兵阵地纵坐标多少多少，横坐标多少多少，榴弹炮有多少多少。团长看阚大门的队伍干干净净，没有一点翻山越岭皮肉吃苦的痕迹，很怀疑地问，你亲眼看见了吗？阚大门同志说，我是算出来的。团长勃然大怒说，阚大门你把战斗当儿戏，叫你去侦察敌人的炮兵阵地，你居然去睡觉。贻误战机，枪毙！

阚大门说，团长你把我这条命留到明天早晨，如果敌人的炮兵阵地不在我讲的这个地方，你再枪毙我不迟。

后来的战斗事实证明，敌人的炮兵阵地果然就在阚大门同志说的坐标系里。团长把阚大门叫到指挥部让他说说经验，阚大门同志说，很简单，我在地图上把地形都研究透了。榴弹炮的射程有多远我知道，最近射击距离我也知道，炮弹能够穿过的山峦缝隙我也清楚。这几个条件一综合，他能够设置炮兵阵地的位置只有两个，我去了第一个地方，那里不是，那就肯定是第二个地方。

当时的团长是老红军，没有多少文化，一听阚大门这样说，连声说，不枪毙了，不枪毙了，这样的干部哪能枪毙啊！赶紧向师里打电话，让阚大门同志接替在那场战斗中牺牲的三营长。

那天我跟我们指导员王得建说，知识就是力量，知识就是战斗力。我们的指导员非常惊奇，他用很夸张的眼神看着我说，这话说得好，牟卜同志，我听一班长说你有思想，我还不信，看来你真的很有思想。

我很谦虚地说，哪里哪里，指导员过奖了，我只不过是多看了一点书，脑子里多想一些问题罢了，谈不上有思想。

这次王得建到养猪场视察，使我备受鼓舞，我相信我的喂猪生涯很快就要结束了，我甚至设想，也许指导员会把文书调走，让我去当文书。这个灵感是在突然间产生的，有了这个灵感，把我兴奋得半夜没有睡好觉，一趟一趟地上厕所撒尿。

现在言归正传，讲我们师长的故事。

众所周知，我们师长阚大门基本上是一个只管部队很少管家的人，因为家里只有老婆和四个子女——其实只有三个，小女儿还不在身边，这当然很难满足我们的阚师长发号施令的欲望。但是我们师长在他的几个孩子还很小的时候就有明确的命令，阚万山、阚红遍、阚层林、阚尽染，必须好好学习，天天向上，无论任何时候，无论任何条件，无论任何学科，无论大小考试，任何人的成绩不得低于本班级的前三名。

我们的阚师长发布完命令就再也不管他们了，他的命令全由苏静仪同志抓落实。那时候我们的阚师长还年轻，还不到四十岁，那时候苏静仪同志对我们的阚师长还唯命是从，所以十几年如一日抓阚万山等人的学习，连"文革"当中都没有放松。

一九七七年恢复高考，我们的阚师长又下了一道命令，给每个小阚布置了任务，阚万山考北大，阚红遍考人大，阚层林考清华，阚尽染考南开。

后来的结果基本上没有实现我们的阚师长的战略决策，阚万山没有考上北大，而是考上了清华。阚红遍的分数不仅不够上人大，连省里的重点大学也进不了，只考上了平原市的师专。阚层林考上了纺织学院，阚尽染考上了军医大学。除了阚万山，另外三个小阚整个把老爹的标准降低了好几个等级。

这个结果按说已经相当不错了。我后来听说师长家的小阚们的表现，惭愧得想上吊。据说我和阚尽染是同岁，可是我参加高考，却离最低分数线差一百五十多分，其中数学一门，离零蛋差十二分。政治考题还差点儿出了政治问题。那时候好些四五十岁的人都参加高考，我以为张三李四王二麻子都差不多，哪里想到还有几个小阚如此厉害。

小阚们无一例外地没有考上我们的阚师长指定的高校，但是四个小阚无一例外地都考上了大学，这至少应该庆祝一下，我们二十七师驻地省市的报纸和电台都做了报道，连《人民日报》和《中国青年报》都发了消息。

但是阚大门还是怒气冲冲地把小阚们集合在一起训话，首先他对多数小阚降低标准，没有考进他指定的大学感到不满，只有长子阚万山出类拔萃。不过阚大门最后还是夸奖了阚层林和阚尽染，两个女小阚虽然没有完全照着老爹分配的方向去考，但是也还算争气。女孩子嘛，阚大门对她们的要求可严可松。最惨的是阚红遍，避重就轻，舍远求近，只考取了师专，有失水准，说是大学，不像大学。

天地良心，阚红遍其实是所有的小阚中学习成绩最好的，但是考试前那段日子里，他忙于搞早恋，把心思耗掉了不少，于是考砸了。

第 二 章

一

那年春季训练誓师大会之后，黄嘉平提升为副指导员，二排长吴国品调到机关工作，这样，我们连队就有了两个干部的空缺。

在我当了四十二天专职喂猪员的那天，团政治处主任带着几个人到我们连队考察骨干，其实大家心照不宣，他们就是来考察那两个排长的接班人的。被考察的骨干，首先就是三个干部苗子，陈骁、王晓华、耿尚勤。

关于陈骁和王晓华，我已经有了比较多的接触，但是对于耿尚勤，我始终是雾里看花，但我知道这个人是个武把子。按照通常的看法，在我们特务连，其实最像特务的就是耿尚勤，据说他有飞檐走壁百步穿杨的功夫，就像古书里说的，有一夫当关万夫莫开之勇。

自然，这也是夸张的说法。

耿尚勤的故事是我当了专职喂猪员之后听说的。

据说是在我们参军前半年的某一个星期日，我们一团驻地北边十里铺村的懒汉邱冬瓜神不知鬼不觉地潜进了营房，这伙计倒不是想做偷枪偷炮之类惊天动地的大事，他的愿望无非就是偷几件军装，当然如果方便的话，弄些更值钱的东西他也不会拒绝。邱冬瓜是跟着民工队伍混进营房的，民工是给后勤处送树苗的。邱冬瓜离开民工队伍之后，就开始了愚蠢的隐蔽活动，顺手从后勤处食堂门前拿了一双正在晾晒的军用胶鞋掖在怀里。

活该邱冬瓜倒霉，一双胶鞋偷出了天大的麻烦。

因为团后勤处的食堂就在我们特务连的南面，邱冬瓜偷胶鞋的时候，只注意观察食堂，而忽视了厕所，耿尚勤恰到好处地从厕所出来了，老远看见了邱冬瓜的动作，并不声张，而是回到宿舍拎了一支冲锋枪，悄悄地接近了邱冬瓜。

邱冬瓜当然不满足于只搞一双半新半旧的胶鞋，还想进一步扩大战果，等他把手伸向一件军上衣的时候，耿尚勤从墙边踱了出来，在距离邱冬瓜大约十五米远的地方轻轻地咳嗽了一声。

邱冬瓜扭头一看，顿时两腿发软。他认识耿尚勤，这是整个北兵营都认识的神枪手，神枪手的手里拎着冲锋枪，而且他还知道，这个神枪手是个长跑健将，在平原市运动会上拿过第一名。邱冬瓜连想都没想，拔腿撒丫子就跑，一口气跑过特务连连部、一连宿舍、二连厕所、三连菜地，兔子一样翻过围墙，围墙下面是一条两丈宽的小河沟，邱冬瓜毫不犹豫地扑了下去，顶着一头臭水接着跑。邱冬瓜一边跑一边想，这下恐怕可以脱离危险了，那个神枪手断不至于为一双胶鞋也趟臭水沟吧？

邱冬瓜想错了。耿尚勤自然是不会趟臭水沟的，但是他从西门绕了出来，转眼之间就撵上了邱冬瓜，在邱冬瓜身后二十米远的地方放慢了脚步，大步流星地走，一边走一边拉枪栓。其实，枪膛里面连一颗子弹也没有。

耳朵里听着耿尚勤拉枪栓，邱冬瓜恨不得插上翅膀，可事与愿违，越想快跑，两条腿就越是发软。好在耿尚勤似乎并没有捉拿他的意思，就那么不紧不慢、不远不近、不言不语地跟在他后面，一边走着还一边咔咔嚓嚓地拉着枪栓。

邱冬瓜跑啊跑啊，从狂跑到快跑，再到慢跑，最后是只有跑的想法，没有跑的力气了，惊恐中怀里揣着的两只胶鞋还被弄掉了一只。耿尚勤走到那只胶鞋前，弯下腰去捡起来，还停下脚步研究了一番，然后才迈开长腿接着往前追——不，准确地说是往前走。

一个紧跑，一个慢赶，大约跑出去三四里路左右，耿尚勤还在后面走着，还在拉着枪栓，还是那样不紧不慢不远不近。这时候邱冬瓜再看天，天变成黑色的了，太阳变成蓝色的了，柳树变成山冈了，小河变成公路了。邱冬瓜心里喊一声：不跑了，你打死我吧，打死我也不跑了。然后咕咚一声，倒在地上，一副视死如归的模样。

耿尚勤追上来之后，并没有把他咋样，甚至连枪托子都没用上，只是从他的怀里拽出了另外那只胶鞋，然后朝他屁股上踩了两脚，又一言不发地转身走了。

邱冬瓜躺在地上半天都没想明白这个狗日的神枪手到底在玩什么名堂，直到耿尚勤已经走出了很远很远，消失在暮霭之中，邱冬瓜才哼哼唧唧地爬起来，双手拍打着屁股，对着耿尚勤消失的方向，鬼哭狼嚎地扯了一嗓子：狗日的神枪手，你神经病啊！

我为什么要介绍耿尚勤呢，因为这哥们很快就要倒霉了。

不是说要提干吗，但是考察了三个干部苗子，只能提起来两个，至少有一个人提不上干。至于把谁刷下来，自然是组织上的事。但是，不是还有一句话吗？毛主席教导我们说，你们要关心国家大事。让我们特务连的兵关心国家大事，离得太远，太不靠谱，但是管管自己连队里的事还不算太离谱。群众的眼睛是雪亮的，虽然群众不一定到组织上反映自己的意见，但是群众的智慧又是无穷的，有时候，群众会根据自己的好恶并以自己的方式来表达自己的愿望。

你可以想象出来，自从被考察之后，陈骁和王晓华、耿尚勤他们的日子就不好过了，就不可能平静了，夜里做梦就多了，白天说话就少了。后来部队流行一句话叫作如履薄冰，那时候他们的心情用这个成语来形容是再恰当不过了。

就在这三个准排长如履薄冰的日子里，王晓华接到了一封信，是一封情意绵绵的信。第一次接到那样的信，王晓华说不清楚自己是什么心情，有点惊奇，有点紧张，还有点兴奋。

信是通信员送报纸送来的，寄信人落的地址是本市，信封上贴着邮票，属于正常渠道。不正常的是内容：

　　　　你看到这封信的时候一定会感到奇怪，但是，你应该知道我
　　是谁。自从你来带领我们五朵金花搞训练，你的身影就在我的脑
　　海里扎根了。虽然你不是那么英俊高大，但是你刚毅的面容、果

断的手势、敏锐的眼神，无不在我的心里烙下深深的烙印。尤其幸运的是，在你们团里的誓师大会上我又近距离见到了你，你驾驶着摩托车，像驰骋在草原上的战马，你那高超的技术和无畏的精神、潇洒的雄姿，再一次震撼了我。我愿意同你建立深厚的革命友谊，使自己有更多的向你学习的机会。如果你不反对的话，我们下星期日（2月16日）上午九点钟在纱厂西门八路公共汽车站下赵王渡桥头见面，我有很多话要对你说。

落款是"知名不具"。

看完信，王晓华有些发蒙。给五朵金花搞队列训练，那是组织上安排的事。我们一团在西边的训练场召开誓师大会，附近的老百姓和海滑的人都在一旁看热闹。他当时因为精力过于集中，也没想到观察一下他曾经指挥的那几个海军女兵在不在现场。虽然说他跟那几个女兵都有亲密接触，但那仅限于梦里。至于说"知名不具"，知名倒是事实，苏晓杭、冉媛媛、张豆豆、赵明明、全宋诗，哪一个名字他都能倒背如流。问题是"不具"。

从现象上看，王晓华是一个自律精神很强的同志。我们特务连敢于把他派去训练五朵金花，就足以说明这一点。但是，王晓华哪怕再自律，面对女孩子的情意绵绵，他也不可能无动于衷。他至少得搞清楚这封信是谁写的吧？

依我对王晓华的观察判断，王晓华其实是一个很在意女性的人，当然，随着我在特务连生活的深入，我发现我们特务连的人其实对女性都很在意，说直白一点，都渴望女性。那是七十年代末，我们那时候对于情爱和性爱一方面了解得甚少，一方面又想象得甚多。所以说，后来出现了很多令阖大门等各级首长始料不及、令我们自己瞠目结舌的男女悲欢故事，这些故事的主人公不仅有王晓华、耿尚勤这样看似很有定力的人，也包括陈骁这样几乎成为我偶像一样的人物，最终还包括了我自己。这些故事，我将分期分批地讲述。

应该说，王晓华最初还是比较清醒的。他不止一次地分析那封信的性质。从口气上看，这封信应该出自海滑的女兵。他反复搜索记忆，那些女孩子在他看来都一样，都很漂亮，都很可爱。信上很自信地说他"知名"，那就意味着他和她有交流，也许只是眼神的交流，心照不宣的默契。但他实在记不起来他跟谁有过这样暗送秋波的事情。以他现在的心态，也不可能跟谁有暗送秋波的事情。那么她一定误会了，这个误会看来还比较严重，还必须尽快解除，否则就有可能惹出麻烦。

王晓华百思不得其解，也想不出好办法来处理这件事情。他想把这封信交给连队，这样就可以一了百了，天大的误会也就说清楚了。但转念一想，觉得这样做很不地道，像叛徒一样。他最终还是决定自己解决，当然是通过地下手段。但问题是他不知道那个女孩究竟是谁，所以解决起来就无从下手。

问题就从这里开始了。在接下来的两天里，无论王晓华怎样掩饰，但还是常常走神，训练中的失误也明显增多。训练间隙，他找个背静的地方，再次深入地研究那封信，逐字逐句地分析，并且对照那几个女兵回忆和她们的交往。回忆来回忆去，他跟她们都没有交往，只不过那次联欢会快结束的时候，那个叫苏晓杭的女孩子朝他笑了笑，笑得很好看。

王晓华把他同海滑女兵接触的几个细节联系起来想，还真有可能就是那个苏晓杭，因为苏晓杭好歹还朝他笑过，他当时也回了她一个笑容。再往细里想，他突然又想起了那次联欢会上一个非常重要的细节，对了，他还向她竖了一次大拇指，更重要的是，她也回了他一个大拇指。

思路豁然开朗。王晓华的血一下子就烫了，要真是苏晓杭，那还有什么话说的？他不太在意女孩子，但是他不能不在乎苏晓杭，在那天的联欢会上，他看见了那双晶莹纯洁的眸子、天真无邪的笑容、俏皮的步伐，她像明媚的春风一样，走进了他的心里，甚至可以说唤醒了他的青春。倘若这封信真是苏晓杭写的，那说明他还是十分幸运的。当然，幸运归幸运，去不去还是一个问题。

我有理由相信，这时候的王晓华，已经有点找不着北了。

王晓华的麻烦从此就开始了。在训练场上经常走神，吃饭的时候常常把筷子往鼻子边上戳。连队里稍微有点心计的人都能发现王晓华的反常，但是多数人都认为王晓华的反常是因为对于提干的过于迫切造成的，马学方有一次就在我面前说，嗨，人啊人，人这种动物真是可怜，王晓华本来是茅缸里的石头又臭又硬，但是在提干面前，还是沉不住气乱了方寸。

　　马学方说这话的时候，张海涛和武晓庆都在场，他们两个都跟着屁股附和说，真的不容易啊。武晓庆还假惺惺地说，我真为我们班长担心，他可得挺住啊，可别出什么事啊！

　　我窃笑，我在心中暗自窃笑。王晓华是因为提干问题乱了方寸吗？不能不说多少有这方面的因素。但是，我以特务连一名战斗员的名义向你担保，仅仅担心提干问题，是绝对不会让王晓华这块花岗岩神魂颠倒的。可以说，王晓华目前所承受的精神熬煎，前因后果我比任何人都清楚。

　　我这样一说，你可能会怀疑我在这件事情上做了手脚，因为你知道我对王晓华积怨已久。那么是不是我做的手脚呢？我不告诉你，作为一名特务连的战斗员，我必须为此保密，哪怕我本人背上黑锅。

二

　　2月16日是个晴天。

　　那天早晨，我把猪们伺候好之后，就开始密切观察连队的动向。

　　星期天到连部请假的人不少，有班长，有副班长，也有普通的新兵老兵，连长李开杰签发了六七张外出证。

　　我那天没有请假，但是我在连部外面溜达，我关心的是王晓华会不会请假。令我失望并且不安的是，王晓华一直没有出现。我觉得挺遗憾的，也许一场好戏还没有开始就结束了。我心猿意马地在连部外面单杠池里假模假式地做着练习，观察着从连部进进出出的老兵新兵们，越来越失望。后来我不得不承认，王晓华这哥们不愧是一个久经考验的老兵，是一个能够把握住分寸从而能够把握自己命运的老班长。想出王晓华的洋相，还是要费点思量的。

　　后来我就决定不再等待了，我不能老是在单杠上消耗自己的精力，而且在连部门口磨蹭的时间久了，会引起不必要的麻烦。我决定不再看笑话，决定回到我的饲料房去看书。

　　然而就在我决定不再看笑话的时候，笑话来了。我看见从东边我们特务连主力宿舍门口向西边的连部走来了一个人，穿着一身不算新但是异常整洁的军装，脚蹬一双黑底绿面的解放鞋，步子迈得从容不迫。我的心里涌上一阵难以言说的快感——哈哈，好戏终于开场了。

你一定知道了，从东向西坚定而来的这个人是王晓华。他一定是来连部请假的，从他那视死如归的表情和动作上，我就不难分析出来，这哥们昨晚一定经过了激烈的思想斗争，一定是贴油饼一样辗转反侧，一定是在无数选择中突出了重围。这哥们到底没有抵御住诱惑，铤而走险了——也许，他是怀着侥幸心理，幻想鱼和熊掌兼而得之呢。

我赶忙撑起双臂，用足吃奶的力气，把自己送上单杠，并且在上面做了个高难度动作，倒挂金钩，一条腿挂在单杠上，从裤裆里倒着观察王晓华的行动。

果然，王晓华走进了连部，走进了连长李开杰的卧室兼办公室。

依我的判断，王晓华是老班长，是骨干中的骨干，平时对自己要求极其严格，轻易不外出，难得张嘴请假，既然这次张嘴了，就应该不成问题。果然，没过三分钟，王晓华就从连部出来了，连看也不看我一眼，便雄赳赳气昂昂地向营房大门口大踏步走去。

你一定能够理解我的心情，你大约也能估摸出事情后来的结果。我和你一样，作为一个局外人能够超脱地、理性地、科学地看待这件事情。首先的问题是，王晓华接到的那封信非常可疑，毫无征兆，不符逻辑。苏晓杭那么高傲，那么漂亮，那么出色，她是一个方方面面条件都很好的女军官，而王晓华拼搏至今仍然是一个穿着两个兜军装的大头兵，她凭什么要追求王晓华？难道她是神经病吗？

这件事情的性质其实是一个并不高明的阴谋，明眼人一看就知道是扯淡，偏偏王晓华身陷其中情令智昏。对于这样一个道貌岸然而又傻乎乎的家伙，我们当然有理由看他的笑话，我们要是不看他的笑话，那我们就是傻子了。

可是我们最终没有看成王晓华的笑话，后来我痛心疾首地发现，这个玩笑开大了，这个玩笑的最终受害者不是王晓华而是耿尚勤。

事情的经过是这样的——

那天王晓华迎着朝阳满面春风离开连队的时候，我并没有马上离开我的观察位置，我吊在单杠上偷着乐，想象着王晓华在不久的将来徘徊在赵王渡的桥头上，焦急、失望、暴躁、愤懑……我的心里好不得意。

但是我的得意很快就被一个突如其来的变化驱散了。

王晓华刚刚离开连队不到十分钟，我们连队就接到了一个电话通知，说是团政治处董副主任让王晓华立即到干部股去一趟。我们连长接到通知，喜出望外，因为董副主任还兼着干部股长，李开杰猜测是董副主任要代表组织找王晓华谈话，也就是说王晓华的提干有了新的进展，或者干脆说就快了。

李连长当机立断，命令通信员开上摩托到大门口把王晓华追回来，如此这般对王晓华一说，王晓华也是悲喜交加。王晓华比李连长更加急于知道董副主任找他谈话的内容，那时候他已经顾不上子虚乌有的苏晓杭了，从连长的宿舍出来，他二话没说就跑步前往团部，他从我的身边跑过的时候，还看了我一眼，就在那一瞬间，他似乎犹豫了一下，似乎想起了还有赴约这档子事情。他停住步子，冲我喊了一声，牟卜，帮我一个忙。

我赶紧跳下单杠，立正说，请王班长吩咐。

王晓华觑了我一眼，又犹豫了一下说，算球了，你不行。去找七班长，到你的饲料房，我有话跟他讲。

我说是，拔腿就向三排宿舍跑。

我跑到三排，找到耿尚勤，说四班长有事找他，耿尚勤很不高兴，嘟嘟囔囔地说，他妈的老四排长还没有当上，就开始摆谱。有什么鸟事不能过来说，还要我去受领任务，官僚啊！

但是说归说，耿尚勤还是跟着我到饲料房了。

我把耿尚勤领到饲料房之后，王晓华就挥挥手打发我滚蛋了，所以后来的详细情况我不是太清楚，但是我能估摸出个大概。

王晓华找到耿尚勤，那当口时间已经很紧迫了。王晓华对耿尚勤三言两语把那封信的事情说了。王晓华说，哪里知道政治处董副主任这个时候找我呢？

耿尚勤说，我操，好事都让你占尽了。你去接受提干谈话，还不想放弃会女人，你偷牛，让我给你拔桩啊？不干。

王晓华说，你不是长跑健将吗，帮个忙啊。

耿尚勤说，帮个鸟忙，哪有代替别人会女朋友的？

王晓华说，目前还谈不上是女朋友，可是我没有拒绝人家，见个面也是正常的。我们解放军不能失信于民。

耿尚勤说，球，你的态度很暧昧啊，是不是你自己有什么想法？

王晓华急了，一急就露馅了。王晓华说，帮我跑一趟，看看是不是苏晓杭？

耿尚勤的眼睛瞪得老大，看着王晓华说，你是不是发烧了？

王晓华说，我没有发烧，我正常得很。

耿尚勤说，你做什么梦，苏晓杭怎么会给你写信，难道太阳从西边出来了吗？

王晓华火了说，苏晓杭怎么就不会给我写信，你怎么就知道苏晓杭不喜欢我？大资本家的小姐燕妮还不是嫁给马克思了？

耿尚勤怔了一下，嘿嘿一笑说，你是马克思吗，你能写出《资本论》吗？

王晓华不耐烦地说，你老耿怎么这么啰嗦？我是看你可靠才求你帮忙的啊！

耿尚勤说，你是说你看得起我？我觉得这件事情很荒唐。

王晓华说，算了，他妈的我还以为你够朋友呢，你不帮忙算球了，算我没说。不过，你得替我保密，这件事情如果传出去了，就肯定是你小子坏的事。

说完，转身就走。

耿尚勤说，我也没说不帮你的忙，不过你得跟我说实话，你是不是很喜欢苏晓杭？

王晓华硬着头皮说，是有点喜欢，难道你不喜欢？

耿尚勤说，你傻冒啊，苏晓杭怎么会看上你个小矬子？一定是有人知道你癞蛤蟆想吃天鹅肉，故意设圈套让你上当。

王晓华焦躁起来，跺着脚说，是不是圈套已经不重要了，关键是要有人通风报信，不然对不起人。即便不是苏晓杭，也不能让人家白等啊，总得跟人家有个交代吧。

耿尚勤说，这鸟事怎么这么别扭啊……要是真的是苏晓杭，你就不怕我先下手？

王晓华急出了一头汗，语无伦次地说，你别开玩笑了，就麻烦你辛苦一趟，不管她是谁，你去帮我摸摸底，解释一下，以后再说。

三

其实那天董副主任叫王晓华到干部股去，并不是谈提干的问题，而是让王晓华帮他抄材料。我们可以想象得出来，王晓华在替董副主任抄材料的时候是怎样一副心情，无疑很沮丧，在心里骂董副主任都是可能的，但是他敢怒不敢言。

终于熬过去一个上午，中午快要开饭的时候，王晓华回到连队，见耿尚勤还是没有回来，王晓华就着急了，午饭之后就在我们连队通向西营门的路口上来来回回地走，具体说来，也就是在我的饲料房前前后后徘徊。

到了下午，耿尚勤还是没回来，王晓华就更沉不住气了。

我理解王晓华的心情。就捎个口信的事情，耿尚勤为什么会用那么长的时间。难道出事了？难道走岔了？难道闹起来了？难道两个人一见钟情了？他最希望也最担心的是，万一那封信真是苏晓杭写的怎么办？凭什么说就一定没有可能，凭什么说一个女军官就没有可能爱上一个候补军官，凭什么说一个漂亮女子就一定看不上一个小矬子？爱情乃是神圣的高尚的，豪门闺秀燕妮既然能够看得上其貌不扬满脸胡子的马克思，阿诗玛嫁给阿牛的时候阿牛还是个穷光蛋，苏晓杭为什么就不可以爱上我王晓华？如果真的是苏晓杭约我见面，我本人藏在阴暗的角落里，让耿尚勤跑过去直来直去地泼一瓢凉水，那不就把苏晓杭的心给伤了吗？

到了下午四点钟，耿尚勤还是没有回来，王晓华彻底乱了方寸。为了掩饰不安，就跑到后墙边上练倒立。据说这个人有一个嗜好，遇着高兴或不高兴的时候，别人抽烟喝酒，他练倒立。用他的话说，他是反过头来看世界。王晓华练一会儿倒立就跳起来，朝西大门瞭望一番。

王晓华练倒立是不可能在众目睽睽下练的，他选择了我的办公室也就是喂猪的饲料房边上，而那天我正在饲料房里看书，如此一来，王晓华的一举一动便被我尽收眼底。

王晓华像壁虎一样在饲料房后墙上反贴了十多分钟，由胡思乱想渐渐地集中到一个问题上，那就是担心。因为按规定，节假日的下午五点钟要点名，到时候如果耿尚勤还不回来，那就麻烦了。这时候别说王晓华了，连我都有一点担心了。特务连是什么地方？特务连的纪律是铁的，还从来没有出现过不假外出和逾假不归的，出现一个处理一个。如果处理了耿尚勤，那就势必要拔出萝卜带出泥，耿尚勤人老实，不会打马虎眼，三盘问两盘问就全招了，他王晓华无疑就成了罪魁祸首。

要知道，这正是提干前的关键时期啊。想到了即将提干，王晓华的后脑勺突然就刮过一阵冷风，他似乎恍然大悟，在突然间产生了一个可怕的想法——阴谋，没准……不，简直就是事实，这是一场阴谋，有人要陷害他，设计引蛇出洞，然后一举抓获……那么是谁制造了这个阴谋呢，王晓华首先想到了陈骁，然后是马学方，再往后，恐怕很多人都像。

王晓华抓耳挠腮的时候，我一直躲在饲料房里，从门缝里偷偷地窥视如热锅上的蚂蚁一样在饲料房后墙下面转来转去倒来倒去的王晓华。我观察失魂落魄的王晓华，就像读一本喜剧小说，差点儿情不自禁地笑出声来。但是我控制住了自己，我没有笑出声。我要是笑出声了，让王晓华听见了，那我就完球了，那我就是黄泥巴掉进裤裆里，不是屎也是屎了。

有一阵子，王晓华在猪圈附近失神地看着营房外面，突然照自己的脖子上给了一巴掌，自言自语地说，他妈的，这真是诸葛亮操狗，聪明一世，糊涂一时啊！你王晓华当班长都快退休了，怎么连这一点警惕性都没有，你就没想到这是有人设的圈套吗？耿尚勤不管出了什么样的情况，你都麻烦了。

他的这段自言自语正好被我听见。以后结合耿尚勤的纰漏，将那天王晓华的表现点点滴滴结合起来进行分析，我就大体知道，王晓华那天是怎么想的了。

时间在一分一秒地流逝，眼看就快到下午五点了。就在王晓华几乎绝望之际，他看见——我也看见了，从机场西边的碎石大道上，飞奔过来一个身影。王晓华的血液立即加快了循环，我的血液也加快了循环，尽管我们身处不同的地方为着不同的激动——没错，那是耿尚勤，大汗淋漓的耿尚勤，像是天边来客，像是夜暗星斗。

四点五十六分，耿尚勤回到了特务连。

四

你已经看出来了，我对王晓华是不喜欢的。我的原则是，凡是不把我放在眼里的人，我也不会把他放在眼里。人敬我一尺，我敬他一丈，人若犯我，我必犯人。

说到底，我敬重谁呢？我这么跟你说吧，在二十七师，我敬重我们的阚师长我们的阚大门同志，在二十七师一团特务连，我敬重我们的一班长陈骁。

虽然在分兵的时候，陈骁因为没有选中我而伤害了我，但是，比起王晓华之流在此后的岁月里对我仍然不屑一顾，陈骁对我的伤害其实算不了什么。其实以后我渐渐地明白，我在分兵的时候被冷落，归根到底罪魁祸首还是王晓华。因为王晓华是我的新兵班长，他最有理由率先把我抢到手。王晓华不要我，其实就等于向全体班长发出信息，大家都不好要我。分兵的过程里面也有政治，班长之间要照顾关系，除非像胡达成这样急于增添人手的人。而陈骁首先把自己带过的兵如张海涛之流要过去，于情于理都是没有问题的，给人的一种感觉是，跟着这样的人不会吃亏——这就是安全感。

陈骁这个人了不起，虽然我当兵的时候他才是个班长，但他是一个很有威信的班长。他对于特务连的职能、地位、在未来战争中的作用和发展趋势都有自己独特的理解，并且在军区报纸上发表过几篇文章，诸如《四两拨千斤——谈特别任务之重要性》《陆军特别分队的杠杆作用》《宽正面之情报获取》等，深得师长阚大门和团政委徐善笠的赏识，阚师长在一次全师侦察兵业务大比武总结会上说，越南和古巴的战争显示，在未来战争中，小分队穿插突击愈发显得重要，以少胜多主要是体现在小分队身上，像那种大规模集团作战人海战术恐怕不灵光了。要充分发挥特种任务小分队的作用，要把各团的特务连、师直侦察连的兵训练成动物，具体说来就是要像猴子一样敏捷，要像兔子一样快速，要像老虎一样勇猛，要像乌龟一样沉着。大部队做不到的事情，要靠小分队做，若干人做不到的事情，要靠少数人做。特务连要有万军丛中取上将首级的本领。我们的特别分队，都要拥有像《奇袭白虎团》里杨育才那样的本领。

我们的阚师长还有一句名言，把动物训练成人的难度太大，把人训练成动物还是比较容易的——这是题外话了。

我对陈骁的好感，还不仅是他在军事上表现的素质，而是他能够跟我这样没有身价的猪倌打成一片。

就在我被分配到炊事班喂猪之后不久，陈骁有一天意外地光顾了饲料房。那当口我正在看书，看克劳塞维茨的《战争论》。我递了一根烟给陈骁，陈骁摆了摆手，很奇怪地看着我问，这书是你看的？

我假装不在乎地说，怎么，我就不能看这书？

陈骁说，哪里啊，我是说，这样高深的理论，一般人是读不下来的。

我说，陈班长，你的意思是说我不是一般人？

陈骁怔了一下，很注意地又看了我一眼，然后在干草堆上坐了下来，字斟句酌地说，你当然不是一般人，从你来到特务连我就发现，你是一个有着远大抱负的人。

我冷笑了一下，没有吭气。我的心里想，少来这一套，既然你看出来我是一个有着远大抱负的人，当初分配新兵的时候，你为什么不要我？

陈骁没有在意我的冷笑，或者说在意了假装不在意。陈骁居高临下地看着我说，人生的历史其实就是一部奋斗史，也是一部选择史。说到底，人生的艺术就是选择的艺术，成功在于选择，失败也在于选择。

我瞪着眼睛看陈骁，我没想到这个看似和蔼的班长还有这么深刻的思想。现在我看陈骁，才发现这个人的眼神是傲慢的，尽管他的脸上带着微笑，但是他的语气是不容置疑的。他问我，你读过马克思的《青年职业之选择》吗？

我茫然地看着他，老老实实地说，没有。

陈骁说，选择其实有两种，一种是先天的选择，也就是主动的选择。另一种是后天的选择，是迫不得已的选择。但是，通常的情况下，选择不是一次性的，或者说不是一成不变的。再或者说，不是一次选择就能成功的，就能贯穿终身的。我们处在社会环境里，我们的选择总是会受到社会的制约，因此，在大的方向确立之后，譬如在做人的原则、信仰、目标确立之后，有些阶段性的，譬如说职业、工作、兵种等等，就是可以调整的。

我瞪大了眼睛，第一次用毫不掩饰的惊讶表情看着陈骁。

饲料房是个什么样的地方，世界上最豪华的饲料房也不过是饲料房，何况我们特务连的饲料房还不是世界上最豪华的，跟其他连队的饲料房大同小异，不足两米高的半坡房，里面烟熏火燎，堆满酒糟干草和麦麸谷糠。只不过是，我为了清静，经常"躲进小楼成一统"，把这里归置得相对整洁一些。

在饲料房的干草堆上，陈骁仍然正襟危坐，表情严肃。聆听他诲人不倦的教诲，我突然想到了毛主席，想到了延安的窑洞和西柏坡的茅屋。记得周总理曾经说过，我们在世界上最小的指挥部里，指挥了几场世界上最大的战役。此时此刻，我当真有一种奇异的感觉，感觉我们就是在世界上最简陋的饲料房里探索人生的价值和宏伟的理想。

陈骁说，譬如说你现在为连队喂猪，这当然不是你的选择，甚至说压根儿就不是你的理想。但这有什么关系呢，你在特务连是暂时的，你当兵是暂时的，你喂猪当然也是暂时的。但是，暂时也是一个时间段，你没有把这个时间段白白消耗掉，或者说你没有破罐子破摔，没有自暴自弃。这很可贵。你知道煮酒论英雄的故事吗？

我说我当然知道，《三国演义》我至少读过三遍，上小学的时候看小人书，上初中的时候看"毒草"，上高中的时候结合大批判文章看。曹操煮酒论英雄，关公赚城斩车胄，张翼德大闹长坂桥，刘豫州败走汉津口……

陈骁皱皱眉说，读书要读出自己的思想，《三国演义》里面有技术，有战术，有思想，不能光看故事。读书得读出自己的体会。

我说我的体会很多，《三国演义》就是教我们搞阴谋诡计的。

陈骁说，话要看怎么说，对于军人，不，对于战争来说，就是要搞阴谋诡计，阴谋诡计往往是谋略的另一种说法。但是我今天不跟你探讨这个问题，我送你一首诗：勉从猪圈暂栖身，未当英雄先做人。巧借喂猪好机会，韬光养晦学本领。

我骨碌着眼珠子，不知所云。停了一会儿我说，你说的意思我要像刘备那样装孙子？

陈骁说，这话太难听了，不过话粗理不粗。什么事情都是辩证的，都是一分为二的，都是可以互相转化的。要学会利用不利条件，韬光养晦，卧薪尝胆，后发制人。喂猪并不可悲，只要心中有目标，这间小小的饲料房，也可以培养出伟大的抱负来。

我做激动状说，那是啊，我身在饲料房，放眼大世界。

我和陈骁聊天的时候，干冷的北风从门缝里挤进来，在小屋里鼓荡，灰尘扬起，落在我们的脸上，但是我们全然不顾。陈骁顺手翻了翻干草堆上的《战争论》，笑笑说，看得懂吗？

我的心里产生了隐隐的不快。平心而论，我是不太懂，但是我觉得陈骁没有必要提出这个问题。我回答说，不全懂；但也不是全不懂。

陈骁微微一笑说，不同的人读不同的书，一个人在不同的时候也读不同的书。读书是门学问，一是要读有用的书，二是要读自己能够理解的书，三是要读自己有兴趣的书。读书不能跟风，不能人云亦云。有些书，哪怕全是真理，但是不一定适合你读，那就干脆不要读。

我愕然地看着陈骁，用很不友好的口气说，人不可貌相啊，海水不可斗量哦！你怎么就知道这本书不适合我？我不读，怎么知道懂不懂？

陈骁说，你动脑子想一想，读这些书干什么？你现在当的是战士，你首先要解决的是技术问题，到你当了连长团长，你才去解决战术问题，到你当了军长司令，你才去解决战略问题。我早就发现你爱读书，这是好事，这也是我来找你聊天的原因。我看你目前首先要读两种书，一种是特种兵教程，都是技术性的，擒拿格斗、捕俘泅渡、伪装攀登、驾驶拍照，十八般武艺你得先学上几手。

我说我现在不是卧薪尝胆，而是随猪逐臭。我一个喂猪的，学那些有什么用？

陈骁说，你难道甘心永远当一个猪倌？

我说我不甘心，可是我没有办法。我总不能像屈原那样提襟跳江吧，总不能像项羽那样引颈自刎吧？

陈骁说，很好，你的人生观非常正确。

我说，你说这话有什么用呢？喂猪不需要多么正确的人生观。

陈骁说，但是喂猪可以帮助你实现你的人生价值。你要珍惜你的喂猪生涯。别指望给你调班了你再学，调班之后再学就迟了，那时候你人是老兵，可是从技术上讲，你还是新兵。

我说我干的是喂猪的营生，你让我怎么去学当特务？

陈骁说，这就看你了。你不记得阚师长有一句话吗，特务连的炊事班，也是执行特别任务的。你看咱们团的闻副团长，他原来也是炊事班的，但是他没有停滞不前，就是在炊事班里，他也搞了一些名堂，什么夜战营养浅析，什么小分队远程机动热量保障，什么分散作战接力补给等等，把业务探索搞得有声有色，成了团里师里的典型，功成名就，还当了干部。

实话说，陈骁的话对我的触动不小，而且非常符合我的口味，但是这时候我还不知道他为什么要给我指点迷津，也许是职业习惯吧，或许就是我给他的印象不错，他觉得让我喂猪可惜了，动了恻隐之心。

我问陈骁，你刚才说，还有一种书是当务之急，指的是什么？

陈骁说，我跟你讲，地方恢复了高考，军队早晚也得走高考这条路。你得有准备，以后恐怕不会从战士中直接提干了，那种靠喂猪种菜靠米秒环提干的机会可能不多了。你得复习了，用手喂猪，用心读书。

我怔住了，我感觉陈骁的话一下子说到我的心里去了。

我当时的心情可以用感激涕零来形容。不久以后的事实证明，陈骁的预测是完全正确的，也正因为如此，自此以后我就把陈骁作为最可信赖和尊敬的兄长。在特务连，只要是听到对陈骁不利的议论，我就会当场挺身而出，对于一切不实之词予以严正驳斥。所以，以后王晓华说我是陈骁的狗腿子，对此我不以为耻，反以为荣。

当然，我这个人是有自己的做人原则的，尽管我对陈骁佩服加感激，但是也并不等于说一味盲从。我有我自己的判断。譬如有一次看见报纸上登了一篇某首长的悼词，悼词上说那位首长是坚定的马克思主义者，认真学习马列主义，陈骁看了就不屑一顾地讥笑，口无遮拦地说，真是滑稽，首长连《毛泽东选集》都不一定看得明白，怎么可能认真学习马列主义？他其实就是个粗人，土地革命战争、抗日战争、解放战争、抗美援朝战争，都是功勋卓著。你讲他是军事家，可能还不算太离谱，他连马列主义姓甚名谁都不知道，干吗要戴上马列主义的帽子？

我听了这话吓了一跳。陈骁这话在我听来简直就是反动的表现。我说，读不懂马列主义并不等于就不是马列主义啊，他是间接地接受马列主义啊！

许久之后我还记得，陈骁当时看了我一眼，很深刻地看了我一眼，然后笑了——我感觉到是苦笑。陈骁说，哈哈，没想到你这个新兵蛋子，还挺老谋深算的，还挺会搞牵强附会的，还挺中庸的。也许，你说得对吧。我很注意研究了最近平反的这些高级干部，追悼会上基本上都要加一个马克思主义者，或者认真学习马列主义著作。这可能是一种待遇。待遇啊待遇啊……他突然不往下说了。

这次跟陈骁谈话，使得我有好长时间忐忑不安，拿不准是他出了问题还是我出了问题。我甚至动过念头，要不要把陈骁的话报告给连首长，没准这样可以立功，可以因此而成为某方面的模范，可以调整到技术班排甚至可以入党。当然，这些想法只是出现在夜深人静的某个时刻，在白天，在清醒的时候，我觉得连想想都是可耻的。而且，根据我对我们特务连的了解，根据我对我们一团的了解，根据我对我们师长阚大门同志的了解，倘若我真的打了小报告，真的出卖了陈骁，未必就能入党，未必能够流芳千古，反而极有可能臭名远扬。

五

耿尚勤捅的纰漏，说大不大，说小不小。说到这里，我还得感谢我的猪倌职业，正是因为我当的是猪倌，我才可以利用职务之便，在饲料房里窃听王晓华和耿尚勤的窃窃私语。我必须声明的是，并不是我主动要窃听的，而是他们送上门来的，我想不听还不行。

你要是去过我们特务连，你就会知道我们连队营房的格局是那样的奇妙，它决定了我所供职的饲料房西南角是一个绝佳的交换秘密的所在。

现在我给你详细介绍耿尚勤倒霉的过程。

想必你已经知道了，2月16日那天，在赵王渡桥头，耿尚勤当然不可能见到苏晓杭，也不可能见到海滑的任何一个女兵。耿尚勤是个够朋友的人，既然是替王晓华赴约，势必就要负责到底。耿尚勤等啊等，十分钟过去了，二十分钟过去了，三十分钟过去了……耿尚勤在赵王渡等了一个半小时，还是没见到人影。

按说，等到这个份上，也就仁至义尽了。可是很奇怪，在翘首以待的过程中，耿尚勤的心理发生了微妙的变化，似乎他不再是替王晓华赴约，而是在等自己的梦中情人，等到最后，当真有一点望穿秋水的味道，等得愁肠寸断。蓝天、白云、绿树、黄花，耿尚勤就在这一片暖洋洋的春色中徘徊踟蹰，足足等了两个小时。

两个小时后，耿尚勤带着怅然若失的心情，无精打采地走上通向营房的道路，眼看一场恶作剧就要收场，这时候意外的事情发生了。

前面我已经交代过，在我们北兵营和赵王渡之间，是海滑废弃的飞机场，海滑迁到西北之后，这片方圆几十公里的土地就成了荒郊，除了几条水泥跑道以外，生长着大片黄蒿野麻。从北郊到西郊纱厂和钢厂的几条近道，便从中间穿过。我们刚当兵的时候也听说过这块地面不太安全，夜深人静有拦路抢劫的，所以上下夜班的工人多数结伴而行。但没想到那天在光天化日之下出了问题，这就给耿尚勤提供了一个犯错误的绝佳机会。

后来听说故事发生在二号跑道的北段。耿尚勤当时正怀着一肚皮怨气往北兵营赶路，忽然听到南边的蒿子地里隐约传来喊叫声，好像有人呼救。耿尚勤站住了，侧耳细听，听着听着耿尚勤的脸上就绽开了笑容，听着听着耿尚勤的肌肉就绷紧了。

众所周知，耿尚勤既是长跑健将，又是武打高手，在我们特务连的威望是数一数二的。加上这天耿尚勤等人等得一肚子晦气，憋足了浑身的劲正愁着没有地方使，一听到呼救声，立马就来了精神，就像猎人见到了野兔子，就像屠夫见到了猪。

凭借一个特务连老兵的百炼成钢的战术，耿尚勤很快就接近了目标，先是隐蔽观察，发现是四个业余流氓在耍流氓。

被袭击的大约是纱厂女工，被这几个家伙围成一团，两个流氓捂着女青年的嘴巴，正在费力地向路边的蒿草深处拖扯。女青年拼命挣扎，一只脚死死地钩着倒在路边的自行车，另一只脚左冲右突地乱踢，搏斗中一只高跟鞋飞过来，差点儿打在耿尚勤的脑门上。

耿尚勤稳稳地接住了高跟鞋，举到眼前看了看，微微一笑，将高跟鞋抛出,不偏不倚地砸在正拖着女青年的那个瘦高个子流氓的鼻梁上,高个子流氓惨叫一声,顿时满脸开花。高个子流氓这一声喊就像晴天一声霹雳,把其余的流氓都镇住了。大家傻乎乎地松手,傻乎乎地东张西望,并且前腿弓后腿绷,做好了战斗准备。一个矮胖子流氓还色厉内荏地咋呼,那个狗日的多管闲事,有种站出来!

我们的耿尚勤同志面带愉快的微笑,双臂抱在胸前,像一座山一样从蒿子丛里冉冉升起。耿尚勤挤眉弄眼地说,我这个狗日的多管闲事,我站出来了,你们说怎么办吧?

后来的情况就简单了,跟我们司空见惯的情景大同小异,耿尚勤大打出手,流氓落荒而逃,女青年感激不尽。

再往后的情景是,耿尚勤扶起了心有余悸的女青年,帮她支好自行车,然后对她说,没事了,你回家吧。

女青年抻了抻衣服,眨巴眨巴眼睛看着耿尚勤说,难道你就这么让我走了?

耿尚勤说,难道你还想待在这里?

女青年说,这里离纱厂还有五里路,这五里路难道你想让我一个人走?难道你想让他们变本加厉地报复我?

耿尚勤怔住了,怔了一会儿说,那我送你吧。

女青年说,太好了,这才像解放军。

两个人于是并肩而行,女青年推着车子,耿尚勤大摇大摆。走在路上,女青年说,今天好险,要不是你,我真不敢想象会发生什么。

耿尚勤说,我劝你以后不要再走这条路了。

女青年说,从公路走,要多绕三公里。青天白日之下,我为什么要舍近求远?

耿尚勤说,为了安全,多走点路还是划算的。

女青年说,我们为什么放着现存的车子不骑呢?

耿尚勤皱皱眉说,那你骑上吧,我在下面小跑。

女青年说,我可以带你。

耿尚勤说,你这辆女式车子,恐怕经不住我。

女青年说,我这是凤凰二六式,样子秀气,钢条很硬,两个人骑一点问题没有。

耿尚勤又皱皱眉头说，不太方便吧？

女青年说，解放军同志也太封建了吧。

耿尚勤说，那好，我带你，赶紧把你送上大路，我回去还有事呢。

然后就骑车，耿尚勤在前，女青年在后，边走边聊，聊着聊着，女青年就用手箍住了耿尚勤的腰，箍着箍着，耿尚勤的心里就乱了。

以后我们知道的情况是，这个被耿尚勤见义勇为救下的女青年是纱厂工人俱乐部的工作人员段红瑛。这个段红瑛我也见过，过年的时候跟海滑的五朵金花一起来我们一团慰问演出过，当时马学方就说过，这个段红瑛歌唱得很好，一心要嫁给一个军官，大约是名声太大，到现在还没有找到。

耿尚勤那天把段红瑛一直送到纱厂大门口，但段红瑛还是没让耿尚勤走。段红瑛提议散步，段红瑛说，你看，春暖花开，阳光明媚，多好的光景啊，走一走吧，反正我也没有什么要紧的事情。

耿尚勤本来不想跟她散步，但是一看段红瑛那期期艾艾的眼神，他的心里就有些不忍。

我前面说过，耿尚勤这个人貌似憨厚，也许真的憨厚，但是憨厚不等于没有情商。耿尚勤其实是很渴望女人的，一如我们的渴望一样。当然那时候耿尚勤肯定也想到了后果，想到了即将提干的现实。但此一时，彼一时，在这个春意盎然的上午，在这个远离亲人的异乡，在经历了几年封闭的军营生活之后，身边突然出现了一个漂亮而又大胆的姑娘，对于耿尚勤来说，是没有思想准备的，因而也是具有很强的杀伤力的。

后来两个人就一起散步，从树荫下走到小河边，又回过头来，从赵王渡的南岸走到北岸，从漳河大桥的东头走到漳河大桥的西头。然后，两个人就在一起吃了一顿中午饭。

再往后，就出事了。

耿尚勤毕竟是血性汉子，一旦跟段红瑛接上头，就像打井打出了泉眼，那储存了二十多年的激情一发而不可收。连我都有感觉，那年春天，耿清明经常请假往郊区跑，有时候请不掉假，干脆擅自外出。那段红瑛呢，一改要找军官的初衷，钟情于耿尚勤的钟情，激动于耿尚勤的激动，二人似乎都有些不管不顾了。在纱厂工人俱乐部的单身宿舍里，在城郊三角湖公园的长凳上，在我们营房西面的荒废了的飞机场的草丛里，到处都留下了他们缠绵的身影。

终于有一天东窗事发。用陈骁的话说，是因小失大，是小不忍则乱大谋，是人无远虑，必有近忧，反正耿尚勤是倒霉了。有一天夜里，师部纠察队到营房外面巡逻，在护营河桥拱的涵管里抓到了两个"特务"，这一男一女两个"特务"束手就擒时，样子很不雅观。

我不知道这件事情要是放在今天会有什么结果，反正在那个时候这种事情的性质相当严重。在那个时候，在人们的观念中，男女生活作风问题简直跟现行反革命差不多。

宣布给耿尚勤记大过处分的那天晚上，耿尚勤拒绝同任何人交流，一个人坐在菜地边上抽了十几根香烟，第二天一脸憔悴，自己背着铺盖到饲料房来了。耿尚勤顶替我当了猪倌。

从此以后，我就解放了，但是我没能遂愿当上特务连的文书，一是因为指导员王得建压根儿就没有打算让我当文书，二是因为陈骁告诉我，要有大作为，必须从战斗班排起步。我被正式调到陈骁的手下，当了一名正宗的特务兵，也就是说，经过大半年的忍辱负重，我的春天终于伴随着耿尚勤的倒霉到来了。

六

陈骁在三个干部苗子当中第一个被提了起来，当了排长，而且是一排长，他的老排长祝生珉反而被调整到二排当排长。我以为这一切都意味着我的军旅生涯发生了重大变化，所以刚开始的时候兴致勃勃，激情燃烧。我想象着陈骁很快就会教给我飞檐走壁刀枪不入的功夫，想象着我作为一个孤胆英雄深入虎穴屡建奇功。当然在我的设想中，还有一个重要的角色，女性，年轻女性，年轻漂亮女性，年轻漂亮而又身怀绝技英姿飒爽的女性，她既是我的助手，又是我相依为命同甘共苦的爱人。在一个阳光明媚的春天里，在各级首长的亲切关怀下，在徐敬爱、张海涛、武晓庆之流红着眼睛的注视下，我们手挽着手登上了功勋的高地。

按照训练大纲，我们特务连的基础训练是共同科目，这期间还是全连一锅煮，上午讲理论，下午动拳脚。

众所周知，特务连是执行特殊任务的，电影电视里经常看到的，神出鬼没，上天能开飞机，入地能钻下水道，打别人一打一个准，别人打他，二十枪打不死。这些是不是事实呢？我只能说，半是事实半是假，真做假时假亦真。

需要说明的是，特务连的兵和特务是两个概念，似曾相识，似是而非。关于这一点，因为涉及军事秘密，我不能多说。我能说的，就是基础训练，比如擒拿格斗、伪装捕俘、攀登、驾驶、拍摄、通信等等，叫作上山能擒虎，入海可缚龙，万军丛中可取上将首级，枪林弹雨里可以炸桥破路。

首先要过体能关，体能训练主要是单杠、双杠、打球、投弹。

令我始料不及的是，陈骁升任排长，水涨船高，王晓华也由四班长升任一班长。我这个可怜的家伙，到炊事班兜了一圈，到底还是没有逃出王晓华的魔掌。

尤其恐怖的是，自从陈骁提干之后，王晓华这哥们就一直气不顺，成天阴着个脸。有一天中午下课回到宿舍，我已是筋疲力尽，没有把木枪扛在肩上，而是拖在地上走。当时王晓华正躺在铺上闭目养神，听见动静，睁开眼睛，就那么阴沉沉地看着我。等我回过神来已经迟了，我刚把木枪放到肩上，王晓华就一轱辘从铺上跳了起来，眼睛眼珠子瞪得像乒乓球，冲我吼道，持枪，立正！

我打了一个哆嗦，情不自禁地原地站立，持枪注目。

王晓华背起手，慢腾腾地踱到我面前，在离我三步远的地方停住了，先是看了看我的眼睛，再看看我的头发，再看看我的脖颈，然后把目光移到我的胸前，再看看我的裤扣，再看看我的鞋带。王晓华的那双乒乓球大的眼珠子这么从上到下地扫描我的时候，我连口大气也不敢出，就那么僵硬地杵在那里，等待他的暴风骤雨。

王晓华看了一阵子，伸出右手，举到我的眼前。我以为王晓华要体罚我，心里一阵窃喜。我心想，老子就是拖了一下木枪，就是违反了一次教程，就是在地板上拖出一点声音，你小矮子要是动手，那你就栽了。我们团的政委徐善笠前不久在开训动员大会上声色俱厉地说过，要倡导尊干爱兵的风气，要大抓尊干爱兵的典型和反面典型。徐政委还说了，在尊干和爱兵这两个环节里，爱兵是重中之重，是关键环节，只有把爱兵落到实处，尊干才有群众基础。王晓华虽然不是干部，但他是班长，而且是干部苗子，他要是动手打兵，我就敢给徐政委写告状信。我是新兵不错，你有训练我的义务，没有殴打我的权力。

我没有闭上眼睛，既阴险又有点紧张地等待王晓华的那一巴掌从空中劈下来。

但是没有。王晓华并没有动手，他的手掌只是在空中扬了扬，在我的面前扇过一阵冷风，然后就垂了下来。王晓华说，教养，当个军人要有起码的教养！

说完，他就转身走了，走了两步，头也不回又说了一句，稍息！

王晓华没有冲我大发雷霆，反而让我惭愧，让我泄气。也许他看出了我的小阴谋，所以悬崖勒马没有给自己惹上麻烦。我可以肯定，王晓华是非常反感我的，特别是在陈骁当了排长之后，特别是他知道我和陈骁关系密切之后。

我这个人有一个特点，没有城府，喜怒哀乐全在脸上。我能够从饲料房调整到战斗班排，倒霉蛋耿尚勤固然功不可没，但是倘若没有陈骁的暗中发力，恐怕还是很难遂愿的。即便调出饲料房，也不一定能到一排，即便能到一排，也不一定能到一班。窃以为，王晓华对这一点不可能不知道。但是我不在乎他怎么看，我从来不掩饰我和排长陈骁的关系，我会经常到陈骁的排部里，向陈骁请教这请教那，做谦恭状。有一次接到我叔叔从南京寄来的两盒烘糕，我当着全班的面打开，分了一盒给大家，另一盒我直接送到排部。我的后脑勺告诉我，我捧着烘糕走进排部的时候，王晓华就这么一言不发地看着我。我也给了他一块烘糕，但是等我从排部回到我的床前，发现我孝敬王晓华的那块烘糕落在我的豆腐块被子上，被子的第一层面凹下去拳头大的一块。

我说了这件事情，你要以为我是贿赂我们排长，那你就想错了。你要是以为我们排长是可以贿赂的，那你就更错了。我敢向你保证，在我当兵的那个年代，在我当兵的那个特务连，官兵关系是很纯洁的。我送给陈骁的那盒烘糕，陈骁并没有吃独食，后来在一次劳动休息中，他把它拿出来，分给大家吃了。不仅如此，陈骁还非常注意自律。那天我去送烘糕的时候，虽然他没有说什么，只是微微一笑，但是以后他曾经送给我一本新书《钢铁是怎样炼成的》，那本书的定价是三元一角，跟我送给他的烘糕价格相当。

有一天我站岗，陈骁查岗，在后营门的岗亭旁边，他语重心长地告诉我，以后家里寄来土特产什么的，可以在班里分给大家，没有必要送给他。这样不好，不是说怕别人议论，而是怕把我们之间的关系搞复杂了。我们是单纯的战友关系，不能让个人感情色彩太浓了。

我的心里隐隐掠过一丝不快。我说，排长你可能多虑了，我送你一盒烘糕可不是拍马屁啊，世界上没有无缘无故的恨，也没有无缘无故的爱。我送你一盒烘糕，是因为我喜欢你，你这个排长当得有水平，那是我作为一个新兵对排长的奖励。

黑暗中我看不见陈骁的脸，但我知道他肯定没想到我会这么说。陈骁似乎哦了一声，我听见他笑了。

嗯，一个新兵奖励他的排长，这个说法很有创造性。但是这种奖励也要把握分寸，掺杂了个人感情，把关系搞复杂了，对你对我都没有好处。

我说我知道了。

他说，还有一点你要记住，当兵要当出水平来。铁打的营盘流水的兵，军营就像一条河，每年从这里进进出出的人成千上万，大浪淘沙，只有极少数人能够脱颖而出，能够成为军官。我知道你想报考军校，但是你必须先把兵当好，兵没当好就不能取得当军官的资格。

我说我知道了，我慢慢练。忍辱负重，卧薪尝胆，韬光养晦。

陈骁哈哈一笑说，没那么悬乎，基础打扎实了就行了。还有一点，我对你印象不错，我感觉你是一个可以造就的材料，但这并不等于我就会无原则地为你开后门。我可以给你帮助，但我绝不会给你帮忙。

我有些懵懂，搞不清楚帮助和帮忙有什么区别。

这次岗亭谈话，对我来说是很有益处的。首先我证实了，陈骁确实对我看法不错，我可以用慧眼识珠来解释陈骁对我的看法。其次，陈骁知道了我的远大计划，而且他支持我的计划，这显然是十分重要的。只是，我不知道，他为什么说可以帮助我而不帮我的忙。

我的同乡张海涛也发现我和陈骁的关系走得比较近了，有个星期天我们几个同年兵到三角湖公园玩，坐在铁皮艇上，张海涛不怀好意地对我说，牟卜你行啊，这么快就找到靠山了。

我说，屁话，什么靠山？

张海涛说，陈骁啊，听说陈骁在连长指导员面前说，那个牟卜很有创造性。

我说这算什么啊，排点名的时候，陈骁从来没有表扬过我。我说的是实话，因为从目前的状况看，我在特种基础训练中成绩一直偏下，而且对诸如种菜、帮厨、打扫卫生之类的劳动也不感兴趣，确实没有什么值得表扬的。

张海涛却不这么看，张海涛说，表扬算什么啊，上下两张皮，说了就过去，不表扬不等于不看重。陈骁是个务实的人，实实在在地做事，不动声色地做事。

一边的武晓庆凑上来说，牟卜你这下行了，你肯定能当副班长，在我们这一批兵中，你肯定能最先当上副班长。

武晓庆这小子，笃信有了后台好办事的信条，想当初，还没进军营的时候，还在火车上，武晓庆就在我跟前说，一定要搞好关系，一定要有人支持。

其实我也知道搞好关系的重要性，但我不会轻举妄动。搞关系是一门学问，首先要解决跟谁搞的问题，也就是说，不能站错队，不管是班长还是排长、连长，这个人也许水平很高，也许对你很好，可是等你把他搞好了，他调走了怎么办，复员转业了怎么办？他一走，那些你没有搞好关系的班长、排长、连长对你怎么看？所以说，关系不能瞎搞，要充分论证，一是他说话的力度，他在上级心目中的分量；其次，搞关系要看对方的持久力，他是否前程远大，在本部的根基是否牢靠。武晓庆这小子是小聪明儿，聪明和智慧是两码事。自从下到老兵班之后，武晓庆就一直琢磨着早日当上副班长，他最初投靠的是耿尚勤，香烟送了不少，马屁儿拍红了巴掌，可是一纸处分下来，耿尚勤与猪为伍去了，武晓庆也傻眼了。这个教训是深刻的。

七

张海涛有一次跟我说，王晓华因为没有提上干，对陈骁很不服气，经常在一排的几个骨干中讲陈骁的坏话，阳奉阴违，明里暗里对抗陈骁。王晓华说，陈骁当了排长，马上就变得指手画脚，动不动就训人。陈骁呢，鉴于王晓华同他是同年兵，又同是骨干，同为干部苗子，而且在军事技能和带兵方面也很有招数，在团里和师里都很有名气，所以对于王晓华也不好过分管束。但是陈骁心里肯定不舒服，肯定要想办法对付王晓华。陈骁对付王晓华，办法多的是。

我说你是什么意思，你是不是认为我是陈骁安在王晓华身边的定时炸弹？

张海涛说，我看像。

我说，闭住你的臭嘴，陈骁没有那么阴险。

张海涛说，那可说不一定。你了解陈骁吗？

我说，我当然了解，陈骁为人正派，光明磊落，虽然有点好为人师，那也是出于善意。

张海涛说，你太不了解陈骁了，首先你说他光明磊落，又说他好为人师，就是自相矛盾的，这说明你的看法也是矛盾的。我跟你讲，王晓华最痛恨陈骁的，就是他的傲慢。

我说我看不出来陈骁傲慢。

张海涛说，陈骁的傲慢是生在骨头里的。你听老兵说过没有，过去咱们阚师长到特务连来下棋，陈骁说，打仗我不如你，下棋你不如我，你要想多挣扎一会儿，我让你一个车。搞得阚师长很不痛快。阚师长说，要是战争年代谁这么跟他说话，他就毙了他。陈骁说，要是战争年代，他就不会跟师长下棋了。

我说，不会吧，陈骁是一个很谨慎的人啊，他怎么敢这么跟师长说话？

79

张海涛说，谨慎个屁，那是装的，他去年两次提干都被人告了，这才伪装老实。你想想，陈骁把你放在一班，放在王晓华的眼皮底下，一是硌王晓华的眼睛，二是监视制约王晓华的行动，因为有你这个狗腿子打入基层，王晓华对陈骁的攻击就会收敛得多。第三，陈骁知道你对王晓华积怨，搞得不好就会发生冲突，而一个新战士和班长发生冲突，排长出面调解，班长就被动了。

我问张海涛，你是从哪里听到的这些奇奇怪怪的事情？咱们是新兵，不要陷入干部骨干之间的是是非非。

张海涛说，我是为你好。牟卜我跟你讲，如果哪一天你跟你们班长吵了起来，如果你们排长批评你，你千万不要当真，你们排长那是做给别人看的，你们排长巴不得你天天跟你们班长干仗。

我说，难道我是吃多了撑的吗，要去天天跟班长干仗？我要是天天跟班长干仗，别说入党，共青团恐怕都要开除我。

张海涛说，这你就不懂了，你得罪了班长，讨好了排长，是不会吃亏的。

我说算球了，我还是老实一点吧，我可不想偷鸡不着蚀把米。

张海涛还说，挑逗群众斗群众，其实有时候也是一种领导艺术。不过张海涛这话不是当时说的，而是二十二年之后说的，那时候他已经是快反旅的副政委了，那时候他就是玩挑逗群众斗群众这一手，结果把自己玩转业了。

我的体格在同年兵中属于中下等，虽然个头不小，但是肥肉多精肉少，玩起单杠双杠十分吃力。陈骁提干之后不久，作为新干部到师部教导队参加培训，所以我们一排的训练实际上是王晓华负责，这回我就更惨了。

那一时期，王晓华大显身手。我知道，那一次拖木枪王晓华没有跟我大动干戈，是因为他觉得犯不着，他像是看透了我的阴谋，没有中我的圈套。但我估计王晓华是不会善罢甘休的，他修理我的机会多的是，比如在训练场上，他可以找到各种理由，以纠正动作为名，对我下狠手。当年在新兵训练的时候，他就这样做过，那时候我站在队列里，小肚子有点往外翘，他就一次一次地捅我的小肚子，嘴里还念念有词，黑起屁股眼儿喊，小腹微收，小腹微收！我明知他是在借题发挥给我颜色看，但是他冠冕堂皇地纠正我的动作，有苦说不出。

现在，王晓华又跟我的小肚子和屁股较上劲了，我一练习单杠，他就在旁边喊，屁股屁股，注意你的屁股，不要撅屁股，不要往下沉！不要挺肚子，把身体拉直，目光要同身体成九十度！

我何尝不想把身体拉直，可是这由不得我，我只要做引体向上，屁股就会使劲地往下坠，小肚子就会拼命地往上挺。王晓华眼睛一瞪，做出恨铁不成钢的表情，神气活现地给我做示范。平心而论，王晓华做起单杠，可以用优美来形容，此人个头虽然矮小，但是很精干，双手抓住杠杆，你看不出他在用力，感觉好像是顺着台阶，两只脚悬空走路，一步一步，轻松自如，下得杠来，面不改色心不跳。然后问我，看清楚了没有？

我说看清楚了。其实我心里想，你小矮子站着说话不腰疼。你连骨头带肉还不到九十斤重，而我光屁股体检，净重就是一百三十二斤，你拖着九十斤重往上运，我比你多负担四十多斤的重量，那能一样吗？

练了三天，我还是不行，骨头都像散架了。要领从理论上知道了，做起来总是力不从心。三天之后，连七班的武晓庆都过了二练习，我还在一练习上挣扎。王晓华见我吃力，干脆不让我练了，让我到车场靠墙站立。后来的两天训练，都没有让我摸过杠杆。美其名曰先练习"正身"，就是要解决撅屁股和凸肚子的问题。

我怀疑这是变相体罚，但是我说不出，因为我确实存在撅屁股和凸肚子的问题。

所谓"正身"，就是背靠墙，要求五点一线，后脑勺、肩胛骨、屁股尖、小腿肚、脚后跟，这五点在一根直线上。我原以为这没有什么困难的，而且庆幸比摸爬滚打强些，岂料往墙边一站，不出三分钟，人就僵硬了，眼前就冒金星了，头脑就开始发胀了。王晓华这个湖北山区土产的法西斯，可真够狠的，一次居然让我站一个小时，十分钟之后我的衬衣就潮湿了，半个小时以后军装就潮湿了，一个小时后军装又干了。老实说，我根本就站不了一个小时，只要王晓华稍不注意，我就会用脚趾头在鞋子里悄悄地活动，我的膝盖就会悄悄地弯曲。

老话说，道高一尺，魔高一丈。后来王晓华好像发现了我的伎俩，找来了几个空弹壳，在我的后脑勺、肩胛骨、屁股尖、小腿肚和脚后跟肉体与墙面接触的地方，各放了一个，我只要稍微动一下，这些弹壳就会滚下来，在水泥地上发出清脆的响声，这时候王晓华就会从训练场上转过身来，用那双阴沉沉的眼光盯着我。

我不敢偷懒了，只好老老实实地按照王晓华的要求，一动不动，凝固一般，风吹不歪，日晒不斜，一次又一次，一天又一天地靠在墙上当一个站着的"死人"。在当"死人"的过程中，我听见我的血管里涌动的声音逐渐微弱，我感觉到我的骨骼在一天一天地钝化。我的自尊心、我的自信心、我的所谓理想、我的所谓的抱负，都在一天一天地被腐蚀。什么"小花"，什么五朵金花，什么军校，什么四个兜，都好像已经成为遥远的记忆。残存在我的脑海里的，只有对王晓华的怨恨，只有对我自己的怨恨，只有失望和酸楚。我想，赶快结束这种活见鬼的生活吧，特务连再好，但它不是我的乐园，赶快结束这没完没了的折磨，让我卷铺盖滚蛋吧。我甚至非常怀念我的饲料房，我宁愿再回到炊事班喂猪，我宁愿当一个灰头土脸的猪倌。什么光宗耀祖，什么衣锦还乡，我做不到，让别人干去吧。

王晓华不仅在肉体上折磨我，更可恨地是在精神上羞辱我。搞刺杀和摔跤训练，他故意安排我和新兵们对练。过去我一直认为我高大魁梧，膂力过人，一直没有把张海涛、武晓庆之流放在眼里。我没想到的是，当兵不到半年，武晓庆这小子像是吃了激素，力气呼呼往上长，刺杀和摔跤也很有章法。虽然他个头不如我，但是身手显得格外矫健，什么泰山压顶、虚晃一枪、声东击西，这些战术玩得我眼花缭乱。有一次武晓庆同我对练摔跤，除了第一次打了个平手以外，他一共把我摔倒四次。每一次倒下去爬起来，我的心里不仅有耻辱，更充满了仇恨，不仅恨武晓庆，更恨王晓华，我想这肯定是王晓华针对我的软肋，向武晓庆传授了制胜的秘诀。

第六次摔跤开始之前，在悲愤中，我恶狠狠地盯着武晓庆说，小子，你不要得意，你今天把我摔得鼻青脸肿，明天你就有可能付出更大的代价。

武晓庆这小子假装慈悲，假装同情，阴阳怪气地看着我说，牟卜，不是我不手下留情，我们班长，还有你们班长，都是火眼金睛，哪个动作弄虚作假，都会被他们明察秋毫。反正你已经是落后了，我总不能老是陪着你一起挨熊吧？

我说你他妈的少来这一套，你以为虎落平川就可以被犬欺了啊，我跟你说，你连犬都不是，谁笑到最后谁笑得最好看。

武晓庆说，牟卜，说真的，我真的不忍心下手，可是我身不由己啊，你可不能怪我啊！

我说，去你妈的，来吧！

结果是，这一次我又被武晓庆打翻在地。从地上爬起来的那会儿工夫，我的泪水止不住地流了下来。

就在我被王晓华的法西斯训练折磨得心如死灰的时候，陈骁从师里学习回来了。

我是在晚饭的时候见到陈骁的，那一瞬间，我像是孩子见到了久别的爹娘，虽然陈骁离开连队也不过两个星期。

我有太多的苦水要向陈骁倾诉。但是在饭堂里，我不敢造次，我甚至不敢向排长的那一桌子多看一眼。王晓华这个土法西斯已经把我的锐气消磨了不少，已经让我树立了很强的尊卑意识。

吃过晚饭，是自由活动时间，我在班里趴在铺上写训练体会——这是王晓华交给我的任务，每天都要写，内容、成绩、经验、教训，等等。可是那晚我写不下去，总是心猿意马，总是盼望排长会叫上我促膝谈心。可是我盼了一个晚上也没有动静，倒是王晓华，一如既往地把我的训练体会要了过去，一页一页地看，看着看着脸就拉长了，把我的笔记本往铺上一摔说，你现在要思考的是你个人的问题，没有让你总结班里的情况，也没有让你给教学法提意见。

我说，我没有提意见，我是提建议，我的落伍是暂时的，你不能歧视我，让我脱离整体训练，我不能光搞"正身"训练，这样我和大家的差距会更大。

王晓华说，那不是你考虑的事。

我说，事关我的进步，怎么不是我的事，你能为我的前途负责吗？

王晓华说，让你现在练"正身"，就是对你的前途负责。你现在这个基础，我们总不能让你去学三大战役吧。

说完，一声冷笑，扬长而去。

我很想在陈骁面前告王晓华的状。我的成绩差固然是我主观努力不够，但是你作为我的班长并且代理排长，显然也是难辞其咎的。首先你没有按照训练大纲规定的内容程序和步骤，而是一味让我"正身"，可以说对我因小失大。再说你的方法也有问题，我甚至认为你是故意让我落后，故意给我制造落后的机会。

那天晚上我最终没能受到陈骁的单独接见，不知道他干什么去了。

第二天陈骁去了训练场，我站在队列里，向他行注目礼。我的目光里充满了期待，严肃中我巧妙地加进了一丝激动的情绪。我相信陈骁注意到我的眼神了，对我的激动一定心有灵犀。但是，陈骁站在队列外面，扫视众人，一视同仁，非常公事公办，非常一本正经。陈骁在队列前说了几句话，无非是这段时间大家辛苦了，几位班长都很负责，老兵言传身教，新兵发奋图强，一班长抓全面，连队很满意，我感谢大家，等等。

没有出现我期待的那种局面。

我期待的是什么呢，我期待陈骁一到训练场就开始组织验收，然后一个一个问题地挑，然后严厉地批评王晓华——我离开连队两个星期，你们的训练就是这个结果？你也太不负责任了吧，你的水平也太差了吧？我期待王晓华哭丧着脸辩解，说是新兵素质太差，某某某朽木不可雕也。我期待着陈骁指着王晓华的鼻子训斥，没有带不好的兵，只有不会带兵的人。像你这样贪功透过的人，是不配当班长的！

但是没有，陈骁对王晓华很客气，对几个班长都很客气。

陈骁那天观看了全排的训练，从五公里越野，到百米障碍冲刺，再到木马和单双杠一二练习。那天王晓华没有让我靠墙，但也没有让我参加表演，而是让我和张海涛一起观看，不是坐着，而是立正在场外看。

就连我也感到惊讶，仅仅几天，我们那一批同年兵，确实发生了很大的变化，武晓庆居然在百米障碍冲刺中拿到了全排第三名，动作相当熟练，甚至可以用流畅来形容，一声令下，这个小白脸如同猛虎下山，纵横跳跃，持枪冲击，所向披靡，简直就像一个训练有素的老兵。

令我不安的是，跟我一起被表演排斥在外的张海涛，跟我的情况也不一样。不让我参加表演是因为我的技能不行，用王晓华的话说，不能一颗老鼠屎坏了一锅汤。而张海涛不参加表演是因为他在昨天练习三十米攀登的时候崴了脚脖子，属于光荣负伤。这伙计最近表现尤其突出，比武晓庆还略胜一筹，深得他们班长马学方的赏识。据说在我们这批新兵中，有可能第一个入党。

基础动作练完了，解散休息。我原以为陈骁会关注到我，会过来问问我的情况，但是没有。陈骁一本正经地对王晓华说，对于跟不上的同志，不能姑息迁就，要教育他们树立吃苦的思想，加班加点，迎头赶上。

这一次我备受打击，陈骁给我的打击远远比王晓华给我的打击大得多。王晓华给我的打击是浅层次的，而陈骁给我的打击是深层次的，是伤害到心的。

我在心里推测，就在陈骁回到连队的这十几个小时内，王晓华肯定跟他汇报我的训练状况了，而且肯定是往差里说。如今回想张海涛的话，我真的觉得我们排长这个人还是挺复杂的，当然，干部嘛，太简单了也不行。

八

陈骁跟我促膝谈心是在他回到连队的第三天，这一天排主力训练"火中取栗"，也就是钻火圈，这也是我们特务连的看家本事。在海滑西边的机场遗址上，有我们固定的特种训练场，除了沟壑纵横的战术演练设置以及投弹、射击等常规练习场地，还有一些特种设施，包括五十米高的攀登绝壁墙、一百米的障碍地、环绕三千米的摩托车道。所以说，海滑机场这块遗址恰好是我们特务连的用武之地。一到春天，这里龙腾虎跃，蔚为壮观。听马学方说，一年一度的特务连训练高潮之际，也是海滑那些留守人员和家属的节日，有时候五朵金花也过来观摩。

"火中取栗"是什么意思呢，稍微有些军事常识的人可能都知道，就是在桌子上固定直径七八十公分的钢圈，钢圈缠上油布，将火点燃，我们特务连的兵用最快的速度像游鱼一样快速穿过，碰到了钢圈不行，被火点着了更不行。说实在话，对这个科目我不是没有兴趣，而是太有兴趣了，这身功夫学到家了，那将是我可以炫耀一生的绝技。但是现在不行，现在我望而却步，因为我的基础不行。

训练中观看老兵的动作，还是很过瘾的，像王晓华、马学方、郑少秋，还有我们一班的副班长何区别、二班老兵储金会、三班班长魏劲光他们，不是钻一个两个的问题，而是一个又一个地钻。你似乎看不见人影，你似乎只能看见一条黑线，像是钢笔画出的线条，刷，一道直线，刷，一道弧线，刷，再一道直线，整个动作连贯流畅，弧线优美，令人叹为观止。

此刻我只有羡慕的份儿，只有难受的份儿。

陈骁把我带到训练场的西北角，这个位置很有意思，能够看见训练场上那如火如荼的场面，又听不见那里的声音。

陈骁那天表情有点怪，很深沉的样子，问我，你知道当初挑兵的时候，为什么班长们都不挑你吗？

我说不知道，也许是嫌我笨吧？

陈骁说，你是笨了点，但重要的还不是这个，其实你很骄傲。

我顿时感到很委屈。我说我没骄傲啊，我一个新兵蛋子，连一条军用裤头都没穿旧，怎么就敢骄傲了呢？排长你能说说我骄傲的例子吗？

陈骁想了一下说，具体的例子倒说不上来，反正你给人的印象就是骄傲。骄傲并不全是坏事，关键是要骄傲到点子上。我也骄傲，男人嘛，没有点自尊心自强心还行？关键是要有骄傲的资本，没有资本的骄傲是狂妄，有了资本的骄傲是自信。听明白了没有？

我嘴上说，明白。其实我心里想，未必你就有了骄傲的资本？你也太居高临下了吧。

停了停陈骁又说，你让我说出你骄傲的例子，其实你提出这个问题就是骄傲的表现。你的骄傲不是事情上的，是感觉上的。那次在饲料房，我对你的骄傲是持欣赏态度的，我认为你的骄傲表明了有自信。但是，不能盲目骄傲，不能凭空认为自己了不起，不能自以为是。

我越来越认识到，我的排长陈骁是一个善于透过现象看本质的人。想当初当新兵的时候，我是有点傲气。譬如说下棋，有一次跟三班长下棋，下了四局，我一局都没让他赢。还有，有一次二排长到我们班里聊天，他掏出金钟牌香烟散发，我当时就从床头柜里摸出牡丹烟，还说，你这么大个干部还抽金钟烟？弄得二排长脸上讪讪的。细细想来，这些不是骄傲又是什么呢？还有，学习三大条令的时候，全连一起测验，我第一个交卷。班长王晓华在一旁说，再看看，别拉下什么。我却没当回事，昂首挺胸地把卷子交了，虽然抢了个交卷第一，分数却只有九十二分，是全连倒数第四十二。而我的班长王晓华是九十九分，全连第三。可是此一时，彼一时，这是哪跟哪啊！

我说，现在别说骄傲了，我连起码的自信都没有了。

陈骁说，你还是骄傲。

我愣住了。不明白我到底怎么骄傲了。我说，我现在夹着尾巴做人还老被人揪尾巴，我到底是脸上骄傲了还是眼睛骄傲了？

陈骁说，一个人骄傲不骄傲，不是表情的问题，而是思想问题。因为你文化程度不低，你想当指挥员而不想被别人指挥，你自以为是你早晚要当指挥员，你不甘心被班长和老兵指挥，你在心里暗暗发誓早晚要让他们服从你，所以，所以你就在内心深处抵制他们，轻视他们。

我傻眼了，他怎么能这样看问题？

陈骁似乎目中无人，似乎不管不顾我的存在，扬起脸，看看天，又看看正在热火朝天的"火中取栗"训练场，像是自言自语地说，你不光轻视他们，你也轻视我，你并没有把我这个老班长新排长放在眼里。

天啦，这话从哪里说起，简直是太冤枉了！

我木然地看着陈骁，真怀疑他有毛病了。我说，排长，你是不是听到别人说什么了，一定是有人挑拨离间了，一定是有人知道我尊重你，知道我听你的，一定是有人知道你器重我关照我，他们眼红，他们嫉妒，他们……太卑鄙了。

陈骁突然脸色一变说，谁卑鄙？你牟卜才卑鄙，以小人之心，度君子之腹！谁挑拨离间啦？我跟你说，我器重你，是事实，因为你有文化，有思想，有创造力。但是，作为一名排长，我提醒你，我看问题不会一成不变的。我衡量我的下级，最主要的标准，那就是他是不是一个合格的兵，一个优秀的兵。在特务连当兵，哪怕你说得天花乱坠，但是如果没有真本事，那么只有一个结局，被人看不起！

我突然发现我并不了解我敬爱的老班长现在的排长，岂止不了解，简直是太不了解了。我不明白他那天说的话，简直莫名其妙，简直无中生有。但是他最后甩给我的那两句话，还是深深地刺痛了我——看看吧，你的同学，你的同乡，你的战友，他们全都在发奋图强，全都在顽强拼搏，他们已经融入特务连了，他们已经和这个整体成为一体了。记住，沉舟侧畔千帆过，病树前头万木春！

九

有一次训练间隙休息，我坐在地上一动不动，就像死人一样绵软。武晓庆假惺惺地问寒问暖，眨巴着小眼睛说，牟卜，你要坚持哦，苦尽甘来哦，梅花香自苦寒来，不吃苦中苦，难为人上人哦！

我一骨碌从地上跳了起来，吼道，滚你妈的蛋，你还真以为你成精了啊，你他妈的差得远呢。别忘了斯大林同志说的那句话，鹰有时候飞得比鸡还低，但是鸡永远也不会比鹰飞得高。

武晓庆眨巴眨巴眼睛看着我，灰溜溜地走了。虽然我在舌战中占了上风，但是在精神上我一点儿底气也没有。

有一个问题我一直想不通，那就是我到底比武晓庆差了点什么。我自己的看法是，我一点儿也不比他差。武晓庆只不过在基础训练中暂时占了我的上风，但这无所谓。我不在乎一城一地的得失，我不打算把自己训练成一个四肢发达头脑简单的人，我对我的将来持乐观态度。但是话又说回来了，武晓庆也不完全是一个四肢发达头脑简单的人。以后我和耿尚勤混熟了，耿尚勤倒是把我和武晓庆做了一个比较科学的分析。在耿尚勤看来，我是一个创造型的人才，凭借的是独立创造的能力，而武晓庆属于竞争型的人才，更适合在团队群体里拼搏。也就是说，我适合与天斗与地斗，武晓庆比我适合与人斗。耿尚勤的原话不是这样的，意思是这样的。

耿尚勤的话让我想起了我们入伍之初武晓庆的种种表现，一方面他在基础训练中出生入死，舍得扑下身子，最大限度地使用自己的身体，因而他渡过基础训练的难关有着坚强的思想基础。另一方面，武晓庆的生存适应能力很强，即便是把他放在一个完全陌生的环境，他也能够很快融入这个环境，适应这个环境。

早在我们分到老兵班之后不久，我就听张海涛说过，武晓庆有一个笔记本，里面点点滴滴地记录着连队首长和班排长的基本情况，譬如籍贯、学历、爱好、生日、性格特征、家庭状况等等，连谁有未婚妻，谁谈过恋爱都有记载。我不知道他记录这些东西有什么用。

张海涛说，这些东西用处大了，见什么人说什么话，跟什么人做什么事，都是有讲究的。所以说，武晓庆在同连队首长和班排长们相处的时候，总是有的放矢得心应手，而这一点我就差得远了。我对连队首长和班排长们根本不了解，我不知道他们喜欢什么讨厌什么，我是完全按照自己的主观直觉来把握我和这些人相处的尺度，这当然不行，常常弄巧成拙。

武晓庆填写入党志愿书的消息也是张海涛告诉我的，张海涛说，在特务连我们这一批兵当中，已经有三个人填写入党志愿书了，他们即将成为预备党员，这也就意味着，他们很快就会成为骨干，也就是班长或者副班长。

对此我很受刺激，我明白，这些家伙的政治前途已经遥遥领先于我了。后来我才知道，张海涛这小子在跟我说这话的时候，还打了一个埋伏，其实他自己也填写入党志愿书了。

可以想象，那段时间我是怎么度过的。

陈骁找我促膝谈心之后的当天，我辗转反侧，前八百年后陈芝麻烂谷子，全在脑海里翻滚搅拌。陈骁的话深深地刺痛了我。转眼之间，我怎么就成了沉舟了呢，怎么就成了病树了呢？是命运改变了我们，还是我们改变了命运？

沉舟侧畔千帆过，病树前头万木春！这两句话的分量有多重啊，差不多就是给我的军旅生涯判了死刑。

我感到悲哀。我才十九岁，已经成了不齿于特务连的狗屎堆。而就在几个月前，我还是那样的意气风发，那样的踌躇满志，穿上新军装，放眼全世界。在家乡武装部换新军装的时候，我把土布缝制的裤头和已经烂了若干小洞的背心，用塑料袋包装起来，回到家里我把它们扔进了街后的臭水沟里，我在扔这些非军用裤头背心的时候，心里有一种异常的感觉，壮怀激烈，义无反顾，好像是同前十九年进行彻底决裂，由小镇青年到军人的脱胎换骨，由吃自家的粮食到吃军粮的本质飞跃。而如今，就连我当初根本就不放在眼里的武晓庆和张海涛都有理由看不起我了，有理由同情我了，这算怎么回事啊？

我现在才明白过来，为什么星期天武晓庆、张海涛他们不再拉我上街逛公园了，他们找到了当兵的感觉了，他们忙啊，他们没有闲工夫听我怨天尤人了，他们跟我没有共同语言了。

面子是其次，关键是下一步该怎么办？

这一夜，我想了很多很多，一会儿自卑得心灰意冷，一会儿气恼得手脚冰凉。我恨啊，恨王晓华，恨陈骁，最后我恨我自己。陈骁的话没有道理吗？没有，完全没有道理。但是陈骁的话有作用，陈骁的话像是尖锐的针尖，扎在我心中最薄弱最敏感的地方。

他妈的，我真的是病树吗？我真的是沉舟吗？一派胡言，一叶障目，狗眼看人低！我牟卜不是沉舟，不是病树。我牟卜有理想有抱负，我牟卜只是暂时过不了体力关，过不了技能关，但我牟卜不会永远过不了这个关。

在辗转反侧中，我想起了两句话，知耻后勇，后发制人。然后我又想起了跟沉舟侧畔千帆过，病树前头万木春含义相反的两句话，山重水复疑无路，柳暗花明又一村。

我拽过军用茶缸喝了半茶缸凉水，在心里一遍一遍地品尝这些话，我的热血沸腾起来了，我一骨碌从床上爬了起来，从枪架上取出那只编号为36784568763的冲锋枪，我掂着冲锋枪去了后营门——请别担心，我不是要施行过激行为，我不会为这点小事想不开去当千古罪人，因为我突然想到我是第四班岗哨，轮到我了。

十

有一个人已经被大家忘记了，这个人已经默默无闻地在一个角落里度过了一个多月的时间。但是，我没有忘记他，在最需要帮助的时候，我找到了他。

第二天早晨出操完毕，我第一次抢到了扫把，像张海涛、武晓庆那样，奋不顾身地打扫卫生。在饭前的十几分钟内，我悄然来到饲料房，一声不吭地把几只喂猪的大盆洗干净了，然后又开始打扫猪圈，起粪，铺干草，再回到饲料房点火煮猪食。

作为一个特务兵，我是新战士，作为一个猪倌，我是老师傅，这是我的老本行，我干起来得心应手，游刃有余。我在干这一切的时候，并没有说话。

耿尚勤冷眼相看，我不说话，他也没有说话，他把两只胳膊抱在胸前，似乎这一切与他无关。但他肯定看出来了，我的喂猪专业比他水平高。他在想什么呢，也许他在想，我对这些猪有感情了，我不满他的敷衍了事，我来帮他给这些巴克夏、约克夏们改善生活。

忙完了，耿尚勤说，说吧，你找我有什么事。

我说，没什么事，让你这么一个德高望重的老班长接替我喂猪，我心里不安，就是来为你减轻负担。

耿尚勤说，哦，活雷锋来了。

我说，我不想当活雷锋，我要向你学习。

耿尚勤说，哦，让我这个犯了生活作风错误的老兵发挥余热是不是？

我说，差不多，我要拜你为师。从今天起，我每天过来帮你干活，请你指导我训练。

耿尚勤说，不可能，我也用不着你帮我干活。这点破事，我放个屁的工夫就把它做完了。

我说，你浑身是功夫，喂猪不感到屈尊吗？

耿尚勤说，浑身功夫有鸟用，我现在不想跟谁比高低了，我想养足精神，挨到年底我就复员。此处不留爷，自有留爷处。

我说，耿班长是不是想老婆孩子热炕头了？

耿尚勤说是，就是，复员了我就大张旗鼓地结婚，结婚了我就抱着我老婆，我想什么时候搞就什么时候搞，想怎么搞就怎么搞。

说完又说，别叫我耿班长了，我已经不是班长了。

我说，那就算了。你不帮我，我也不会在一棵树上吊死，我换别的树试试。

说完，我从灶后站起身来，从耿尚勤的面前走过。我说，要开饭了。

耿尚勤还是那样双臂抱在胸前，无动于衷地看着我。

第二天早上，出完操后我又到饲料房来了，这次我惊讶地发现，头天晚上喂猪的大盆还没有洗刷，猪粪也没有起，猪圈里面污泥浊水一片狼藉。

我的心里一喜，嘿嘿，这哥们想考验我的耐心呢，那好，你就等着。

我二话没说，操起家伙就干。先是把几只大盆拿到水管下面冲洗，这边冲着，我又钻到饲料房把猪食煮上，火点上之后，又回到猪圈起粪，粪起完了，饲料盆也冲洗干净了，同时猪食也煮熟了。这一套流水作业我做得花团锦簇滴水不漏。

我在做活的时候，耿尚勤在一旁打盹，睁一只眼闭一只眼。等我做完了，他突然站起身来对着太阳打了几个哈欠，然后哼起了小调，我听出来了，是《国际歌》的旋律——从来就没有什么救世主，也不靠神仙皇帝，要创造人类的幸福，全靠我们自己……

那当口我正在水管下面洗手，他还没有哼完，我就接着唱了上去……旧世界打个落花流水，奴隶们起来起来起来，一旦把他们消灭干净，鲜红的太阳照遍全球……英特纳雄耐尔，一定要实现……

我不知道是怎么回事，我在唱这几句歌词的时候，非常投入，非常动情，以至于唱着唱着，眼睛就有些湿润，嗓子就有些哽咽。我想大约是这歌词触动了我内心的酸楚，让我产生了悲壮和激动。我无意中瞥了耿尚勤一眼，居然发现他的眼眶里好像也闪烁着泪花，他的两只眼珠子在闪烁的泪花中一动不动地看着东方的朝霞，脸上光芒四射。

事后我想，耿尚勤那天之所以在我面前哼哼《国际歌》的那几句歌词，他的本意是开导我，自己跌倒自己站起来，我却将计就计，跟着大唱，我们这两个倒霉蛋心有灵犀，彼此终于找到了知音。

我说耿班长开饭了，洗洗吧。

耿尚勤没有作声，仰脸看天

我说耿班长我先走了。

耿尚勤还是无动于衷。

我收拾家伙，拎起军装，回头看了一眼没有反应的耿尚勤，转身向营区走去，等我走出小巷六七步，耿尚勤突然跟上来了，在我身后说，好吧，今天晚上熄灯，你到西边菜地等我。

十一

就从这一天开始，我成了一名真正的特务，贴切地说，我成了一名立志当好特务连一名合格战士的兵。

你可能还不是太清楚，在七十年代中后期，在我们二十七师一团特务连，在我们的三个后备干部中，如果说陈骁是以军事理论和战术思想见长，王晓华是以辩证法和带兵管兵见长，那么，耿尚勤则是以技术技能见长。我刚当新兵的时候曾经观赏过耿尚勤和马学方对练武打，确实身手敏捷，动作轻盈，干净利落，杀伤力强。据说在我们参军前两年，但凡二十七师有特种技能比武，耿尚勤这伙计综合成绩从来都是第一，其他单项成绩最次的也不会低于第三。让这样的人去喂猪，确实是天大的浪费，而被我开发出来，用今天的话说，可以说是最科学的资源整合。

耿尚勤给我制订了一个满负荷的训练计划，我打算不显山不露水地实现这个计划，我不想让王晓华和陈骁知道我在暗中较劲，但是我必须有一个经验丰富水平高超的教练。

以后的事实将会证明，我选择耿尚勤作为我的秘密教练是多么重要，从而也证实了陈骁的著名论断，其实每个人——每个成功的人的历史都是一部奋斗史，每一部奋斗史也是一部选择史，人生的艺术就是选择的艺术。

我有理由相信，我投师投到耿尚勤的门下，对他来说也是一件有意义的事情。作为一个差点儿就当上军官的特务连的优秀骨干，作为一个十八般武艺样样精通的老班长，作为一个浑身是劲没有地方施展的老兵，在此后几个月的时间内，能够让他的价值得以充分体现的动物有两个，一个是猪，一个是我。

耿尚勤说，诀窍不能说没有，首先要从思想入手，解决一个兴趣问题。对于特种训练有兴趣吗？

我说本来兴趣不大，但是我得在特务连站住脚，没有兴趣也得培养兴趣。

耿尚勤说，没有兴趣是因为没有看到成功的希望，尝到甜头之后兴趣自然就来了。首先你不要奢望一步登天，要树立长期艰苦作战的思想准备，珍惜每一点进步，在这个基础上寻求更大的进步，积小胜为大胜。

我说好，咬定青山不放松，任尔东西南北风。

耿尚勤说，体能训练虽然是练体力，但是不能只靠四肢，不仅要用心，还要用情。用情就是你要热爱它，心中升起朝阳，千难万难迎刃而解。

众所周知，我是个悟性很高的人，一点就通。耿尚勤的话让我顿悟，以前我之所以对训练场望而生畏，就是因为没有做好吃苦的思想准备，就是对自己期望值过高，因而一旦遇到挫折，立马垂头丧气。耿尚勤说，你不仅不能怕吃苦，还要把吃苦当作一件幸福的事情，能够吃苦是当好兵的先决条件。你要接受吃苦，敢于吃苦，自找苦吃，苦尽甘来。

我说我明白了，我不是为了别人吃苦，我是为我自己吃苦，为我的将来吃苦，我要主动地吃苦。

白天我当然必须跟班训练。现在在训练场上，我的感觉就不一样了，我不再是被动地接受班长和老兵的训斥了，我的脸上没有痛苦和无奈的表情了。他们呵斥我也好，讥讽我也好，我一概报以笑脸，我的态度诚恳而又积极。我想我终于找到感觉了，我的心里有了底气，前进有了方向，因此一切磨难都不在话下。

我的这种心理变化使我的精神面貌大为改观，忙碌在训练场上，天上的太阳是那样的明媚，地上的鲜花是那样的灿烂，王晓华的臭骂是那样的可亲。我把每一个动作都看成是通往成功的阶梯，认真认真再认真，不行就从头再来。那几天，无论是玩单杠双杠，还是跳木马，别人做两遍，我做十遍，别人做，我在旁边看，一招一式，一举一动，全都用心揣摩。别人休息了，我就自己练。

真他娘的累啊，在那段日子里，我的军装基本上没有干净过，每天都被汗水湿透。累得连脸都不想洗，洗脸、洗澡、吃饭、上厕所是我唯一的休息时间。白天我是洒水机，能把军装从衬衣到绒衣再到外罩湿透，夜晚我是烘干机，我经常穿着衬衣睡觉，否则第二天早上我只能穿湿衣服。

有时候累极了，也想缓一缓。但是不行，耿尚勤说了，气可鼓不可泄，一旦松下来了，前功尽弃。要咬紧牙关，要一鼓作气，胜利在向你招手，曙光就在前头。

每天夜里，当武晓庆、张海涛之流进入梦乡的时候，我就会假装上厕所，穿上衬衣衬裤，到与厕所一墙之隔的饲料房后面。耿尚勤就在那里，利用猪圈的矮墙，教我怎样用臂，怎样用腕，怎样用腿，怎样呼吸，怎样换气。

耿尚勤说，不要以为体能训练简单，这里面有科学。跑步也是有要领的，用脚尖和用脚后跟是不一样的，出长气和出短气是不一样的，摆手幅度大和幅度小是不一样的。耿尚勤说，技巧一点就通，关键是平时养成，一点痼癖动作都不能有，发现一个纠正一个。

为了解决我引体向上的撅屁股问题，有一天晚上耿尚勤让我在矮墙上做了七十六次，一遍一遍地纠正，直到他满意为止。就这样，第二天在政治学习的时候，我照样神采奕奕。那天副指导员黄嘉平在上面读报纸，我在下面回味引体向上的要领。还有一次中午，我们在营房后面的小河旁，用一棵大柳树的树枝当单杠，就是一个抓杠的指法问题，他让我上上下下地跳了二十多遍，幸亏午休时间没有人看见，不然人家还以为我是神经病呢。

耿尚勤说，学习特种技能，光靠体力不行，没有体力也不行，体力是基础。

我说我天天跟班作业，没有时间练体力。耿尚勤教给我一招，每天夜里睡觉，熄灯后钻进被窝，不要仰躺，也不要俯卧，而是用脚尖和手掌支撑床板，四体投地，屁股悬空，身体与床板平行距离八至十公分，每晚睡前坚持半个小时。这样，从外面看你是在睡觉，其实你是在练腕力和脚力。

我按照耿尚勤的方法，刚开始的时候，别说一个小时，就连三分钟我都坚持不了。耿尚勤说，你必须坚持，从五分钟开始，你每天加练十秒，早晨起床前再练半个小时。坚持下去，必有好处。

我说好，我豁出去了。

我后来果然坚持下来了。刚开始一分钟，后来三分钟，再后来五分钟，就这么层层加码，每次下来，都是大汗淋漓，我连洗也不洗，两臂一软，肚子一翻，转眼就鼾声雷动。几天下来，我感觉我瘦了，但是我的饭量却上去了，二两重的馒头，我一顿能吃六个，后来增加到八个，就着咸菜吃都香。

政治学习的时候，别人是坐着的，我是蹲着的，但是一般人是不会明白其中奥秘的。这也是耿尚勤教给我的方法，两脚与肩同宽，两手直放膝上，上体笔直，屁股悬空，与小马扎若即若离，保持三毫米距离。当然不可能一堂课都是这样，我悬一会儿坐一会儿，为的是不让身体摇晃给别人看见，但我尽可能地多悬少坐。就这样还是被人察觉了，有一次在大礼堂里听徐政委传达上级会议精神，散会后张海涛发现我满头大汗，非常惊讶，关切地问我是不是发烧了，我赶紧堵住他的嘴说，你才发烧呢，太热了。他疑惑地看着我说，不怎么热呀，就是有点闷，也不至于热成这样啊，你恐怕真的病了。

我说滚你妈的蛋！

连队组织清理护营河劳动，我发扬大无畏的精神，跳进臭水沟，挥动铁锹，一干就是一个小时，连王晓华都发现我最近变化比较大，说我基础训练有进步，劳动也积极了。

这话说得没错，我的基础训练是有进步了，但是我得留一手，细水长流，我打算一点一滴地把我的进步展示给他们看，有一天我会让他们大吃一惊——何止是进步，简直就是飞跃。至于说劳动积极了，他们哪里知道，我是一边甩塘泥，一边揣摩投弹的角度呢。

老话说，功夫不负有心人。而且那段时间我特别幸运，不仅有耿尚勤暗中言传身教，好像暗中还有一股力量在不动声色地帮助我，只要我在训练场上混不下去了，我就会被排长或者班长派去出公差，比如给连队拉猪饲料，到团里冲洗大礼堂。

在基础训练的中期，连续下了几天暴雨，野外训练转为室内训练，那几天我一有空就往饲料房跑。更绝的是，下雨之后山洪暴发，漳河暴涨，团里指示我们特务连到长垣一带参加抗洪抢险，耿尚勤暗示我可以想办法留守，我找到班长王晓华说我的腿有关节炎，不能在水里泡。王晓华说，你得找排长请假。我去向陈骁请假，陈骁居然没有提出异议。陈骁跟连长说，牟卜这小子军事素质太差，既然有关节炎，留在家里学习学习理论，以后培养当个文书算了。

　　足足有二十天啊，二十天我可以肆无忌惮地找耿尚勤了，可以无所顾忌地释放我的能量了。二十天能做多少事啊，等武晓庆、张海涛他们一身泥水一脸眼屎从长垣抗洪前线回来，我已经是一个特务高手了。

　　我不能跟你唠叨了，反正耿尚勤这个秘密教练我是拜对了，他不光从体能和技能入手，而且他特别善于把握我这个徒弟的精神状态，难点、重点、优点，一一进行分析。当我的体重下降十多公斤，体力增加二十多公斤之后，耿尚勤就开始教我怎样使用这些力气。还是在饲料房后面的空地上，夜深人静的时候教我打捕俘拳，白天教我爬树，腿累极了就教我快速出枪，臂累极了就教我演戏——伪装。一言以蔽之，在那三个多月的时间里，我们特务连战斗员所必须掌握的技能，我基本上都掌握了，至于说投弹、射击、木马、单杠、双杠和百米障碍等等，更不在话下了。这以后，我们就进入到常规的训练，滚铁丝网、穿烈火圈、爬高层楼、钻下水道，等等，也都顺利过关，而且成绩不菲。

　　到了这个份上，我平静了。再跟武晓庆、张海涛他们打嘴仗，他们说他们的，我沉默我的。武晓庆眨巴着眼睛说，要努力哦，不能骄傲哦。

　　我心里说，你笑话吧，谁笑到最后那才是真正的笑。

　　我进步了，耿尚勤的气色也大为改观，他好像又回到了尖子班长的位置上，尽管他的麾下只有我一个人，但他几乎就是把我一个人当作一个班来指挥，来过他的班长瘾。在技术性较强的训练中，包括汽车驾驶、摩托驾驶、隐秘拍摄、野战通信，还有撬锁偷窃、入室擒拿，也包括单兵技术、小分队野战突击战术，等等，他一直毫无保留地给我传授他的诀窍。

　　我给他的回报是什么呢？是我的军事训练成绩。

　　我学着武晓庆，有一天买了一条大前门牌香烟，裹在报纸里鬼鬼祟祟地带到饲料房。耿尚勤把报纸打开，两眼闪闪发光，举着香烟欣赏了一会儿，然后又把它重新包起来，推到我的面前说，烟是好烟，可是我戒烟了。

十二

　　平时测验，我只消睁一只眼闭一只眼，就能过关。而武晓庆经常拿全班第一，全排第一。这小子的小白脸晒得红红的，得意忘形溢于言表，后来再跟我们这些同年兵聊天的时候，我就假装羡慕地说，武晓庆你真了不起啊，你小子肯定会最先当上副班长。

他假装谦虚地说，哪里哪里，我觉得我的努力还不够，离组织的要求还差得很远。他在说这话的时候，嘴巴是咧着的，美滋滋的，连那两个丑陋的门牙都闪闪发光。

我心里想，等着吧，等老子露出真相了，你就知道马王爷长几只眼了。你小子不是想当副班长吗，那好，到时候没准老子直接当班长，你就给我端洗脚水吧。

我们第一年兵的训练检验，还局限在基础层次，也就是体能和技能层次，熟练手中武器、各种武器使用、各种装备使用、化装侦察、敌后潜伏、野战捕俘，诸如此类。此时我已经得心应手了。譬如摩托驾驶，这是我喜欢的科目，我是我们这一批兵中第一个单驶的。其实王晓华他们都不知道，有一次在海滑的遗址上训练，我已经掌握了两轮行驶的技术，当时是我们副班长何区别坐在侧斗里，摩托速度一快起来他就紧张得要命，我把侧斗提起来，他大呼小叫，说狗日的牟卜你胆子太大了，你不要命了我还要命呢。

我说没球事，我在家里就是摩托车驾驶员。

何区别说，滚你妈的蛋，我还不知道你？你们家穷山恶水，连摩托车见没见过都是两讲。

我在心里骂，你们家才是穷山恶水，我们家是鱼米之乡。老子开摩托的时候，你还在老家用半截砖擦屁股呢。

当然，这话我没敢骂出声来，因为他是副班长，是我的顶头上司。

我说副班长你放心，我别的什么都不行，就是会开摩托车。

何区别还是紧张，一个劲地吆喝我减速，把侧斗放回地面。我把速度减下来之后，对何区别说，班副你看没事吧，行进中更换轮胎不也是我们特务连的拿手好戏吗。

何区别说，拿手好戏也不是你们玩的，我们排是技术侦察排，摩托车只要会开就行了，考核也只考核驾驶，用不着你提侧斗。

我心里说，训练大纲不要求我们特技驾驶是不错，但不等于我这个人就不能玩特技，我是人在一排，想着全连，放眼全军。当然，这话也只能在心里说。我嘴上说，技多不压人啊，假如战争爆发了，假如我们在收集情报的途中轮胎爆了，前有阻击，后有追兵，那咋办，弃车逃跑还是修车冲锋？

何区别说，少你妈的夸夸其谈，现在不是战争年代，你要是弄出事故，你完了，我完了，班长也完了，他还指望今年能提干呢。

我说好，那我就慢点。不过这事你可别跟班长说啊。

何区别说，你以为我跟你一样傻逼啊。

何区别后来果然没有暴露我会开飞车，但是何区别在后来的训练中对我有点刮目相看。譬如手枪射击，我快速出枪的动作被王晓华发现了瑕疵，说我保险没有打开，狠批了我一顿，何区别却在一旁若有所思。何区别后来就私下跟我说，你狗日的是故意的，你那一套动作很熟练。我五十米打了三十二环，何区别也怀疑我是故意的，他怀疑我故意往张跃进的靶子上打了一枪。我说张跃进的靶子上是五个枪眼，我哪里会多打一个？他说他分明看见张跃进打飞了一发。

那时候，我是藏而不露的，我之所以不急于表现，就是要创造一个一鸣惊人的效果，就是要创造一个戏剧性的效果，这种效果将会使我声名大振，没准会一举改变我的军旅生涯。

后来的事实证明，我成功了，或者说，我的主要的想法都实现了。

首先是军体，我虽然没有耿尚勤期望达到的那样全拿第一，但是较之过去坠屁股挺小腹，可以说有了根本的变化，单杠过去了，双杠过去了，木马过去了，跳高跳远都过去了。这些都还不足以展示我的进步，我的进步主要体现在单兵野战技能上，譬如攀登，譬如越野，尤其是射击。射击是耿尚勤对我最用心传授的课目，在饲料房后面的空地上，他最初是用砖头给我当手枪，再用绳子在我的手腕上捆上一块砖头，这样我实际上是举着两块砖头练习瞄准，左手练了练右手，冲锋枪练了练自动步枪，手枪练了练特种枪，三点一线瞄准练了练击发时机，当然都是课余时间练的，实际上总共也才半个月，但是耿尚勤计划得好，把内容调整得好，前后连贯，过目不忘。后来在实弹射击的时候，我发挥了一半，只打了个综合良好成绩，就这样，在新兵中也算鹤立鸡群了。

转眼就到了秋季考核，我忍辱负重多时，终于等到了大显身手的最佳时机。

从五公里越野考核开始，我感觉到我的双腿像是生了风，像是安了两只轮子，几乎脚不沾地地向前滚动。五公里越野我取得了良好的成绩，对王晓华他们并没有特别的刺激，因为这项科目技术含量不算太高。

第二天早上考核百米障碍冲刺，我感觉我的血液在熊熊燃烧，我的骨骼发出了战斗的欲望。什么叫身轻如燕，什么叫飘飘欲飞，我现在就是，我进入到一个良好的竞技状态，我感觉到我的身上有一些超人的力量，我甚至疑惑耿尚勤是把他的能量和精气神传递到我的身上了。地球对我的引力似乎大大减少了，我的身体变得轻盈而又敏捷，在等待出击的预备时间，我持枪站在队列里，总觉得有一股力量在向上、向前推动着我，只等一声令下，我就会展翅飞翔。

我的精力出现了短暂的分散，以至于陈骁发出"开始"的口令后，刷刷刷，别人都像箭镞一样冲了出去，我却反而向后仰了一下，这一仰，我足足比别人迟了一点二秒，足足比别人落下三到四步，足足比别人晚六到七秒才找准感觉。但是这不要紧，这点失误挡不住我——我猫着腰，一只胳膊护在眼前做着战术动作，另一只手拎着冲锋枪逐渐加速，就在快到第一道障碍墙的时候，我发现我起跳的距离没有掌握好，这时候我犹豫了一下，但是这犹豫很快就消失了，按照我平时对自己的掌握，我还是很快调整过来了，两步之后猛然发力，瞬间爆发，长腿一撩，顺利跨过。不过这次跨越有点勉强，结果在落地后有点站立不稳，打了一个趔趄，这个趔趄至少又搞掉了我的一秒钟。然而在接下来的越障中，我迅速地稳住了精气神，找准了感觉，端正了姿势。

我想你应该想象得出来，我牟卜一旦找准了感觉，一旦进入了状态，那是怎样一种景况。我身体的每一个部分都会弹奏出和谐的音符，我的每一个关节和每一块肌肉都会自然而然地配合，为我这个人的根本目标而跳动。多少年后我在电视里看过一个壮阳药的广告，里面有一只豹子，在慢镜头里，豹子在奔跃中身体颀长，四肢几乎拉成一条直线，整个身躯凌空飘动，像一条丝绸组成的弧线。我相信在那次百米越障冲刺中，我就是一只横空出世从容飞行的豹子，起步准确，目标准确，落点准确，动作神速而优美。在跨越剩余的七道障碍墙的过程中，我没有出现一次失误，一气呵成。本来成绩一直领先于我的武晓庆惊讶地看着我像雄鹰一样从他的身边飞过，在他的眼前飞过，在他的前方飞过，我估计他就像在做梦。

考核的结果是，我的基础训练成绩是全连第六，全排第三，新兵当中是第二。不光是武晓庆和张海涛等人大吃一惊，连陈骁和王晓华都目瞪口呆。

其实我心里明白，这还不是我的最佳成绩。如果不是因为在百米越障冲刺中出现了一点失误，如果不是在五十米攀登的时候出现了一点偏差，我的成绩就会完美至臻，那我无论在老兵还是在新兵中，都将是第一名。当然，以我现在的地位和身份，获得第三第四已经足够了，已经足以证明我自己的价值了，从此之后，再也不会有人轻视我了，王晓华之流再也不敢轻易戏弄我了，武晓庆之流再也不会阴阳怪气地对我说，要努力哦。

我比王晓华和武晓庆更清楚我现在的状况，我感觉到我的身体和思维都发生了很大的变化，在整个训练中得心应手，游刃有余，出神入化，有如神助。高层次的技术训练我都上去了，至于低层次的譬如摔跤、刺杀之类的，那就更不在话下了。

有一次我阴险地对武晓庆说，你小子还记得吗，在老子最不得意的时候，在老子的军旅生涯最黑暗最寒冷的时候，你小子幸灾乐祸不说，还落井下石。那一次比赛摔跤，你面对我这样一个同年战友，如临大敌，你把吃奶的力气都用上了。你小子是希望我出丑啊，是希望我被彻底打倒啊，是希望我一蹶不振啊！可是你错了，老子我回过神来了，我牟卜就是牟卜，沧海横流，方显英雄本色。怎么样，你小子现在还想同我过招吗？

武晓庆眨巴着眼睛说，牟卜，你说这话冤枉我了。那时候班长让我们认真训练，严格要求，我不能徇私情啊！

我说，你现在还敢不敢跟我摔跤？

武晓庆说，我又不想与你为敌，我干吗要跟你摔跤啊。牟卜你别小心眼啊，我们只是训练场上的对手，但是在训练场下，我们是亲密战友啊！

武晓庆的话虽然不可靠，但是也有一定的道理。再说，我现在的训练成绩眼看就噌噌噌地上去了，我眼看就是我们特务连的后起之秀了，我已经差不多大器晚成了，我还用得着计较一个小小的武晓庆吗？倘若以后有机会，教训一下王晓华还差不多。

不过，以眼下我的心情，连王晓华这样的家伙，我都宽容了。人在高处，境界也就自然高多了。我的教练耿尚勤教交给我的一个原则是，小需要小出手，大需要大出手，不该出手的时候坚决不出手，该出手的时候坚决出手。

考核成绩宣布之后，连队给了我一个书面嘉奖。我带着喜悦的心情去看耿尚勤。耿尚勤说，好啊，很好！但是你不要骄傲，要戒骄戒躁，要争取更好。

停了停耿尚勤又说，这样也好，真人不露相。连队考核有这个成绩就可以了，不要让人觉得你太拔尖了。佼佼者易折。

耿尚勤的话我心领神会。我说，老耿，你真是我的好教练，你太了解我了。

耿尚勤又说，要学会隐蔽自己，不要让人家太在乎你了。下一步器材训练，技术性强，不过对你来说，困难小些。你有文化，比别人更有优势。等到年终，团里师里搞对抗赛，那时候再尽情发挥，争取一举夺魁，那你就有希望了。

我看着耿尚勤，心里有一股说不清楚的滋味。我真的为他悲哀。他太有思想了，太有能力了，太可惜了，真是一失足成千古恨啊。我很想问问他和段红瑛的事情。但是他对这件事情一直讳莫如深，所以我就没有敢问。凭直觉我知道，他并没有悬崖勒马，并没有跟段红瑛断绝关系。作为一个老资格的猪倌，他有足够的时间和精力同段红瑛秘密接头。我只是替他担心，段红瑛现在还能对他保持感情吗？

我在秋季考核中的表现，使我一举甩掉了落后的帽子。王晓华在班务会上表扬我说，现在看来，牟卜同志是一个很有自知之明的人，知耻后勇，迎头赶上。照这样发展下去，势头很好。但是你不要骄傲，不能因为在训练上取得进步就放松思想改造。

王晓华的表扬让我感到很不舒服，我不知道我在什么地方需要思想改造。

王晓华说，一个人是不是进步了，要看全面而不是表面。牟卜同志在团结方面，在工作主动性方面，还是有欠缺的。

我终于沉不住气了，我说班长你不要拐弯抹角，我到底有什么问题，请你直截了当地说出来，我好改正。

王晓华说，我们特务连是一个战斗整体，什么工作都需要大家一起做。譬如公差勤务，每次任务来了，大家都是踊跃参加，但是你却不紧不慢。我们班里的菜地你浇过几次水？星期天帮厨你干过几次？厕所你打扫了几回？

我心里想，冲厕所、浇菜地、帮厨这样的事，猴子教两遍都会做，用得着我这个高智商的人去搞吗？当然这话我不敢说出来。我说那次清理护营河，我第一个跳下去挖塘泥，把脚都沤出脚气了。到三角湖公园搞助民劳动，别人是三个人一辆板车拉土，我是一个人，一干就是一天，大家都是有目共睹的。

王晓华说，一个人做点好事并不难，难的是一辈子做好事不做坏事。

我的心里腾地升起一股恶气，我说班长你是什么意思，我做了什么坏事啦？

王晓华愣了一下，瞪起乒乓球一样大的眼珠子说，我没有说你做坏事，我只是学习《毛主席语录》。你急什么急，难道你真的做过什么坏事，心虚了？

这时候我坚信不疑，上半年提干的时候之所以把陈骁提起来了而没有把王晓华提起来，组织上实在英明，苍天实在有眼。

但是我没有跟王晓华继续对抗下去。现在我已经找到了感觉，已经找到了让自己脱颖而出的路径了。我犯不着跟班长搞得水火不相容。我影响他是小事，他影响我是大事。

十三

阚师长来到我们特务连那天是个星期天，我正在营房的西山墙上办黑板报，因为我们连队的文书帮厨炸油条把手烫伤了，恰好团里政治处要举行黑板报比赛，我们副指导员黄嘉平正在火急火燎，恰好我从训练场跟耿尚勤偷学"火中取栗"回来。黄嘉平像热锅上的蚂蚁一样从一排窜到二排，看见我灰头土脸从西边过来，灵机一动问我，牟卜你会写字吗？

我说我是高中生，我当然会写字。

黄嘉平狐疑地看着我说，那你写几个字给我看看。

其实我是办过黑板报的，而且当时的指导员王得建和连长李开杰都认为我有发展前途，只不过黄嘉平那阵子正率领王晓华在海滑训练五朵金花，所以他不知道我有这方面的特长。

我捏起半截粉笔，在黑板上写下了"好男儿志在四方，特务连是一所大学校"几个字，黄嘉平面无表情地看了一阵子，皱着眉头说，不咋样啊，不过，也还凑合，矮子头上拔将军吧，只能这样了，牟卜你把这期黑板报办了。

然后就交给我一摞稿子。

我大致翻了翻，都是各班交上来的好人好事表扬稿，其中还有武晓庆和张海涛写的。张海涛的稿子是谈训练体会的，有事例，也有高度，还算靠谱。武晓庆那篇就差远了，是表扬炊事班的顺口溜，什么饭菜可口服务好，干稀搭配能吃饱，营养不差干劲大，配合训练有功劳，等等，简直就是文字垃圾。

说实话，我很不想在黄嘉平手下办黑板报，从他对我的态度上我可以看出，这伙计对于审美非常迟钝，根本看不出好歹。再说这些稿子也没有水准，我要加工修改吧，耽误我的事，我跟耿尚勤说好了一会儿还要跟他学拍摄。我们特务连的拍摄可不是一般的拍摄，那是要在隐秘环境里，甚至要潜入敌后或者登堂入室偷拍，是需要战斗技能的。

我说今天是星期天，我们班长已经安排我帮厨了。我们班长本来就说我不爱参加集体劳动，我要是不帮厨，班长会不会说我偷懒？

黄嘉平眼一瞪说，你们班长大还是副指导员大？就说是我说的，帮厨让别人去。让你办黑板报，是本副指导员看得起你，也是对你的考验。

没有办法，我只好硬着头皮上马。既来之，则安之，我要让黄嘉平看看我的真本事。首先我精心地设计了版面，然后我选择了几种颜色的粉笔，有些粉笔略加了一点水。文字上我也做了推敲，当然武晓庆那篇我让它原汁原味地上去了，那就是他的真实水平，我要是帮他修改了，别人还以为他水平很高呢。

我忙活了一个上午，总算把黑板报搞好了，屁儿颠颠地跑到连部请副指导员验收，本意是邀功讨赏，没想到黄嘉平看了一阵子，说了一句很让人泄气的话——他妈的，很一般啊，返工也来不及了，就这样吧。

我傻乎乎地看着黄嘉平，半天没有说出话来。心想这土包子真是有眼无珠，这么好的字，这么醒目的标题，这么独特的构图，居然还说很一般。我真怀疑，这小子是真高中生还是假高中生。

就在我满腹委屈的时候，我们的阚师长像是天上掉下来一般，从营区南边的林荫道上出现了。他那天没有穿军装，而是穿了一身银灰色的中山装，脚上穿着布鞋，像个退休老工人。

黄嘉平定睛望去，看清是阚师长，立马就跑了过去，挺直了胸脯，因为用力过猛，挺得有点像鸡胸，脑袋也往后仰起。大约是因为过于激动，过于紧张，他一直跑到阚师长的面前大约三步的距离才停下，举手敬礼，突然爆发出一阵膛音，气壮山河地喊：师长同志，一团特务连正在办黑板报，请您指示，特务连副指导员黄嘉平。

这一瞬间，我也本能地立正，亲眼看见黄嘉平的一举一动，因为距离过近，还因为黄嘉平过于高声，我看见他的唾沫星子都快溅到阚师长的脸上了。

阚师长摆摆手，看也不看黄嘉平，面无表情地说，稍息！办黑板报有什么好指示的？

黄嘉平这才放下手臂，讪讪地说，黑板报已经办好了，请首长视察。

阚师长那天到我们特务连来，当然不是为了视察黑板报的，所以他没有理睬黄嘉平，而是不紧不慢地沿着原来的路线往前走。这情景，其实就是随便溜达。不少首长都有这个习惯，每逢节假日，身着便装，不带随员，没有目的，到部队随便看看。

但是那天很巧，阚师长往前走的时候，眼看就要走过我们营房了，却又停住了脚步，扬起脑袋看太阳，打了一个喷嚏，打完喷嚏之后，似乎改变了主意，又往回走。这样，刚才被他忽略的黑板报便又重新出现在他的眼前。

阚师长背起手，眯缝着眼睛，开始打量我的劳动成果。

我有点兴奋，也有点紧张。

我说过我曾经是一个很有自信的人，但是自从当兵到了特务连，我的自信就开始瓦解，因为我的强项在这里往往得不到发挥，而这里最需要你发挥的，往往又是你的弱项。还有一点，就是这里对某种事物的判断标准好像发生了紊乱，比如说，我的仿宋字在读高中的时候都是受到称赞的，黄嘉平他一个没有多少文化的人，竟然就可以品头论足，而我还不能反驳。所以说，这里对事物的判断标准，往往不是以事物本身来衡量的，而往往是以谁的官大来决定的，是以大官的好恶来决定的。

我相信，阚师长这一生中很少有时间关注连队黑板报，这种事情太小啦。阚师长有很多重要的事情，大到国家大事，小到二十七师的战斗力，他哪里会关心一个小小的连队小小的黑板报呢？如果他关注了，那一定是出什么事了，或者说那一定要出什么事。

后来果然就出事了——对我来说是一件好事。

我们的阚师长在我刚刚涂抹的黑板报前站了大约有十分钟，似乎看得很细。在这十分钟里，副指导员黄嘉平一直局促不安地站在阚师长身后五六步远的地方，他大约拿不准要不要靠上去跟阚师长说点什么，拿不准要不要回到连部，向连长和指导员通报阚师长来到特务连这一事实。

有一阵子我看见黄嘉平向我递眼色，挤眉弄眼的。

我拿不准他是什么意思，估计他是希望我偷偷地溜走，免得在这丢人现眼。后来他把右手放在下面衣兜处，伸出食指，往连部方向指了指。这时候我明白了，他是暗示我到连部去找连长和指导员。但是我不想执行他的暗示，我留了个心眼，一来我不知道阚师长对我的黑板报是个什么看法，我要是把连长和指导员找来了，万一阚师长说黑板报办得不好，那我不是搬起石头砸自己的脚吗？二则，我也想亲自聆听阚师长对黑板报的态度，万一他要表扬呢，如果我不在场，黄嘉平就有可能贪天之功为己有。

黄嘉平又在下面做了个小动作，并且恶狠狠地盯着我。我还是假装糊涂，骨碌着眼珠子看着黄嘉平，表示不理解他的意图。

黄嘉平朝我晃了晃拳头，我朝他眨巴眨巴眼睛。

黄嘉平没招了，看着我苦笑。他大约在心里骂，这个狗日的新兵，简直是个榆木疙瘩。

我也在心里骂，副指导员你想调虎离山，没那么容易，我一定要听听我们的阚师长对我的表扬。

我们的阚师长看了一阵子，脸上始终没有表情，我的心里一阵侥幸一阵紧张。后来我们的阚师长转过身来，还是没有表情，问黄嘉平，这个黑板报是谁办的？

黄嘉平瞥了我一眼说，主要是牟卜。

阚师长这时候才发现我在一边站着，就招呼我说，过来，小伙子。

我的心脏扑通一声跳了一下，赶紧握拳，以跑步姿态向阚师长逼近，走到近处，立正给阚师长敬礼——这是我平生第一次给这么大的首长敬礼，难免有些哆嗦。

阚师长没有在意我的哆嗦。阚师长说，字写得不错，正草隶篆都有，看来你还是个多面手呢。

我怔了一下，立即看见太阳穿破云层，金色的光芒洒了我一身。我只顾兴奋了，没有敢回答阚师长的话，半天才回过神来，把胸脯使劲一挺，不伦不类地说，是！

阚师长说，嗬，你还挺不谦虚。

我胸脯又挺了一下，文不对题地说，是，谢谢首长夸奖。

阚师长咧嘴笑了，问我，几年兵了？

黄嘉平凑上去说，新兵，去年冬天才到特务连。

阚师长看了黄嘉平一眼，没有说话，黄嘉平立即闭嘴。阚师长问我，小伙子你说说看，为什么要当兵？

我回答说，当兵光荣，可以进步。

本来我想按照政治教育课上说的，一人参军全家光荣，保卫祖国责无旁贷之类的豪言壮语，但是我一看阚师长的表情，就知道不用说这些冠冕堂皇的大道理。我觉得在阚师长的面前，我应该用自己的语言说话。

阚师长又问我，在特务连当兵适应吗？

我说由不适应到适应，刚来的时候我觉得特别不适应，现在我觉得特别适应。

阚师长好像来了兴趣，脸上有了笑容说，哦，为什么？

我说刚来的时候没有找到感觉，没有融进特务连的生活，现在我找到感觉了，吃喝拉撒摸爬滚打都能得心应手，我现在感觉我天生就是到特务连当兵的料子。

阚师长更有兴趣了，我看见他笑了，很高兴的样子，很慈祥的样子。阚师长说，好，好，做人要做这样的人，当兵要当这样的兵。你叫什么名字？

我回答说，我叫牟卜。

阚师长盯着我，不解地问，什么，你叫什么？

我说，牟卜，牟取暴利的牟，萝卜的卜。

阚师长扬起硕大的脑袋，往天上看了一阵子说，啊，牟卜，牟卜牟卜，就是某部的意思，就是说，你一个人就是一支部队了。

我不知所措，稀里糊涂地回答，报告首长，我不是这个意思，我一个人怎么能是一支部队呢？我只是一个兵。

阚师长说，为什么不能，你一个人为什么就不能是一支部队？我们的战士，我们特务连的兵，要做到能守善攻，以一当十，一个人就是一支部队。

这时候阚师长才问黄嘉平，你是连队干部吗？

黄嘉平说，我是特务连副指导员黄嘉平。

阚师长说，听清我的话了没有？

黄嘉平说，听清了，能守善攻，以一当十。

阚师长皱着眉头说，不是这句。我说的是，特务连的兵，一个人就是一支部队。

阚师长那天在我们特务连的西山墙下并没有待太长的时间，离开黑板报之后，他就继续向北走了，因为北边还有我们一团的卫生队，一墙之隔还有师直的高炮营。我们的阚师长往北走的时候，微微驼着背，已经看不出当年龙吟虎啸的威风了。

我们副指导员黄嘉平跟上去说，师长我陪您散步吧。

阚师长大手一摆说，不用。

这时候我真的有点后悔，早知道阚师长会跟我说那么多话，早知道阚师长会说我一个人就是一支部队，那我就应该跑到连部去向连长和指导员报告，让他们过来亲耳聆听师长的教诲，让他们亲眼看见师长对我是多么的和蔼，多么的慈祥，还有赏识。可是我没有长第三只眼睛，所以师长的这些至关重要的话语，就只能装在我和黄嘉平两个人的心里。这时候我决定在未来的岁月里同黄嘉平搞好关系，我不需要他帮别的忙，就算他原封不动地把阚师长的那些话披露出去，对于我来说也是一件十分光彩的事情。

十四

这年秋天我们特务连出了一件不大不小的事情，祝生珉调动工作了。关于祝生珉调动的事情，在我们特务连有很多说法，其中一个比较靠谱的说法，是我们的阚师长在其中起了作用。

我在前面介绍过关于师长阚大门承诺要把女儿嫁给祝生珉的事情，但是未能如愿。过去，阚师长一向认为他在家里，不，就是在二十七师，他的话也有一半是法律。在战争年代里，他说提拔谁当连长，这个人的连长就当上了。他说谁谁谁给谁谁当老婆，谁谁谁就要给谁谁当老婆，他上午说把谁谁降一职使用，谁谁下午就由连长变成了副连长。但是现在不行了，在二十七师他的意图要经过常委会研究，在家里他的意图要经过家庭会商量。

但是我们的阚师长习惯了说一不二，他的承诺遭到了空前的、无可挽回的抵制，这使他的威严和自尊心受到了很大的挑战。他先后六次召开家庭会，并且发动师里的政治委员和政治部主任，希望他们轮流做苏静仪和阚层林的工作。政委和政治部主任都表示为难，表示不好干涉家事。我们的阚师长义正严辞地对政治部林主任说，什么私事，解放军的领导干部没有私事，私事也是公事，这件私事关系到领导干部的威信问题，关系到我们二十七师能不能做到令行禁止的问题，关系到我们正确的意见能不能得到无条件贯彻的问题。

我们师里的林主任倒是很认真地找苏静仪谈话了，苏静仪说，我这个师医院的院长早他妈的就不想当了，你们组织上要是认为我不合格，把我撤了算了，但是要我给女儿包办婚姻，打死我也不能干。

其实林主任并没有打算认真执行阚师长的指示，他虽然是阚师长培养起来的干部，但是阚师长的许多指示都让他觉得狗咬刺猬无从下嘴，他找苏静仪谈话只不过是应付差事，虚晃一枪。

然后林主任又找阚层林谈话。阚层林态度倒是很好，说林叔叔我感谢你的好意啊，我也很想嫁给特务连的干部啊，可是现在迟了，我有男朋友了，就快结婚了。我是地方干部，我打结婚报告不要你们政治部批准吧？要不这样，等我先结婚，过上年把，对人家也有个交代，再离婚嫁给你们特务连的那个排长，你看行不行？

林主任听了这话很高兴，他之所以高兴，是因为这件事情一点余地都没有，这样他就不用反反复复地动员劝解了。林主任把苏静仪和阚层林的态度一五一十，多少还有点添油加醋地向阚师长汇报了。

据说那天晚上吃饭之前，我们的阚师长当着苏静仪的面给了自己一个嘴巴子，扇完了自己，我们的阚师长一屁股坐在沙发上，唉声叹气说，完了，我他妈的完了，虎落平川被犬欺，凤凰落毛不如鸡。我这个师长当到头了，我这个家长也当到头了。

苏静仪同志心里得意，脸上赔着小心，一遍一遍地催促我们的阚师长入席就餐。我们的阚师长说，连个老婆孩子都管不住，还有脸吃饭？我不吃了，绝食。

我们师医院的院长说，恐吓和谩骂不是战斗，你绝食就是自绝于人民自绝于党。

我们的阚师长说，我不自绝于人民自绝于党，我自绝于阚大门。我明天就打报告，申请离休。

苏院长说，你早就该辞职了，你不知道有多少人在等着当师长，你一个师长一当就是十几年，好多人都被你耽误了。

我们师长一下子就蒙了，据说那天晚上他当真没有吃饭。

据说我们阚师长的老婆苏院长曾经让我们一团团长赵州章安排了一次秘密会见，团长让作训股长李彤帆通知祝生珉到作战室去研究827电台的改装问题，苏静仪带着阚层林就在李彤帆的办公室里观望。

自从那次909所的朱景山来到我们特务连，宣布祝生珉的远程定向窃听器研究成果有参考价值之后，祝生珉先后两次被请到909所参与这个项目的研究，据说已经有了很大的突破，上面还专门为这个项目拨了一万二千元。传说 909 所的高级工程师姜文璜几次给我们团长赵州章打电话，商调祝生珉到 909 所工作，但是我们团长做不了主，祝生珉在师长那里已经挂上号了，而且师长已经把自己的女儿许配给祝生珉了，这件事情没有师长发话是不行的。

其实赵州章巴不得把祝生珉调出去。这个人明显不适应在野战部队工作，尤其明显不适应在特务连工作，他在排长的位置上，自己委屈不说，也委屈了特务连。如果把他调出去，特务连就可以腾出一个位置，就可以提起来一个真正适合特务连工作的骨干。但是这话赵州章不敢讲，因为这件事情阚师长掺和进来了，对于祝生珉的个人问题，不积极不行，太积极了也不行。赵团长的态度是顺其自然。

据说那次祝生珉到团部作战室接受苏静仪娘俩的面试，表现非常令人失望，他的形象差不说，而且表达能力也很差。人家是醉翁之意不在酒，他却认真得一丝不苟。据说他对作训股长李彤帆提出的 827 电台改装方案很不以为然，他说 827 电台是步兵用的，通话距离本来就短，用共性磁波加载，不仅不能解决通话距离的问题，反而会影响通话质量。李彤帆解释说，加载共性磁波，是为了解决保密问题，通话距离也不会受到影响。祝生珉说，我们是小分队作战，又不是高级指挥所，用不着发密码电报，用不着长波共磁。李彤帆说，现在上级要求我们延伸现有装备的功能，我们要有所作为，瞄准仪要延伸视界，电台要延伸听距，势在必行。叫你来不是听你的意见，而是要你参与实验。

后来两个人居然吵了起来。祝生珉伸长脖子，面红耳赤地说，我们做事要实事求是，不能违背科学规律。不能楚王爱细腰，宫中饿死人。你们这个没名堂的实验，劳民伤财，百无一用，完全不是从实战出发，我不干，请另选高明。

说完，祝生珉就大义凛然地离开了作战室。

祝生珉离开作战室的时候，苏静仪娘俩都看见了他的背影，后脑勺上稀稀拉拉的几根毛，走路的样子也是气势汹汹的，胳膊倒是很长，小腿却很短，乍看还有点跛脚，一顿一顿的像是地不平。

苏静仪问女儿，你看这个人怎么样？

阚层林回答，远看不怎么样，近看还不如远看。

苏静仪说，耳听为虚，眼见为实。这回你跟你爸爸说吧。

后来就有消息传来，说是阚师长在家里进行了多次艰苦卓绝的斗争，苦口婆心地劝解女儿和老婆，一向不服输的阚师长连软话都说了，说我这么大个师长，怎么能说话不算话？君子一言，驷马难追啊，你们就给我这个面子吧。

我们师长的夫人说，第一，你也算不上什么君子；第二，就算你是君子，你也不能拿女儿的幸福换你的面子。

经过长期的进攻与防御，阚师长的阵地越来越小。因为过于孤立，阚师长最后绝望了，后来阚师长痛定思痛，决定在这件事情上投降。

本来，阚师长只要找一个借口，只要打一个电话给我们的赵州章团长，让他出面就可以摆平了。但是这不是我们的阚师长的作风，我们的阚师长说，解铃还须系铃人，我要当面向祝生珉同志，不，我要向那天在场的全体同志讲清楚，我阚大门这次食言了，我对不起同志们！

我想，这件事情一定让阚师长非常为难，非常痛心，非常尴尬。我不知道阚师长是什么时候到我们特务连来的，我一直怀疑就是他在特务连西院墙看黑板报那天。因为那天我隐隐约约地感到阚师长的情绪有点反常，有点沮丧，有点魂不守舍，不像过去那样声音洪亮八面威风。我估计是那天他离开我的黑板报之后，到北边的师直高炮营之后，把我们连队当初在场的那些干部召集过去的，当场宣布他那天对祝生珉的承诺无效。

以后听马学方说，我们的阚师长还单独召见了祝生珉，就在我们营房西边海滑的遗址上，在赵王渡的桥墩上。阚师长对祝生珉说，对不起啊祝生珉同志，我老了，人一老了讲话就不管用了。

祝生珉是怎么回答的呢？

据说祝生珉那天泪流满面，祝生珉泪流满面不是因为失望，而是因为感动。祝生珉说，师长，是我对不起您老人家啊，我这个丑陋的人，我这个无知的人，我这个不争气的人，让师长您受了那么多的委屈，费了那么多的心。不值得啊师长！

祝生珉虽然口才差点，但祝生珉说的这些话是掏心掏肺的。好像不是师长来安慰他，而是他在安慰师长。

我们的阚师长被感动了，眼窝湿润了。阚师长说，那怎么办呢，我这么大个师长，怎么能言而无信呢。要不你再等等，我还有一个女儿，不过太小了一点，才十九岁，还在上学，等她毕业了，你们接触一下。

我们师长接受了教训，再也不敢一锤定音了，含含糊糊地给了祝生珉一线新的希望。

祝生珉一听这话就叫了起来，使不得啊使不得，师长您不能这样啊。我祝生珉今生今世当不了您的女婿，我就给您当一个忠心耿耿的士兵吧，您老人家千万不能出此下策啊。您的女儿都是牛奶喂大的，一朵鲜花千万不能插在我这堆牛粪上！

我们的阚师长哭笑不得，沉吟半天才说，那好吧，你说今生今世，那就今生今世。今生今世你当不了我的女婿，你就当我的儿子吧。我这几个儿子当中，就数你有志气。

按说，这件事情到了这一步，也就算圆满了，但是且慢，故事还将继续——这是后话了。

就在那天，我们的阚师长还向祝生珉透露了一个消息，说909所的姜文璜总工程师三番五次地给二十七师政治部打电话，商调祝生珉到909所当技术员。阚师长说，我想了一下，你是一个技术性人才，到了909所，也许会更适合你发展。

祝生珉说，那怎么行，我舍不得离开特务连，我是战斗部队的排长，到了909所我就成了文盲了。

阚师长说，我也舍不得你，我们二十七师也需要技术性人才。现在还看不出重要性，不久就会证明我的预言是正确的。但是有一点我得跟你说明，你到了909所，就是技术员，正连职。你自己拿主意吧。

祝生珉说，我不在乎正连职还是正排职，我只是想做事。

阚师长说，你已经快三十岁了，就算近期能提升，也只能是副连职。年龄不饶人啊，年龄大了，职务低了，随时都面临转业。没有了舞台，你靠什么做事啊？这件事情你不要急于表态，你再想想，我也再想想，看看有没有两全其美的办法。

祝生珉说，好，我听师长的。

我们以后听说祝生珉和师长的故事，好生羡慕。虽然祝生珉没有当成阚师长的女婿，但是事实上他比当上师长的女婿还要幸运。在我们二十七师，谁能像祝生珉这样跟阚师长坐在一个桥墩上推心置腹呢，谁有资格聆听我们师长为他的前途设身处地地着想呢？

没有了，只有祝生珉。

秋季考核之后不久，祝生珉就接到通知，要他到909所报到，但不是调动，而是借用。与这道通知同时下达的，还有一道任职命令，祝生珉被任命为我们特务连的副连长。

十五

转眼之间，我当兵就快一年了，这一年难受起来慢得要死，顺利起来快得要命。眼看接近年底了，一年一度的老兵复员工作也就快要开始了。我最担心的是耿尚勤。因为当初处理他的时候，连队就有一个心照不宣的默契，先让他在炊事班耗着，年底让他滚蛋。

我不希望耿尚勤复员，这还不完全因为他是我的秘密教练。

老话说，师傅引进门，修行在个人。就特务连的基础业务而言，现在我不仅入门了，而且已经开始向更高层次修行了。现在我完全可以甩开耿尚勤这根拐杖独自上路了。

我不希望耿尚勤复员更重要的原因是感情。还有比耿尚勤更好的人吗？我可以肯定，有，但是我遇到得不多。一个新兵的成长，是需要很多人付出心血的，而耿尚勤在我的身上付出的心血最多，在他失意的日子里，我就是他的理想，我就是他的事业，我就是他的奋斗目标。他成天忙忙碌碌，他工作的对象除了猪就是我。我喂过猪，我知道，猪喂时间长了都有感情，何况人与人相处长了呢？

我曾经问过他，有没有想过以后。耿尚勤说，剥皮吃萝卜，剥一截吃一截。但是我分明知道，他不想复员，他不甘心，他在等待一个东山再起的机会。他是一个来自农村的高中生，在读书的时候品学兼优。他不是圣人，他有七情六欲。恋爱偷情这种事情谁都想搞，我们大家没有搞是因为没有机会，或者说机会不成熟。一种正常的心理和生理需要，放在一个不正常的环境里就成了错误，这就是命运。他一身的摸爬滚打的功夫，他能在全师拿长跑第一，擒拿格斗第二，轻重武器射击第一，攀登越障第三，他的各种奖励证书有一挎包。这样的人你让他复员回老家做什么？要是放在旧社会，落草为寇打家劫舍还差不多。

我替耿尚勤担心。但是我的担心没有用，是杞人忧天。

最终在这件事情上起作用的是我们排长陈骁。

老兵复员工作不久果然如期而至。连队动员，要老兵们自己报名，写复员申请书，耿尚勤没有写。

支部开会酝酿名单，代理指导员黄嘉平念了几个名字，没有耿尚勤。陈骁是组织委员，问黄嘉平，为什么不讨论耿尚勤的问题？

黄嘉平说，已经确定不走的和确定要走的不用讨论了，可走可不走的才提出讨论。

陈骁问，那耿尚勤是确定要走的还是确定不走的？

连长李开杰说，这还用问吗？当初处分他的时候，就留下一个意见，年底复员。

陈骁问，是否征求过耿尚勤本人的意见？

黄嘉平说，他自己不写申请书，征求他的意见也没有用。

陈骁说，那好，我表明我的态度。我，特务连党支部委员陈骁，不同意耿尚勤复员，坚决不同意。

参加支委会的人都感到意外，都觉得陈骁的意见反常。

陈骁说，首先，耿尚勤自己没有提出复员，而这次复员文件上有一个原则，原则上自愿报名，尊重个人意见。耿尚勤有问题，但他没有被开除军籍，他有表达自己愿望的权利，而我们剥夺了他的这个权利，在程序上出现了问题，所以说，今天会议如果形成了决议，那是无效的。第二，今年复员名额不多，申请复员的人数超过了规定的指标，粥少僧多，我们党支部应该尽可能地考虑个人愿望，我们为什么要让想走的走不成，而偏偏让不想走的走？我们特务连党支部难道就是给老兵们制造痛苦的吗？第三，耿尚勤虽然犯了生活作风方面的问题，但是我们对一个人必须有一个全面的认识。各位委员别忘了，耿尚勤是全师的训练尖子，给我们特务连，不，给我们一团乃至二十七师都创造过很多荣誉。拿这些荣誉的一半，将功抵过，绰绰有余。

陈骁说完，一片静默。

很长时间以后黄嘉平才说，从感情上讲，我们也舍不得让耿尚勤复员。但感情是一回事，理智又是另外一回事。当初处分他的时候，是有保留的，那就是年底复员。

陈骁说，我希望把耿尚勤的处分意见拿出来讨论。

李开杰说，一排长你为什么这么较真？是不是耿尚勤找你说情了？

陈骁说，请你称呼我陈骁同志，这是党内会议。我可以拿我的党性保证，耿尚勤从来没有找我说情，他要是找了，我会毫不留情地向支部报告，毫不留情地向支部建议耿尚勤同志复员。但是他没有。

黄嘉平说，哎呀，陈骁同志，这么严肃干什么？你也太严肃了，我们开会从来都是热热闹闹，干吗要这么剑拔弩张的？

陈骁说，事关一个人的前途，还关系到一个人的荣誉，我们必须严肃起来。

黄嘉平没有办法，只好让文书把耿尚勤的处分意见从档案里抽了出来，但是里面并没有年底复员的内容，倒是让陈骁发现了一句"以观后效"，这成了陈骁的有效武器。

黄嘉平说，处分意见上虽然没有，但是当时的会议就是这么定的，有些话是不能白纸黑字的。

陈骁说，黄嘉平同志你说这话是要负责任的，党的会议，党的决议，除了党和军队的机密，都是要记录在案的。而我们一个连队党支部的决议，既不涉及党和国家的机密，也不涉及军事机密，就那么几个人嘴皮子一吧嗒，就决定一个人的命运，这太不严肃了，太不严谨了。

黄嘉平说，这不是我们党支部的意见，这是团首长的意见。

陈骁说，我们应该以决议为依据，没有民主讨论过程，没有会议决议，谁说了也不能算数。

黄嘉平说，一排长你是怎么回事，为什么要胡搅蛮缠？

陈骁说，我再说一遍，在党内会议上，请称呼我陈骁同志。陈骁同志绝不是胡搅蛮缠。履行民主程序，严格遵循会议决议，这应该是我们必须做到的。

李开杰说，他妈的，过去我们从来没有遇到这样的问题，自从你陈骁当了支部委员，我们这个支委会就变得像战场。这是讨论吗，这简直就是国共谈判。

陈骁说，支委会本来就应该严肃起来，过去不严肃是错误的，我们不能因为过去不严肃，今天还是不严肃，不能因为别人不严肃，我们也不严肃。

支委会开成了僵局，这是谁也没有想到的。

我们的排长，再一次，不，应该说是表现得最英勇的一次，他像英雄一样把一个大家认为不成问题的问题变成了问题。

耿尚勤复员的事情最终不了了之。

陈骁的战术是抓住一点不及其余，抓住道理了就猛攻。譬如他抓住了耿尚勤处分意见里的"以观后效"四个字，他跑到团里找团长赵州章和政委徐善笠说，以观后效就是给出路，后效好了怎么办，后效好了就要恢复名誉，名誉没有恢复就不能复员，复员了就永远不能恢复名誉了。毛主席教导我们说，世界上怕就怕认真，我们共产党最讲认真，我们不能失信于民。

不知道是陈骁的游说打动了各级领导，还是各级领导对耿尚勤动了恻隐之心，反正这一年耿尚勤没有复员，还在饲料房里苦度春秋。

当然，关于这件事情也还有另外的说法，说陈骁为什么牛气冲天，就是因为陈骁的背景厉害，他是一个老红军的后代，"文革"中他的父母遭到迫害被下放了，是他父亲的老部下阚大门把他保护起来，在二十七师当了几年兵。现在他的父亲已经恢复了名誉。他和阚大门之间的关系，就像爷儿俩。他说话能不管用？

我对这个说法持怀疑态度，因为我从来没有发现陈骁同我们的阚师长有任何私人来往，听陈骁的口气，他好像不认识任何当官的，他说他就是一个工人的后代。

到底谁真谁假，管他呢。

第 三 章

一

我当兵的第二年年初，我们的阚师长运气来了。

先是传来消息，南方边境有摩擦，部队可能要开赴边境执行任务。我们的阚师长精神顿时为之一振。

我们二十七师是一支拳头部队，历史悠久，功勋卓著，从解放战争到抗美援朝，打了很多漂亮仗。进入和平时期之后，我们一直是总部的战备值班部队，这从我们驻守的地理位置就能看得出来。一般来说，但凡有了重大任务，包括抗洪抢险、抗震救灾等等，我们二十七师都首当其冲。

但是这次例外，左等右等，不见动静。后来得到确切消息，南方边境没有我们二十七师什么事，至于为什么，我们也说不清楚。

在南方边境热热闹闹的那一阵子，我们的阚师长很沮丧，几乎陷入了绝望的状态，成天唉声叹气。

众所周知，我们的阚师长有很多老战友，有的还成了他的上级，在军区和总部工作。我们的阚师长一遍一遍地打电话，质问、探询、请求，最后甚至哀求，说为什么不让我们二十七师上，难道我们二十七师不能打仗，难道我阚大门真的一点用也没有了，难道我阚大门已经老得连路都走不动了，难道你们想把我憋死，难道你们就忍心看着我无所作为地一天一天地老去？

后来，不知道是哪位首长动了恻隐之心，给我们的阚师长透露了一个信息，说你们二十七师虽然没有操刀宰羊，杀鸡的机会还是有的。你干不干?

我们的阚师长立马来了精神说,别说杀鸡,就是杀耗子我也干。

这位首长于是通报了一个情况。原来,就在我们南方边境发生摩擦的同时,在那片战场的西边,也出了点情况。国际缉毒组织经过几年努力,将一批武装贩毒匪徒驱赶到中缅边境的密西西那一带,准备一网打尽。该组织请求我国政府支援,最好派兵助战。据说这股毒枭十分嚣张,拥有相当于两个团的兵力,而且由于资金充足,武器装备十分精良。

按说这种任务应该由公安部队或者武警部队来完成,但当时我们的公安部队力量还很薄弱,武警部队力量也很有限。我们阚师长当时正处在有劲没有地方使的状态,憋得难受,听说这个情况,大喜过望,紧急行动起来,再次向上级请缨出战。

我们阚师长的理由很充分,因为我们二十七师在解放战争最后时期曾经在云南西部剿匪,对那里的地形熟悉,而且这次围剿毒枭,战斗性质同剿匪差不多,山地剿匪我们二十七师有经验,轻车熟路。

我们阚师长不屈不挠的努力终于有了结果,但是没有完全达到他的目的。据说上级的态度是,杀鸡不能用牛刀,二十七师没有必要都上去,鉴于毒枭全部武装不过两千人左右,而且战术落后,我们二十七师只需要派出一个营或者特务连,配属适量的技术小分队,加上当地的公安部队、边防部队、武警部队,组成一支缉毒剿匪特遣部队。

我们阚师长一听这话就泄气了,二十七师只去一个营或者特务连,那还用他这个师长亲自指挥吗?我们阚师长说,算球了,这样的任务我们不要了。

后来情况发生了戏剧性的变化,据说国际缉毒组织通报说,这股毒匪虽然人数不多,但是特别玩命,友邻国家缉毒武装在跟他们的作战中,牺牲很大,已经有了怯战情绪,还是希望中国军方不要低估缉毒剿匪战斗。因为有了这个情况,上级决定抽调一个齐装满员的建制团去参加缉毒剿匪,并且给了我们阚师长一个机会,全权负责,官升一级,作为我们军的副军长兼二十七师师长,同时临时性地兼任缉毒剿匪特遣部队总指挥。

缉毒剿匪任务自然而然地落在了我们一团的身上。没过多久,这就不是秘密了。这是我们新中国成立以来比较大的一次武装缉毒剿匪行动。

这段时间，我们特务连发生了不少变化，首先是原来的指导员王得建从南京政院进修回来之后，就调到步兵一营当副教导员了，黄嘉平正式升任指导员。随着祝生珉借调外用，王晓华也终于提干了，接替祝生珉当上了二排长。耿尚勤本来已经被内定复员的，但是后来因为陈骁力排众议，终于把他留下了，还在炊事班里喂猪。张海涛调整到六班当上了副班长，武晓庆当上了四班副班长。

我相信，你最关心的还是我本人。我怀着喜悦的心情向你汇报，你的关心没有白费，在陈骁和耿尚勤等人的直接打造下，我进步最快，正班级，我当上了一排一班的班长，成了那个经常骂我的老兵副班长何区别的顶头上司。

本来，连队是打算让我当文书的，陈骁征求我的意见，我说我再想想。后来我去饲料房问耿尚勤，耿尚勤抽了半支香烟后问我，你是想舒服还是想受罪？

我说我想舒服。

耿尚勤说，那你就当文书，不过当文书舒服不长。你要是想受罪呢，我就告诉你，先苦后甜。

我问耿尚勤是什么意思，耿尚勤悠悠地吐着烟圈说，连队已经考虑要你当文书了，说明你已经被作为骨干培养了。以你现在的军事技术和思想水平，当个文书没有太大的问题。但是当文书，实际上就是连队的政治机关，你的主要任务是伺候指导员？你愿意伺候黄嘉平吗？

我说我不愿意。

耿尚勤说，那就对了。你还是要到战斗班排去，别看只是个小班长，在特务连，班长就是封疆大吏一方诸侯。班长手下好歹还有几个人归你指挥，可是当了文书，连队任何干部任何时候都可以指挥你。

耿尚勤的话对我影响很大。我当然愿意指挥别人而不愿意让别人指挥，虽然班长上面还有连长、排长，但我不是最下层的，用现在的话说，不是终端，我还管着副班长何区别呢。

我专门向陈骁汇报了一次思想，自然不会把真实的想法告诉他，我跟陈骁说的都是冠冕堂皇的，譬如在基层锻炼啦，要战斗在最艰苦的第一线啦，等等。其实陈骁是知道我的小九九的，但是他不点破，而且还帮忙，这样我就当上了一排一班的班长。

那段时间，我们看了不少电影，譬如《英雄虎胆》《秘密图纸》《羊城暗哨》《山间铃响马帮来》之类，多数都是同匪特做斗争的。后来还有一个电影名叫《黑三角》，李谷一唱的插曲——边疆的泉水清又纯，边疆的歌儿暖人心……那是我在那个年代认为最好听的歌。电影《黑三角》里的故事同我们那次缉毒剿匪行动有没有关系，我不知道，但是我们剿匪的那片区域也叫黑三角，所以我们后来常常把那次剿匪行动称作黑三角战斗。

海滑那边也知道我们这支部队要到西部剿匪了，还专门排了节目，过来慰问我们特务连，说是跟我们联欢，地点就在海滑西边我们特务连的专用训练场上。

尽管我过去曾经同苏晓杭打过照面，但由于种种原因，那时候看得不真切。如今我已经是堂堂正正的特务连的一号班长了——"一号班长"这个称谓是我的发明创造，自从当上了一班长，我感觉我离"一号"的距离就不远了，而在一班，我就是一号，虽然还没有穿上四个兜，但屁股后面有几个兵，感觉就不一样。

那天联欢的节目，现在想来多数质量不高，但是苏晓杭唱了一首《远航的军舰》，还是给我们留下了深刻的印象。我不得不承认，我过去假装清高，那一次打猪草同苏晓杭和冉媛媛擦肩而过的时候，我故意装着不在乎，实际上是一种心虚的表现，实际上是太在乎的表现。一年后出现在我面前的苏晓杭，让我感到惊讶。我甚至觉得，她简直不亚于我当年心中的偶像"小花"。从外观上看，她简直兼备了大"小花"和小"小花"两个人的优点，她微笑的时候像小"小花"，稚气未脱，憨态可掬；她不笑的时候像大"小花"，忧郁深沉，楚楚动人。

我想这就是情人眼里出西施——这样说当然是不准确的，因为我既不是她的情人，她也不是我的情人，但是那天我就是觉得，近距离的苏晓杭，确实已经比看得见摸不着的那个"小花"要好看得多。尽管以后武晓庆说，苏晓杭的歌唱得不咋样，但我还是认为她唱得好，怎么个好法不知道，反正就是好。

五朵金花里的冉媛媛也出节目了，她和另外一朵金花全宋诗一起演了个小品。但是我不喜欢冉媛媛，我发现她演小品的时候比平时更做作了，走路胸脯挺得很高，屁股夹得很紧，脸皮绷得很硬。几年后她嫁给了王晓华，证实了物以类聚这句话。

因为是联欢，我们特务连那天也出了节目，除了武打和攀登，最惊险的就是"火中取栗"。

我恨这个科目，因为这个科目是我的弱项。过去我聊以自慰的是，耿尚勤曾经跟我说，这些都是花拳绣腿，中看不中用，真的打起仗来，没有谁弄个火圈让你钻。但是耿尚勤这话也有问题，因为真的打起仗来，也没有谁会弄个钉着钢筋的绝壁让你攀登。

联欢会上的"火中取栗"是由两个排长和四个班长表演的。我最欣赏的是陈骁，陈骁身材颀长，动作大气，他在表演"火中取栗"的时候，你看不出他有多么用力，你只能看见，他像一条绿色的绸缎一样，在地上抖动，从火圈中穿出，再在地上抖动，再从火圈中穿出……

这大约就是爱屋及乌。事实上，在特务连，"火中取栗"的高手是王晓华，王晓华有个得天独厚的优势，他身材矮小，体积小，动作幅度小，那双小腿全是腱子肉，非常有力。他做起"火中取栗"，弹跳自如，展翅自如，飞行自如，落地自如。但是我就是不喜欢他。

在选择节目的时候，本来陈骁提出来让我这个新班长也上去露一手。王晓华不屑地说，牟卜啊，他开飞车可以，玩"火中取栗"不行，万一他一哆嗦，别把老二烧煳了。

我原来以为联欢会上会有摩托车表演，为此我那天还特地换了一身新军装，里面的衬衣装上了雪白的假领子，连袜子都换了新的。可是，不知道哪个王八蛋定的项目，说是玩飞车距离远了看不见，距离近了不安全，生生把这个项目取消了，害得我只好老老实实地待在观众席上，眼巴巴地看着王晓华他们大显身手，眼巴巴地看着苏晓杭、冉媛媛她们激动得小脸通红。

陈骁和苏晓杭的故事是从什么时候开始的，我不知道，根据马学方的推测，大约就是在这次联欢会上，他们传递了接头暗号。

　　在进行缉毒剿匪出征准备期间，我的心里时而亢奋，时而紧张。别人我不敢问，我只能问耿尚勤，真的要去剿匪吗？

　　耿尚勤说，看这样子，十有八成。

　　我嘟嘟囔囔地说，其实我当初还不如当文书。

　　耿尚勤说，你怕了？

　　我说，剿匪是要真枪实弹的，是要死人的，我能不怕吗？

　　耿尚勤说，真枪实弹是要死人的，这话不错。可是当兵就是为了打仗的，这话更没错。我提醒你，有些话，可以想但是不可以讲。

　　我点点头说，我知道，我又不是二百五。

　　我看耿尚勤一副无所谓的样子，问他，你怕不怕？

　　耿尚勤苦笑一下说，我倒是想怕，可是不让我怕。我一个猪倌，怕个球，我又不能带猪打仗。这次剿匪，恐怕没有我什么事。

　　我记得是一个下雪天，突然传来消息说，我们一团很快就要开拔了，步兵分队已经开始装车了。

　　接着又出现一件事情，我们的副连长，借调到909所工作的祝生珉也回到了连队，并且立即着手检查装备器材。跟祝生珉一起回到特务连的，还有他带回来的四部便携式七瓦电台，据说这玩意儿的磁波能够拐弯，特别适合山地作战通信，对于这次缉毒剿匪行动，将会有很大的帮助。

　　那天晚上连队召开了一次秘密会议。参加会议的，除了干部，还有班长。会上说了许多事情，我都记不清楚了，但有一项内容被我记得很牢。

　　指导员黄嘉平说，跨国缉毒剿匪，情况很复杂，有些同志有畏战情绪，有些同志情绪消沉，要防止在意志方面出问题。再说现在改革开放，资本主义国家灯红酒绿，腐朽糜烂，还要防止有些人借机叛国。班排长和战斗骨干们要特别注意和帮助他们。

　　后来，连长李开杰又就"注意"和"帮助"的具体方法和原则进行了具体的阐述。

　　这次会议的神秘性异乎寻常，大会开完了，指导员又把我们这些班长一个一个地叫到他和连长的宿舍，给每个班长单独交代需要特别"注意"和"帮助"的人员。

我是从黄指导员的手心上看见那三个字的：耿尚勤。

那一瞬间，我像屁股上挨了一枪，差点儿就跳了起来。我说怎么可能怎么可能，他怎么就成了这样的人，怎么能把他划分到那种行列里？他虽然犯过生活作风方面的错误，但是，他不会当逃兵，不会搞破坏，不会打黑枪，不会自伤，不会投奔资本主义……

我们的黄指导员断然喝了一声，行啦！这是组织上反复摸底反复分析出来的情况，这是组织上对你的信任，也是对你的考验！

因为过于严肃，我发现指导员的鼻子尖儿有点发红。

我说他是个猪倌，留守不就行了吗？

黄嘉平说，从明天开始，他就是你们班的人了，注意控制使用，用其所长，制其所短。

我说为什么要把他放在我们班里，他那么老的班长，那么牛逼的骨干，叫我怎么领导他？

黄嘉平说，牟卜同志你不要忘记了，你刚刚入党，而且还是个预备的，组织上对你的考验，就是从这件事情上开始的。

我登时傻眼了。

第二天，耿尚勤果然就把铺盖卷子扛到了我们一班。没有欢迎仪式，也没有召开专门的班务会。

成了耿尚勤的顶头上司，我感到很尴尬，不知道以后该如何相处，特别是想到指导员交代给我的特别任务，心里就有点灰暗。

耿尚勤倒是落落大方，来了之后，问我他睡在哪里。我说你睡我下铺吧，我到上面去。

耿尚勤说，那怎么行，你是班长，查铺查哨都是按铺位叫的，别让人叫错了。

说完，不由分说就把他的铺盖扔到我那张双层木床的上面，然后盘腿坐上去，慢腾腾地解开他的行头，有板有眼地铺床，把被子叠得有棱有角。叠好了，仰面朝天，双手枕头，看着天花板说，好了，这回有家了，比在炊事班干净多了。

我的鼻子有点发酸。我说老班长委屈你了，从今天开始，我又和你并肩战斗了，我是班长，你就是一班的顾问。

耿尚勤笑笑说，牟卜，不，班长，你别喊我老班长，也别说我是你的顾问。我就是你手下的兵。真的去执行剿匪任务了，我坚决服从你的指挥，你说朝东，我绝不朝西。

我说，谢谢老班长，不，谢谢耿老兵的支持。你放心，我会照顾你的。

耿尚勤说，我不要你照顾，只听你指挥。

以后我们才知道，其实连队本来的确是决定让耿尚勤留守的，又是陈骁打了横炮，陈骁坚决不同意耿尚勤留守。陈骁对连长和指导员说，在我们特务连，谁都可以留守，就是一个人不能留守，那就是耿尚勤。

连长李开杰说，我们特务连是要执行特别任务的，不能带着耿尚勤这样的包袱上剿匪前线，特别是执行国际性任务。

陈骁说，正是因为我们特务连是执行特别任务的，所以才必须带着耿尚勤。执行特别任务，你不比耿尚勤强，我也不比耿尚勤强。再说，耿尚勤也不是什么包袱，他犯的不是政治错误，而是生活作风方面的问题，这丝毫不影响他的爱国主义和革命的英雄主义精神。我们恰好应该利用剿匪实战这个机会，让耿尚勤以自己的战斗行动卸掉包袱。

我们的指导员说，你敢保证耿尚勤不出问题吗？

陈骁说，我不能保证，我甚至不能保证我自己不出问题，说实话，我也不能保证连长和指导员你们就不出问题。

黄嘉平说，你陈骁为什么老是给我们出难题？

陈骁说，指导员你要知道，耿尚勤遇到的难题比我们大一千倍。

李开杰说，陈骁，耿尚勤难得有你这么个战友。

黄嘉平说，其实我们心里的想法都是一样，但你要知道，这是执行国际性任务。

陈骁说，杀人不过头点地，我们应该给耿尚勤一个机会。这是耿尚勤千载难逢的机会，也许只有通过执行重大任务，耿尚勤才能获得新生。我们这些战友要讲感情，要给耿尚勤创造条件。

连长李开杰说，那好，既然你坚持，就把耿尚勤放到你们一排。

陈骁说，谢谢组织的信任。

二

那次秘密会议的第四天,我们就在阚大门的率领下出发了。除了本团,还有一个加农炮连,一个工兵排,一个防化排。据说这多出来的不到两个连的兵力还是阚大门费了吃奶的劲争取过来的。我们的阚总指挥对上级说,我好歹是个副军级官员,将军啊,只让我带一个团,那成何体统啊,难道你们想让我当光杆司令?

陈骁说,其实缉毒剿匪根本用不了这么多兵力。我要是军长、师长,派出一个特务连就够了,最多一个营。

我吃了一惊说,你开什么玩笑!听说毒匪有两个团呢。

陈骁笑笑说,什么两个团?保安团!《沙家浜》里的胡传魁还号称司令呢,你以为他管着一个大军区啊?毒匪不是正规军,好打得很,一打就跑。

我说,你说得不对,真像你说的那样简单,那国际缉毒组织为什么还要请求支援,武警部队和公安部队不就解决了吗?

陈骁说,当然可以解决了,这不是我们敬爱的阚大门同志死乞白赖求来的任务吗?不过我分析老人家真正的想法并不是收拾这些毒匪,他为什么要声嘶力竭地要求多带兵力?没准老爷子端着碗里,看着锅里。

我当时不明白陈骁的话是什么意思。不久以后缉毒剿匪结束,我们再也无所作为了,阚总指挥作总结报告说,这个鸟仗,一顿酒二成醉,吊了胃口,不咸不淡,不如不打——我这才明白了一点。

那段时间,我的心里五花八门。我没想到参军不久就遇上了缉毒剿匪战斗。前几年全国人民都要学习解放军,当个解放军光荣得要死,找对象都比别人容易,要是当上军官,那就更是了不得,娶个县委书记的闺女都是可能的。我想有我这种想法的绝不是我一个人,武晓庆如此,张海涛也是如此,就连我们的班长、排长、连长也未必不是如此。可是这次参加剿匪行动,会是个什么结局呢,不得而知。说到底,剿匪也是战争,尽管规模不大,但毕竟真枪实弹,我不能说一点恐惧都没有。

在向云南楚洪地区开进的那几天，除了对生死的茫然，还有一点让我头疼，那就是耿尚勤。我真不知道在缉毒剿匪行动中会发生什么。说实在话，现在我也有点担心耿尚勤在实战中的表现了。

我知道在耿尚勤事件上，有几个人是有责任的，譬如王晓华，要不是他自己明哲保身，出馊主意让耿尚勤代替他去赴约，耿尚勤不遇上段红瑛，就不会有这样的下场。而后来王晓华装得跟没事似的，耿尚勤受处分，他连屁也没有放一个，耿尚勤会不会对他有看法，甚至会不会恨他？还有连长李开杰，李开杰曾经是最器重耿尚勤的，可是就这么点小事，搞了个女人，而且是愿打愿挨两相情愿，应该说不是什么大不了的事情，这时候如果连队出面保护，据理力争，大事化小小事化了，耿尚勤也不会落得这个下场。再有，耿尚勤出事之后，有人给团政治处写信要求处理上从重从严，要维护军民团结，要维护特务连的神圣形象，这个人是谁呢？也许是耿尚勤的竞争对手，耿尚勤心里恐怕有一本明账。那么，在复杂的环境里，如果耿尚勤一时鬼迷心窍，会不会做出极端的事情来？

思路到了这一层，我惊出了一身冷汗。

抽个空子，我对陈骁说，不知道是哪个家伙出的馊主意，为什么要把耿尚勤放在我们一班？

陈骁说，怎么，你不想要？

我说不是我想要不想要的问题，他是老班长，又是我的师傅，我不好带。

陈骁说，这个馊主意是我出的。

我说我就知道是你。别人即使出了馊主意，也没法兑现。

陈骁说，在你眼里，我就是一个固执己见的人？

我说，那倒不是，你这个人执着。

陈骁说，是的，我是想给耿尚勤一个机会。

我说，排长你说，耿尚勤那么好的一个人，连队为什么要把他列入重点人？

陈骁说，这次执行的任务不是一般的任务，其实就是战争。战争是残酷的，没有经过战争检验，我们每个人都不能表白自己是勇敢的，是无私的，是高尚的。再说，我们也没有说谁谁谁一定贪生怕死，一定会出问题，这样做是有备无患。

我说，连队说耿尚勤有严重的思想问题，但我不认为耿尚勤有什么严重的思想问题，他最多有些思想包袱。

陈骁异样地看了我一眼说，对，你把握得很对。但是你要明白，这次出征，对他来说未必是坏事。如果表现得好，也许会有转机。要知道，他是全师有名的训练标兵哦。

我说怎么表现？英勇杀敌？浴血奋战？所谓好的表现，往往要以鲜血和生命作为代价。

陈骁说，是的，不仅他是这样，我们都是如此。路遥知马力，日久见人心。真金不怕火炼，这回我们大家都要暴露了，暴露自己的灵魂，在行动中看看它是美好的还是丑陋的。

我不能不承认，陈骁的话总是那样有煽动性。也就是从那天开始，只要有机会，我就会观察耿尚勤，别人打牌他不打，别人传看未婚妻的照片他无动于衷，别人写血书他麻木不仁。就连到兵站吃饭，他也是不紧不慢，吃不吃无所谓的样子。

从外在行为上看，耿尚勤的确有些反常。他越是没有动作，我就越是担心他的动作。

列车走得很慢，我们常常在白天睡觉。有一次我睡着了，梦见战斗打响了，好像我们都成了八路军，在跟日本鬼子打仗。我挥舞驳壳枪指挥队伍向前冲锋，正在鏖战中，突然发现我们的指导员黄嘉平倒下了，我上去抱住黄嘉平，黄嘉平满身是血，用微弱的、最后的力气给我留下遗嘱说，牟卜同志，战争是残酷的，斗争是激烈的，堡垒最容易从内部攻破，要防止身后的冷枪。耿尚勤在哪里，一定要清算……说完，黄嘉平就闭上了眼睛……

我大叫着，指导员，指导员，你醒醒啊，你醒醒……你告诉我是谁打了黑枪，是不是耿尚勤……

指导员没有醒过来，我醒了。

我睁开眼睛，看见耿尚勤正用探询的眼神看着我。我突然打了一个冷战，我担心我在梦里说了什么。

三

我们特务连第一次参与的战斗是攻打毒枭占据的交通要隘据点，那天下午，我虽然紧张，却不恐怖，因为那时候我们一排在缉毒特遣部队的指挥所，实际上就是我们一团的指挥所，给指挥所担任警卫。

剿匪战斗让我们手忙脚乱，却给我们的阚师长带来了二度青春。他现在指挥着我们二十七师的一团、边防三团和武警的两个支队，另外还有公安部队的少数兵力。

主力当然是我们一团。战斗首先是由二连打响的，我们的阚师长兼阚副军长、兼阚总指挥站在指挥部所在的山头上，双手擎着望远镜，俯瞰他脚下的那片土地，一会儿高喊，他妈的，老赵你们的动作太慢了，把汽车给我扔掉，把道路给我打通！一会儿命令身边的参谋，加强七号地区火力，不要纠缠，让工兵开辟三号通路！一会儿亲自握着报话机喊，老赵，告诉你的参谋长，再有二十分钟上不去，直接责任者枪毙！

哇噻——用现在的时髦感叹话语来形容，我们的阚副军长真是酷毙了。我当时正率领耿尚勤之流在半山坡上警戒，一抬头就看见我们的阚副军长，像是泰山顶上一青松，红光满面，腰板笔直，就连脚上的黄胶鞋似乎都光彩照人。

虽然只是个小小的剿匪战斗，但是我们的阚副军长还是情绪高涨，他那作派，简直就像指挥三大战役。

在我们阚师长的心目中，这股武装毒匪只不过是散兵游勇乌合之众，他根本就没有放在眼里，所以他尽量不使用边防三团和武警部队，他希望这次剿匪从开始到结束，全部由我们一团来完成。

但是我们的阚总指挥过于低估这股毒匪的战斗力了。据说这股匪徒里面，有不少人都是出入国际毒品市场的老手，有些人还是从金三角那边过来的当年国民党残余部队的后代。再加上他们的武器现代，训练有素，打起山地游击战，比我们经验丰富。这次国际缉毒组织痛下决心要一举将其消灭，欲把这股毒匪置于死地，这些亡命徒背水一战，还是很有拼命精神的。

我们阚副军长、阚总指挥最头疼的是毒匪的山洞火力点。按照国际缉毒组织的要求，我们必须打到密西西那河边，同友邻国家的缉毒武装对毒匪形成合围态势。但是我们的步兵前卫连受到这些火力点的阻挠，据说这些火力点的人员并不多，但是在那群山叠嶂的地形上，道路崎岖狭隘，而且多数都在山腰或者山谷上，只要两边一封锁，我们团进攻的部队就很难通过。这时候我找到感觉了，按我的想法，我们以摩托车快速通过，以熟练的攀登技巧从毒匪的后背上山，从山上坠下，一举消灭毒匪的火力点。我很想冲到山头向阚副军长报告我的想法，但是我不敢。我知道阚副军长和指挥部里的那些科长参谋们比我聪明得多，用不着我去说三道四。

第一次战斗虽然遭到毒匪顽强的抵抗，但在阚副军长强硬的命令下，我们一团最终还是打了进去，从而取得了剿匪第一阶段的胜利。事实上，这时候我们的任务基本上就完成了，剩下的就是协助国际缉毒武装关门打狗了。

但是我们的阚总指挥意犹未尽，部队大老远地赶来，实际战斗时间还不到半天，投入剿匪战斗的兵力连两个营都不到，预备队根本就没有用上，这对于阚总指挥来说，确实是大材小用了。所以我们的阚总指挥指示我们赵团长，向国际缉毒组织提出，我们要乘胜追击，要为国际缉毒组织和友邦缉毒部队减轻压力，要在黑三角地带将残匪一网打尽。

国际缉毒组织喜出望外，说中国军队真的了不起，阚大门将军太伟大了。

我们的阚总指挥说，这些草包，他们以为我们解放军跟他们一样都是花花公子啊！老子打的是毒匪，同时也要让这些国际公子哥儿知道老子的厉害。

在阚总指挥的率领下，我们一团不由分说就向密西西那纵深推进了三十公里。

围歼毒匪残部的任务其实还是挺艰巨的，因为这些毒匪虽然在我们一团的打击下迅速撤离，但是由于他们玩的是游击战术，基本上没有太伤元气，武力还是相当于两个团。在密西西那河东岸的黑三角地区，他们搞了一个环形工事，在两山之间的山洞设置火力点，封锁了我们前进的唯一通道。前卫连一连进攻受阻，二连也没有上去。

我们的阚总指挥对我们团长赵州章说，老赵啊，现在你知道我阚大门为什么老是不进步，老是当师长了吧，因为不会打仗啊！连区区毒匪乌合之众就能挡住我们前进的步伐，连国民党残渣余孽都能在我们面前耀武扬威，我们还能做什么？这次缉毒剿匪结束，我就向上面打辞职报告。

我们的赵州章团长说，阚师长，不，阚副军长，不，阚总指挥，您别着急，我马上组织强攻。

我们的阚总指挥说，你别得意，别以为我辞去师长职务你就有希望了。不，我不辞去师长职务，我辞去刚刚当上的副军长职务。我就在二十七师师长的位置上跟你们耗上了，我不进步，你们也休想升官，休想！

我们的团长赵州章也火了，赵州章是参加过抗美援朝战争的，赵州章把军装一脱说，给我一挺机关枪，特务连跟我上！

我们的阚总指挥讥笑说，哎呀，那更麻烦了，难道你也想辞去团长职务？难道你就把自己降低到特务连长的水平上？这么个小小的战斗，不是跟国民党正规军打，不是跟日本鬼子打，不是跟美国鬼子打，就是几个鼓捣毒品的土包子，也值得你大动干戈亲自挂帅？

我们的团长说，那首长您说咋办？

我们的阚总指挥说，给特务连下死命令，这点小事就交给他们了。

后来就来了一道命令，团长赵州章要我们特务连派出小分队，打穿插，以最快的速度消灭毒枭的山洞火力点。

命令到达之后，连队干部一琢磨，还不是那么简单的事情。连长李开杰和指导员黄嘉平在一个山洞里召开了诸葛亮会，首先要解决的问题是怎么穿插，第二个问题是谁来穿插。

陈骁说，黑三角地形复杂，汽车开进不行，一是目标大，二是道路差；徒步显然也不行，一是机动慢，二是容易散。陈骁提出，发挥我们特务连的优势，以摩托车快速通过，首先把兵力运上去。

他妈的我这个牛皮烘烘的摩托神手再也不能装孬了，我咬牙切齿地说，这个任务交给我们一班。

连长和指导员对视一眼，就这么定下来了。

旧的矛盾解决了，新的矛盾又出现了。

连长说，即便兵力运上去了，如何接近毒匪的火力点还是个问题。直接攀登吧，不到半山腰就被打光了。从山上往下坠吧，估计反斜面也有毒匪的兵力，根本上不去。

我们的副连长祝生珉在开诸葛亮会的时候，一直没有作声，一直在研究黑三角地图，那地图是国际缉毒组织提供的，一比二万五，非常清晰，属于战术用图。祝生珉在图上琢磨了一会儿，一拍屁股说，有了！看看，这里是一片竹林，这里的毛竹有碗口粗。牟卜你们穿插到47，82区域之后，砍上几棵毛竹，只需要八九根，从第四条等高线算起，离洞口只有十五米，顺毛竹攀登上去，出其不意。

祝生珉的话说完之后，诸葛亮会上一片沉默。我把视线调整到祝生珉说的47，82坐标方格，里面除了一片绿色，别的什么也没有。连长看着副连长，像看见一个活鬼。指导员说，老祝你这办法行吗？我怎么听着有点像玩杂技。

祝生珉火了说，什么叫玩杂技？我们特务连就是要玩绝活。

陈骁说，我看副连长这个办法可以考虑。三国时邓艾打剑阁，用油毡裹着往山下滚，比毛竹做梯子还要危险，有难度就有高度，只要上去，就是天兵天将。

连长和指导员还是拿不定主意。连长说，就算可行，可是谁来当第一突击手呢，上去了可能就下不来啊？

大家都沉默了。

沉默了一会儿，陈骁说，这样吧，我先上。

黄嘉平说，那怎么行？无非打个鸟土匪，哪能让排长打头阵？要是先折大将，会动摇军心的。

陈骁说，不是有代理人吗？

连长还是说不行，你个子太大，一般的毛竹经不动你。

王晓华说，我个子小，分量轻，我先上。

连长说，你也不行，你是排长，你的任务是指挥打援，攀登不是你的强项。

有一阵子我的血液把脑袋烧热了，这时候我真想说我上，但我还是不敢，因为我攀登功夫差，虽然有毛竹当路，谁知道这玩意儿到底管不管事？况且这个任务分量那么重，我承担不起。再说，我也不想很快死掉，尤其是不想死在毒匪的手里。要是同日本鬼子干，也许我的积极性会高一些。

就在我们的诸葛亮会开成僵局的时候，电台班长过来了，说三连进攻又被打回来了，牺牲了十几个战士。阚总指挥发火了，命令咱们特务连在二十分钟内务必拿下黑三角环形高地正面的交叉火力点。拿不下，连长枪毙，指导员坐牢，排长撤职，班长滚蛋！

连长一听这话就急眼了，脱下军装往地上一摔说，他妈的，你们都说，谁最合适，谁上第一个？

就在这时候，一个瓮声瓮气的声音从洞口外面传了进来——我！

四

我很难用文字向你叙述那天在黑三角清除毒匪火力点的战斗情景。那当真是一次传奇似的战斗。若干年后我到茅盾先生的家乡乌镇领奖，在那里看见了一个节目，当地的老百姓就是用一根长长的毛竹，最长的可能有十四五米长，一人如猴，攀援其上，竹梢弯弯，时起时落，有惊无险，煞是好看。但是这东西用于战斗，是个什么效果，谁也说不好。

我不知道祝生珉是否有过参观乌镇竹戏的经历，但我知道祝生珉是个半瓶子醋发明家。他的那个创意，为我们二十七师顺利拿下黑三角环形高地起到了决定性的作用。

那个主动请缨第一个出场的是耿尚勤。

不难想象，正在我们的诸葛亮会陷入困境的时候，耿尚勤在山洞外面低沉而又有力地喊出一声"我"的时候，山洞里面是个什么情景。

安静极了。在座的都是班长以上的干部骨干，谁都知道耿尚勤是个什么样的人物，谁都拿不准这哥们到底要做什么。以小人之心，度君子之腹，在场的怀疑耿尚勤此举有破坏嫌疑的，恐怕不是没有人。只有陈骁第一个站出来响应。陈骁似乎有些激动，挥舞着手说，我看可行。老耿素质过硬，应变能力强，有实战经验。

陈骁这么一说，王晓华也跟上来说，耿尚勤同志战术技术全面，是完成这一任务的最佳人选。

祝生珉说，我也同意耿尚勤去完成这个任务，耿尚勤是神枪手，是爆破手，是……他跑得快！

耿尚勤说，我还有个有利条件，我是山区人，跟这里的毒匪比腿力，我不比他们差。

我此时心里很矛盾。一方面我觉得耿尚勤在这时候挺身而出，是对他自己的一个证明。此一举如果成功，那么他将在特务连彻底洗刷过去的污点。这次执行缉毒剿匪任务，相当于参加战争，势必要提拔一些干部，耿尚勤将功抵过，功大于过，改变自己命运的可能性很大。另一方面我也知道，这可不是闹着玩的，一旦爬上毛竹，基本上就是肉包子打狗，有去无回。那时候我看着耿尚勤，差不多已经不是在看一个活人了，差不多就是在看几十分钟之后的尸体了。所以我就不说话，我既不想流芳千古，也不想遗臭万年。

陈骁说，如果是耿尚勤同志执行这个任务，我还有一个建议，马上把配属我们的工兵叫过来，把火焰喷射器交给耿尚勤使用。万一集约炸弹被毒匪推出来了，或者在火力点山洞掉进某处，杀伤力就会大大消弱，而改用火焰喷射器，万无一失。

黄嘉平问，耿尚勤你会使用火焰喷射器吗？

耿尚勤说，这又是我的一个有利条件。全连只有我一个人会用，我在师教导队学过，这一点一排长知道。

连长李开杰终于下了决心说，好啊老耿，谈谈你的想法吧。

耿尚勤说，我可以坐下吗？

李开杰脸色一木说，你当然可以坐下。

耿尚勤选了一块石头，离我比较近。耿尚勤低着脑袋，谁也不看。耿尚勤说，不用谈想法了，你们看我的做法就行了。我想好了。

黄嘉平说，老耿，你还有什么话要留给组织？

耿尚勤说，没有，该说的都说过了。

这一切来得很突然，然而容不得多想多议，事情似乎在顷刻间就定了下来。

散会之后，我走在最前面，因为我要做准备。就在我钻进我们一班所在的那个土坎后面的时候，我发现耿尚勤和陈骁不见了。我多了个心眼儿，四下张望，后来我发现了，他们在一棵大树后面，耿尚勤和陈骁对面相视，似乎在传递着千言万语。陈骁还拍了拍耿尚勤的肩膀。二人分手的时候，好像耿尚勤还递了一个东西给陈骁。

我明白了，这时候我才知道什么叫患难弟兄。我的眼睛此刻有些湿润，我有点惭愧，耿尚勤帮了我那么多，我却什么也不能为他做，我不能像陈骁那样，在耿尚勤面临复员的时候挺身而出，竭尽全力地保护他，不能在耿尚勤需要精神支持的时候站出来说上一句话。唉，说到底人微言轻啊。

我暗自发誓，一定要保护耿尚勤，一定要把耿尚勤安全地送到待机地，安全地送到半山腰，并且保证他安全撤离。如果这次全胜而归，那么以后我会为他大声疾呼，为他奔走呼号，我要像陈骁那样，当他的另一只手臂。

在我们紧锣密鼓地进行准备的时候，陈骁来到我的身边，检查我们的准备情况，交代说，要有两手准备，一次不行，不能乱了阵脚，马上组织第二次。

我说我明白。

陈骁说，人太少了，有没有人拍摄啊？

我说都什么时候了，还拍摄？又不是游山玩水！

陈骁说，你那个机子，长镜头带来了没有？

我说在副班长的背囊里，轻装的时候放到后面了。

陈骁说，糊涂！照相机也是装备，你怎么没有把枪轻装掉？说着他取出一个小巧的照相机，掂了掂说，你带上，到时候放在待机地，这玩意儿效果差点，好歹还能留个影子。谁有功夫谁抢拍点资料。

下面就该我登场了。

我们一班共十二个人，全副武装，匕首、手枪、冲锋枪、便携式报话机一应俱全，共分四辆摩托，先是隐蔽推到黑三角环形高地北侧约五百米的一段坑坑洼洼的路面上，将对面的路线进行了实地勘测，突然点火，突然加油，突然冲出。

刷刷刷，刷刷，我率领的摩托车队像是从地底下冒出来的，忽而向左，忽而向右，七转八拐，游龙一般飞了出去。

在实施过程中，我们的计划出现了一个小小的挫折，我们低估了毒匪的火力反应能力。就在我们快要进入毒匪射击死角的时候，毒匪万炮齐轰——其实就是几管火箭筒，可是在那会儿工夫，给我的感觉是全世界的炮火都轰过来了。一块弹片击中了我的大腿，摩托车头一歪，差点儿就滚到山下了。坐在侧斗的耿尚勤呼啦一下站了起来，伸手抓住了舵把，把摩托车和我本人从死亡的边缘拉回来了。

我说我完了，我开不了摩托车了，老耿你来吧。

耿尚勤说，你混蛋！你根本没有完蛋，给我看好了，你毫毛无损，好好地开你的车，加油！

我紧紧攥住车把，脚上想加油，可就是使不上劲，感觉到我的腿已经不听我的指挥了。我带着哭腔说，我负伤了，我的血快要流完了。

耿尚勤说，你还是混蛋，你根本没有负伤，下面一滴血没有。

听他这么一说，我的心里稍微平静下来了，用脚一踩，果然还有力气，果然还能加油。有了这个经历，我镇定了许多，发一声喊，冲啊！然后一鼓作气地冲过了毒匪火力封锁的将近一公里的路段，进入到祝生珉说的那片竹林，那里也是毒匪的射击死角。

这时候我才发现，其实我还是负伤了，只不过弹片没有割破动脉，而是削了鸡蛋大的一块肉。耿尚勤扯开急救包，三下五除二就把我的伤口包住了。

剩下的事情都是耿尚勤指挥做的。他代理我的职务，指挥一班就地取材，砍了十几根毛竹，用竹皮进行捆绑，制作后来被我们称为毛竹升降机的土器材。那边曳光弹一打，这里毛竹就举了起来，耿尚勤的两只脚和一只手攀着毛竹，另一只手扒着山壁，轻舒猿臂，以迅雷不及掩耳的速度，接近了毒匪的火力点。

我那时候正躺在竹林里面苟延残喘，突然听见上空枪声大作，爬出竹林一看，有五六条火龙扑向耿尚勤。耿尚勤是打不死的，耿尚勤即便在攀登的过程中，也显示出优异的单兵素质，忽上忽下，忽左忽右，直到离毒匪山洞火力点不到两米远的地方，才一连向洞内扔了五颗集约手雷。这种手雷是专用的，一颗相当于十颗手榴弹的威力，五颗集约手雷爆响之后，山洞火力点顿时就哑了。但是耿尚勤还不放心，大约是担心毒匪玩花招，他手中的火焰喷射器又喷出一道火龙，霎时，毒匪的山洞火力点变成一片焦土。

我们把路南的火力点消灭以后，步兵两个连队哗地一下就往前涌，因为这时候毒匪有了射击死角。路北的山洞火力点拼命地阻击，基本上无暇顾及其他，这时候我们的毛竹升降机又开始行动了。陈骁和我们一班的副班长何区别本来都是要上的，但耿尚勤坚决不让，耿尚勤说他有经验了，第一次都没有把他干掉，第二次就更不容易了。

我因为负伤了，没法活动，当时正在一块石头后面探头探脑地想找个目标做点事。不知道为什么，那一阵子我老是想朝谁开两枪，我的冲锋枪里压了三十发子弹，一梭子抠出去肯定很过瘾。

陈骁指挥何区别带着我的兵支撑毛竹，同时向我吼道，牟卜你别乱开枪，看准右边冒烟的地方，一会我让你打你再打。

我说我明白！

陈骁说，你们几个伤员都听着，你们尽量打准，打不准也不要紧，关键是打响之后，不能停止，把所有弹匣都压满。我说我知道了，我有五个弹匣，一百五十发子弹，打点射够打十分钟以上。

陈骁说，那好，要注意变换位置。

还是耿尚勤上。但是这一次情况有了变化，路北毒匪的山洞火力点倒是干掉了，耿尚勤的集约手雷连续轰炸，山洞被撕开了很大的口子，里面的尸体和粮食麻袋都飞了出来。这次我们没有看见火焰喷射器发射，而毛竹升降机落下来之后，耿尚勤也不见了。

多年以后我回忆当时的细节，确实有很多疑问，因为战斗刚刚打响的时候，毒匪的火力突如其来地向我们的待发地段猛烈扫射，何区别带着几个兵支撑毛竹往山腰上送，忽然一排子弹射过来，我听见何区别喊了一声，老耿当心！然后就倒下了。

那么那时候耿尚勤在哪里呢？

耿尚勤在毛竹梢上，正在接近毒匪的火力点。如果是何区别倒下在先，耿尚勤就很有可能被摔出去了，而耿尚勤如果被摔出去了，毒匪的火力点被摧毁又是怎么回事呢？没法解释，只能说明耿尚勤还是接近了火力点，并且成功地摧毁了毒匪的火力点，事实也正是这样。

我的疑问在于，耿尚勤是何时脱离毛竹升降机的，是在何区别倒下之前还是倒下之后，弄清这个问题至关重要，在以后的岁月里，我将为此不懈地努力。

黑三角战斗结束后，连长命令我们打扫战场，我们共找到三具烈士的遗体，这三个人都是有名有姓的，其中有我们班的副班长何区别、二班的王要津、三班的傅广征。另外就是副连长祝生珉，他是在第二次掩护耿尚勤的时候，带领一个战斗小组故意暴露目标，吸引毒匪的火力，战斗中祝生珉负了重伤，身上十一处中弹。我们找到他的时候，他全身血肉模糊，基本上不呼吸了，但是随队医生魏强辉坚持说还有一点救，当即打了强心针，用担架送到战地救护所去了。

没有找到耿尚勤。

我们希望找到他的衣服碎片，找到他的随身物品，希望找到哪怕是一块血肉、一缕头发，但是没有。

这次攻打黑三角环形高地战斗，我们二十七师一团取得了重大胜利，其他诸如边防团、武警支队、公安分队也都不同程度地起到了作用。

五

黑三角剿匪战斗结束的第二天，我们二十七师进军玛赛，配合国际缉毒武装，围歼毒匪的最后巢穴洪洞据点。就在这次战斗中，武晓庆和张海涛也负伤了。张海涛是怎么负伤的我不清楚，只知道他是在撤离黑三角的时候摔了一跤，把手腕摔骨折了，基本上属于非战斗减员，而且是轻伤，不足挂齿。我重点介绍武晓庆负伤的经过。

围歼洪洞据点，武晓庆他们班是跟随团部前进指挥所一起行动的。具体说来就是跟随新上任的团参谋长康必绪一起行动。战斗发起之后，由于山地限制，通信失灵，康参谋长把武晓庆的四班当步兵通信员使用，要武晓庆在阵地上来回奔跑，传送他的命令，要配属给二营的加农炮连把炮推上去。

有一趟武晓庆正在公路上跑着,对面毒匪的机枪打了过来,排长王晓华正好在路边的壕沟里,见武晓庆傻乎乎地不知所措,一头窜了出来,把他推到沟里,还骂了武晓庆一顿,说你狗日的一点战术都不懂,瞎跑个球!

武晓庆说康参谋长叫四炮五炮都上去,我得传达命令啊。

王晓华就对着电台歇斯底里地喊:洹河洹河,锦江命令,前出六十公尺,展开战斗队形。

武晓庆说,排长你这样喊不行,我得去找到他们的位置。

王晓华说,你再也不能在阵地上跑了,这很危险。

武晓庆说,危险也得执行任务啊,我不把命令传达到,康参谋长搞不好要枪毙我。你光在电台里喊,电台不一定在他们身边,他们上不来,康参谋长还是拿我是问。

王晓华说,等一等,我们从沟里钻过去。

谁知道一钻又钻出个麻烦,武晓庆跟着王晓华低着脑袋拱着屁股,刚刚离开栖身的壕沟,对面就有几发火箭弹打了过来,原来有几个毒匪已经绕到二营的后方了。王晓华他们眼睁睁地看见加农炮连几门炮的旁边掀起几团火柱,加农炮连当场就倒下几个人,武晓庆被吓得不知所措,正要往回跑,就觉得有什么东西泰山压顶一般砸了过来,还没有回过神来,就听见身边惊天动地一声巨响。

武晓庆心想这回我肯定完蛋了,即使不死,胳膊和腿也肯定不齐全了。过了好大一阵子,武晓庆才睁开眼睛,眨巴了几下,他还以为排长阵亡了呢,却发现王晓华正在鬼鬼祟祟地东张西望,并且朝他吼叫,别装蒜,你还没死,快往右边爬。

武晓庆听说自己没死,不禁大喜过望,赶紧跟着王晓华爬到右边,找到一个石坎,猫了起来。这时候他们两个人离毒匪反而最近了,成了步兵连队的观察所。王晓华掏出地图现地对照一番,迅速判明了眼下的情况,又扯出话筒,喊了起来:洹河洹河,锦江命令,前出四十公尺,展开战斗队形,射击四号、七号方位物。

不久以后电台里就出现了加农炮连二排长的声音,报告锦江,洹河无法展开战斗队形。

　　后来我们听说这个过程的时候，都觉得王晓华的胆子太大了，居然敢冒充锦江，也就是冒充康参谋长指挥加农炮连。他大约是觉得我们一个炮兵连队老是被毒匪压在这里不成体统，是可忍孰不可忍了。王晓华灵机一动，擎着话筒喊了起来——锦江命令，暂时放弃铁锹，改用剪刀，就地寻找依托，目标四号、七号，进行压制射击。

　　铁锹就是加农炮，剪刀则是火箭筒，因为加农炮展不开，王晓华便自作主张假传"圣旨"让炮手们拿"剪刀"上阵。

　　当时的情形是，配属给我们团二营的是加农炮营三连，受地形限制，全连无法展开，只有连长李诚忠和指导员赵蜀川在公路拐弯的地方按照步兵指示的目标射击，赵指导员亲自担任瞄准手，而其他几门炮则被挡在山坡的后面。客观地说，由于是第一次同毒匪近距离地面对面作战，指挥程序确实有些混乱，部队也有点散，指挥起来很不灵便。而王晓华的灵机一动和胆大包天，则促成了全连六把"剪刀"大显神威，很快就把毒匪的小股兵力压住了，从而保障了步兵的冲锋。

　　这一仗下来，武晓庆和王晓华都没有死，并且立了功，也没有人追究王晓华的"瞎指挥"。只不过武晓庆的肩膀上挨了一枪，没有伤筋动骨，连住院都不用，连队卫生员清洗包扎一番就行了。

　　缉毒剿匪战斗，来也匆匆，去也匆匆，前后不过一个星期就结束了。传说中的两个团的毒匪，基本上灰飞烟灭，只有不到一百人逃生，细水流沙般地潜入密西西那河两岸的原始森林里，据说有一股最后逃到了金三角地区。

　　我们的阚总指挥很不高兴，给我们做总结报告的时候说，他妈的，我这个缉毒剿匪特遣部队总指挥从任命到卸任，前后不到半个月，真正行使职权不到一个星期。就几个靠毒谋生的螫贼，也用得着我阚大门兴师动众？早知道这个仗这么简单，老子当初压根儿犯不着死乞白赖地过来。

　　阚副军长的牢骚是他真实的想法。但是我们却不这样想，我们欢天喜地地回到了干净的地方，欢天喜地地说大话吹牛皮。

　　后来在楚洪地区山圩农场评功评奖，武晓庆立了个三等功，张海涛也立了个三等功。王晓华和陈骁都立了三等功。

我本人对这次评功评奖很有看法。可以说，这次配合国际缉毒组织剿匪，起决定性作用的是我们二十七师一团；在二十七师一团，我们特务连的作用至关重要；在特务连，我们一排的作用至关重要；在一排，我们一班的作用至关重要；在一班，我这个班长，既是指挥员又是战斗员，没有我的飞车绝技，哪有耿尚勤的凌空炸洞；没有耿尚勤的凌空炸洞，哪有步兵的冲击通道；没有步兵的冲击通道，哪有战斗的胜利？本人居然也只立了个三等功，显然不公平。

可是，还有比我更不幸的。

在给我们副连长祝生珉评功评奖的时候，众口一词，没有任何异议。副连长足智多谋，既有战术上的高招，又有技术的高招，而且以身作则，身先士卒，为掩护战友身负重伤——那时候我们还不知道他曾经牺牲过，也不知道他以后死而复生——这样的好干部不是英雄是什么？我们特务连呼声很高，一致要求团直党委、团党委、师党委……层层向上打报告，给我们的副连长祝生珉报请一等功，授予一级战斗英雄称号。

显然，在荣誉的问题上，不幸的人不是祝生珉。

那么这个人是谁呢？我想你一定隐隐约约地意识到了，这个人是耿尚勤。

在给耿尚勤评功评奖的时候，我们连队的态度是明朗的。首先，耿尚勤是在战斗中牺牲的；其次，耿尚勤的战斗事迹是可歌可泣的。基于这两点，我们连队党支部给耿尚勤报请一等功，授予一级战斗英雄称号，跟祝生珉一样的待遇。

我们想不到的是，这个报告根本就没有报到团里师里，在团直党委就被卡住了。首先的问题是，耿尚勤是不是烈士？生不见人，死不见尸，怎么能确定他的烈士身份？第二，既然没有找到耿尚勤的尸体，他会不会还活着，如果还活着，会不会被残匪裹胁出走？第三，耿尚勤就算死了，到底是怎么死的，一种可能是被毒匪打中光荣牺牲，还有一种可能是耿尚勤因为犯过错误一时想不开，在战斗中立功谢罪，然后……自我了结。还有第四，是一条更让人不能接受的推测：因为耿尚勤犯过错误，心怀不满，而且他犯的是生活作风方面的错误，说明他一贯向往资产阶级生活方式，会不会借此机会隐身密林，寻机偷渡国外……

团直党委的意见是，一切都不要过早地下结论，一切都有待于继续调查，一切有待于水落石出。

团直党委给我们特务连出了个天大的难题。

继续调查？怎么调查？我们特务连一班的人全都亲眼目睹了耿尚勤的壮举，但是调查组却不找我们一班的人，他们认为我们串通好了给他们编故事。水落石出？到哪里水落石出，如果……如果真有如果的话，那么只好等猴年马月重返金三角、黑三角了，也许……也许到那时候，我们当真能见到一言难尽的耿尚勤。可是我们愿意接受这样的事实吗？

没有办法，没有办法给耿尚勤评功评奖。这件事情最后一直闹到阚师长，不，一直闹到阚副军长那里，连阚副军长都说，等等吧，再等等。阚副军长知道了耿尚勤所做的一切，阚副军长手里拿着耿尚勤的照片说，孩子啊，我们永远感谢你，永远记住你，我知道在这次剿匪战斗中，你的作用比一个连还要大，可是我现在没有办法给你一个说法啊！等等吧，再等等。

阚副军长说这句话的时候，老泪纵横，泣不成声。

六

黑三角缉毒剿匪战斗当中，我们的排长陈骁基本上充当了连队的参谋长。祝生珉发明了毛竹升降机，但是这只解决了技术问题，还有很多战术上的问题是陈骁不动声色地弥补的。以小股火力佯动，吸引毒匪火力，掩护我们一班支撑耿尚勤，就是陈骁提出的方案。战斗打响的最初，毒匪的火力全都冲着我们这个方向，这时候陈骁率领马学方的二班，已经隐蔽地潜到了毒匪火力控制力最强的地段，是他指挥用轻机枪向毒匪火力点猛烈压制，才使毒匪至少迟滞了至少三分钟，而这三分钟对于耿尚勤和我们一班来说，是至关重要的。

祝生珉后来带领三班的佯动，也是陈骁指挥二班掩护的。不同的是，二班选择的地形地貌战术含量很高，进可攻，退可守，所以损失最小，作用最大。而祝生珉指挥的三班，则主要是靠死打硬拼达成战术目的的。当然，我这样说并不是否定祝生珉的意思，我只是为了让你明白，我们排长陈骁虽然没有像祝生珉那样的英雄壮举，但是他仍然不失为一个很有建树的指挥员。

事实上我们都忽视了一个问题，就是毒匪在战斗发起后可能会袭击我们的战斗出发地，这个问题陈骁想到了。就在耿尚勤第二次攀登毛竹袭击路北山洞火力点的时候，二十几个毒匪向我们一班的侧后方，具体说来，也就是向我们连队指挥所秘密地接近了。他们选择的道路是人迹罕至的一条干涸的河床，这是一般人都想不到的路线。但是我们排长早在连队接受要打火力点的任务的时候，就从地图上分析出来了，这将是一条秘密的通道。

陈骁并没有马上在这里部署兵力，因为我们特务连当时兵力有限，陈骁基本上能够把毒匪出兵的时机计算出来，即在路南战斗之后，路北战斗之前。陈骁让马学方带领四个人向路北半山坡上发起冲击，做强攻状，同时自己带领五个精锐，潜伏在干涸河床的两边，待路北战斗打响之后，果然在丛林里发现了影影绰绰的人影。

现在我们知道了，陈骁的兵力使用，有点像围魏救赵的战例，也有点像解放战争中我军经常使用的围点打援，只不过在西南的山岳丛林地带，这种战例的特征不太明显。

后来，陈骁果然在干涸的河床上打了一个漂亮的伏击战，不仅消灭了十几个毒匪，而且对于路南路北两边的毒匪震撼都很大，造成大兵压境的态势。毒匪的小分队土崩瓦解之后，陈骁立即呼叫马学方迅速占领北边的1076高地。马学方拒绝从命，因为他刚刚受到1076高地四面八方的火力压制，头都抬不起来。马学方判断1076高地毒匪至少有四十名，以他的五个人的兵力去占领1076高地，简直是以卵击石，简直是开玩笑。

这时候我们排长的战术家的风采就显示出来了。我们排长陈骁说，马学方你给我听明白，我已经向团指挥所报告，1076高地已经被我控制，步兵两个连即将沿三号公路开进，如果你贻误战机，让1076高地重返敌手，让步兵受到阻击，那是要上军事法庭的。

马学方说，1076高地至少有四十个毒匪，他强我弱，他守我攻，难道你想让我们做无谓的牺牲？

陈骁说，1076高地再也没有四十个毒匪了。我告诉你，你在十分钟之内占领，不会遇到任何抵抗。如果你在二十分钟之内还没有上去，那里将会出现至少五十个毒匪。

马学方说，我被打死了谁负责？

陈骁说，再不执行命令，你就不要当班长了！你把报话机交给张海涛，由他直接受命于我。

马学方见陈骁动真的了，只得带着他的战斗小组向1076高地冲击。直到他们冲到山头，一路果然没有遇到任何抵抗。马学方用军用胶鞋狠狠地踩着山头的小草，骂骂咧咧地说，真他妈的奇怪，这里的毒匪难道插翅飞了不成。正在洋洋得意间，猛然听到报话机里传来陈骁的一阵怒吼，马学方，迅速进入掩体，炮击马上就到。

马学方一挥手，一干人等耗子一样钻进掩体，惊魂未定，一群迫击炮弹就落了下来。

马学方这回相信了，排长就是排长，简直料事如神啊，简直神机妙算啊。再往后，陈骁让他出击他就出击，让他隐蔽他就隐蔽，让他从南到北他就从南到北。等路北的火力点被清除之后，陈骁腾出手来，指挥马学方，两边夹击，兵汇一处，将路北的毒匪残兵死死地压制在1037高地以西，为步兵四连开辟了一条坦途。

以后康参谋长总结说，团里本来准备用一到两个排的兵力、用三到四十分钟，解决1076高地的问题，没想到特务连只用了一个班，打草搂兔子，前后不到二十分钟就把问题解决了。

康参谋长问陈骁，你是如何判断1076高地上的毒匪转移了？

陈骁回答，我研究过毒匪的战术，黑三角的毒匪是金三角毒枭的学生，也是李弥残部的学生，但是他们的路子太老，还停留在白崇禧的那一套上。

康参谋长说，不会吧，何以见得？

陈骁从挎包里掏出一本油印的《游击战纲要》，笑笑说，参谋长请看，这是我进入黑三角地区之前从毒匪曾经藏身的腊戎村里搜寻到的，墨迹未干，说明他们知道即将遭到围歼，临时抱佛脚，抱的就是他们奉为兵圣的白崇禧的大腿。虽然毒匪的武器装备不差，但是我们这次跟他们打，还是不对称战争。公正地说，利用地形地物，拼个人战斗素质，他们还是可圈可点的。但是，论起协调战术，就荒唐可笑了，他们基本上没有成形的战术理论。所谓围点打援、声东击西、诱敌深入等等，全是照搬照套。一号地段打响之后，我就一直观察，如果河床里出现小分队，就说明他已经开始布网了，我就有理由判断 1076 高地上的毒匪转移了，他不可能只让五六个人来袭击我们，这小股兵力是投石问路的。这个战术基本上是白崇禧山地游击战的翻版，不过用得比较拙劣。参座如果不信，可以翻阅这本小册子，从第七页到第九页即是。

康参谋长哈哈大笑说，好，好，战术玩得出神入化，心理战也玩得炉火纯青。我看你这是身在特务连，胸怀步兵团啊，当个排长大材小用了。

陈骁说，是大材小用，慢慢来吧。

后来康参谋长把陈骁的故事讲给阚副军长听，阚副军长恨恨地说，那小子啊，他妈的骄傲得很，我跟他下象棋，三盘他让我赢一盘，五盘他让我两盘，十盘他让我赢四盘，总是他赢，还总是明火执仗地让你，一点面子也不给。

康参谋长说，当个排长可惜了。

阚副军长说，也不能揠苗助长，在基层多历练历练没有什么坏处。停了停又说，他这个级别，你们团里师里定了就行了，不要看我的眼色哦。揠苗助长不好，但是误人子弟也不好，你们看着办吧。

七

部队休整期间，我在医院治腿。

有一天来了一个女记者，叫吴梦利，二十六七岁的样子，是我们军区小报的，让我谈谈上剿匪战场的时候，有没有畏惧心理。我说当然有畏惧心理，我没有打过仗，在电影里看很过瘾，身临其境却是另外一回事。子弹在头顶上飞，尸体在旁边滚，那可不是搞着玩的。

吴梦利说，可是你后来很勇敢，你开着摩托车冒着毒匪的密集火力，穿过毒匪的封锁线；你临危不惧，指挥五名战士顶住了至少一个排的进攻，消灭了毒匪四名，掩护战友完成了重要任务，这些事迹可歌可泣。你能不能谈谈你在突破毒匪火力封锁线的时候，精神动力是什么？

吴梦利的话说得我云山雾罩，她举的例子半真半假。我问她，你是从哪里知道这些事情的？

吴梦利抖抖手里的一摞纸张说，材料啊，这都是你们团里提供的素材。怎么，有出入吗？

我说有出入。前面一件基本上是事实，但是没有那么悬乎。说到精神动力，我跟你说，箭在弦上，不得不发。那种环境，那样的任务，我就是腿肚子打颤，我也得上啊。至于说我消灭了四名毒匪，我没有看见，我们排长陈骁指挥我照死地放空枪，吸引毒匪火力，如果说真的打死了四名毒匪，那是子弹自己长了眼睛。

我发现吴梦利的眉头不易察觉地皱了一下，大约是嫌我的境界不高。吴梦利说，你当时腿肚子打颤了吗？

我说当然，不仅打颤，关键时刻还颤得厉害，不然我就不会负伤了。

吴梦利说，你是说，你负伤是因为腿肚子打颤？

我说也不完全是，但是有点关系，腿肚子一打颤，摩托车也跟着打颤，碰到子弹了。

吴梦利说，我是正经地采访你，你不要东拉西扯。年纪轻轻的，怎么玩世不恭？

我说关键时刻是我的老班长耿尚勤给我吃了定心丸，耿尚勤说我压根儿没有负伤，还帮我把车把扶正了。要不是耿尚勤，也许我会翻到沟里，现在你只能采访鬼了。

吴梦利说，耿尚勤的事情我们听说了，这是个有争议的人物，我们不要谈他。

我说为什么耿尚勤是有争议的人物？耿尚勤是真正的英雄。你们当记者的不是无冕之王吗？你们应该深入地了解情况。

吴梦利说，耿尚勤是不是争议人物，不是你我能够决定的。我问你，经过战斗的洗礼，现在还让你上火线，你的腿肚子会不会打颤？

我想了一会儿说，现在上去也许会好点。

吴梦利穷追不舍问，为什么？

我说不为什么，因为榜样的力量是无穷的。

吴梦利来了精神说，那你说说，你的榜样是谁？

我说我的榜样是耿尚勤，耿尚勤视死如归，大义凛然。

吴梦利的眉头又皱了一下，倚老卖老地说，小牟你不要捣乱？我来采访你也是执行任务。

我说你不是让我谈谈我的榜样吗，我的榜样就是耿尚勤。

吴梦利沉默了一下，换了一副笑脸说，好吧，就算你的榜样是耿尚勤，但是难道只有他一个人。譬如……

我说还有我们的阚副军长。我在指挥部待过，亲眼看见我们阚副军长的风采，子弹像蝗虫一样在阚副军长的身边飞，在阚副军长的头顶上飞，我们阚副军长纹丝不动，坚如磐石，镇定自若，指挥我们一连往上冲，指挥边防三团往上冲，指挥炮兵连打覆盖，指挥武警支队打迂回。你见过我们阚副军长吗？

吴梦利刷刷地往笔记本上记着，抬起头来说，见过，大个子，很威风。

我说你没有在黑三角见过，你要是在黑三角见过，你就知道我后来为什么腿肚子不打颤了。什么叫男人？指挥千军万马，俯瞰万水千山，阚副军长说把那座山头踏平，我们就把那座山头踏平，阚副军长说我们占领那座高地，我们就占领那座高地，阚副军长说不许放过一个毒匪，我们就……我要是阚副军长就好了。

吴梦利笑了，说你不要老是说你们阚副军长，你才是一个小班长，离阚副军长十万八千里，你学阚副军长是学不来的。

我说我不是要学阚副军长，我是说阚副军长给我们的鼓舞。男人就应该这样。男儿何不带吴钩，收取关山五十州。

吴梦利再次笑了，这回笑得比较年轻。吴梦利说，看来你读过不少书。现在部队越来越有文化了。我听说你很佩服你们排长陈骁，是不是这样？

我说当然。我们排长是个战术专家，身在特务连，放眼步兵团。我再跟你说，我虽然没有大出息，但是只要跟我们排长在一起，就能找到感觉，就能超常发挥。我们排长就是这样一个人，山崩于前不惊，雷鸣于后不乱。

吴梦利说，好了，别跟我卖弄风骚了。现在问你最后一个问题，你喜欢打仗吗?

我没有马上回答,而是认认真真地想了一会儿。想了一会儿我抬起头来说,我为什么要喜欢打仗?我又不是神经病。

吴梦利说,你刚才不是说你是阚副军长就好了吗?阚副军长在你心目中之所以高大,就是因为他可以指挥千军万马,可以俯瞰万水千山。

我说对啊,我要是阚副军长,我就喜欢打仗。可惜我不是。

八

因为国际缉毒组织的挽留,我们一团在边境线边上的山圩农场住了两个月。我们的阚副军长说,他妈的这群草包实在是真草包,他们怕毒匪隐真示假卷土重来。哈哈,关键的时候还是需要我老阚坐镇,给这些草包壮胆。

阚副军长虽然表面上对国际缉毒组织表示不屑,但我们知道,其实阚副军长的心里很得意。陈骁分析,我们阚副军长他老人家之所以没有急着班师回朝,大约是因为东边的边境上还有小打小闹的战争,而我们现在休整的这个地方,离那片战场很近。

陈骁说,我们的阚副军长天天眼巴巴地看着东边,想拣一块剩骨头啃呢,可惜没有他的什么事。

我说那我们阚副军长太遗憾了。

陈骁说,是遗憾。不过已经不错了,行将退出历史舞台,给他提了个副军长,又让他当了一次缉毒剿匪总指挥,带着一个团耀武扬威地在国际缉毒舞台上露了一脸,这就是最好的谢幕啊!

我心情复杂地说,没准真的会让我们到东边参战呢。

陈骁断然说,不可能。

我问,为什么?

陈骁说,因为用不着,因为上级用兵是要掌握平衡的,因为那边的战争是有分寸的。如果有这种可能,就不可能让我们阚副军长只带一个团来搞什么缉毒剿匪。如果我们二十七师齐装满员滚滚南下,那还了得,哪怕上级不给任务,我们的阚副军长也会找借口打过去!

　　我的腿伤很快就痊愈了。回到连队，我做的第一件事就是打听耿尚勤的下落。耿尚勤还是没有下落。

　　有一天晚上，连队翻过一道山梁到团部所在的农场总部看电影《刘三姐》，我再一次被震撼了。银幕上那个南方村姑像鲜花一样明媚。那是一部歌剧电影，说实话，我并不认为刘三姐的歌声有多么美妙，但是刘三姐的一颦一笑却是无比美妙，我印象特别深的是她的两个酒窝，她一笑起来，一生气起来，那酒窝就格外动人。

　　我想可能就是那天晚上，我对世界又多了一些认识。过去是因为见识少，也许是荷尔蒙在作怪，见到一个差不多的女的就以为是美女。在读小学的时候我认为刘瑞真是美女，读初中的时候我认为胡英是美女，读高中的时候我认为韦正林是美女，结果来到外面世界，她们全都相形见绌。真正的美女还在外面，我们那个小镇上的姑娘差得远得很，她们跟我一样吃的是糙米咸菜，喝的是从土井里打上来的明矾水，能成为美女吗？没有长成大黄牙就算不错了。

　　那天晚上我再次告诫自己，临渊羡鱼，不如退而结网。革命尚未成功，同志仍须努力。

　　看完电影，回到休整点，陈骁说，一班长你跟我去查岗。我便拎起冲锋枪跟陈骁去查岗。那班岗的哨兵正好是武晓庆，老远看见我们过去，就咋咋呼呼地喊，口令！

　　我回答，地球，回令！

　　武晓庆回答，宇宙！

　　我们走近了，看见武晓庆站得笔直。武晓庆一见到陈骁，两个脚跟就咔嚓一下碰在一起，行注目礼。

　　我发现武晓庆自从战后下来，要求进步的积极性就特别的高，其表现除了帮厨、打扫卫生、助民劳动以外，还主要体现在礼节礼貌上。比如开会，连队干部在上面讲话，他就不时地往笔记本上记录，不时地抬起头来做认真聆听状，更有甚者，似乎是干部讲到精彩的地方，他的嘴巴也就嚅动起来，念念有词，像是默诵干部的指示。若是在白天见到首长，必然要把脚后跟靠拢，靠得很有力，尽管他的腿伤刚刚痊愈。有一次我亲眼看见，在厕所的小路上，连长李开杰撒尿出来，武晓庆正往里进，迎头撞上，马上闪开，人都站在沟里了，还来了个歪歪斜斜的立正。

我拿出班长的派头说，咋呼什么，用得着这么大声吗？

武晓庆说，我是按照连首长的指示，加强敌情观念，难道错了吗？

我说真有敌情，你这么一咋呼，暴露了目标，毒匪一枪就把你毙了。

陈骁说，不要鸡毛蒜皮，你们都没有错。

回宿舍的路上，路过一个山坡，陈骁说，走，上去遛遛。

我问陈骁，是不是耿尚勤有消息了？

陈骁说，有个球消息，现在有消息，是死是活都不是好消息，我真怕听到他的消息。

我说我希望他活着。

陈骁叹了一口气说，是啊，难道我希望他死？

我说，在黑三角那天，我看见耿尚勤把一件东西交给你了，那是什么？

陈骁怔了一下说，什么东西？你看走眼了。

我说我没有看走眼，我看见你们还拥抱了一下。他一定把最重要的东西交给你了。你应该相信我，我对耿尚勤的感情不比你差。

陈骁说，没有什么东西，我们握了手，祝福一下。

我认为陈骁的解释是苍白的，是不能说服我的。

停了一会儿陈骁说，耿尚勤没有消息，但是祝副连长有消息了，他牺牲了。

我说这还算新闻吗，那天在环形高地把他抬走的时候，我就知道他牺牲了，我说没有气了，魏强辉非说还有救。

陈骁说，魏医生也是实行人道主义嘛，死马当活马医，万一救活了呢？现在来了通报，说经多方抢救无效，祝副连长到底还是牺牲了。团里要我们连队组织追悼会，这两天就搞。

我说祝副连长好歹还是个烈士，九泉之下可以瞑目了，可是耿尚勤算是怎么回事啊？

陈骁突然烦躁起来了，口气很冲地说，这些不是该你问的。以后要学会，不该说的不说，不该问的不问。

九

祝生珉的追悼会会场选在我们临时驻扎的农场场部小礼堂里，是陈骁带着我们一班布置的。

陈骁说，尽量少搞花圈，尽量采集鲜花。

那天下午，我们班像放羊一样，漫山遍野都是，去采花。云南花多，有紫云英，有海棠花，也有菊花、兰花什么的。

追悼会上放的乐曲也是陈骁定的，陈骁说，不要搞什么哀乐，那哀乐一点也不哀，滑稽。放《送战友》。连队首长不同意陈骁的做法，还特意请示了团首长，政委徐善笠一向赏识陈骁，说陈骁的这个想法不错。追悼会嘛，就是寄托一下哀思，你们认为怎么合适就怎么来。

徐政委发出这样的话，连队首长就不好反对了。

追悼会召开那天，团长政委和营里的首长都来了，国际缉毒组织派了一女两男参加。阚副军长本来也要参加的，但是军区首长通知他到东部参加一个作战会议，就委派我们缉毒特遣指挥部的副总指挥、楚洪地区的副专员杨俊忠代表他参加。追悼会规格很高，气氛也很隆重。

首先是连长李开杰致悼词，无非生平履历、工作表现、战斗功绩等等。致悼词的过程中，有的人哭了，哭得嘘唏嘘唏的，最先哭出声的是武晓庆，武晓庆一哭，大家都跟着哭。

指导员黄嘉平宣布向祝生珉同志三鞠躬的时候，从礼堂的后门口跑进来一个人，跟在后面一鞠躬，二鞠躬，三鞠躬。等鞠躬完了，这个人抬起头来，见着鬼似的喊了一声，他妈的怎么搞的，谁让你们给我开追悼会的？

会场上的人全都愣住了，原来这个人就是祝生珉自己。

我们大家都没有反应过来，这时候又听到一声惊呼，妈呀，诈尸，诈尸了，鬼来了。

还是我们团政委徐善笠有经验，徐政委大踏步地冲到会场后面，一把抓住祝生珉的手说，祝生珉同志，真是你吗，你真的还活着吗，你真的回来了吗？

祝生珉额头上的青筋都暴出来了，咧着大嘴嚷嚷，徐政委，就是我啊，我就是祝生珉啊！我不是鬼啊，我是伤愈归队啊。你们要是不信，来来来，我咬一口给你们看。说着，捋起袖子就要咬自己的胳膊，以证明自己身上有血，证明自己不是鬼。

徐政委赶紧把他拦住说，祝生珉同志啊，太意外了，太惊喜了，太……徐政委说着，一下子把祝生珉抱住了。我们团长赵州章也上去了，我们的参谋长康必绪也上去了，我们全都上去了，把祝生珉抬了起来，扔了上去。

以后我们才知道，是医院搞错了，不知道是因为重名的缘故，还是统计的失误，反正是医院搞错了。不知道有没有另外一个祝生珉真的牺牲了，反正我们特务连的祝生珉是活着回来了。活着回来的祝生珉那天是被缉毒特遣总部后方基地直接送回来的，到了山圩农场，听说我们特务连在开会，就找人带路直接奔会场来了，没想到参加了自己的追悼会，还对着自己的遗像鞠了三个躬，这也是我们特务连的传奇故事之一。

听说后来赵团长很生气，骂那个医院——其实谁也搞不清楚是哪个医院，那时候云南的军队医院多如牛毛，七转八转，居然把他送到东边战区的野战医院里去了。连祝生珉自己都说不清楚他到底是那个医院救活的，所以说人家把他搞错也是情有可原——我们团长说，他妈的医院太不负责任了，明明活着，却通知我们死了，让我们出这么大个洋相。不行，我们得找他们算账。

我们政委徐善笠哈哈一笑说，你找他们算什么账？这个错误他们犯得好，我还巴不得他们多犯几次呢！算啦算啦，烧高香吧。

第 四 章

一

盛夏时节，我们缉毒特遣部队回到了平原市北郊的营房。

部队归建之后，陈骁被破格提拔为我们特务连的连长，王晓华当了副指导员。

说真的，那一阵子，还真有点不习惯，天天接受驻地慰问，喝酒吃肉，完了就是做报告，再然后又开始搞教育，搞学习，日复一日，搞得很累。

一场缉毒剿匪实战下来，有些人就牛皮起来了，还有一些人心态变得复杂起来，船到码头车到站，等待复员。

但也有一些人不一样，譬如陈骁，刚刚找到战争的感觉，刚刚比画了一下拳脚，刚刚把底气鼓足，就被拔了气门芯，扑哧一下瘪了，憋得难受。

有一次连队开会，研究调整骨干的事情。散会后陈骁对王晓华说，王副指导员，能不能把球队搞起来？

王晓华说，当然可以，我们本来就有球队。

陈骁说，原来那个球队算个球，我们要搞一个专业球队，要搞一个精锐球队，要搞一个日龙日虎的球队，要搞一个战无不胜的球队。

王晓华瞪着眼睛看陈骁，半天才说，战无不胜？你以为我是孙悟空啊，你以为我会七十二变啊，我从哪里给你搞这么个神仙球队？

陈骁说，怎么搞我不管，那是你的事。你当个副指导员，我请你给连队搞一个精锐的球队这不过分吧。我们特务连是独立连，相当于营。以后我们打球，不跟连队打，让他们以营为单位组织球队，我们跟营球队打。

王晓华皮笑肉不笑地说，第一，我这个副指导员在连长、指导员的领导下工作是不错，但是我的分工不是你连长一个人说了算的。第二，人家各连本来都有球队，他营里要不要组织球队，会不会拿营球队跟你打，也不是你一个特务连长说了算的。

陈骁嘿嘿一笑说，老王，那你的意思是，我说的话就白说了？

王晓华说，嘿嘿，该说的你不说也是说，不该说的你说了也是白说。

陈骁说，老王我跟你说实话，剿了一次匪，还真把手打痒了，老想搞点事出来。

王晓华说，我也是。可是搞什么事呢，总不能平白无故地杀人放火吧？

陈骁说，那你就把球队搞起来，搞大搞精，没有仗打，我打球行不行？

王晓华说，球队搞起来可以，但是你的期望值不能太高，不能说球队搞起来了就要打遍全世界，我没那个本事。

陈骁说，咱俩谁跟谁呀，我还不知道你，你就是有那个本事。

后来王晓华果然就把球队搞起来了——我的意思是说，这次是正儿八经地搞，脱产地搞，不像过去散兵游勇乌合之众。

承蒙王副指导员关爱，我在球队里充当B角中锋，没有外事比赛的时候，我们自己跟自己打。陈骁是A角中锋，跟他打球的时候，他不仅是我的对手，还是我的教练，有时候急眼了，他还骂人——这都是在战场上养出来的毛病——他妈的你是猪脑子啊，你就不知道虚晃一枪？硬戳戳地就上去了，那人家不盖你的帽他比你还傻逼！

还有一次跟一营打，我远距离投篮总共得了十八分，就这水平还是挨他的骂。当然那天他似乎也有骂人的理由，结局是我们输了四分，陈骁把责任都推到我的身上，说我个人英雄主义我不亏，可他是怎么说的呢？他说，你牟卜简直是个色狼，一看见观众里面有漂亮姑娘，你就找不着北，啊，远距离悬空，翻腕倒扣，弧线入篮，刷，刷刷，空心穿刺，漂亮啊，潇洒啊，你他妈的就是为了那个漂亮，就是为了那个潇洒，给我丢了三个球，总共九分。这九分不丢，你把一营营长杀了，他也打不过我们特务连。

我说我要是不得十八分，就是把你杀了，我们特务连也打不过一营。

陈骁更来气了，一步跳到我面前说，不得那十八分要你干什么，杀了煮肉吃啊！离了张屠夫，不吃带毛猪。缺了你一个，自有后来人。

我想不通啊，我就是能够想得通我也不通。这还是那个在新兵宿舍里小心翼翼地为我们掖掖被角打开通风窗的老班长吗，这还是那个在饲料房对我循循善诱教我当兵做人的老班长吗，这还是那个在黑三角缉毒剿匪战场上沉着冷静有条不紊的老排长吗？

答案是含糊的。我想找人问个明白，这究竟是怎么啦？可是我能找谁呢？耿尚勤不在了，现在我能够倾诉的，能够口无遮拦促膝谈心的，恰好只有这个家伙。

有一天跟师直通信营比赛，我们又输了，陈骁又骂我。特别可恨的是，他每次骂我，总是把责任推到我的眼睛上。那天他说师直通信营漂亮女兵多，我的眼睛更不管用了，我的腿肚子更加哆嗦了，我的所谓远距离悬空翻腕投篮狗屁都不是。

他妈的你以为投篮是扔手榴弹啊！他最后这么说我。

岂有此理，是可忍，孰不可忍！

那天我终于忍不住了，我找到了王晓华，我毫不客气地提出辞职。我对王晓华说，他妈的就是打个卵子篮球，又不是你死我活，他妈的每次都要挨他的骂，这个球还有球意思，老子不打了行不行？

王晓华阴阳怪气地一笑说，不打？你说得轻巧，上山容易下山难。你的老排长要求我们特务连的球队打遍全世界，你甩手不干了，我到哪里去找你这样勇往直前的中锋，我到哪里去找你这样经久耐磨的受气包？

没有办法，我只得硬着头皮坚持。

好在很快我就解放了，因为陈骁受伤了。

事情是这样的。八一建军节师里组织篮球赛，我们特务连——现在我可以自豪地说了，我们特务连的篮球队还当真打遍一团无对手——准确地说是打遍全团对手不多，因为我们和一营总是有胜有负，当然胜多于负——作为一团的代表队参加。本来团政治处要从各支篮球队里抽调精锐，别的团也是这么干的，但是我们团的政委徐善笠说，不要抽，就用特务连的球队，我们一个连打他一个团，胜利了，劳苦功高，失利了，虽败犹荣。

就这样，我们特务连雄赳赳气昂昂地跨过鸭绿江，我们连胜了两场，但是在第三场对工兵营的比赛中，出师不利。先是陈骁带球上篮时遭到猛烈拦截，摔了一跤，当场出局。接着是我因为屡次犯规，被黄牌罚下。再后来，我们输了，输得很惨，负了二十六分。

二

陈骁那一跤摔得真他妈的是时候，一跤摔出一段轰轰烈烈的爱情故事。

陈骁摔伤后，最初感觉有点疼痛，但是他总以为是皮肉之伤，调养一段时间自然会好。因为不在意，治疗就不及时，一直就那么瘸着，偶尔还到训练场上或者球场上指手画脚咋咋呼呼。后来疼得坚持不住了，这才到师医院检查。师医院的医生说，迟了，那块骨头已经被你磨碎了，你要是不想当瘸子，得给你安两根钢钉。

钢钉安好之后，麻烦就来了，一个星期要到师医院复查一次。好在师医院离特务连不远，属于北兵营的南半球，离我们的营区也就三公里左右，正好和海滑大门对着。

陈骁那天去师医院检查脚腕，情况还是不好。医生说，瘸倒不至于，但是以后不能走远路了。

出了师医院大门，陈骁心里有点难过，不能走远路，那就更谈不上逛公园了。我记得归建那天他跟我半开玩笑说，他计划近期找个女朋友。如今这年月谈恋爱流行逛公园，年纪轻轻的，连公园都逛不成，岂不是个半残废吗？

正沮丧着，觉得旁边有点动静，转脸一看，一个穿着白色海军衬衣的女兵，笑盈盈地推着一辆自行车，竟是苏晓杭。

苏晓杭朝他笑了笑，说，你好！

他赶忙站住，把那有可能瘸掉的一条腿收回来，也说了一声，你好！

苏晓杭说，还认识我吧？

陈骁本来想说，太认识了，但话到嘴边就变了样，认识啊，你就是那个苏……苏，《远航的军舰》吧？

苏晓杭嫣然一笑，她当然看穿了陈骁的小伎俩，但她并不说透，她说，我叫苏晓杭，你不认识我，我可认识你——特务连长，战斗英雄，我好崇拜你啊！

陈骁一听，立即就后悔自己不该装蒜，很不自然地笑笑说，嘿嘿，什么战斗英雄，立个小功而已。

苏晓杭说，你的腿怎么啦？

陈骁随口说，打球摔的。

苏晓杭说，那你为什么还走啊，你不是会开摩托车吗？

陈骁说，没关系，我想走走。

苏晓杭说，这样吧，我正好去北兵营有事，带上你一截吧。

陈骁说，不行，我这么大个男人，让女同志骑车带着，成何体统啊。

苏晓杭说，要不你坐上来，我推着你，你这样走容易出问题。

陈骁当然不会让苏晓杭推着走，但他又怕没了话题，苏晓杭就走了，陈骁于是改口说，要不这样，我带你。

苏晓杭说，那怎么行，你的腿都成那样了。

陈骁得意地笑笑说，这你就不晓得了，我不仅可以单腿骑车，而且可以同时骑三辆车，单腿还可以双手松把，特务连长嘛。

苏晓杭越是说不行，陈骁就越是说行，今天他不能放过这个机会，一定要潇洒一把给苏晓杭看看。

苏晓杭见陈骁满腔热忱，也不好再扫他的兴，就让他骑上了。

苏晓杭跳上后座的时候，动作很轻。陈骁说，啊，你上车的技术真好，轻得像只燕子。

苏晓杭说，都说陈连长是个冷血动物，我看也很会说好听话嘛。

陈骁说，我说的是老实话。又问，你去北兵营干什么？

苏晓杭说，到你们团图书馆去，我和你们连队的王晓华，说好了今晚去复习辩证唯物主义。

陈骁吃了一惊，车把也晃了几下，一句话冲口而出——什么，王晓华？你认识王晓华？

苏晓杭不动声色地说，是啊，王晓华当过我的队列教员，现在又是我的政治课教员，我们准备参加高考，约好了一起复习。你怎么啦？

陈骁这才察觉自己失态，但是心情仍然久久不能平静，使劲矫正车把，口气很冷地说，为什么不请个专业老师呢？王晓华自己才是个高中生，而且是"文革"期间毕业的，会不会误事啊？

苏晓杭笑笑说，我听他讲得很好，很深刻的道理，他能用通俗的语言和例子阐述，而且他特别善于总结，抓要点抓得很准。这个人我看将来有大发展。

陈骁吭吭哧哧地骑着车，心里窝火得要命，本来他一条腿骑就有些不方便，心里一窝火，车子就开始走曲线。他强打精神说，好啊，好好听听，王晓华还参加过缉毒剿匪战斗呢，还有很多战斗故事呢。

苏晓杭似乎没有听出陈骁话里的讽刺意味，天真地说，是吗？我也听说王晓华打仗很勇敢，不过他很谦虚，从来不肯说他自己的故事，这个人很有修养。

这话要是从别人嘴里说出来也罢了，可它偏偏是从苏晓杭嘴里说出来的，陈骁心里呻吟一声，一脚踩空，车头倏然一别，扑通一下就栽倒了。苏晓杭没防备就被摔倒了，她压在车子上，车子压在陈骁的身上，而且陈骁的右腿还被卡进大梁下面，脚腕顿时一阵剧痛……

苏晓杭惨叫一声，半天才爬起来，一边爬一边笑，我的妈呀，看看你这技术！

这一跤无疑雪上加霜，把陈骁的右脚腕彻底摔坏了。再到师医院检查，医生说，原来安的钢钉不仅失去了作用，而且也成了需要手术清除的一部分。这样的手术师医院做不了，就到驻地野战医院103医院住院治疗。医生给他重新安了一些零件，并警告他说，不能再乱动了，再乱动必瘸无疑。就是不乱动，痊愈之后恐怕也是两条腿长短不一了。

这一下，把陈骁吓坏了，老老实实地住进了103医院。

现在他搞明白了，难怪王晓华这小子最近神神叨叨的，原来是暗中活动，准备高考拿文凭呢。

此时已是八十年代，外面的世界很精彩，祖国山河一片红，到处都是高考声。就连那些明知不可能考进大学的人，也着手投考函授刊授电大夜大之类，考大学成了那个年代的最强音。

巧遇苏晓杭，不仅点燃了陈骁的爱情之火，也点燃了陈骁的求学之火。陈骁在心里冷笑，你王晓华还想保密，保密有什么用，就你那两下子，我闭着眼睛也能考过你，还辅导苏晓杭呢，我看你是醉翁之意不在酒。

众所周知，陈骁是个闲不住的人，在医院里关着，可算是把他憋坏了。用他自己的话说，叫作困兽犹斗。

四天后我去看他，趁同屋的病友——三团的一个满脸苦难的老兵——一瘸一拐出去方便之机，陈骁居然向我提出了一个让我目瞪口呆的建议。陈骁说，一班长，我且问你，你愿意接受命令还是接受建议？

我说你现在脱产了，连队是祝副连长主持工作，你没有必要命令我了，我愿意接受建议。

陈骁说，那好，现在我就建议你，我诚恳地建议你，猛烈地建议你，热情地建议你——你也来住院吧！

起先我怀疑自己听错了，瞪大眼睛看他。他狡黠地笑笑说，怎么样，这个主意不错吧？

我说我一点毛病也没有，健康得很，放屁都是重量级的，我住什么院？我要是吃多了撑得难受，我宁可回去喂猪也不来住院。

他说，你怎么一点毛病都没有呢？你真是健忘，你的右腿不是中过弹片吗？

我说那早就取出来了，我连篮球都能打，这是人所共知的事情。

陈骁说，亏你还是特务连的一号班长，真是死脑筋，活人还能被尿憋死？你的腿伤好了是不错，难道你就没有办法把它再弄伤？

我做愤怒状，我说连长你安的是什么心？我的腿好好的，我为什么要再把它弄伤，我又不是神经病。

陈骁说，你不来住院，你就是十足的神经病。

我意识到陈骁可能会有好的创意，我说，让我住院也行，你得告诉我为什么，我不能被你蒙在鼓里。

159

陈骁说，这件事情对你对我都是好事。首先说你，你还记得前年在饲料房里我对你说的话吧，我们军队也要实行高考了，你现在是一个班长，是干部苗子，但是你才当两年兵，不可能马上提干，所以你要有参加军队高考的准备。你在连队，天天打扫卫生迎来送往，哪有时间复习？来吧，我来帮你。

我说哪有这样当连长的，鼓动手下装病住院，前所未有。

陈骁笑笑说，非凡之人做非凡之事。现在是和平时期，连队有什么事？都是鸡毛蒜皮婆婆妈妈，你我何必混天度日？那些平庸的事情，让那些平庸的人去做吧。

我说好，这对我确实是好事。再说你，我来住院对你有什么好处？

陈骁向对面的铺位努努嘴说，喏，他妈的整个一个榆木疙瘩，石磙都轧不出个屁来，除了说吃了，啥也不会。我憋得慌，想让你来陪陪我。

我明白了。我说连长你真是太会打如意算盘了，你让我这个假病号来伺候你，来当你的听众，当你的通信员，当你的陪衬人，当你的狗腿子。

陈骁说，随便你怎么想，现在我只是建议。

我回到连队之后，坐在铺边的小马扎上想了半个多小时。老实说，我并不在乎伺候陈骁，而且我非常愿意单独跟他在一起，尽管他对我忽冷忽热。再说，陈骁的想法也确实有为我考虑的一面，我不能忘记当初在饲料房里他对我说的那些掏心掏肺的话。

我想起了耿尚勤，想起了耿尚勤，我就拿定主意了，我要把陈骁的那间病房变成我们的饲料房，我要让过去的岁月倒流回来。

三

第三天上午，我就拎着简易背囊，在副班长刘燕斌的护送下，住进了103医院。至于我是怎样把腿重新弄伤的，怎样糊弄师医院的医生的，怎样开出住院介绍信的，陈骁又是怎样成功地移花接木将原先的病友赶走，从而让我顺利地进入307病房的，当然有很多技巧，要知道我们是特务连的人啊。这些都是军事秘密，恕不外传。

我住进103医院之后，很快就发现情况不妙，因为苏晓杭出现了。

什么叫坏事也可以变好事？陈骁现在就有幸尝到这个辩证法的甜头了。

我不知道陈骁那次在师医院的西门口，在海滑的东门口见着苏晓杭之后，他们又暗中交往了几次，反正我在103医院307病房见到苏晓杭的时候，她同陈骁的关系已经想当自然了，想当熟络了。

因为海滑留守处的事情不多，又因为陈骁的雪上加霜那一跤与苏晓杭有点关系，所以她就有了借口，从我进驻103医院的第三天开始，她几乎每隔一天就请假到103医院陪伴陈骁。

以后苏晓杭取笑陈骁说，你这个人也许是个可以造就的特务头子，可是跟女孩子斗心眼，你差远了。苏晓杭说，她那天跟陈骁说上两句话，就知道他很在乎她，而且好像在乎还不止一天两天了，可他偏偏要假装矜持，故意把她的名字说得吞吞吐吐，好像他不在意她似的，其实是欲盖弥彰。

陈骁说，那你就是自作多情了，我这个人高度理智，不会浅薄到一见钟情。

苏晓杭说，还狡辩！我刚说了个王晓华，你马上就找不着北，一跤摔到103来了。我就是要提到王晓华，就是要让你吃醋。吃醋是检验男人情感的最好的试金石。不过，你那个醋吃得好暴露，好没风度，好没道理。

陈骁被她讲得无地自容，强词夺理说，谁吃醋啦？我只是觉得你挺无知，挺容易被蛊惑的。就王晓华那两下子，嗨，不是吹的，我可以给他辅导高中数理化你信不信？

苏晓杭就笑，看不出是信还是不信，但能看出来跟陈骁在一起她很快乐，无论是她戏弄陈骁还是陈骁吹牛，她都很快活。

陈骁很爱看苏晓杭笑，是那种俏皮的笑，舒展的笑，但又是纯洁的笑，健康的笑。

不光是陈骁爱看苏晓杭笑，我也爱看。

你能想象那段日子我是怎么过来的吗？用水深火热度日如年来形容，基本上是事实。我百分之百中了陈骁的奸计了。

自从住进103医院之后，从理论上讲我是陈骁的病友，在吃病号饭、按病号规格作息等方面，我和他是平等待遇。但实际上，我是他的勤务员、通信员、警卫员、陪练员兼侦察员。

只要医生、护士离开病房，他就会指挥我干这干那。他嫌窗户开得太小，我就得去开大；他嫌外面鸟儿叫得太吵，我又得去把窗子关小；他嫌病房空气干燥，我就得拎着拖把拖地。

拖地我不怕，我最难受的是，出去涮拖把的时候，要经过护士站，这样我就必须装出一瘸一拐的样子，而且还不能装得过分，装得不像不行，装得太像了也不行，装得太像了护士就会吆喝我回病房躺着，甚至有可能叫医生来给我检查。

每次接受医生检查的时候，我就像被上了刑，就像被上了老虎凳，我会哎呀哎呀地喊疼，真的很疼，腿上的疼是假的或者说是半真半假的，我心里的疼痛却是真的。

为什么说我还兼着侦察员呢？苏晓杭第一次到病房来的时候，不仅是我从医院的后门领进来的，还是我从病房大楼的地下通道领上病房的，因为那天不是探视日。

现在我给你从头说起。

那天是个晴天。我一条腿长一条腿短，按照约定的时间到达约定的地点——这个约定也是我偷偷地死皮赖脸地跑到医院大门口打的电话——等待苏晓杭的到来。苏晓杭倒是很准时，她一准时我就知道她对陈骁已经非常在意了。准时来到医院后门口的苏晓杭按照事先约定的接头暗号，左手没戴手套，拎着一捆书，右手举着一束鲜花，亭亭玉立地向我走来。其实不用接头暗号我也能认得出来，但是我在电话里一再强调她不要忘记接头暗号。

我接上苏晓杭之后，她冲我嫣然一笑，说了声，怎么跟做地下工作似的？

我接过她手中的书说，我们就是做地下工作，医院管得太紧。

然后就走，我在前她在后。路上她问我，你也是伤员吗？

我说你看我像吗？

她说我看你很像。

她一说我像，我就更像了，瘸得更厉害了，以至于她的心中大为不忍。走到地下通道里，她说，小牟我们慢点吧，别把伤口弄开了。

我停住步子说，你在前面走，一直走下去，见到楼梯就上。

然后她就走在了前面。

说真的，苏晓杭走路的样子真的很好看，她穿着海军的白衬衣，肯定是修改过的，线条优美，走起路来，胳膊甩得幅度不大，两眼平视不翘下巴。我心里想，这样的女孩真漂亮，就是跟我梦中的"小花"相比，也是各有千秋。

想到了"小花"，我就有些自卑。陈骁是我的连长，苏晓杭那时候大约也是连级干部，只有我这个瘸腿小牟，在他们中间当狗腿子跑龙套。眼看着一对旗鼓相当的情侣上演精彩的地下工作，还有我这个雄心勃勃而地位低下的家伙替他们保驾护航，烘托他们把恋爱谈得耀武扬威，我的心里真是有种难以说清的滋味。有一阵子看着苏晓杭轻盈的步子，我甚至想，她要是看不上陈骁就好了，等我几年，等我当上军官，当上连长或者团长，我也跟她约会一次或者一辈子。

我的这个稍纵即逝的私心杂念苏晓杭当然不知道。

走了一会儿，她突然停住步子，扭过头来看我，她说你怎么样啊，要不要息一下？

我没有防备她会关心我，我赶紧往前跨了几步说，没关系，我好着呢。

她惊讶地看着我说，啊，原来你的腿是好的。

我明白大意失荆州了，马上左腿长右腿短地又蹦跶几步说，我这腿认路，时好时坏。

她疑惑地看着我，若有所思地说，哦，原来是这样啊。

走到地下通道的楼梯口的时候，我对她说，把花给我。

她问，你要干什么？

我说，上去之后还要经过七个病房，左边三个，右边四个，如果里面有医生护士查房，一看见你手捧鲜花，马上就知道你是来探视的，我们就暴露了。

苏晓杭想了想说，那花怎么办？

我说你放心，我们特务连训练有素，早有安排。

我在楼梯拐弯的地方，掏出一根铁钉，像钥匙那样顺理成章地打开一个永固牌的大铁锁，拉开暗门，那是当初建这幢楼的时候安装暖气留下的备用出入口。我把鲜花放在里面，又从里面取出一件白大褂、护士帽、大口罩。

我在做这些事情的时候，苏晓杭起先兴致盎然地看着我，后来就收敛了笑容说，你这是干什么？

我说，这是纪律，我得遵守医院的纪律。

苏晓杭问，这是你们连长让你这么做的吗？

我说你也太小看我的素质了，这些起码的工作还要我们连长交代？我们连长只交代，把苏同志顺利地领进来就行了，剩下的事情全由我来想办法了。

苏晓杭说，你是想让我穿上白大褂化装进去？

我说入乡随俗。

苏晓杭笑了，然后轻轻地摇摇头，用无奈的口气说，好吧，就听你的。我本来是光明正大来的，让你这么一折腾，反而心虚了。

我说习惯了就好了，来日方长，这是为了更好地开展我们的，不，更好地开展你们的地下工作。

我当然还得瘸着走路，我一瘸一拐地领着苏晓杭到了 307 病房门前，把虚掩着的门打开，我们的连长正在里面探头探脑。我向他笑了一下，又向苏晓杭笑了一笑，做了个请的手势。

苏晓杭刚进门，我们的连长就扑了过来——我用"扑"字来形容我们连长的丑态一点儿也不过分，因为他的腿伤是真的，他是单腿跳过来的，抓住苏晓杭的手，顺势就把苏晓杭抱在——不，应该说是半拥半抱在怀里，更确切地说，他是顺势靠在苏晓杭的身上。

苏晓杭有点发窘，情不自禁地回头看着我。

我倒是无所谓，我一脚门里，一脚门外，我向陈骁递了个坏笑，就很懂事地退出门外。我没有把门关上，我相信这个工作会由我们连长亲自下手。

到此为止，我的任务还没有完成，我还得在门外溜达，就像电影里秘密联络点外面的修鞋匠或者卖香烟的小贩。

这两天我已经把医生和护士查房的规律研究透了，从上午十点钟到下午三点钟，他们一般不到病房来。中午有一次量体温送药，应该在十一点半，前后误差不会超过三分钟，而且顺序是从322病房那边过来，等他们到了312病房，苏晓杭再撤也来得及，当然还是从东边的地下通道，跟送药的护士背道而驰。

从这些细节上你可以看得出来，我对于我们连长是何等的忠心耿耿，何等的死心塌地，何等的无微不至。可是我们连长对我怎样呢，渐渐地你就会知道。

四

老话说，智者千虑，必有一失，这话太对了。

像我这样高智商高技巧的人，也有马失前蹄的时候。苏晓杭前两次违规来探视，如此这般，滴水不漏，都很顺利，但是第三次出了点差错。这一天，在不应该出现的时候，上午十点半出现了两个查房的医生，两个年轻但是不算很漂亮的女孩子。

当时陈骁和苏晓杭正在病房里叽叽咕咕，我照例在楼道的一个角落里蹲着，密切地注视着楼道里的动静。两个穿着白大褂的女医生胸前挂着听诊器——我就是从听诊器上判断她们是医生而不是护士的——从317病房出来，然后是315、313、311，眼看就要到307了，我正想飞马通报，可是迟了，王护士长——这是我最害怕的一个人，一个精瘦的三十多岁的黄脸婆——从312病房出来了，老远看见我就问，小牟你在那里干什么？

我的右腿立即矮了下去，装着疼痛难忍的样子说，他妈的又疼起来了，可能是又发炎了。

王护士长说，你们这些兵，就会偷懒，小病大养，不参加连队工作。

我大气不敢出，仍然瘸着，但是我不敢往307病房走，我怕引狼入室，把王护士长引过去就更加麻烦。我说问题不大，我自己试着活动一下。

王护士长说，活动别过量啊，下周你就该出院了，别老占着病床。

我说好的，我一定注意。

这么一耽搁，就把大事耽搁了。好在王护士长没有往这边来，两个年轻的小军医却按部就班地过来了，进了 307 的病房，看见里面还有一个女的，迟疑了一下，还是进去了。她们没有问苏晓杭是谁，只是问陈骁的感觉怎么样，又查看了陈骁的伤口，其中一个稍微黑一点的小医生还拿着本子记录什么。

两个小军医在查看陈骁病情的时候，陈骁倒是对答如流，面不改色心不跳，落落大方。苏晓杭就不行了，局促不安，面红耳赤，似乎很紧张。直到两个小军医快要离开的时候，那个长着虎牙的稍微黑一点的丫头才看着苏晓杭说，上午不是探视时间哦，你是怎么进来的？

苏晓杭张口结舌，支支吾吾地只说了声啊。我跟在后面赶紧说，她是外二科的苏医生，陈连长的高中同学。

我之所以敢冒 103 之大不韪撒谎说苏晓杭是二外科的医生，是基于我的特务连一号班长的特殊敏感。就在两个小医生查看陈骁伤口的时候，我就琢磨开了，一是这两个小丫头面生，二是这两个小丫头不是正常查房，三是在两个小丫头查房还做记录，因此我大胆判断，她们是刚刚来到 103 医院实习的。关于这一点，我早就侦察过，因为前一天我在住院部门口黑板上看到一则通知，通知实习学员去政治处交组织关系。我本来以为我的判断十有八九正确，没想到百分之百正确。

稍微黑一点的小医生侧着脑袋打量苏晓杭，苏晓杭白大褂领口里面露出白色军装衣领，两片鲜红的领章格外鲜艳。这个小军医一笑露出俩虎牙，坏坏地一笑说，不对吧，103 医院是陆军野战医院，怎么会有海军医生呢？

他妈的！这就是我说的智者千虑，必有一失！我怎么把这一点忽视了呢？还是我们连长快速反应，哈哈一笑说，刚从海滑调来的。苏医生，你不要认为陆军军装不好看，你看这两个小妹妹，也是很俏的哦。

苏晓杭这才反应过来说，是的，我的新军装已经发了，我让人拿去改一下裤腿，太肥了。

虎牙小军医又笑了，微笑，还是坏笑，说，苏医生好讲究，你已经够漂亮的了，还想更漂亮啊，再见。

说完，招呼那个稍微白一点的小医生说，走吧。

我长长地松了一口气，苏晓杭却是一头冷汗。陈骁盘腿坐在铺上说，哈哈，今天我们上演出一出革命现代样板戏《智斗》，刁德一智斗阿庆嫂。

苏晓杭说，你们以为阿庆嫂是傻子啊，那个黑丫头，鬼着呢。

我说，管他呢，混一天算一天。

苏晓杭说，以后我还是少来，一星期来一次，按规定探视。

陈骁说，那怎么行，你难道希望我在这里憋死？

苏晓杭说，你怎么会憋死，不是还有小牟陪你吗？

陈骁不假思索地说，那是一回事吗，十个小牟也抵不上你一根手指头啊！

我一听这话真是寒心透顶，这狗日的陈连长，居然这么小看我！我绞尽脑汁、舍生忘死地帮他穿针引线站岗放哨，他居然说十个小牟抵不上苏晓杭一根手指头，这不是重女轻友是什么？你以为你是谁，老子不伺候了。

我决定寻机给他一个难堪。

陈骁继续忽视我，当着苏晓杭的面，还在居高临下地对我说，小牟，看来我们得改变战术了，打一枪换一个地方，不能守株待兔了。你明白我的意思吗？

我嘴上说我明白。心里说，我算明白你这狗日的连长是个什么玩意儿了，我是得改变战术，我得让你看看小牟也不是砖头，不能让你这么摆来摆去了。

不用说你也知道，说归说，真的让我去做让陈骁难堪的事情，那是不可能的，不仅因为他是我的连长，更因为他对我有知遇之恩，而且也就是在苏晓杭来的时候，他有点忽视我，平时他并不忽视我。其实苏晓杭并不是每天都来，更多的时候还是我们两个——怎么说呢，用相依为命来形容夸张了一点，多少也有那么点意思吧。

单独相处的时候，陈骁有时候憋不住了，也跟我说说苏晓杭。

自从我们缉毒剿匪回来，海滑的宣传队——后来一度叫文工队——就解散了，苏晓杭留在海滑留守处当干事，副连级。八十年代的年轻人像是疯了，呼呼啦啦一拥而上考大学，这股风很快就把军队掀起来了。就连我和陈骁也是一样。陈骁两年前就说过，未来的解放军，干部晋升要看学历，战士提干要有文凭，这话是有远见的。

在轰轰烈烈的高考大军里，苏晓杭也是虔诚的一员，因为她高中毕业就特招了，没上过大学。海滑没有多少事情可做，她有的是时间。她想考美术学院，专业考试有点把握，上小学的时候她就是某海军基地所在市文化宫少年美术班的尖子，而且还是以美术人才的身份特招入伍的，但是语文、数学和政治这三门课是必考的，所以也得复习。

陈骁那时候还没有顾上辅导苏晓杭的复习，他们鬼鬼祟祟的那点时间，连卿卿我我都嫌不够。但是辅导我、更多的是督促我却是千真万确的。

病房里只剩下我们两个人的时候，陈骁说，和平时期部队的那点破事，老农民都会做，我们不能浪费自己，要学会保护自己，要有做大事的追求。你看现在，有好多干部、首长乃至高级首长都是凭资历混年头上去的，他上去了，当了领导，他就要指挥你。往往是水平低的指挥水平高的，愚蠢的指挥聪明的，为什么，他愚蠢的人做不了的事情，他就需要聪明的人来做。官大一级压死人，你不想被他指挥吗，那你就要发奋图强，只有你盘踞了那个位置，才有可能聪明的指挥愚蠢的。问题是你得有那个舞台，怎么才会有呢？一步一步地来，先考学，把排长当上。

你能说陈骁这话像一个连长对他手下的班长说的吗？

看起来不像。

你能说陈骁这话没有道理吗？

我认为有道理。

在以后同陈骁相处的日子里，我越来越感觉到他是崇尚精英的，而他认为他本人就是一个精英，因此从当兵的时候开始，他就把自己当作精英培养。幸运的是，我也跟着沾光。

后来我知道了，那天反常到我们病房查房的两个丫头，果然是军医大的实习生，更为重要的是，那个稍微黑一点的虎牙女兵，竟然是我们阚副军长的小女儿阚尽染同志。

五

现在我先简单地给你介绍一下阚尽染同志。阚尽染,女,时年二十一岁,幼年为我们二十七师的著名人物,有混世魔王、活土匪、小无赖等雅号。至于说为什么会有这么多的代名词,以后我再慢慢跟你交代。

当然,在第一次见到阚尽染的时候,我并不知道她曾经劣迹斑斑,阚尽染那天穿着白大褂,戴着军帽,还是挺得体的。即便是肤色稍微黑了一点,看惯了也是很有韵味的,因为肤色稍黑而把眼睛和牙齿衬得格外明亮。

有心的读者恐怕还记得,我在前面的叙述中曾经说过,我差一点儿成了阚大门同志的女婿,就是从这里起因的。

差的那一点儿是多少呢,是两米。

以后真正跟我有瓜葛的是那天那两个女兵中的一个,但不是阚尽染,而是那个稍微白一点的安晓莘。在103野战医院实习的时候,安晓莘同阚尽染住一间宿舍,我去过那里,我以特务连一号班长的测距机一般精密的眼睛目测了一下,那间宿舍四米宽,误差不超过十二公分,两张床均为一米宽,误差不超过一公分,这样一算,两张木板床的距离应该是两米,误差不超过两公分。如果让我选择,我可以选择这张床,也可以选择那张床,但是我选择了这张床,或者说只允许我选择这张床,我和那张床的主人擦肩而过,所以说差点儿,就是这么回事。不过这是后话了。

我必须替我们连长讲一句公道话,即便是他和苏晓杭约会,也不完全让我在外面坐冷板凳,如果是正常的探视时间,陈骁就让我跟苏晓杭一起当他的听众。那段时间陈骁格外活跃,大概是受到爱情的滋润,才思敏捷,灵感泉涌。他给我和苏晓杭演讲的一个中心的主题就是,怎样把一个军官当得像个军官。

讲得激动了,陈骁挥动手臂说,战斗部队的连长应该是这样的,应该是那样的,应该是穿这样的,应该是装备那样的,应该是干这样的,应该是不干那样的……

陈骁慷慨激昂地说,苏晓杭就支起下巴听,像个学生,在他讲话的间隙，就拿起铅笔刷刷画上几笔，他开讲了，她又接着听。

我呢，装傻，傻笑，做津津有味状。我不想当那个电灯泡，但是陈骁想发表重要观点的时候，他就非拉着我当听众不可。陈骁说，两个人在一起是聊天，三个人在一起就是开会。我离开连队，在这里憋得要死，你就不能听我做场报告？

有一次陈骁发现苏晓杭心不在焉，很扫兴，不讲了，想下床看看苏晓杭画的是什么。苏晓杭把画板一扣，提出一个现实的问题，说，既然你觉得当连长委屈，你为什么不转业呢？

陈骁哈哈一笑说，当连长没劲，但是当团长当师长有劲，等我当了团长、师长，我可以多做好多事。

这时候苏晓杭才让陈骁看她的画，陈骁一看就咧嘴笑了，我也凑上去看，我一看也咧嘴笑了——那是一幅漫画，画面上的陈骁头大身子小，一条腿长一条腿短，屁股后面夸张地挂着一把手枪，双手拼命地往上攀登一条椅腿，椅子上写着两个字"团座"。

以后苏晓杭在私下场合——这个私下场合包括我在内，我已经荣幸地成为他们可以完全信得过的人了——就叫陈骁准将，指的不是军衔，而是准备当将军的意思。陈骁对这个称呼感到很受用，说比特务连长好听多了。

陈骁负伤住院，在我们二十七师不是什么大事，但是在我们特务连却是大事。这期间，连队首长和排长们都跟我联系，要来看望连长，均遭婉言谢绝。我还兼着陈骁的秘书，负责他的外事活动。

但是王晓华还是来了。

当王晓华得知陈骁骑车摔伤，而且是带着苏晓杭一起摔伤的消息，他就明白了，苏晓杭那里，再也没有他什么事了，连辩证法也不用他辅导了，即便苏晓杭确实需要，陈骁也会阻挠。

对于这个问题，我一直认为王晓华自不量力。别的不说，就他那个子，也太低了一点。我甚至觉得，如果让我和王晓华一起去追求苏晓杭，苏晓杭恐怕会选择我而拒绝王晓华，尽管他是官而我是兵。事实上王晓华同苏晓杭也确实没有什么瓜葛，无非就是认识。就算有点什么事，也是王晓华单相思，属于暗恋范畴，如此而已。

那天王晓华去探视陈骁，苏晓杭也在。王晓华没有感到意外，稍稍有点尴尬而已。苏晓杭说，王教官啊，你害得我好苦，辅导辩证法也没有辅导成，撞上你们这个霸道的连长，摔伤了还赖上我了。

王晓华心里冷笑——这真是欲盖弥彰得便宜卖乖。但是王晓华脸上的笑容是正常的。王晓华说，这也符合辩证规律啊，坏事也可以变成好事啊。我看现在这光景，事情已经从一个方面向另一个方面转化了。

苏晓杭说，王教官到底水平高，融会贯通。

陈骁哈哈大笑说，实践再一次证明，王副指导员的辩证法是放之四海皆准的真理，在一定的条件下，坏事确实可以变好事，我这是因祸得福啊，天天睡大觉，不用到大街上扫马路了。

那时候搞军民共建精神文明，部队有大半时间在为驻地做好事。

王晓华心里说，未必，塞翁失马，安之非福，天上掉馅饼，又安之非祸，弄巧成拙也符合辩证法精神啊！但王晓华没把话说出来，斗嘴皮子他不是陈骁的对手。

那天我不在场，更多的情况我不了解，但是自从王晓华来过之后，陈骁突然有几天精神状态很差，有时候会看着窗外发怔，而且让我给苏晓杭打电话，这几天暂时不要来。

后来我才知道，陈骁那几天情绪低落，是因为耿尚勤。王晓华给他带来了耿尚勤的最新消息。

六

现在我要讲讲我的爱情故事了。

众所周知，我和安晓莘初次认识纯属偶然，再次认识还是偶然。

那次她和阚尽染查房，遇到苏晓杭非法探视，虽然我们东拉西扯弄出个"苏医生"，但是人家并不相信，只不过没有点破而已。那时候她们才是实习军医，再说违规探视也不是什么大事，不是反革命也不是贪污腐化，没必要较这个真。

在那段难忘的日子里，我尽心尽力地为陈骁当狗腿子，滋味确实不好受，经常担惊受怕，也经常有屈辱感。

自从知道那个虎牙女兵是阚尽染，是我们阚副军长的小女儿之后，不知道为什么，我反而希望她们再来查房，再搞我们几次突然袭击。我后来设想了很多场景，也设想了很多方案，随时准备在她们搞突然袭击的时候露一手，显示特务连一号班长的大智大勇，哪怕小智小勇也行。但是她们后来很少出面了。

只有一次，星期天，是个正常探视日，苏晓杭和陈骁在病房里半真半假地复习，我没有地方可去，便在住院部后面的花园里溜达，正好被安晓莘看见。安晓莘怀里抱着一台机器，很吃力的样子，看见我后问，你怎么在这里闲逛？

我说我晒晒太阳，老在病房里待着，身上都快长霉了。

她说你的腿怎么样了？

我说我的腿时好时坏。

她说那现在是好是坏？

我说现在是好的，你要不要我帮忙？我说这话的时候存了一个私心，因为我感觉安晓莘老是同阚尽染在一起，我帮她的忙，就有可能见到阚尽染。

她说行啊，咱俩抬吧，别累坏了你的腿。

接过她手里的机器我才发现，那玩意儿不到十斤重，对于我这样一个外弱内强的假病号来说，简直不费吹灰之力。我尽管还是瘸着腿，但是一高一低走得很快，她空着手还气喘吁吁。到了她们宿舍门口，她说交给我吧，这里是"女儿楼"，都是单身女兵，不让男兵进来。

没有办法，我只好把机器交给她，她说声谢谢就抱起机器走了。我退后几步，站在"女儿楼"门前的一片草坪上，看着这座六层高的白色建筑，怅然若失。要知道，那年我正是二十一岁的年纪，正是荷尔蒙分泌的旺盛时期，望着"女儿楼"众多的窗户和窗户里隐隐约约花花绿绿的衣架，我的内心浮想联翩，想象是非常丰富的，内心既充满了好奇，也充满了渴望。

我认为，所谓的爱情，没有性爱的吸引是根本不可能的。我的这个看法，过去如此，今天坚持，将来继续。当然，从那种众说纷纭似是而非的爱情，到生儿育女家长里短的婚姻，多年磨合，相濡以沫，最后产生感情，相依为命，那是另一回事，那是要经过岁月锤炼的——这是后话了。那时候我不可能想这么多，我就是觉得吸引，就是觉得渴望。是什么吸引了我，我半是明白半糊涂，但是我渴望什么却是一清二楚。

那天我在"女儿楼"前面踯躅了很长时间，最后驱赶我离开的，还是那句话，临渊羡鱼，不如退而结网。

就在我离开草坪，准备回病房大楼的时候，从"女儿楼"里出来一个人，蹦蹦跳跳的，额头上汗涔涔的，走近了我心里一喜，原来是阚尽染。阚尽染一见到我就打招呼，牟卜，你还没走啊！

我说没有啊，我在晒太阳，这里的太阳比病房大楼的太阳暖和。

阚尽染说，别在这里东张西望，让看门的老太婆看见，会说你思想意识不好。

我知道思想意识不好是什么意思，就是"耍流氓"的另一种说法。我生气地说，岂有此理，我溜达溜达就思想意识不好啦，你们这里难道是核试验基地，是绝密单位？

阚尽染虎牙一呲说，差不多。别说你们烦，我们也烦，管得太严，看得太死。哎，你不是特务连的吗？

我说是啊。

阚尽染说，那你会不会修理收音机？

我说我不仅会修收音机，我还会修飞机。

阚尽染说，吹牛！不过你可以试试，原理都是差不多的，你会摆弄电台吗？

我说特务连的一号班长怎么不会摆弄电台呢，你把电台扔进水里我都能接收信号。

阚尽染不笑了，很认真地看了我一眼，然后脑袋一甩，脑后的马尾巴跳到肩上，那个动作很好看。阚尽染手一挥说，跟我来。

我说我为什么要跟你去，难道我想让看门的老太婆骂我思想意识不好吗？

阚尽染说，她这会儿不在门房，赶紧走。

我跟着阚尽染，心里扑扑地跳着，再也不瘸了，健步如飞，一口气爬到四楼，穿过一片花枝招展的晒衣房，穿过半条黑乎乎的过道，到了一个房间，进门一看，里面乱七八糟地堆放一些包装盒之类的东西。安晓莘看见我进来，惊讶地问阚尽染，你怎么把他带进来了？

阚尽染说，让他试试，比找严技师保密。

这时候我才知道，我帮安晓莘抱进来的是一个叫作放像机的东西。那时候这东西极其稀罕，是阚尽染的哥哥阚万山从南方搞来的，基层干部和学员不仅不允许购买，看看都是违纪的，所以阚尽染说要保密。

我一看这玩意儿就傻眼了，这东西我别说摆弄了，过去连见都没有见过。更糟糕的是，说明书还是英文。可是骑虎难下，我只得硬着头皮骑下去了。我说情况很复杂，这东西技术性很强，不过，世上无难事，只怕有心人，我来试试。

安晓莘不放心地说，你可别胡来啊，这东西很贵重的。

阚尽染说，嗨，没关系，你大胆地试，弄坏了扔了。

后来的详细情况我就不介绍了。我懂得一点无线电原理，阚尽染放过电影，安晓莘英语功底好一点，我们三个臭皮匠等于半个诸葛亮，七鼓八捣，还终于把像放出来了。

阚尽染拿出一盒录像带，把像放出来之后我吓得差点儿没有翻一跟头。后来我知道那是《007在牙买加》，有三四个美女穿着三点式，袒胸露臂，不，简直就是没有穿衣服。安晓莘大约也觉得心慌，尖叫一声，来不及找开关，扑哧一下把电源拔了。惹得阚尽染嗷嗷叫说，干什么干什么，见着鬼了吗？这是健康影片，北京上海都是公开放映的，真他妈的农民！

以后在跟陈骁聊天的时候，我一得意就说漏嘴了，把这件事情跟陈骁说了。

陈骁说，《007在牙买加》好啊，我早就想看这部电影了。牟卜你要打进敌人，不，打进阚尽染和安晓莘的内部，争取跟她们成为铁哥们儿。

我说干什么，你这个连长真是当得不正常，你就不怕我犯错误？

陈骁说，你？你犯什么错误？你想当耿尚勤，还没有那个条件。你跟她们把关系搞好，争取她们的好感，争取她们的信任。等我出院了，你想办法把她们那套家伙借出来，拿到我们特务连放。

我说为什么？

陈骁说，不为什么，《007 在牙买加》就是特务连的故事。不过也不全是，有点像吧。

我说那里面有好多光屁股女人，我们特务连看，那团里还不把我们关起来？

陈骁不屑地看了我一眼说，什么光屁股，人家都穿游泳衣。你要是到过上海你就知道了，游泳池里的女人都是那样穿的。

我说好，那我以后多跟她们套近乎，我要是出了事情，你这个连长可得给我兜着。

陈骁说，就怕你想出事还出不了，你跟谁出事啊？

我以后果然向阚尽染和安晓莘又暗送了几次秋波，但是她们完全没有把我当回事，我再也没能到"女儿楼"去过，因为不久之后我就被王护士长撵出院了。

七

我记得有一次是个晚上，苏晓杭提前没打招呼就突然来了，还背着一个军用挎包，鼓鼓囊囊的。她来了之后陈骁就挤眉弄眼地授意我赶快滚蛋，出去望风。我出门的时候陈骁指指电灯——这是我们两个约好的暗号，电灯关了，就说明苏晓杭离开了，我就可以堂而皇之地归队了。

那天晚上我在住院部的楼道里，在住院部楼下南边的广场上，在住院部楼下北边的小花园里，在医院大礼堂的前门口，在通往"女儿楼"的林荫小道上，就那么一瘸一拐地溜达。要知道，那可不是散步，只要遇到人，我就得装着两只腿长短不一。而且我还不能在一个地方老是溜达，也不能在大家经常出入的地段溜达，我得尽量地避开人们的注意，就像一只蝙蝠。

我溜达着，想象着陈骁和苏晓杭之间可能会发生的事情——不知道为什么，那时候我的脑子里经常旋转一些难以启齿的想法，总觉得他们会这样，总觉得他们会那样。我记得有一次我无意中看见他们缠绵的一幕，两个人不知道因为什么激动了，抱在一起，好像还抱得很紧。苏晓杭吻着陈骁喊他准将，她说我的准将啊，你可真粗鲁，你快把我的心脏挤碎了。陈

175

骁喊苏晓杭军港，他捏着她的鼻子说，你就是我的军港，我这艘军舰，只能在你的港湾停泊。

自从窥见了这一幕，一方面我觉得很惭愧，有点龌龊，另一方面我又非常希望能够再看见这样的镜头，我甚至想象过苏晓杭的裸体，想象我看见了她那神秘的胸部。有时候我想得入神了，想得身体都跟着变化起来了。我觉得自己很可耻，对不起我们的连长。可是每次自责之后，并不能使我高尚起来纯洁起来，该想和不该想的时候我照样想。

公正地说，苏晓杭不是一个做作的人，而是一个落落大方的人，在有些方面甚至是一个大大咧咧的人，她基本上不把我当外人，这一点使我既感到亲切又感到悲哀。她不把我当外人无外乎有两个原因，一是她年龄比我略大，兵龄比我早；二是因为我是陈骁的业余马仔，是狗腿子。

我们的地下工作刚刚启动不久，有一次她到医院来，因为陈骁那天刚刚换药，不敢开电风扇，屋里很热，她居然当着我和陈骁的面脱下了军外衣。我想她一定早就当着陈骁的面了，但是当着我的面还是使我受宠若惊并且耳热心跳的。

苏晓杭脱下军外衣之后，里面只有一件很薄的短袖海魂衫。海滑的女兵穿海魂衫天经地义，就是上大街也不碍观瞻，关键是她那一脱。她脱军装的姿势很优雅，有一瞬间她的胸部刷地一下向前挺出老远，就在这一瞬间我向她瞥了一眼——天地良心，我不是故意的，她离我那么近，她是那样的旁若无人，就像我这个人压根儿就不存在似的。可我是个大活人，是个实实在在的二十岁出头的脸上长着青春痘的男人，我想不瞥那一眼已经来不及了，我想把我的目光收回来已经不可能了，那一瞥把我的眼睛都瞥直了。就在这时候我看见陈骁正在恶狠狠地瞪着我，我赶紧装着若无其事，装着忙这忙那，然后落荒而逃。我跑到外面，又惶惶地下楼，并且在小花园里转悠了好几圈才想起来那天忘记装瘸了，想起了的时候已经用不着装瘸了。

那天晚上其实没有什么故事，我一个人把医院里但凡隐蔽的地方，但凡不被人注意的角落都溜达遍了。在"女儿楼"南边的草坪上，我溜达的时间最长，长达半小时之久。我甚至幻想，阚尽染或者安晓莘会从"女儿楼"里走出来，偷偷地把我带进她们的房间。至于带到她们的房间里干什么，我没有多想，反正比我孑然一身地流浪要好。可是没有，她们一直没有露面，而我也不敢在那块是非之地久留。

后来天黑了，再后来下起了小雨，再后来小雨变成了中雨。我躲在住院部南门楼下的小花园里，坐在那个蘑菇状的遮阳亭里，眺望我们的307病房，心中无比辛酸。

我心里想，你们只顾自己亲嘴拥抱，你们倒是舒服了，可是你们怎么就不替我想一想？我一个人在这雨地里，在这阴森森的小花园里，饥寒交迫，你们知道这是什么滋味吗？

他们会干些什么呢？

这个问题我不能想，一想这个问题我的思想就会朝着一个不太健康的方向发展。我竭力地提升我的趣味，我想我要当一个高级趣味的人，一个纯粹的人，一个有益于人民也有益于我和陈骁的团结的人。我想起了苏晓杭的那个鼓鼓囊囊的挎包，那里面也许是食物，也许她和陈骁正在啃着烧鸡。也许那里面是衣服，也许她正欣赏着陈骁身穿便衣的样子。或许那里面装的是她的连衣裙，她此刻正在向陈骁展示她的翩翩舞姿……

这些关我什么事呢？关我屁事！

众所周知，我这个人是一个很务实的人，我在年纪很轻的时候就知道自知之明的重要性。每当我遇到不得意的时候，每当我快要自卑的时候，我就会想起那句使我终身受益的话：临渊羡鱼，不如退而结网。

我担心雨会越下越大，雨越下大我就越麻烦，雨下大了苏晓杭走不掉了，咋办呢，她住在哪里呢？

后来真的电闪雷鸣，真的下起了滂沱大雨。我知道我完了，我不能埋怨他们了，苏晓杭就是要离开，我也不忍心让她离开，这么大的雨，我宁肯把自己浇成落汤鸡，也不能把苏晓杭浇成落汤鸡。我产生这样大公无私的想法绝不是为了陈骁，也不是为了苏晓杭，我这是为我自己。

有了这样舍己为人的想法，我的心情就平静下来了，我靠在蘑菇亭的柱子上，风声、雨声、心跳声，还有树叶发出的哗哗的声音，声声动听。后来我闭上了眼睛，再后来我就看见从住院部小花园的门口走进来一个人，撑着一把碎花阳伞，走到我的面前，她说，这不是牟卜吗，怎么在这里睡着了？可别感冒啊！

我微微眯缝起眼睛，我看清了这个人是苏晓杭。

跟在他后面的那个人当然是陈骁。陈骁说，这小子，让他站岗他居然跑到这里睡觉，回去我要处分他。

我听见苏晓杭说，这孩子挺老实的，也挺可怜的，把他叫醒，回病房睡觉吧。

陈骁说，病房里只有两张床，没办法睡，就让他在这里将就吧。这小子皮实，冻不坏的。

苏晓杭说，你这个连长太不关心战士了，尊干爱兵做得有差距哦。

陈骁说，那就听你的，把他叫醒，让他睡地铺。

然后他们就叫我。苏晓杭的声音很轻很轻，我假装熟睡，并且还打了一个呼噜。

陈骁说，这小子睡得正香，别叫醒他了，不然他不高兴。

苏晓杭说，那就算了。然后她脱下她的军装——白色的海军女兵军装，轻轻地盖在我的身上，再然后她就穿着那件海魂衫步履轻盈地走了。

我好感动啊，那天我真的对苏晓杭一点亵渎的念头都没有了，等他们走了之后，我像个孩子一样把我的脸贴在她的军装上，贴在她衣领上那片鲜红的领章上，泪水顺着我的脸颊流了下来。

最后我醒了——真正的醒了。我醒了之后才发现，雨停了，而我们307病房的灯光也灭了。

我伸了个懒腰，打了个哈欠，两条腿整齐划一地回到病房，推开虚掩的房门，在黑暗中摸索。正准备脱衣上床，陈骁翻过身说，怎么现在才回来，你到哪里鬼混去了，难道真的去了"女儿楼"？我可告诉你，那不是你去的地方，让人把你当贼抓住，我可不去领人。

我没好气地说，你还好意思说，你们倒是浪漫啊，让我在外面淋雨，而且一淋就是五个小时。

陈骁一骨碌从床上坐起来，披头散发地说，你是怎么搞的，苏晓杭七点半就走了，总共待了不到半小时，她是晚上八点二十分的火车回南京，你小子居然十二点才回来。

我说那你为什么不给我发信号？

　　陈骁说，他妈的我从七点半开始，关了三次灯，每次五分钟，你小子眼睛长到裤裆里去啦？

　　我说我他妈的是眼睛长到裤裆里去了，我还以为你们要练习什么动作呢，我出门一个小时以后才开始看窗户。

八

　　我从 103 医院出院不久，陈骁也出院了。其实按照医生的要求，陈骁还得住上一阵子，但是陈骁坚决不住了，一方面连队确实有事，另一方面，不客气地说，没有我这个狗腿子跑前跑后地伺候，他住院也不舒坦。

　　所谓连队有事，其实也不是什么大事。按照陈骁的说法，只要不是战争爆发或者抗灾抢险，其他事都是小事，都不影响他住院。但是，这一次他还是住不下去了，吵吵嚷嚷地回到了连队。

　　后来才知道，我们一团来了一个小小的工作组，其实就是军区指挥学校的三个教员，职务最高的就是个副团级干部。工作组在一团的主要任务是研究实战战例，各个时期的都研究，进行分析比较，探索未来战争陆战趋势，为教学提供新的思路。这个工作组不像各级首长机关工作组，掌握着部队荣辱成败和干部进退去留的大权，基本上是学术型的，但是陈骁却异乎寻常地重视，回到部队之后就向团里打听工作组的行动计划，并且主动要求工作组多到特务连走走看看。

　　我不知道私下里陈骁做了什么动作，但是在他回来之后，工作组果然到特务连住了几天，而且那几天阚副军长也回来了，阚副军长人住在团里，活动则几乎全在特务连。

　　陈骁亲自指挥，让我们把特务连的荣誉室和图书室腾出来，既是工作组的卧室，又是他们的办公室。

　　那几天我们特务连空前热闹，白天陈骁让我们把连队拉出去摸爬滚打，他自己则同工作组混在一起，躲在荣誉室和图书室里，摆弄那些已经过去的战例，还搞得有点神秘。以至于王晓华发牢骚说，陈骁这小子，八成又在沽名钓誉，想一鸣惊人啊！

　　我不知道王晓华说的是什么意思，但我反感王晓华的态度。

179

后来我听说，陈骁向院校工作组提议，以我们特务连历史沿革为基础，把过去的战例拿出来解剖麻雀，分析陆军尤其是步兵战术。对于陈骁的想法，我们的阚副军长是持支持态度的，因为我们特务连战绩赫赫，而且那些赫赫战绩多数同阚副军长有关，多数都是成功的典范。所以说，工作组到我们特务连开展调研工作，是从战例分析入手的，但是他们没有想到会钻进陈骁的圈套。

那天是个座谈会，阚副军长也参加了，陈骁蓄谋已久地给院校工作组出了个难题。

首先，陈骁举出了几个战例，证实在陆战中特种兵的威力。他引经据典，举出了在古代战争中，但凡成功的战例，多数是特种兵在起决定性的作用，譬如明朝刘基提出的，行兵之法，斥候为先，实际上就是说，在诸多兵种中，侦察兵的地位是第一重要的，斥候就是侦察兵，侦察兵就是今天的特种兵的前身，这与孙子说的知己知彼是一脉相承的。知己知彼，一是靠侦察兵直接获取情报，二是靠情报人员获取情报，三是靠特殊手段传输情报。随着西方发达国家军事技术的进步，陆战兵种在很多方面都在不断地消弱，譬如常规步兵、常规骑兵、常规装甲兵，多数都已经淡出或者正在淡出。而发达国家很重视特种兵建设，譬如远程机动分队、隐身穿插分队、敌后捕俘分队、空降突袭分队等等。这些小分队人员虽少，但是装备精良，训练有素，以一当十，能够在风云变幻的未来战场上穿梭自如，也能够在执行决定性的作战任务中大显身手，达成四两拨千斤的功效。古代战争里，凡是以少胜多、化险为夷的战例，几乎无不是特种部队在起作用，世界大战中，这样的例子也是屡见不鲜。

陈骁的意思是说，在未来科技含量越来越高的战争中，大兵团人海战术可能会打成一锅粥，所以必须减少那些多余的、过时的、可能在未来战争中没有用武之地或者发挥作用很小而投入成本较大的兵种建设，集中物力和财力建设快速机动、快速展开、快速反应、快速作战的小分队，哪怕是像当年的敌后武工队和林海雪原中的特遣小分队。

陈骁阐述完自己的上述观点，工作组的人都不吭气，他们可能不认为陈骁的观点错误，但也不能说陈骁的观点就一定正确。再说这些问题也不是院校教员考虑的问题，这些问题应该由党和国家领导人以及军委来考虑。

院校工作组那位副团级组长说，我们这次来调研，就是希望基层的同志对我们的教学提出一些好的建议，以便我们改进，更加切合部队训练实际，更有针对性地指导部队训练。

谁也没想到，陈骁会在这次座谈会上说出那样一番不知天高地厚的话。陈骁说，我认为我们军队院校存在的问题，不是教学法改进的问题，而是教什么东西的问题。你天天只教我们摸爬滚打刺杀射击，你就是把我们都教成孙悟空那也没有用，孙悟空还得有唐僧支持。军队院校不能光教技术战术，军队院校同时也要作为战术和战略研究机构，院校的教员应该负起这个责任，应该大处着眼，应该远处着眼，应该应对未来战争提出的新课题，在战斗力结构上，在战斗力培养上，在战斗力使用上，敌变我变地提出新思路。

陈骁说，如果我们的院校只会教学员班战术、排战术、连营战术，教各种兵器使用，教多年一成不变的攻防原则，教多年一贯制的兵力火力配备，那我们的院校就没有必要办下去了。你们教的这些东西，我们基层干部都会。

据说陈骁说完这番话，院校工作组的同志脸色都很难看，他们没想到这个特务连长死乞白赖地把他们请到特务连来，是为了给他们难堪的。

当然，陈骁的初衷并不是给他们难堪，他以后解释说，机不可失，时不再来，他就是想通过院校工作组的同志把他的一些思考反映上去，这是他从军以来特别是参加黑三角缉毒剿匪作战以来反复思考的问题，如鲠在喉，不吐不快。倘若没有这个机会，他到哪里阐述他的高见呢？他说他曾经写过类似的文章，但是到了报刊编辑部，便都泥牛入海杳无音信了。

院校工作组的同志有些为难，他们拿不准该对陈骁的看法点头还是摇头，但是我们的阚副军长不能沉默。阚副军长坐在我们连队的会议室里，不紧不慢地吸着一只粗壮的烟斗，面无表情地看着陈骁说，陈骁啊，看不出来你这个小小的特务连长野心还不小呢，你想指导我们现行的军事教育吗？你是不是想设立一个新的黄埔军校，由你去当校长啊？你是不是想把我们的陆军都变成特务连啊？

陈骁说，报告副军长，我只是觉得，我们的军事教育要改进教学内容，不能老是搞传统研究，不能光拿孙子兵法、诸葛亮那一套来应付，要应对世界军事发展状况，尤其是未来陆战的需要，有针对性地提供新的教学内容。

阚副军长用烟斗敲敲桌子说，装备！你小子不要忘记了装备！拿什么刀砍什么柴！我们现在就是这个装备，就是这个编制，你不能崇洋媚外，不能好高骛远。

陈骁说，先有观念的更新，然后才有装备的更新！装备靠什么，靠经济实力。我并不认为我们的经济实力跟不上，恰好相反，我认为我们的经济实力相当可以，尤其是用在军事装备上的。而事实是，我们的很多经费都用在了不恰当的地方，用在了打冷兵器、热兵器和常规战争方面上了。我们不能一味地总结过去的战争胜利，跟在屁股后面沾光。而应该首先看到在应对未来战争方面的问题，迎头赶上。

阚副军长说，你以为我们现在是在开军委扩大会吗？

陈骁说，报告副军长，我认为我们现在开的座谈会，是军委扩大会的一部分。

阚副军长突然笑了，说，你小子真是不知天高地厚，不过你说的好像还真的是那么回事。我们基层官兵思考的问题，也的确应该为上层决策提供参考。

看得出来，阚副军长对于陈骁的出奇想法和做法并不反感，所以院校工作组的同志也只好应和说，基层的同志对于陆军建设有这么深层次的思考，的确出乎我们的意料，的确应该鼓励。大家都来思考未来战争，不管是真知灼见，还是片面见解，有独特性，有启发性，这总是好事。我们工作组也正需要这些高层次的见解，为我们的教学方向提供新的探索方向。

阚副军长说，很好！

可以说，阚副军长对于陈骁的唐突发难是持默许并且有点欣赏态度的，所以陈骁那几天几乎驾驭了院校工作组的调研行动。但是没过两天，陈骁就把阚副军长惹得不高兴了。

那一次是分析过去的战例，陈骁还是不厌其烦地向院校工作组强调战争中特种兵的地位和作用，他的初衷是希望由军事学院出面呼吁，裁减非战斗陆军机构，加强陆军特种作战部队建设。我们不知道他是为了拍阚副军长的马屁还是另有考虑，他选择的那个战例，还是以朝鲜战争第二次战役的松毛岭战斗为例，那是阚副军长很得意的一笔，他率领的侦察队潜入敌后，仅凭图上分析，就把敌人的炮兵阵地搞清楚了，从而保障部队打了一个精彩的围歼战。

但是七分析八分析，我们的阚副军长脸就拉长了，因为陈骁后来总结说，那是我们特务连战史上的半部杰作。

阚副军长当时没有发作，却耿耿于怀，当天晚上，又把陈骁扯到会议室，展开地图，老少二人唇枪舌剑地展开了争论。

阚副军长说，我倒是要听听，你这小子为什么说松毛岭战斗是半部杰作，你说服我了，我喊你陈老师。你说不明白，我要告你贬低罪。

陈骁说，你老人家跟我较这个劲，没有风度哦！你不能倚仗官大压制我哦。我是压制不住的哦。

阚副军长说，少他妈的给我来弯弯绕，我老人家向来以理服人。

陈骁说，好，那我们就来分析一下。

然后就摊开地图，又拿了一些茶杯、烟缸之类的作为沙盘地物地貌设施，陈骁娓娓道来——首长请看，当时我们的侦察队在获取情报、传输情报以及指示目标方面所做的努力都是无可厚非的，但是在自身兵力使用方面，却犯了一个不可低估的错误。在那场战斗中，我们的侦察分队分明已经有了确定目标位置甚至掌握敌人动态的主动权，可是这时候为什么还要把这支精锐的小分队撤离敌后呢，如果这支小分队能够在 867 高地潜伏一夜，在战斗发起之后，越过红石崖峡谷，出其不意地出现在松毛岭的反斜面，敌人的一个营就插翅难逃。而敌人逃掉的这一个营，喘息之余，就地布置在三冠庙一线，成功地掩护了美军一个连的突围。这是不是事实？

阚副军长说，这能说明什么问题呢？难道这个营是我们侦察队放走的？

陈骁说，这个战例我研究了几年，每次研究，我都痛心疾首。这是多么不该出现的错误啊，韩伪的一个营，美军的一个连，就这样因为我们的失误不翼而飞了！

阚副军长脸上的微笑消失了，他显然没有想到陈骁居然会对这个战例提出这样的疑问。要知道，松毛岭战斗一直是二十七师历史上的一个辉煌的战例，辉煌得几乎无可挑剔，它也是阚大门同志飞黄腾达快速升迁的起点，而陈骁这个小子居然肆无忌惮地说那是半部杰作，听他的口气，甚至还有功不如过的意思。这当然是阚大门同志不能接受的。

阚副军长一声冷笑说，你懂个屁！你是一厢情愿。

陈骁愣住了，没有说话。

阚副军长又说，你连屁都不懂。你他妈的是站着说话腰不疼。你以为你是谁，你以为你真的是现代诸葛亮，会神机妙算啊！你不要以为你参加过战争，你就是战争之神了。你，小小的。阚副军长说着，还伸出小拇指，向陈骁比比画了一下。

阚副军长说，松毛岭战斗，既有成熟方案在前，又有成功用兵在中，更有灵活机动在后。松毛岭战斗我方伤亡七十四人，消灭敌人四个连，你还说这样的战斗是半部杰作？

陈骁说，首长，我想斗胆问一句，你老人家难道不想消灭敌人五个连或者六个连？

阚副军长说，我他妈的想全部消灭他八个连！可是那是我说了算的吗？我又不是孙悟空！而且，我又不是那场战斗的最高指挥者，我的行动并不是我自己能决定的。

陈骁说，作为侦察队长，独当一面执行任务，首长当时是可以临机处置情况的。

阚副军长说，你小子以为我跟你一样狂妄吗，跟你一样不知天高地厚吗？我完成了侦察任务，已经功德圆满了，我能参加后面的进攻战斗，更是锦上添花。

陈骁说，所以说是半部杰作呢。战斗前一阶段，首长您作为侦察队长，率部完成任务，圆满杰出。但是后半部分，您的侦察队居然成了步兵，成了攻关夺隘的冲击分队，把特种技能混同于一般步兵，所以这后一阶段就不能算杰作。

阚副军长忍不住了，盯着陈骁，突然当胸给了陈骁一拳，小子，你他妈的以为我想把侦察队当步兵使用吗？他妈的身不由己啊，那场战斗最高的指挥官又不是我，我能决定吗？

陈骁说，那场战斗的最高指挥官是谁？

我们的阚大门同志嘿嘿一笑说，回去问你老爹！

九

三个月后，我以略高于孙山的成绩，考取了军区陆军指挥学院。苏晓杭报考了中国美术学院，没有考取。不是专业不行，是她的数学和政治成绩太差。

这次陈骁没有参加高考，他们干部高考控制得比较严格，我们连队的指导员余大同和副指导员王晓华都想上南京政治学院。团政治处只给了我们特务连一个指标，让连队党支部自己定，结果陈骁放弃了，把指标让给了余大同。据说不让也不行，因为政治处主任张震峰在连队研究之前找连队几个干部谈话，说陈骁土生土长，了解特务连。余大同初来乍到，情况不是很熟，所以陈骁同志最好还是发扬风格，留在连队主持工作，上学的机会多的是。

有了张主任的交代在先，几个干部商量的结果，自然就是余大同参加考学了。

余大同原先是政治处的副连级干事，是连队归建后从机关下来镀金的，陈骁有点看不起他，陈骁说这个人华而不实，屁本事没有，王晓华当指导员都比他强，他走了也好。陈骁这话当然不是公开说的，我是听一排长马学方说的。

我跟余大同一起到平原市参加全国统考的时候，陈骁站在连部的门口对余大同说，余指导员，好好考啊，别把指标浪费了。

余大同说，谢谢连长关心啊，你们在家辛苦了。

我因为不知道内情，傻呵呵地问陈骁说，你也准备了，为什么要放弃，你不是准将吗？

陈骁笑笑，拍了拍我的肩膀说，我跟你不一样，我是金子，可以埋在土里；你是石头，必须浮出水面。所以我可以放弃，但是你不能放弃。

陈骁这话虽然是对我说的，但是我怀疑他是说给余大同听的。余大同没有接茬，对我说，牟卜我们走吧，现在说什么都没有用。

我是接到录取通知书的那天晚上，听陈骁说起耿尚勤的往事的。

有一阵子流行一首歌，叫《十五的月亮》——十五的月亮，照在边关照在家乡，宁静的夜晚你也思念我也思念……

我和陈骁坐在紧靠海滑西部边境的赵王渡桥墩上，这里也是耿尚勤当年犯生活作风错误的策源地。宁静的夜晚，繁星满天，远处是城市的灯火，身边是潺潺流淌的漳河。夏末秋初，田野里蛙鸣虫吟。

我们也思念。我在回忆同耿尚勤共处的点点滴滴。

我记得在饲料房耿尚勤给我开小灶的那段时间里，我基本上没有见他发过火，他似乎很有耐心，从军体动作到战术动作，我做他看，看完了他讲我听，再然后他做我看，每一个要领都讲得很细。后来进入专业技能训练的阶段，就不仅是夜晚了，星期天我也会去找他。

基础训练中有一项科目是侦听，连队上大课，然后老兵新兵分组，我的一帮一、一对红的红方是我们副班长何区别，但是何区别文化程度不高，只会做不会讲，知其然，不知其所以然。我们刚开始学侦听，接触电台，就像新司机摸上汽车方向盘，不知道有多兴奋，什么都想知道，恨不得马上就能像《永不消失的电波》里面的男主角那样，能够在危急关头把情报送给党中央毛主席。但是分给我的那部710型破电台，比收音机强不到哪里去，据说是抗美援朝战争中苏联红军支援我们的，那把年纪比我还大，一会儿听见里面有人哇哇叫喊，我兴奋地说，有信号了，敌人就在我们附近。其实附近都是我们特务连的电台，跟我的电台一样破。再一会儿，电台里就没有声音了，只能听到滋滋拉拉的杂音，而且频率老是自动转移，一个上午正常训练不到一个小时。

何区别也是无计可施，反反复复就是那几句话，说是熟能生巧，艺高人胆大，行行出状元。遇到电台不响，他就说，多练练，多练练就好了。还说，你们要记住，侦察兵不是通信兵，用不着解决物理问题，会开机，会使用就行了。

我问何区别，那要是作战的时候电台不响了怎么办？

何区别说，作战的时候它不响了，那就没有办法了，我又不是修理电台的。

我很想向陈骁和王晓华告何区别的状，但是我不敢，因为王晓华本来对我就没好脸，我要是把班长和副班长一起得罪了，那我的军旅生涯就算是鸡毛炒韭菜，再也扯不清了。

自然，我还是要去请教耿尚勤。耿尚勤比何区别不知道明白多少倍，耿尚勤从710电台的性能、工作环境、气候条件等等讲起，然后上机示范操作。在耿尚勤的指导下，我学得很快，很快就能熟练调整频率，并且能够捕捉异常信号了。耿尚勤说，机器是老了一点，但基本原理是相通的，你掌握了710电台，真的打仗，给你换新装备，你很快就能适应，就是不换新装备，你把这个电台用熟了，有感情了，它照样能够帮忙。

有个星期天上午，耿尚勤说，离中午喂猪还有三个小时，你把电台背上，我带你去熟悉侦听。

那天太阳很暖和，飞机场的西边和南边就是平原市区的边缘，城市的轮廓在北方浑浊的阳光下隐隐约约，让人平添许多关于生活的想象和憧憬。休息的时候，耿尚勤双手向后枕着脑袋躺在草丛上晒太阳，我则继续鼓捣我的破电台，我反反复复地调整频率，忽然有一个优美的声音传进了我的耳膜，是那样甜美，那样轻柔，那样深情，那样悦耳。我不知道那是什么歌曲，我从来没有听到过那样入心入肺的歌声，我一下子忘记了耿尚勤，忘记了训练场，忘记了特务连。那歌唱道：你问我爱你有多深，我爱你有几分，你去看一看，你去想一想，月亮代表我的心……

我正听得起劲，耿尚勤有动静了，他仄起上体，把脑袋歪过来，很警觉地看着我问，你听的是什么？

我说不知道，很好听。

耿尚勤看了我一眼，一把薅过我头上的耳机，捂在自己的耳朵上，屏住呼吸听了一阵子，脸上的表情越来越严肃，突然他一把扔掉耳机，那表情像是扔掉了一条毒蛇，冲我大喊，调频，调频，赶快调频！

我被吓坏了，不知所措地看着他，他干脆抱起电台，把电源给关了。

我怔怔地问，怎么啦，这是什么？

耿尚勤不说话，黑着脸看我，看了一会儿就站了起来。这回我才领教耿尚勤发火的样子，他那张本来红着的脸也变黑了，粗壮的腿杆子一蹦一蹦的，操着一口叽哩嘎啦的湖北话，咆哮着骂了我一通。说是用作战电台收听广播节目是违反纪律的，要是在战场上，就是违反战场纪律，如果信号被敌人捕捉到了，目标就暴露了，而有电台的地方一般都是指挥所，把敌人的炮火引来了，那责任你能负得起吗？

这是我自从成为特务连战士有史以来见到耿尚勤发得最大的一次火。因为理亏，我没有做任何辩解。我假装真诚地向他检讨了错误，表示以后不再犯这样的错误了，请老耿同志原谅。

耿尚勤说，今天的事情就到此为止，对谁也不要说。

我说好。

以后我才知道，那天我听的是邓丽君的《月亮代表我的心》，来自美国之音。而在当时，听美国之音是犯法的，与收听敌台是同一个性质。

再过些年，我当了特务连的连长，对于电波有了充分的知识，回想那件事情，感到不可思议，因为我们那种教学用的破电台的波长只限于野战通信，一般说来是收不到美国之音的，而我们偏偏就收到了。

我后来揣摩，是什么刺激了耿尚勤呢，难道是邓丽君歌唱的内容，是那一往情深的爱情旋律触动了耿尚勤内心的伤痕，还是美国之音让他产生了恐惧？也许二者兼而有之吧。

那天晚上，我和陈骁在赵王渡桥墩上坐了很久，起先扯些不着边际的话，连队的工作、班里的情况、未来的打算，等等。后来陈骁说，知道耿尚勤的情况吗？

我说不知道。

陈骁说，大半年过去了，还是没有他的消息。

我说那就只有一个解释了，牺牲了。

陈骁说，你希望是什么结果？

我毫不含糊地说，我希望他被毒匪俘虏了，被裹挟到金三角做苦力去了，有朝一日还会回来。

陈骁没有说话，看着黑洞洞的旷野。

我说我那天看见耿尚勤交了一件东西给你。

陈骁这次没有否认，但是也没有承认。陈骁说，你很快就要住校了，有些事情是应该让你知道了。

我的心一下子提了起来。

陈骁说，当初，你下到老兵班，训练成绩不佳，找耿尚勤开小灶的事情，我全知道，可以说全程跟踪，全程关注。

我说这个情况后来我知道了，不然我就不会有那么多的方便。我在训练最跟不上的时候，你偏偏安排我去搞公差勤务，实际上就是给我机会。连队去搞助民劳动、抗洪抢险，你让我跟老兵一起看家，也是这个意思。

陈骁说，耿尚勤跟你说过这些吗？

我说没有，是我自己琢磨的。受人之滴水恩，必当涌泉相报，这个道理我明白。

陈骁说，别说得酸溜溜的，什么恩？我跟你讲，用人要知人善任，不能砖头瓦块一锅粥。你那时候个人技能是差一点，但是我看出来你有后劲，起点比较高。人往往就是这样，尺有所短，寸有所长，如果那时候老是让你在基础技能上过不了关，挫伤了积极性和自尊心，那就很难恢复元气。有个老兵也跟我说，牟卜是个有后劲的人，如果他可以在第三第四个层次有所作为，可是在第一个层次起步起不来，而被荒废了，那不是太可惜了吗，你知道这话是谁跟我说的？

我说那还用问吗，耿尚勤。

陈骁说，老耿说得有道理啊，有些人就是因为起点差了一步，结果步步差，一步之差甚至可以荒废一辈子，会从根本上改变自己的命运，所以说，每一步都是很关键的。老耿他是心里明白，可是没想到他也差了一步，他那一步差得更惨。

我说是啊，简直是天上人间。

陈骁说，你刚才问我，耿尚勤交给了我一个什么东西，我现在可以告诉你了。耿尚勤交给我的是二百六十元钱。你是知道的，耿尚勤受过处分之后，经济很困难。他曾经向我借钱，二百六十元。我没想到他会把钱攒足，那天执行任务，他已经做好牺牲的准备了，所以坚持要把钱还给我。我觉得不吉利，没有收下，你看见我们推推攘攘，就是这么回事。

我肯定地说，不是，你没有说实话，也许你说的是部分实话，那天我没有看见你推攘，你收下了，而且根据当时你的动作看，那不是钱，一定是比钱更重要的东西。

陈骁深沉地看了我一眼说，哦，你这个特务当得明白。

我说请你告诉我，到底是什么？

陈骁往前走了几步说，好吧，我告诉你，那钱我没有收下。后来耿尚勤的确又给了我另外一件东西，现在我还不能告诉你那是什么东西，我只能告诉你，那个东西是留给他的孩子的。

我差点儿没有跳起来，我惊呼道，老耿都有孩子了？

陈骁说，他认为他有孩子了。

我说，那到底有没有？

陈骁说，我也不知道。

我说，老耿到底怎么回事，是跟那个女人吗？

陈骁点点头说，是啊，他们已经是夫妻了。我们缉毒剿匪出发之前，他们就结婚了。

你能想象出来吗，听到这个消息，我是多么的惊讶！

我问陈骁，为什么，他们为什么要结婚？在那个环境里，老耿又是那种处境。

陈骁说，因为那个女人强烈要求，因为那个女人发现自己怀孕了，因为那个女人宁肯当一个二婚妇女也不想生下一个不明不白的孩子。

我沉默了。回想那个冬天，那个春节前后，耿尚勤确实反常，确实魂不守舍。有一次他甚至连续三天央求我帮他喂猪。在我们出发之前，有一段时间他住在饲料房里，会不会就是那段时间把婚结了？

我问陈骁，难道，难道他们说结婚就能结婚吗，结婚不是要经过组织批准吗？

陈骁说，当然要经过组织批准。耿尚勤手里有证明信，根据《中华人民共和国宪法》，兹同意我部志愿兵耿尚勤同志与贵单位段红瑛同志结为夫妻。中国人民解放军33998部队政治处。

我说，那这个证明信肯定是你帮他搞的。

陈骁笑笑说，我哪有那么大的本事啊，是耿尚勤自己搞的。

我说可能吗，他一个犯了错误的，连出营房大门都要请假的人，在政治处举目无亲两眼漆黑的人，他从哪里搞这个证明信？

陈骁又笑了说，亏你还是特务连的人！他是自刻公章自己伪造的证明信。

我当时全傻了，我半天都没有说出话来。

陈骁说，现在你该明白耿尚勤为什么坚决要求参加缉毒剿匪了吧，现在你该明白在黑三角环形高地那次他为什么苦苦哀求要上去吧？我跟你说，他并不希望死，他想碰运气，他想立功回来，他想当志愿兵。他要是当了志愿兵，他和段红瑛的婚姻就是弄假成真了，他对段红瑛就有交代了。他想赌一把，为了自己的前程、爱情和孩子，他铤而走险了。你说，他要是真的成功了，我是说成功之后活着回来，转个志愿兵有没有可能？

我说太有可能了，不仅是转志愿兵，就是提干都是完全有可能的。比起他的功劳，他的那点破事算得了什么啊！

陈骁说，命运啊，命运，他妈的有时候你还不得不相信，命运这东西，就是他妈的捉摸不定。

我说，那段红瑛真的怀了他的孩子吗？

陈骁说，还记得那次跟师直通信营赛球吗，结束后我没有回北兵营，我去找段红瑛了，这是我第四次去找她，她调了好几个地方，搬了两次家。那次我找到她了。她说她怀过孕不错，但是又做掉了。

我问，为什么？

陈骁说，她说她很快就知道耿尚勤的事情了，而且她也知道耿尚勤开出的那封信是假的。就算是真的，可以蒙混过关，可是耿尚勤活不见人，死不见尸，她一个刚刚参加工作的年轻女子，不知道怎么才能把孩子养活，她的父母坚决要求她把孩子做掉。

我问，那她现在跟耿尚勤是怎么回事，是有婚姻关系还是没有婚姻关系？

陈骁说，这也是段红瑛最痛苦的事情，一点头绪也没有。也许，只有时间会解决这个问题。

十

我在陆军指挥学院读的是情报专业，学制本科四年。跟我一起考进这个学校的还有张海涛。

张海涛在我们特务连，可以说是一个没有多少地方值得一说的人，不冒尖也不落后，跟领导的关系不亲近也不疏远，但是这小子关键的时候不糊涂，所谓鳖有鳖路，蛇有蛇道，不知道他用，什么招数，居然跟我们的新兵营长后来的团参谋长康必绪把关系搞得很好。他考学就是康参谋长给连队打的招呼。

军校的生活虽然紧张，但是比连队要好些，因为我们看见了，曙光就在前头，胜利在向我们招手。最初的那些课目，跟在连队差不多，我们已经得心应手了，所以说，日子还是挺轻松的。

关于祝生珉的故事，就是张海涛告诉我的。张海涛有一次对我说，你听说了吗，祝副连长真的成了阚副军长的女婿。

我说可能吗？祝副连长脑袋上的毛都快掉光了，又没有什么真本事，他一个初中毕业生，一天到晚搞发明，一事无成，阚层林会要他？

张海涛说，你这样看问题太绝对了，事情都是一分为二的。你想想啊，祝副连长是什么人？二级战斗英雄，二十七师的模范，著名的自学成才人物，前途无量。你知道吗，有风声说，祝副连长有可能直接提拔为副团长。

我说可能吗，这也太快了，像坐火箭啊。

张海涛说，确有其事。你没听说过有一个人直接从纺纱工人当了中共中央的候补委员，还有一个连长直接当了副军长。

我说那是"文革"，现在不可能了。

张海涛说，就是因为"文革"结束了，所以祝副连长不可能一下子当副军长，但是当副团长还是可以的，你说是吧？

我说我不知道。

以后从武晓庆的来信中才知道，关于祝生珉直接当副团长的消息，纯粹是以讹传讹。

真实的情况是这样的——

祝生珉死而复生之后，回到我们的驻地平原市，我们的阚副军长到我们一团来了一次，那时候我们阚副军长的夫人苏静仪还在我们师医院当院长。那次在我们的训练场，也就是海滑西边废弃的飞机场上，组织了一次军事全能大比武现场会，还举行了阅兵。因为我们参加过楚洪地区缉毒剿匪，所以平原市几个县区里的公安部门、武警部队也派人来观摩。平原市的主要领导都参加了。

我们特务连当然出尽了风头，意气风发地重新上演了当初我们在黑三角环形高地上摧毁毒匪火力点的一幕，其过程可以用两句话来概括，既是演习中的演戏，又是演戏中的演戏，半是演习半是演戏，别出心裁，别开生面。从阙总指挥下达作战命令，到团首长坐镇指挥，再到连队召开诸葛亮会，最后是祝生珉运筹帷幄，急中生智，献计献策，再最后是突击手腾飞空中，临危不惧，大智大勇，一举克服艰险，摧毁毒匪的火力点。结局可想而知，红旗招展，军号嘹亮，阙总指挥一声令下，千军万马潮水般的涌向胜利的高地。

事实上，在这次比武表演中，祝生珉并没有上场，耿尚勤更不可能上场。代替祝生珉上场的是我们团里的政治处宣传股长侯金华，因为祝生珉怯场，一听说有那么多首长来观摩，腿肚子就打颤。我们连长陈骁说，你颤个球，在黑三角环形高地那一次，你比谁都牛皮，你别怕，就按照当时的程序走就行了。当时你是怎么说的，现在你还怎么说，当时你是怎么做的，你还怎么做就行了。

祝生珉哭丧着脸说，你开什么玩笑，当时我都快死个球了，怎么说的怎么做的，我一点都记不得了，你让我演戏，还不如拿枪把我毙了。

本来我们连队的指导员王晓华提议陈骁代替祝生珉上场，一则陈骁在战斗中也有他自己的分工，二则陈骁长相高大魁梧。陈骁说，我不能上去，我要是上去，那就成了革命现代样板戏了，泰山顶上一青松，那就把真的搞成假的了。

后来我们团政委徐善笠亲自出面找了一个人选，宣传股长侯金华。此人不仅谢顶严重，眼袋也大，老气横秋的程度比祝生珉有过之而无不及。但是他会表演，他所表现的聪明才智，他所表现的临危不惧，尤其是后来在掩护突击手的时候，副连长身先士卒，挺身而出，率领三名战士边打边冲，赢得了战斗的胜利，令观众席上无不激动。

这次比武表演，不仅让平原市地方领导大开眼界，对我们二十七师一团的特务连刮目相看，也使在座的没有参加过黑三角缉毒剿匪作战的甚至曾经身临其境的同志都是倍感振奋。

平原市的市长钟立升说，好啊，这样的好同志，不仅是你们二十七师的骄傲，也是我们平原市的骄傲。家属在哪里上班？换一个好的工作，换一个轻松的工作，好好地照顾我们的祝生珉同志。

这时候我们团的徐善笠政委说，祝生珉同志还是个单身汉呢。

钟市长有点发愣，看着侯金华问，啊，这么大个年纪了，为什么还是单身汉，难道嫌我们平原市的姑娘不好？

侯金华赶紧说，不是我，我是替身演员，真正的祝生珉在那里。侯金华说着伸手一指。

我们团的徐善笠政委喝了一声，祝生珉！

祝生珉慌忙站了起来，说，到！

徐政委说，到前面来，让首长看清楚。

祝生珉东张西望，见赖不掉了，便哈着腰，鬼鬼祟祟地走上台来，不知所措地看着钟市长和徐政委。

钟市长说，我告诉你，我们平原市三百六十万人口，市区人口四十二万，未婚适龄姑娘总有个七万八万的吧，任你挑，挑中了我们市政府出面做媒。

徐善笠一听这话很高兴，赶紧说，那我代表特务连，不，我代表我们一团，不，我代表我们二十七师向钟市长表示衷心的感谢！不过，我们的祝生珉同志虽然是战斗英雄，但是自然条件差一点，有点老相，形象有点困难，好几次找对象都吹了……话到此处，徐政委突然看见坐在主席台中央的我们的阚副军长脸色难看，便打住了。

钟市长没在意徐政委的表情变化，饶有兴趣地看着祝生珉说，嗯，是老相了一点，不过也不到五十岁吧。我们的大龄姑娘多的是，三十多岁的也有，二十多岁的也行。战斗英雄嘛，最可爱的人嘛，年龄大一点有什么关系？爱情这东西，不在乎年龄大小。

我们的徐政委赶紧说，哎呀我的钟市长，祝生珉同志今年才三十一岁，离五十岁还差老远呢。他为什么老相，他这是为国防事业操劳过度啊，他是见到首长紧张啊。钟市长你要是见到他在大比武中的风采，你要是见到他在黑三角缉毒剿匪战场上叱咤风云的表现，生龙活虎，容光焕发，那就是二十岁的小伙子啊！

钟市长哈哈大笑说，好好，不管他是二十岁还是五十岁，我们都要尽快让祝生珉同志早日喜结良缘！

这件事情后来发生了戏剧性的变化。据说那天我们的阚副军长回到家里，再一次召开了家庭会，再一次重申，要树立正确的爱情观，要陶冶无产阶级的高尚情操。

我们的阚副军长说，事实再一次证明，我阚大门是有眼光的，是有远见的。我们家有个别同志，身在军队，不爱军队，头发长，见识短。长相算什么？汪精卫长相倒是不差，可是他当了汉奸。我们是唯物主义者，不能以貌取人。

我们师医院的院长说，不能以貌取人也不能攀龙附凤，男婚女嫁又不是选拔干部，战斗英雄怎么啦，难道是战斗英雄就可以随便搞拉郎配？

我们的阚副军长把桌子一拍说，你说哪个随便搞拉郎配啦，这不是在介绍吗？

我们师医院的院长说，不是已经介绍过好几次了吗，没有感情怎么结婚？

我们的阚副军长又把桌子拍了一下说，你怎么知道没有感情，他们连句话都没有说过，你怎么知道没有感情？要知道梨子的滋味，你得让他们亲口尝一尝。

我们的苏院长说，婚姻是大事，我不能让你当儿戏。

我们的阚副军长说，老苏我跟你结婚快三十年了，我这一辈子只求你一件事，让他们谈谈试试。

我们的苏院长说，老阚我们结婚快三十年了是事实，我这一辈子也只求你一件事，这件事情以后再也不要提了。

阚副军长说，包办婚姻，错失良缘，你就是千古罪人。

苏院长说，倒打一耙，无中生有！你老阚到底是什么意思，难道我们的女儿嫁不出去？

我们的阚副军长说，嫁得出去不等于嫁得正确。我没有别的意思，我坚持认为，我阚大门的女儿就应该嫁给祝生珉。

我们的苏院长说，那你跟女儿谈，她要是同意，我不反对。她要是不同意，从今往后，你就不要再提这件事情了。

就在这时候，我们阚副军长家的一扇内门打开了，我们可敬可爱的阚层林同志出现在门口，平静地看着我们的阚副军长和苏院长，说了一句话——我愿意。

阚层林的声音不大，但是老两口都听清楚了。

十一

在校期间，我和连队基本上每周通一次信，有武晓庆，有我的继任者刘燕斌，还有新兵白皙皙、秦莞术。偶尔指导员王晓华也写信来问问情况，要我们汇报思想，交代我们要为特务连争光长脸等等。

当然，我通信最多的还是陈骁。

我和陈骁通信的内容非常广泛，我向他汇报学习情况、心得体会，他向我介绍部队情况，介绍经验。每次我都要他代向苏晓杭问好，但是他绝口不提。他跟我说得最多的是他的带兵理念和对中国陆军未来前途命运的思考。

这个人就是这样，总是爱操一些没有名堂的心，好像他不是特务连的连长，至少也是个军长。所以苏晓杭说他是"准将"，从理论上讲，他是有点像"准将"——拉开架式，随时准备当将军。

陈骁在信上说，纵观世界军事格局和近年几场局部战争所呈现的形势，我们可以看出，常规战争已经面临严重的挑战，攻城略地开疆拓土已不再是战争的目的，政治目的和经济目的将更多地导致战争，这意味着什么呢？意味着战争的持续时间将越来越短，战争的幅员将越来越小。他在信里要我谈谈，我从这个现实里得到哪些启发。

我当然知道陈骁是在考我。

我给陈骁回信说，我从这个现实看到了我们特务连的希望，在那种立体的、无后方的、闪电似的战争模式里，陆军中的多数兵种都很难得到施展的机会，而我们的特务连则可以八仙过海，各显神通，无孔不入。凡是有战争的地方，就有特务连。

我的这封信很让陈骁满意，为此他不惜用了半个小时的时间，给我挂军用长途，很快活地、猛烈地表扬了我一阵，说我有很大的长进，不仅技术层次提高了，战术层次提高了，而且有了战略眼光。

我说那是啊，你教导我们说，我们特务连是干什么的，天上海里的战斗明白一半，地下的战斗全明白，人所不能我能，我们是无孔不入啊。

他说，什么叫四两拨千斤，只有我们特务连可以四两拨千斤。不过不光是我们特务连，我认为陆军要走小型化、精锐化、特种化的道路，这是未来战争对我们的要求。你现在虽然是陆军指挥学校的学员，但是不要忘记特务连，要有超前意识、前瞻意识。那些用处不大的、过时的、与未来战争实践脱节的、大而无当的学问，掌握一点，差不多就行了，不要死记硬背，不要生搬硬套，考试的时候可以发挥我们特务连的特长。

我说哪有你这样当连长的，教唆手下作弊。

他说我要你养精蓄锐，把好钢用在刀刃上，要多看外军方面的资料，尤其要关注局部战争中地面部队运用原则，了解对手，知己知彼。两相对比，找找我们的不足。我希望你的论文是谈问题的而不是拍马屁的。

我问他，你现在和苏晓杭怎么样？

他说不怎么样，我忙我的，她忙她的。

我问，你什么时候升官啊？

他说，我再等等，等你毕业了，可以接班了，我才松手，防止特务连落到庸才的手里。

后来我才知道，陈骁的爱情遇上了一点麻烦。

我考入陆军指挥学院的第二年，苏晓杭费了很大的周折，考入一家师范大学的美术系。此时陈骁仍在我们二十七师一团特务连当连长。

从某种程度上讲，陈骁其实是一个单纯的人，尽管他在战场上深思熟虑，但是在个人问题上，他却浪漫得像普希金。他做梦也没有想到，就在分别的那一年里，他和苏晓杭之间已经逐步拉开了距离。那一年，他两次请假到省城看望苏晓杭，但苏晓杭很忙，跟他在一起的时间非常有限。

屈指算来，陈骁那一茬人，转眼都是二十六七岁的人了，男婚女嫁已经摆到了议事日程了。

有一次陈骁到了省城，居然在省军区招待所住了两个晚上才见到苏晓杭。那几天他很郁闷，常常独自一人逛公园，晚上一个人在小餐馆里喝闷酒，公园逛得无精打采，小酒喝得心灰意冷，差点儿就打道回府了。后来苏晓杭来了，两个人在招待所吃了一顿饭，啃着鱼头他说，我感觉要出问题了。

苏晓杭一副不谙世事的模样，笑着问他，你觉得会出什么问题？

他说，不知道，直感不好。

苏晓杭咯咯地笑说，不就是让你等了两天吗？直感就不好啦？看过《生死恋》没有，那才叫地老天荒呢。

那次他本来很冲动，他本来想捷足先登，把苏晓杭变成他的事实上的妻子。我们可以想象得出来，在省军区招待所里，陈骁一个人住一个房间，条件非常有利。以他和苏晓杭的感情，怎么做都不过分。他们再也用不着像当年在103医院307病房那样鬼鬼祟祟了。但是我们后来知道的事实是，真正见到了苏晓杭，他反而拘谨起来，用他自己的话说，下不了手。其实我们知道，他要真的下手，苏晓杭是不会拒绝的，甚至可能还是她期待的。

就冲着这一点，陈骁失去苏晓杭就是活该。这话不是我说的，这是以后阚尽染说的。阚尽染说，陈骁这个傻逼，也许有他的可敬之处，但是并不可爱，他妈的假浪漫真古板。

我后来曾经很无耻地问过陈骁，你为什么不把她解决了呢，你解决了没有？

陈骁说，我拒绝回答。

我还是不厌其烦地叨叨，我说恋爱谈了几年，你不搞那不是傻逼吗？也许就是因为你老是不搞她，她才离开你的。哪个女人会喜欢木头呢。你执行三大纪律八项注意执行得太僵化了。

陈骁说，恋爱的时候可以缠绵，但是进入谈婚论嫁的阶段，就应该互相尊重了，最后的底线不能突破。这不是三大纪律八项注意的问题，也不是伦理道德的力量，因为我希望我们永远相敬如宾，永远是一对互相尊重的夫妻。我不能把事情弄得俗气，弄得不好收场。

苏晓杭后来遇到了一个所谓的大师，一个风流倜傥而且在美术界很有名气的年轻教授，叫章直达。苏晓杭第一学期还没有结束，就由她的老师章直达推荐，到北京一家军队文艺团体当了舞美创作员，人在就读，关系已经转到北京了。

对于苏晓杭到北京工作，陈骁的心情有点儿复杂，平心而论，他希望她回到平原市，虽说设在平原市的海军滑校留守处已经撤销，但是她可以调到二十七师，或者是军部。但苏晓杭一句话就把他问住了，我到你们师里军里能干什么？

陈骁无言以对。是啊，苏晓杭现在已经是一个颇有成就的画家了，第一个学期就办了个人画展，在省城就有美女画家之誉，而且就是因为美女画家这个头衔，使她的画作更有身价了。他的部队是野战军，女同志只能搞通信、医疗、卫生什么的，虽说军部有个业余文工队，但以苏晓杭现在的层次，那不是她待的地方。

陈骁对美女画家这个称谓很不以为然，他在电话里跟苏晓杭说了，说以后跟媒体打交道，要尽量纠正这个称谓。但苏晓杭对他的不以为然也不以为然。

苏晓杭说，又吃醋了吧？美女画家有什么不好，难道你希望他们叫我丑女画家？

陈骁的嘴巴张了几张，竟然没有反驳。

苏晓杭说，放心吧，美女也好，画家也好，都是你的。

话虽说得好听，但陈骁还是不踏实，总有一种危机感，这种危机感随着苏晓杭在报纸和电视上出现的次数越来越多而与日俱增。而且，苏晓杭毕业前夕，他要求苏晓杭回平原市北兵营来，苏晓杭说要到北京为自己的单位当几天美工，未能成行。

陈骁在我住校的第三年的年底，升任团里的作训股股长，有了一套两室一厅的营职宿舍，他让人把它粉刷了一下，想把在103医院住院的时候苏晓杭为他画的那张漫画找出来挂上，最终还是放弃了，因为那张画画着他把脚尖和胳膊拉得出奇的长，向着"团座"的交椅攀登，挂出去狼子野心就暴露了。他的意思是等苏晓杭来指导，画家嘛，布置个房子还不是轻车熟路？

作训股长本来应该是团机关最重要的一个职务，但陈骁不喜欢。部队训练还是那一套，训练大纲几年不变，变了也是隔靴搔痒，几个训练考核方案一拿，往后就有范例了。陈骁就感叹，现在的训练也太低层次了，一年拉练一次，一年一次实弹射击，如此而已。陈骁有个同年兵叫姚盛德，是个手榴弹专家，当了连长，还是把摔手榴弹当作传家宝。而陈骁怀疑，再打仗，靠摔手榴弹行吗？

苏晓杭迟迟没有来。

有天晚上陈骁同苏晓杭通了一次电话，汇报了他为他们准备的新居，并说等她来了，一定会把它布置成一个温馨的小窝，有了她，他就没有任何后顾之忧了，只要不打仗，他会把主要的精力放在她的身上，她画画，他给她做饭、洗衣、买画布。

苏晓杭在电话那头清脆地笑说，天啦，那用不了多长时间，你还得洗尿布呢。

他哈哈大笑说，只要能够扩大战果，我还怕打扫战场吗？

苏晓杭说，那还了得啊，让我们的准将当保姆，那是对祖国人民的犯罪，拿中华民族的前途命运开玩笑！

苏晓杭仍然说她暂时来不了，单位的事情完成了，她还得回学校，这个时候不好请假。

放下电话，陈骁心想，情况还是不对啊，难道敌人打进了内部？

十二

接替陈骁担任连长的是马学方。

我和陈骁从前探讨过，如果耿尚勤在黑三角环形高地任务完成之后，还活着回来，会是个什么样的情况呢？

耿尚勤给自己下了一个赌注，铤而走险地搞了个假证明同段红瑛成了事实婚姻，而参加缉毒剿匪的时候他的期望值并不高，这一点，从他伪造的证明信当中只说自己是志愿兵，而没有干脆说自己是排长或者连长，就可以看得出来，他为自己留了足够的底线。如果他在环形高地的任务完成之后活着回来，按他的功绩，至少是二等功。而除了极其意外的情况，立了二等功的人百分之九十九都提干了。马学方火线提干，在楚洪地区休整的时候就提了排长。五班长田齐只立了三等功，回到山圩农场就调到一营当了排长。我曾经的上级、炊事班长胡达成，现在是司务长，也是排级干部。后来还有一批、两批、三批，就连我一向看不起的三班副班长张宗辉都到步兵营里当了排长。同这些人相比，耿尚勤当个连长也绰绰有余。

退一步说，就算他有生活作风问题，他成了那个没有提干的百分之一，转个志愿兵总是可以的吧？

说句良心话，我们的连队，我们的团队，我们二十七师，在我看来都是富有人情味的，过去在处理耿尚勤的问题上，并没有出现"极左"的现象，就我们二十七师范围来说，并没有人为地加害于他。能够没有马上让他复员而且让他参加缉毒剿匪，就说明了这一点。虽然连队曾经一度交代要对他"注意"，但那是在特殊环境里的一种必要的防范措施。

我至今不敢肯定，就在当时的指导员黄嘉平交代我"注意"和"帮助"耿尚勤的同时，有没有交代陈骁或者王晓华"注意"和"帮助"我，有没有交代其他人"注意"和"帮助"陈骁和王晓华，有没有人交代要"注意"和"帮助"黄嘉平。

从这些事实我们可以看得出来，在我们特务连，乃至我们一团，乃至我们二十七师，并没有谁跟耿尚勤过不去，那么到底是谁造成了这个悲剧呢？

我想，只能归咎于时代了，或者归咎于社会，要不就是耿尚勤他自己活该。

而如果耿尚勤高功凯旋，即便只转一个志愿兵，那么他的所有的难题也就迎刃而解了。退一步说，换一种结果，即便他被确认牺牲了，追认为烈士，他的问题还是可以迎刃而解，段红瑛和他的婚姻可以自然解除，如果他们有了孩子，可以交给他的父母，或者交给民政部门。甚至再退一步说，哪怕他确实被毒匪俘虏了，被裹挟到金三角当了劳工，然后逃生或者作为条件交换回来了，不管他受到什么待遇，不管他们的爱情或曰婚姻能否继续下去，成与不成都是一个交代。

然而，他现在留给我们，尤其是留给他的亲人们的，是一个天大的难题。

在指挥学校就读的日子里，我有很多次想起耿尚勤。我一直想搞清楚，耿尚勤最后留给陈骁的到底是什么，是遗书，是财物，还是别的什么。遗书有可能，因为部队在进入黑三角之前，上级要求大家都写决心书、请战书之类的玩意儿，大家心照不宣，一旦谁完蛋了，这些玩意儿就是遗书。但是耿尚勤不会把组织上要求写的遗书交给陈骁，如果是，就是一份私人的遗嘱。我想也不会是财物，陈骁曾经跟我说过，耿尚勤家境困难，父母亲都是民办教师，祖母长年瘫痪在床，哥哥嫂子都是农民，温饱都解决不了，他的那点津贴费，多数是要寄回家给他祖母治病的，捉襟见肘。再说后来他同段红瑛有了那件事情，即便有一点钱，恐怕也交给段红瑛了。他还向陈骁借过二百六十元钱，陈骁没有让他还债。所以他交给陈骁的也不会是财物。

我想啊想啊，绞尽脑汁，还是想不出来他最后交给陈骁的是什么东西，最后我突然想起了一件东西——公章，也许他交给陈骁的是那枚他私刻的公章。

十三

住校学习的第二年年底，我接到武晓庆的来信，这小子提干了。

武晓庆在我考上军校不久，作为战斗骨干被选送到军区特种兵教导大队，学制一年，我还在这里挑灯苦读，他那里已经回到特务连当排长了。

虽然现在我还是个学员，拿的是战士的津贴，而武晓庆每月有了五十六元的军官薪金，但我并不眼红，我知道，真正在部队能干出一番事业的，最终是我而不是他。

众所周知，几年前我爱上了一个名叫"小花"的女人，她成了我心目中的偶像，正是她无与伦比的美丽，使我的眼界大大提高了，以至于后来连阚尽染和安晓莘都不太当回事。当然，我在青春期里有些活思想，特别是在103医院住院的时候，每周平均三次为陈骁和苏晓杭站岗放哨，想象着他们之间的种种可能，我不可能保持纯洁无邪的心态。

在后来的岁月里，我曾经一次一次地问自己，我能够娶"小花"那样的女人当老婆吗？

答案是不可能。

我曾经一次一次地问自己，我能够娶苏晓杭那样的女人当老婆吗？

答案也是不可能。

我曾经一次一次地问自己，我能够娶阚尽染那样的女人当老婆吗？

答案还是不可能。

那么剩下来只有一个选择了，我娶安晓莘当老婆是有可能的。

为什么说娶安晓莘有可能呢？因为我算了一笔账。

我是一个实事求是的人，有些事情，想想可以，讲讲也可以，但是不能去做。譬如对于"小花"，二十岁之前我信誓旦旦地要找一个像"小花"那样的女人，我感觉我的前程远大，我感觉我可能会成为众目睽睽的将军，我甚至想当外交部长或者军委副主席。我估计我要是当了外交部长或者军委副主席——哪怕只当个大军区司令也行，即使不能娶"小花"本人当老婆，但是娶一个像她那样甚至比她还要美丽的人，是完全可以做到的。

但是二十岁以后我不这么认为了，我越来越现实了。

快要从陆军指挥学校毕业的时候，我已经二十四岁了，这时候我的实际职务仍然是班长。我计算了一下，即便我是一个军事天才，是一个战术专家甚至是战略家，即便我以最快的速度晋升，也还是有麻烦。从正班级到大军区司令之间，正副阶梯共有十二级，就算我一步不落地甚至中间穿插破格提拔，平均三年一级不算慢吧，即便以这样的速度进步，越过这十二级，至少还需要三十六年，也就是说，即便我把全世界的运气都抱在怀里，等我当了大军区司令的时候，我也已经六十岁了。

我能等到六十岁，当了大军区司令之后再娶老婆吗？

不能。

我在二十四岁的时候，已经蠢蠢欲动了，已经非常渴望有一个老婆了。过了这个冬天，我就毕业了，据说我们本科生如果能够评上优秀学员，可以直接任命为副连级，这样的话，找个女朋友也就顺理成章了。

就在我对女朋友的问题开始郑重其事地考虑的时候，安晓莘出现了。

有一天早晨出操完毕，在半小时的自由活动时间里，我和张海涛踩着薄薄的冰雪，到学院西边的小山包上溜达。这座小山包被我们这批学员命名为阿尔卑斯山，言下之意我们就是率领大军远征翻越阿尔卑斯山的汉尼拔。登山中间我对着一棵小树撒尿，张海涛突然喊，快点，有情况，那边小路来人了，女的。

我赶紧收兵回营，一看，他妈的根本没有人。我骂张海涛，真他妈的操蛋，撒个尿都捣乱，你想把我憋出膀胱炎吗？

张海涛说，真他娘的奇怪啊，我明明看见有人来了，还穿着红色的羽绒服。

我不理他，准备继续完成没有完成的动作，就在这时候，我真的看见了一团红色，从半山坡往上走来。走近了，我愣住了，红色的羽绒服也愣住了。

我说这不是安晓莘吗，你怎么会出现在这里？

安晓莘说，我倒是要问你，你怎么会在这里？

我说我是陆军指挥学院的学员啊。

安晓莘说，原来如此、我是陆军指挥学院的子女啊。

这时候我才知道，安晓莘的父亲是陆军指挥学院战术系的安重伍教授。安重伍是我们学院的资深教授，是从哈尔滨军工大学毕业后又到美国和苏联留学的知识型老军人，也是我们学院的学术委员会主任委员，在军事科学界举足轻重，在我们这些学员的心目中，他的名字就像泰山一样巍峨。没想到安晓莘是他的女儿，就冲她是安教授的女儿这一点，我马上就感觉她比从前漂亮多了，眉间距好像都比过去窄了点。

我说这下好了，我有后门开了。你帮我跟你老爸说说，把我的毕业论文分打高点。

安晓莘说，那恐怕不行吧，我爸爸是正儿八经的知识分子，清高得很，原则得很。

实话说，在此之前，我连一点亲近安晓莘的想法都没有。就她那模样，别说"小花"了，比苏晓杭也差了一小截，因为她是单眼皮，眉间距有点宽，鼻子不太挺，至多只能算中等偏上。但是现在不一样了，现在她不仅是安晓莘，更重要的她还是安重伍的女儿。

我说你不帮我开后门那就算了。周末我们去邙山，一起去行不行？我们两个都是特务连的，照相技术一流，能让你锦上添花。

安晓莘撇撇嘴说，你是说我长得丑，你们的技术可以扬长避短？

我说谁说你丑啊，你比"小花"差不了多少，你笑起来比她还有味道。

安晓莘奇怪地问，"小花"是谁？

我说是我的一个朋友，你不认识的一个人，也挺漂亮。

她想了想说，我跟你们去邙山可以，不过我得带上我的男朋友。

我一听这话，有点扫兴，但是我不能流露，硬着头皮说，行啊，那我也得带上我的女朋友。

我以为她也会扫兴，但是没有。她笑吟吟地说，那行，不过你的女朋友不能比我漂亮。

我说那当然，她本来就没有你漂亮。

张海涛这时候没话找话地说，为什么不能比你漂亮啊，难道还要牟卜给他的女朋友脸上画几道疤？

安晓莘说，反正不能比我漂亮，我不能当陪衬人。

张海涛说，你好霸道啊。

我说你放心，我的女朋友是个乡下人，腿短脸黑，你一看就自信了。

这样就说定了。

分手之后我有点不痛快。他妈的游山玩水好不容易碰上个女伴，我也没有别的意思，就图个路上说说笑笑有气氛，她居然还要带上男朋友，谁愿意当这个冤大头啊。

众所周知，我这个人做事一向务实，从来不做那种吃力不讨好的事情，我本来想在第二天通知她，活动取消了。可是第二天早上出完操，我和张海涛再上阿尔卑斯山，上上下下走了两遍，也没有遇上安晓莘。后来我想到安教授安重伍家里去跟她说，但是快到专家楼小院门口，我又改变主意了，我觉得带上她和她的男朋友也未必就是坏事，人嘛，做事也不能太功利了是不是？

十四

到了星期天早上，我们按计划在学院大门口会合，却发现只有她一个人。我问，你男朋友呢？

她没回答，反问我，你的女朋友呢？

我说为了增强你的信心，防止出现争风吃醋的情况发生，我让我的女朋友回老家了。

她说是吗，这样啊，你真想找我开后门啊？

我又问，你的男朋友什么时候能到？迟了就赶不上第一班车了。

她说，那我们就走吧，我们都是军人，得严格执行计划，过时不候。

说完，她真的招呼我和张海涛，往公共汽车站方向走。

那天我发现，安晓莘似乎比我第一次见到她的时候要好看一些，我想大约是那天她没有穿白大褂，或者是多看几眼感觉不一样了，或者是因为她爸爸的原因，爱屋及乌，顺眼了。穿着红色羽绒服的安晓莘显得很有朝气，尤其是进入邙山雪地里，那团红色格外醒目，我给她照了很多照片，有立着的，有侧卧的，还有靠在树上的。

中午我们还在邙山脚下的一个饭店里大吃一顿。我说安晓莘应该你请客，我们两个都是战士学员，而你是拿军官薪金的。

安晓莘说，有道理，一会儿我让我的男朋友结账吧。

我又愣住了，傻乎乎地问，你的男朋友到底在哪里啊？

安晓莘嘻嘻一笑说，我的男朋友就是你啊。

我吓了一跳，我说你开什么玩笑，我哪里配得上你啊。

安晓莘说，你可别想歪了，我说的男朋友就是男性朋友的意思，付款的时候你是男的，照相的时候你是朋友，加起来就是男朋友，就是这么回事。

我说好啊，你还会玩文字游戏。

现在我不得不承认，认识安晓莘在我的人生中是一件非常有意义的事情。我说的有意义，还不仅是因为几年后她成了我的老婆，而是当时她就被我利用了一下。我是怎么利用她的呢，说起来又跟我的特务连一号班长的素质有关。

安晓莘那次休假只有十天，我们见面的时候已经过去了七天，剩下的三天里，我们又见过一次面。这一次我交给她一份所谓的论文，名曰《论明日之战》，从古代冷兵器战争到现代常规战争、热兵器战争，以火力打击开路，以陆海空立体战争样式为背景，强调多兵种多军种协同作战，工兵、防化兵、通信兵、防空兵、空降兵等等，无不用其所极。这在当时是时髦话题。

我在这篇文章里洋洋洒洒写了近万字，一个中心的思想是要充分发挥我们兵法大国的优势，在高技术条件下，跟我们未来潜在的对手继续玩游击战、运动战、阵地战。

文章经由安晓莘的手送到安重伍教授的案头，半天之后安晓莘把文章又交给我了，上面有安教授的批语：有真知灼见，缺独立思考，大处着眼有余，小处入手不足。

别看只有寥寥二十二个字，可以说字字珠玑，句句有用。有了这个批语，我的战役第一阶段就算达到目的了。

我是什么人？我是二十七师一团特务连的一号班长，我用的是投石问路欲擒故纵的战术。我当然知道我的这篇文章缺乏独立思考，也当然知道里面有很多大而无当人云亦云的东西，但是那时候时兴这一套，那时候写文章要有帽子，帽子要大，论证要结合形势，要有流行的概念和术语。我就是因为拿不准要搞大路货还是应该标新立异，这才炮制了这么个半生不熟的东西给安重伍。

摸到安重伍的好恶，我就开始琢磨真正的文章。两个月后我呈交的正式论文是《论未来战争中特种分队的作用》，以现代几场局部战争为背景，分析科技时代战争的新特点新规律，分析大兵团作战的局限性和兵力火力制约性，从而得出结论，未来的陆军尤其是步兵建设，应以精锐小分队为主。在这篇文章里，我结合自己参加缉毒剿匪的实战经验，以山岳丛林作战为主要背景，总结了步兵精锐分队——实际上就是特种兵——在穿插、突袭、爆破、获取情报、快速机动等等方面的战例，并且提出了以最大的代价装备最小的分队、以最小的分队实施最难的任务的观点，合情合理，有理有据。

需要说明的是，这篇论文里面多数观点是我本人深思熟虑的结果，但或多或少也有陈骁给我的启发，尤其是陈骁的经常挂在嘴上的四两拨千斤的理论，被我充分发挥和继承下来了。

就在我们即将毕业前夕，就在我志忑不安地挖空心思地想当优秀学员的时候，有一天突然接到安晓莘的电话。安晓莘在电话里问我，你认识一个名字叫牟卜的学员吗？

我说你开什么玩笑！

安晓莘说，你们陆军指挥学院有一个德高望重的教授说，战术系二大队有个叫牟卜的学员，写了一篇很有见地、很有参考价值的论文，既有宏观高度，又有微观精度，推理有指导性，设想有操作性，他认为文章中的许多观点对于陆军长远建设大有裨益。老人家已经将论文推荐给《陆军》杂志，该杂志主编表示尽快头条发出。

哇噻——二十多年后我用这个时下小青年经常呐喊的口头禅来形容我当时的心情，我的投石问路战术成功了！

第 五 章

一

曾经有一个时期，我以为我低估了自己，因为自从陆军指挥学院毕业之后，我走过了一段十分轻快的道路，似乎伸出脚来，就是在云端里，马上就有一条路刷刷地铺过来。

这么跟你说吧，我从军校毕业，由于是优秀学员，所以副连职排长只当了不到三个月，就被任命为特务连的副连长。半年后，又被直接任命为连长。而在当副连长这半年里，我除了管管后勤，具体地说就是管管吃喝拉撒，几乎别的什么事情也没有做，做了一点也是平平淡淡。我被快速提拔为连长并不是因为我有多大的建树，原因仅仅是因为原来的连长马学方转业了。

我在特务连当连长的时候，王晓华还是指导员。这真是山不转水转。

我对王晓华还是很尊重的，尽管他从前对我不怎么样。但此一时，彼一时，身份变了，地位变了，感觉也就不一样了。

其实我并不想当军事干部，刚从陆军指挥学校毕业的时候，当时没有明确我们的职务，而是首先下了一道提干的命令，我记得命令是这样说的，录取下列人员为国家机关干部，行政多少多少级，我和张海涛都是行政二十二级。我们还有点奇怪，说我们明明是军队干部，怎么就成了国家机关干部了呢？

在我们收拾行囊，准备离校的那几天里，有一次我们的老乡、学院政治部干部处的马汉生干事来看望我们，提起这个话头才知道，军队干部也是国家干部的一种。马干事还说，二十二级只是我们的行政级别，而不是职务，至于我们的职务是什么，要到工作单位去才能决定。

张海涛突然提出一个很荒唐的问题。张海涛说，那如果我们现在就到地方工作行不行，还是行政二十二级吗？

马干事没想到张海涛会提出这样的问题，好像这个问题也是他前所未闻的。马干事挠挠头皮说，难道你想到地方工作？

张海涛连忙摆手说，不，不不，我没有这个意思，我只是顺便问问。

马干事说，这个问题嘛，这个问题啊，我也不是太清楚，这样，我给你问问。

第二天马汉生就回话了，说我问过我们处长了，只要有了行政级别，就是国家干部了，从理论上讲，到哪里都管用。不过你们的命令是军队政治部门下的，不可能这里刚刚当了军队干部那里就要转业。

我埋怨张海涛没话找话，问这个问题干什么。

张海涛说，我就是想弄明白我们现在的身份，身份很重要啊！你看，这里面学问大了。

我也觉得这里面学问很大，我并且从这个问题上明白了一个道理，军队的政治部门和政工干部是管人的，管人的比管事的权力大。什么人才能当政工干部呢，我回忆我们二十七师一团，政工干部都是能说会写的，多数来自于新闻报道员。

我喜欢写，过去写过诗，写过表扬稿，写过连队的总结材料。从黑三角缉毒剿匪回来的时候，我还写过新闻报道，写过战例。而且我也会讲，我当特务连一班长的时候，战前给新兵讲课，连长说我口才很好，到了前线给班里做动员，指导员也说我口才很好。我觉得当政工干部比较适合我。

我们二十七师考到陆军指挥学校的学员一共有十六个，我们团里五个。回到团里向政治处报到的时候，我的老指导员、干部股长黄嘉平征求我们的意见，我说我想当政工干部。黄嘉平笑笑说，你虽然是二十二级，但这只是级别而不是职务，你的职别可以定为副连职，也可以定为正排职。新干部原则上从排长当起，当排长嘛，就不存在政工干部和军事干部的问题，军事干部是你，政工干部是你，行政干部是你，后勤干部还是你。

这回又学到一门学问，级别和职务还是不一样。

后来果然就当了排长，但是三个月不到，团里调整干部，我又被任命为副连长，当时团政治处主任张震峰给我谈话，我说我想当政工干部，张主任问，为什么？

我说我想学点东西。

张震峰皱皱眉毛说，你这话有问题，当军事干部就不能学东西了吗？当军事干部责任更重。

我说那我服从。

就这样，就是从副连长开始，我成了一名军事干部，并且沿着这条路走了将近二十年，直到最后忍无可忍，我不惜丢掉职务调进一个学术单位，才算解脱。而张海涛这小子却与我背道而驰，从军校一毕业，回到部队，如愿以偿地当了七连的副指导员。

二

我回到二十七师的时候，安晓莘已经是103医院的外科主治军医了，正在复习考研究生。有一个星期天，我怀着模棱两可的心情到103医院去看她，想摸摸她对我有没有那方面的意思，一方面我希望她有，一个意气风发的男性军官，总是自我感觉良好，认为自己是众多女性仰慕的对象，希望得到簇拥。另一方面我希望她没有那方面的意思。我并没有把安晓莘作为追求对象，主要是因为她的外在形象离我心目中的"小花"相去甚远，就是跟苏晓杭相比，也有一定差距。但是，我也不排除跟安晓莘交朋友的可能，因为"小花"对我来说太遥远，苏晓杭基本上名花有主，而眼前，我需要一个女性朋友。

后来我发现我自作多情了。

安晓莘当了主治医生之后，就住进了103医院的单身干部宿舍。我拎着网兜，里面有水果、烧鸡什么的，一路打听，进了筒子楼，爬到四层。筒子楼黑黢黢的，我好不容易才看清门牌号，小心翼翼地敲门，没有回应。再小心翼翼敲，还是没有回应。倒是斜对门拉开一条缝隙，露出一张披头散发的脸，揉着眼睛，肆无忌惮地打着哈欠，不耐烦地冲我看了一眼问，找谁？

我说找安晓莘。

披头散发的脸说，有预约吗？

我说没有。

披头散发的脸说，没有预约你敲什么敲？星期天不出诊。

我说我不是找安军医看病的，我是她的朋友，过来看看她。

披头散发的脸夸张地哦了一声说，安晓莘有男朋友了？稀奇，我怎么不知道？

我说不是那种朋友关系，是普通的朋友关系。

披头散发的脸说，那就是求爱者了。你这个可怜的家伙，来的不是时候，安晓莘去图书室了。

我说那就算了，我去图书室找她，打搅你了。

披头散发的脸说，别去找，星期天找她她烦，你就在这里等她吧。

我瞅了瞅筒子楼乱七八糟并且黑不溜秋的楼道说，你让我就在这里等？别人看见了，还以为我图谋不轨呢。

披头散发的脸笑了，露出两颗亮晶晶的虎牙说，那你把东西留下，出去溜达吧，三个小时后再来。

说完，咔嚓一声把门关上了。

这回我看清楚了，原来是阚尽染。我在心里骂了一声他妈的，毫不犹豫地过去敲她的门。

阚尽染在里面吼，敲什么敲，叫你等你就等，不等就滚蛋！

我说你开开门，看清我是谁再说。

阚尽染在里面喊，闺房重地，闲人免进，你就是高仓健我也不接见，我还没有睡醒呢。晦气！

我正准备继续敲门，但是手伸出去之后又缩回来了。想了想还是算了。我把网兜藏在安晓莘门前的一张旧办公桌下，然后下楼溜达。一边溜达，一边寻思，要不要直接到图书室去找安晓莘。思想斗争的结果是不去，既来之，则安之，反正这个星期天请了六个小时的假，我在平原市也没有别的什么社会关系，有的是时间，等就是了。等待也是一种享受。

回想阚尽染刚才的态度，我才知道这个小霸王果然名不虚传。

据说我们阚副军长的这个掌上明珠，特别野蛮，小时候在师部大院是出奇的调皮，比男孩子还要男孩子，有小霸王的雅称。十二岁那年，师部大院流行骑自行车，小丫头还没有发育起来，骑在车座上两腿够不到脚踏，就把一条腿从大梁下面斜穿过去，骑得飞快，横冲直撞，大人见了都躲。我们团的团长赵州章当时在师军务科当科长，负责管理营院，有一次碰见阚尽染，跟在屁股后面吆喝毛毛下车。毛毛倒是下车了，下车之后歪着脑袋质问赵叔叔干什么。赵叔叔说，你年龄还小，不要骑车子，撞着别人还是小事，别摔坏了。

毛毛歪着脑袋问，赵叔叔，是你官大还是我爸爸官大？

赵叔叔说，当然是你爸爸官大。你爸爸是师长嘛。

毛毛又问，那我再问你，是我爸爸管你，还是你管我爸爸？

赵叔叔说，当然是你爸爸管我。你爸爸管着一百个像我这样的小官。

毛毛说，那我管我爸爸，你说我们两个谁官大？

赵叔叔说，小祖宗你官大，不过现在你得听我的。

毛毛说，我偏不听你的。说完跨上车子又一溜烟驰骋而去。

赵州章就带领我们特务连的两个兵去围追堵截，把毛毛拦住了，可是也把毛毛惹毛了，毛毛下车之后，把车子往地上一扔，变戏法似的从屁股后面的小兜里掏出一把弹弓，朝着赵州章的脑门就是一弹弓，赵州章没躲过，石头弹子打在赵州章的脑门上，很快就起了一个大包。

后来赵州章带着脑门上的大包去找我们的阚副军长当时的阚师长告状，我们的阚师长哈哈大笑说，好好，好，龙生龙凤生凤，将门生虎女，这小东西像我。

赵州章哭丧着脸，一言不发。

我们的阚师长说，赵州章，你这个科长没风度，跟小孩子打架还找大人告状。

赵州章说，师长您得管管孩子，不然出事了怎么办？

我们的阚师长说，笑话，我这么大个师长，手下千军万马，哪有精力管孩子？再说，我的孩子也没有出格，我管什么管？

赵州章说，师长，维护营院秩序是您下的命令，我们得坚定不移地执行您的命令。

我们的阚师长大手一挥说，维护营院秩序是你们的事，孩子们玩是他们的事，并水不犯河水。营院乱套了你负责，孩子玩出事了也得你负责！你自己想办法。

赵州章没有办法，想来想去，把阚师长的警卫员给叫了过来，严肃地说，现在给你一个重要任务，再也不能让小土匪骑自行车了，更不能用弹弓打人了。

警卫员说，那好办，我关她的禁闭。

赵州章说，扯淡，你关她的禁闭，恐怕师长要关我的禁闭。你想别的办法，想不出好办法你年底就卷铺盖复员。

警卫员不想复员。眉头一皱，计上心来，他跑到八一小学找毛毛的班主任，一五一十列举了毛毛的罪状，希望校方协助管教。老师也觉得有责任，给毛毛搞了个约法八章，不许骑自行车，不许打弹弓，不许爬树，不许……

后来就传出一个说法，说在我们的阚师长的家里，苏院长领导我们的阚师长，阚师长领导警卫员，警卫员领导八一学校的老师，老师领导阚尽染，阚尽染领导她爸爸妈妈。

我在 103 医院住院部南边的小花园里溜达的时候，想起了很多往事，其中主要的还是那一年我伪装伤病员陪同陈骁住院的一些情景，尤其是那个下雨的夜晚，我在小花园里所受到的肉体和精神的双重折磨。这个时候我还不知道陈骁和苏晓杭的决裂已经是大势所趋了。

我没有想到，几年后我会在 103 医院像个流浪汉一样等待安晓莘，更没有想到一等就是三个小时——而且三个小时之后安晓莘还是没有从图书室里出来，这就使我的等待发生了本质的变化。

首先，我等待安晓莘是因为一种无奈，或者说是一个无所事事的偶然的决定，等得到等不到，见得上见不上都无所谓。但是等了三个小时之后，等待就似乎不再是无所事事了。我在等待什么呢，就是一个熟人见上一面，向她表示我的尊重和感谢？而随着时间的推移，我的心也焦躁起来了，等待居然变得重要起来了。

我就是要等到她，就是想见到她。

这种感觉很微妙，又很真实。在等待的最后阶段，安晓莘的影子在我的脑海里不断鲜活起来，生动起来。安晓莘漂亮吗，谈不上。安晓莘不漂亮吗，也谈不上。随着焦躁的不断深化，我感觉安晓莘虽然不漂亮，但是可爱，那双纯正无邪的眸子，那张天真烂漫的笑脸，那副认真执着的表情，都让我感到一种亲切，一种安全。

我不由自主地把安晓莘同阚尽染相比，我想，如果我确定要找女朋友，确定在阚尽染和安晓莘中间选择，我会选择谁呢？前十分钟我会选择阚尽染，因为阚尽染是我们阚副军长的女儿，因为阚尽染完全不谙世事地透明。但是后十分钟我可能会改变主意。

我是一个务实的人，我必须考虑到后果，恋爱的最佳后果就是婚姻，而且必须是总体幸福的婚姻。假设我选择了阚尽染，她会嫁给我吗？假设她嫁给我，我们会幸福吗？

答案一片苍茫。

像我这样的人，倘若真的选择了阚尽染，也许会自讨苦吃，也许她会像公主对待侍女一样对待我，会像皇帝对待太监一样对待我。婚姻生活鸡毛蒜皮，也许因为一次小小的口角，一次小小的不如意，她就会摸出弹弓给我一家伙，也许我以后的日子就是经常鼻青脸肿。

我觉得，我还是选择安晓莘比较合适一点。我相信，我远在家乡的父母也会赞同我的选择。

就这样，在等待安晓莘的三个小时零四十二分钟的过程中，我的人生观发生了深刻的变化。我等啊等，不知道为了什么，但是我决意等下去。

我的等待变得高尚而又悲壮，由含含糊糊变得目的明确。以至于当安晓莘终于出现的时候，终于从图书室的门口若有所思夹着一摞资料向我——准确地说是向着她的筒子楼走来的时候，我的心跳不禁加快了，我甚至有些不知所措，突然就心虚起来，不知道该以怎样的面貌出现在她的面前。

当然，最后我们还是见面了。起先安晓莘没有看见我，她依然我行我素地走她的路，思考她的问题。我追上去在她身后轻轻地喊了一声，安晓莘！

她停住步子，回过头来，有些意外地说，啊，牟卜，你怎么来了？

我说我毕业了，回部队了，来看看你。

她说是吗，怎么没有打个电话？

我说我想给你一个……我本来想说给你一个惊喜的，但是话到嘴边又拐了一个弯。

她看着我说，你来多长时间了？

我说没有多长时间，三个小时四十二分钟。

她哦了一声，看着我，很长时间地看着我，神情变得凝重起来了，然后说，走吧，到我宿舍里坐一会儿，一会儿约阚老四一起到食堂吃饭。

我跟着安晓莘再回到 103 医院筒子楼里，一路上有一搭无一搭地寒暄。趁她没有在意，我还把我的军用皮鞋头在两条腿肚子上互相蹭了蹭。

安晓莘告诉我说，那一次在指挥学院，她爸爸对我的论文十分赏识，给我打了八十九分。

我问，为什么是八十九分而不是一百分？

她说那是他爸爸打的最高分，他老人家不可能给你一百分，学无止境嘛。

我说那我就荣幸之至了。

你能想象得出来当我再次看见阚尽染的时候，她是一副什么表情吗？

这时候她已经充分地睡醒了，军容风纪乱糟糟的。听见这边开门声，她就踢踢着拖鞋过来了，边走边说，安晓莘啊，有个求爱者大清早就来找你，烦不烦啊？

正说着，进了安晓莘的屋，看见了我，她愣了一下，像见到活鬼一样看着我说，哇，你怎么还没有滚蛋？你还真的持之以恒呢。

我说我当然持之以恒了，我从北郊来到南郊，横穿整个平原市，直线距离就是八公里，更别说七绕八绕了。还没有见到安晓莘，我为什么要滚蛋？

她说，我怎么看着你有点面熟？

我说当然面熟，三个小时前你还撵我滚蛋。

阚尽染说，不是三个小时前，是从前。你是哪个山头的？

我说我是你爹那个山头的，威虎山上的小炉匠。你们刚来 103 医院实习的时候，我是个瘌子。

她阴阳怪气地看着我，从我的军装看到我的脚下，突然把虎牙露出来了，冷笑一声说，我想起来了，你是那个特务头子的狗腿子，陈骁的爪牙。啊，小瘌子你现在出息了啊，四个兜了，皮鞋擦得锃亮，脸上化妆了没有？

我说我为什么要化妆，我的脸上又没有麻子。

阚尽染说，哦，军装还熨了一下，笔挺笔挺的，已经看不出小瘌子的模样了。看你这架势，是来向安晓莘求爱的了。

我看不见自己的脸，但是我能够感觉到我的脸被这个伶牙俐齿小魔女说得红一阵白一阵。

安晓莘说，阚老四你胡扯什么，我们就是普通朋友。

阚尽染说，老实坦白，你们是什么时候勾搭上的？

我说我们是在我就读陆军指挥学院的时候勾搭上的。

阚尽染转向安晓莘说，哦，原来就是这个家伙啊。小炉匠我跟你透露一个军事机密，安晓莘对你印象不错，发起攻势吧，有戏。

我说当然有戏，没戏我跑这么远来干什么。要知道，强将手下无弱兵，我是你爹的手下啊。

阚尽染说，我爹手下群英荟萃，你还算不上什么，你小小的。她说着，并且还伸出了小拇指，一副盛气凌人的样子。

我说，你爹亲口说的，我一个人就是一支精锐部队。

阚尽染说，吹牛。

我说，不信你问你爹。

三

要是说我在副连长的位置上一无所为，也不完全是事实，我多少还是做了一些事情的。

这年秋天，连长马学方申请转业被批准，回老家郑州联系工作去了，上级命令我们特务连每排各抽一个班，指定由我带队，配合平原市公安干校进行防暴演练。指导员王晓华对我说，好，你小子机会来了，这回让你独当一面。不过你可得给我记住，地方上现在很复杂，又是歌厅，又是舞厅，灯红酒绿，歌舞升平。

我说这个情况我知道，思想解放嘛。

王晓华说，地方可以搞，我们不能搞，要严防死守，管住两巴。

我愣愣地问，什么两巴？

我们的王指导员一脸庄重一脸严肃地说，上面一巴，不要乱讲。下面一巴，不要乱动。不要把坏风气传进来了。部队出去的时候是纯洁的，是一身正气的，回来之后，不能有乌七八糟的后遗症。

我说遵命，我天天把他们关在笼子里，我自己也关在笼子里。

王指导员说，我没有说要把你们关在笼子里，关键是要在思想上引起重视。要发挥党员骨干的作用，互相监督，互相帮助。

我说，您老人家还有什么不放心的吗？您要是还不放心，我留在连队，你带队出去。

王指导员说，这种小分队行动都是副连长当前敌指挥，还要我亲自挂帅？不过我认真地提醒你，不要掉以轻心。

我说指导员你放心，你以为我想把队伍带出问题吗？我是副连长，又不是傻逼。

我带着队伍住在平原市东郊热电厂一座废弃的厂房里，遵照指导员的指示，我召集一排长武晓庆和二排长刘燕斌以及三个班长开了半天会，主要内容是，要加强行政管理，一个人管一个。一个中心主题是，不能让战士们到歌厅舞厅去，单人不许外出，三人以上可以外出，但是必须请假，而且不得超过一小时。每天熄灯以前，班长要向排长汇报，排长要向我汇报。

武晓庆问，那你向谁汇报？

我很恼火地瞪了武晓庆一眼说，他妈的难道我还要向你汇报？我向我的职责汇报。

武晓庆挤眉弄眼地说，我们干部也不能放任自流，大家都要严格要求，谁也不能搞特殊化。

我说首先就是你，你是一个危险人物，你最有必要管好两巴。

就像我最初听到王晓华说要管好两巴一样，武晓庆也没有明白过来，傻乎乎地看着我说，什么两巴？

我说，上面一巴，不要乱讲。下面一巴，不要乱动。

武晓庆眨巴眨巴眼睛说，我操！

跟我们一起住在热电厂的还有公安干校的三十多个学员，青年男女，未来警察，有几个警花还是挺有姿色的。为了防患于未然，除了加强行政管理之外，我还采取了一个办法，就是拼命地给分队加压。白天我让他们摸爬滚打累得死去活来，夜里我让他们睡着了就醒不过来，把他们的精力耗尽，让他们连看女人的力气都没有。如此一来，十多天里相安无事。而我的名声也出来了，公安干校那些学员暗地里说我是"候补巴顿"，是"当代张飞"。当然，他们不敢当着我的面喊，当面他们喊我特务司令。

不谦虚地说，无论是爬高上低还是运动射击，无论是格斗擒拿还是白手夺刃，无论是解救人质还是化装卧底，地方公安干校的那些警察都不是我们特务连的对手。至于我们的拿手科目，比如火中取栗、水底捞针、空中入室、快速奔袭等等，更是做得花团锦簇。

有一次我还亲自上场，给他们表演了火中取栗。说实话，那个科目我不是最好的，陈骁和王晓华、耿尚勤都比我做得好，尤其是陈骁，一钻起火圈，本来就颀长的身躯会被拉得更长，平着飞行的身体像一条波浪起伏的弧线，非常优美，而且是有力度的优美。

我不如陈骁和耿尚勤，也不如王晓华，但是公安干校的那些小青年，没有看见过陈骁、耿尚勤和王晓华他们钻火圈，他们只见过我钻火圈，就我那两下子，已经足以让他们目瞪口呆了，以后再见到我这个特务司令，立马敬礼，喊我老革命，其实那一年我也就二十四岁。

我记得有一次让我们特务连几个班排长跟公安干校的教练班搞射击对抗，打运动目标。先是二排长刘燕斌带领四班表演。打什么呢，很绝，固定目标打车轮，运动目标打飞瓶，把酒瓶子挂在铁丝上，转动滑轮，时快时慢，很难掌握规律。这么大的难度，我们特务连的成绩是命中率百分之七十二，公安干校教练班的成绩是百分之四十三，搞得他们很没有面子。

平原市公安局长路子野看过瘾了，跟我们团长康必绪说，特务连有没有要转业的干部？要是有，都送到我这里来。

我们团长康必绪说，干部暂时只有一个要转业，不过他得回郑州，他就是被郑州公安局看中了硬给要走的。

路子野说，这说明我们下手晚了。

康必绪说，我们特务连的干部都是参加过黑三角缉毒剿匪作战的，确实有点底子，和平时期给你们公安部门是很合适，如果再有转业的，我就把他们交给你。

路子野突然说，我听他们说，你们还有个特务司令身手不凡，是不是也给我们露一手啊？

我们康团长有点发蒙，说我们哪里有特务司令啊，连长正忙着转业，只有一个副连长在这里带队。

一边的公安干校秦校长说，就是他，叫牟卜，年龄不大，威风不小。

我们的康团长忽然提高嗓门喊，牟卜，你给我过来！

我应声出列，给首长们敬了个礼，等待他们的吩咐。

康团长说，你什么时候当上特务司令啦？

我灰溜溜地说，那都是他们瞎喊的，我可没有自封司令。

康团长说，自封也没关系，在热电厂，你就是驻军最高长官嘛。路局长想亲眼看看你这个特务司令的风采，你把你的看家本事拿出来。

我谦虚道，团长你又不是不知道，我那两下子，哪儿行啊？比陈骁、耿尚勤他们差远了。我只会玩摩托车。

我们的康团长说，那也不是不行啊，你看着办吧。

我说那我就献丑了，请首长们批评指正。

我当然不是只会玩摩托车，我是个副连长，是康团长嘴里的热电厂驻军最高长官，是公安干校民间传说中的特务司令，光玩摩托车，个人逞能，那太雕虫小技了。

其实我心里一直在准备着，甚至可以说这一天已经准备五六年了，从耿尚勤时代就开始准备了。那一天我给他们玩的是"快速机动、快速展开、快速撤离"。表演的不是我一个人，我选择了一排长武晓庆、二排长刘燕斌等六个助手。

因为这个科目我们在海滑西边的训练场里练过，大家早有默契。行动开始之后，我在前，武晓庆居中，刘燕斌在后，我们三辆长江牌军用越野摩托车缓缓绕场一周，突然加速，只听观摩台上一声惊呼，三辆摩托车同时倾斜，三个侧斗的战士都站了起来。这边惊呼的人嘴巴还没有合拢，一阵更大的惊呼又澎湃而出，我们三辆摩托车不仅侧斗提起来了，前轮也高高抬起，就像正在奔驰的骏马被猛然勒住缰绳，马首腾空而起，只有一个轮子在地上飞速旋转。

我们没有理会别人的惊呼，我们还在前进，我们再次绕场一周。我想他们一定被我们的表演震撼了，这可不是一般的功夫，我相信公安干校那些男男女女从来没有见过这样惊险的场面。

我心里一阵得意，精彩的还在后面呢！

再次绕场一周后，侧斗又提了起来，惊呼重新爆发，这时候他们看见了，三辆摩托车侧斗下面的轮胎不见了，它们在地上滚，而这个时候，我已经成功地和侧斗里的一班副金桦果换了位置，他驾驶摩托车，我坐进了侧斗。

最后的情况是，我们三辆摩托车在只有一只轮胎着地的情况下，重新绕场一周，我和武晓庆和刘燕斌，站在各自摩托车的侧斗里，向他们，向公安局的领导，向公安干校的学员，还有我们的团首长，频频招手致意。我们的风度，我们的神态，就像军委主席站在平稳驶过的敞篷车里，检阅百万大军。

那一次，我出尽了风头。要知道，这是几年前我就练就的功夫，是耿尚勤教我的绝招，只不过在当战士的时候没有显示出来，因为那时候耿尚勤说，当战士不要太风光了，够用就行了。但是当了干部我就得显示了，我再不露一手就来不及了，这种个人技能以后就用不着我显示了，以后我得考虑战术问题了。所以从陆军指挥学院回来之后，我就开始培养接班人，我第一个选择的是刘燕斌，因为他给我当过助手，对我言听计从。后来武晓庆知道了，也跟着学，我就干脆让他跟着练，我要让他明白，我牟卜之所以从学校回来不久就当了他的顶头上司，还不完全是因为我有学历的优势，更在于我有真本事。

表演结束了。我率领的独轮摩托车队在观摩台前缓缓驶过，我看见我们的康团长红光满面，和路局长谈笑风生，两只手还在胸前起劲地比画。

四

我敢说，如果把我和张海涛放到战场上，他肯定搞不过我。但是放到官场上，我很有可能不是他的对手。

首先，我的耐心不如他，他可以为自己的某个想法不屈不挠持之以恒地努力，而且不急不躁，不紧不慢。这个功夫我不行，我做事喜欢快刀斩乱麻，一刀砍不动，就换地方。譬如从指挥学校毕业回来那次，张主任跟我谈话，他说我不能当政工干部，我就认了，我觉得组织上安排我当副连长，已经是天高地厚了，我没有理由讨价还价。而张海涛去过张主任家，送礼没送礼我不知道，反正他是把自己的思想汇报透彻了，谈了自己关于基层思想政治工作的想法，还提了很好的建议，这都是后来张主任在干部会上表扬张海涛的时候说出来的。

张海涛有一句话，是革命现代样板戏《沙家浜》里郭建光说的，胜利往往就在坚持最后的五分钟里。他一直把这句话奉为圣经。

其次是，张海涛这小子性格温和，为人处事比我强，凡事不急于表态。当基层干部的时候，有人向他提出要求，譬如义务兵转志愿兵或者入党或者当骨干的问题，他挂在嘴边的一句话是，再想想，我再想想，你也再想想，看看有什么好办法。当营团首长的时候，有干部提出个人问题，譬如晋升调动或者转业或者家属随军之类，他挂在嘴边的一句话是，我们再商量商量，你也再思考思考，看看有没有更好的办法。

一言以蔽之，这小子人缘好，上上下下都好。

我当了连长之后，曾经诚恳地向王晓华提出过角色转换，王晓华问我为什么，我说我适合当政工干部。王晓华皮笑肉不笑地说，你的意思是说，我不适合当政工干部？

我说我不是那个意思，绝对不是。你是我的老班长，老班长中间的重要之一，你的军事素质比我好，所以你当连长更合适一些。

王晓华说，谁说政工干部就不需要军事素质啦？邓小平是政工干部，你能说他军事素质不好？

我心里暗骂，这狗日的真是胆大包天，居然敢拿邓主席说事。当然这话我没有骂出口，再说我跟王晓华说也没有用，这不是我能够决定的，也不是他能决定的。

和平时期特务连没有多少事，无非是辞旧迎新，你来我往。铁打的营盘流水的兵，新兵来了掀起一轮训练高潮流几滴臭汗，老兵退伍了费一番口舌洒几滴眼泪，如此而已。但是有一点很讨厌，连队是个基层单位，既没有参谋长，也没有参谋，训练计划，演习方案，甚至一日生活秩序，都要我亲自干。虽然有一个武晓庆当副连长，但这小子做事我不放心。

自从前线归来，尤其是当了干部之后，武晓庆这小子就有点找不着北，牛皮烘烘的，闹出不少笑话。

八十年代中期，南方边境又有点摩擦，地方掀起了一阵宣传"新时期最可爱的人"的高潮。我们部队因为没有出征，没有什么新闻可以报道，驻地媒体就想出一招，报纸和电视台联合搞了一个专栏，叫作《今日战火起，不忘老功臣》，把我们当年缉毒剿匪的战斗重新抖搂出来，到部队请几年前的功臣到地方给大学生做报告，同时录制专题节目。

被誉为"老功臣"，其他人把持得还好，我和王晓华推说军务在身，基本上不接受采访，更不会主动出去吹牛。只有武晓庆热情比较高，做报告的时候眉飞色舞，神龙活现。有一次牛皮吹大了，居然把黑三角缉毒剿匪在环形高地上攀登毛竹摧毁毒匪火力点的事迹安在自己的头上。

后来我看见《平原日报》上，有一则通讯——

　　就在那千钧一发之际，我们的英雄武晓庆同志挺身而出，向连队党支部呈交了用鲜红的热血写成的请战书。他接过战友的钢枪，腰间捆上麻绳，只听嗖嗖几声，我们的英雄已经凌空，冒着毒匪的枪林弹雨，用尽最后一丝力气，集约炸弹像利剑一样飞向山腰，飞向山洞，飞向毒匪的巢穴……在第二次战斗中，武晓庆同志高瞻远瞩，指挥全班潜伏在二号高地的一段干涸的河床上，机智勇敢地打了一个漂亮的反伏击战……

那天我把武晓庆叫到我的宿舍兼办公室，抖着报纸问他，这篇文章你看了吗？

武晓庆瞥了一眼报纸，脑袋就低下了，好歹他还知道脸红，眨巴眨巴眼睛看着我，支支吾吾地说，还没有顾上看。

我知道他撒谎，给了他一个台阶说，那就拿回去好好看看。环形高地上攀登绝壁炸火力点的是耿尚勤，干涸河床上指挥打伏击战的是陈骁，耿尚勤死了，陈骁还活着。你就不怕耿尚勤阴魂不散找你理论？你就不怕陈骁揭发你贪天之功为己有？

武晓庆又眨巴了一下眼睛说，他们弄错了。

我说，他们傻逼你也傻逼啊，你不知道这样的稿子要经本人审阅吗？

武晓庆说，我哪里知道他们会登报啊，我就是在师专给大学生们随便讲讲。

我说，能随便讲吗，把别人的功劳安在自己的身上，你知道这是什么性质的问题吗，在战争年代，这是要枪毙的。

武晓庆嘟嘟囔囔地说，我总得讲点刺激的吧，团里宣传股的侯股长老是说我的报告没有震撼力，我的那点破事能有震撼力吗？再说，虽然是耿尚勤和陈骁的事迹，可也是我们特务连的事迹，我这样讲也是宣传我们特务连。

我说，你小子行啊，你他妈的贪了功还有理了是不是？那我们把这张报纸送到团里，看看团长政委怎么说！

武晓庆立马就老实了，两只擦得锃亮的皮鞋反反复复搓着我的水泥地板，这回他的眼睛不眨巴了，阴死阳活地看着我说，我也没想到事情会搞这么大，报纸不用你送，团长政委也会看见，宣传股弄回来一百多份，他妈的我这个脸丢大了。

我说，那好，你自己解释吧。

武晓庆还是赖着没走，双脚搓了一会儿地板，突然向我靠近，压低声音说，牟卜，不，连长，牟连长，看在咱俩当新兵就睡在一个铺的份上，看在那时候我经常给你洗衣服的份上，你能不能帮帮我？

我警觉地问，怎么帮？

武晓庆说，你能不能跟王晓华通气，就说这件事情是连队党支部的决定。就说耿尚勤的事情不太好讲，陈骁不愿意出面，为了宣传特务连，支部委托我做一些艺术加工……

我把桌子拍得咚咚响，桌上的茶杯都跳起来了。我指着武晓庆的鼻子吼了起来，他妈的我们特务连干部你是猪我是猪，难道都是猪？我们特务连党支部一个人是猪，两个人是猪，三个人都是猪，难道我们特务连是一个猪窝？

我那天真是被他气坏了，我知道他厚颜无耻，但是没有想到他这么厚颜无耻。

武晓庆耷拉着眼皮，一副死猪不怕开水烫的样子，还在嘟囔，我就是建议建议，跟你个人说说而已，干吗这么激动！

我把桌子又拍了一下，我说，武晓庆武副连长你给我听清楚了，我是一连之长，不是你的狐朋狗友。从今往后，这种混账话不要再说了，我劝你想都不要想！

五

现在我要介绍陈骁的情况了。

陈骁完蛋了。我说的完蛋不是指肉体上被消灭，而是精神上被摧残。陈骁自从升任团里的作训股长，并不像我们想象的那样有了用武之地大显身手，而是处处捉襟见肘。

为什么这么说呢？

众所周知，陈骁是一个很愿意做事的人，而且愿意做大事。作训股是管作战训练的，负责制定作战计划、训练计划，分配训练任务，下达训练指标，考核训练结果。这些事情陈骁当然没有问题，问题是他没有兴趣。这就有点奇怪，按说这些工作正是他一贯热衷的，交给他了他反而没有了兴趣，从情理上说不过去。

有一次陈骁回到特务连跟我们发牢骚说，他妈的，我这个作训股哪里是管训练作战的，简直就是个事故管理站，防事故要从我那里下手，出事故要从我那里找原因，处理事故还得我出面。像这样搞下去，我他妈的不就成了老保姆了吗？

正是因为这种心态，导致他同参谋长李彤帆和副参谋长李开杰的关系搞得都不是太好。过去传说政委徐善笠欣赏他，但是徐善笠和我们的老团长赵州章在五年间先后调到师里，一个升任副师长，一个当了政治部主任。团里只有团长康必绪对陈骁还算不是太烦。

以后我们总结，陈骁的这一段不顺当，是他的性格造成的，他同领导之间的矛盾可以简单地概括为一句话，那就是真搞还是假搞。落实到军事训练上，也是一句话，那就是演习还是演戏。

陈骁喜欢演习，他制定的演习方案往往有很多出其不意的东西，能够把普通的步兵演练调度得层次分明，滴水不漏，应对各种情况的战术得以充分发挥，而且对抗性强，战场情况和情况处理逼真。但是他的方案往往通不过，因为他基本上是按实战来的，按实战情况设计的。参谋长和副参谋长就要考虑了，毕竟不是实战，你把情况搞真了，比如爆破真的爆破，奔袭真的奔袭，泅渡真的泅渡，出了事情怎么办？

我想你也看出来了，参谋长和副参谋长的担忧不无道理。陈骁也有道理，因为上面有一句话，叫作一切从实战出发。参谋长也有参谋长的道理，叫作特殊情况灵活掌握。

陈骁没想到，他本来是想在指挥机关大显身手的，到了最后，却落了个死板教条，不食人间烟火的评价。作训股长当了四年，连他过去的副手都当了营长，他还是副营职。

当然，仅仅是工作上的不顺心还不至于让陈骁完蛋，陈骁完蛋的另一个重要方面来自苏晓杭。

其实，他和苏晓杭的事情，在我考入陆军指挥学院的第三年年初就出现苗头了，那时候我们经常通信通电话，陈骁很少提到苏晓杭，我就有点预感，但是陈骁不往深处说，我也不好多问。

那一年，陈骁基本上已经做好了结婚的准备，把他的小小的两室一厅都布置好了。对于一向以事业为重的陈骁来说，破天荒搞这些用他的话说是婆婆妈妈的事情，可见其用情之深之苦。

后来事情就逐渐明朗了，陈骁终于明白了，苏晓杭不可能来平原市了，当然也不可能跟他谈婚论嫁了。果然是在师范大学美术系出的问题，问题也果然是出在那个叫章直达的家伙身上。

一个让我们大家都始料不及的情况是，章直达，这个在当时省城美术界如日中天的青年画家的母亲，恰好是苏晓杭的母亲青少年时代的闺中密友，在解放战争中一同参军，一同进城，又一同参加朝鲜战争。现在，章直达的父母都在北京工作，而且身居高位。

自然，苏晓杭要为自己的初恋和爱情进行抗争，也进行过宁死不屈的抵御，但是，时间和空间的距离坏了陈骁的事，天长日久，当苏晓杭发现了章直达无论在才华还是在地位都不在陈骁之下，加上他疯狂地示爱，再加上他在美术界乃至国际美术界、军队美术界的巨大影响之后，她就有道理动摇了。

陈骁确认苏晓杭移情别恋，已经是他们相识第四年的年底了。平原市西郊海滑机场寒风呼啸，营房的门窗玻璃上挂着巨大的冰凌。陈骁的心中更是冰冻三尺。偶尔走到营房西边，眺望远天血红的夕阳和在夕阳下萧瑟的枯木，内心的悲怆冉冉升起。

我理解陈骁，也正是从陈骁的爱情悲剧里，我逐渐形成了一个认识，爱情这东西，不能说没有，但爱情只是一个短暂的过程，爱情再往前走一段，就会遇到一个岔路口，一条通向婚姻，一条通向分手。婚姻再往前走，又会遇到岔路口，一条通向白头偕老，最初的爱情最终变成相依为命的恩情，比如我和安晓莘，比如祝生珉和阚层林；另一条半途而废劳燕分飞。那么分手之后呢，再往前走还会遇到岔路口，一条通向永恒的思念，一条通向天涯陌路，譬如陈骁和苏晓杭。

陈骁是什么人？可以说陈骁是一个比我高尚得多纯粹得多的人，是一个心地透明的人。问世间情为何物，直叫人以身相许，这句话用在别人身上难免矫情，但是用在陈骁的身上再贴切不过。

陈骁不能接受啊，怎么可能？她是那样地爱他，那样地依恋他，甚至崇拜他，然而，说分手就分手了，落花流水春去也。

在失恋的日子里，陈骁把自己封闭起来了，他一遍遍地在心里回忆他和苏晓杭在一起的美好时光，一遍一遍地分析分道扬镳的最初根源，一遍一遍地寻找力挽狂澜的途径。在海滑机场的遗址转悠了几个傍晚，他做出了一项决定，他不能沉默，不能放弃，他要战斗，他要像骑士那样为捍卫自己的爱情和尊严，同那个名叫章直达的未曾谋面的混蛋决斗，他要血战到底，夺回他的爱情和尊严。

怀着一腔战斗的激情和必胜的信心，在那年春节前的第五天，我们特务连的第十二任连长，我们二十七师一团的作训股长陈骁向团里请了假，名义是探亲，但他欺骗了组织，他买了一张前往省城的火车票，直奔爱情战场而去。那么多帝王将相都为爱情而发动过战争，那么多仁人志士都为爱情以身殉职，他为什么就不能？为爱情而死，就像为祖国和家园献身一样，虽死犹生。

那一路上，他幻想着自己就是一名纵马挥刀驰骋草原的勇士，是拔剑出鞘勇往直前的亚历山大。他设想了很多场面和结果，譬如直接跟那个叫章直达的家伙摊牌，以彼此的爱情发展史作为斗争的武器，以情动人；譬如采取强硬的态度，指责章直达乘人之危横刀夺爱，以理服人；再譬如，以苏晓杭为突破口，晓之以理，动之以情，陈述利弊，劝她回心转意。他甚至设想，在他和她单独在一起的时候，他再也不能像过去那样书生意气优柔寡断了，他再也不能怜香惜玉心慈手软了，他要当机立断，雷厉风行，在她即将成为别人的新娘的时候，捷足先登，迅速使她成为名不符实的新娘。他要羞辱她，甚至强迫她，他要通过羞辱和强迫她，达到羞辱和强迫一切企图葬送他的初恋的那些混蛋们。

火车越是抵近省城，他的血液就越是发烫。到了最后，战斗的激情和厮杀的欲望已经远远大于争夺爱情的目的。至于能否拉回苏晓杭，已经变得非常不重要了。

然而他什么事情也没有做成。唯一做成的，是又当了一回正人君子。

苏晓杭那时候还在学校，她是回来办手续的，她将先走一步到北京，等待章直达的调动，这些情况是陈骁事先侦察清楚了的。但是，他没料到章直达不在省城。

苏晓杭接到陈骁的电话，并不惊讶，她非常平静地接受了陈骁的预约。当天下午，还是在省军区的招待所里，她只身赴约。进门之后，陈骁见她身后没人，有些意外，表情居然尴尬起来，硬着头皮问道，他呢？

苏晓杭靠在门上，反手把门锁上了，说，跟你正好相反，你南下，他北上，昨天到哈尔滨了，他们家今年在那里过年。

陈骁顿时泄气，战斗失去了目标，这使得陈骁有些措手不及。他傻傻地看着苏晓杭，半天没话。尤其是苏晓杭反手锁门的动作，让他一阵心虚。他不知道苏晓杭是什么意思，但不管是什么意思，都是不好的意思。

苏晓杭站着看了看陈骁，不理会他的失态，在他对面的床上很优雅地坐下，笑笑说，你要找的是我，我们的事也只有我们两个人来了断，与他无关。说吧，你有什么条件？

陈骁怔住了，条件？什么条件？我跟你有什么条件？

苏晓杭没有回答，只是笑容可掬地看着他。他从她的目光里读出了她的疑问，没有条件，你来这里干什么？

是啊，过程是为目的服务的，他风尘仆仆、气势汹汹地来到这里，当然是要解决问题的，一句话已经冲到嘴边了——我唯一的条件就是把你夺回到我的身边！但这句话他没有说出口。

转眼之间，彼此陌生了，他从她平静的神态上看出了他们之间的距离，这里已经不存在掏心窝子说话的氛围了。她的冷静让他甚至感到羞惭。

苏晓杭仍然笑着，但笑容里有一丝哀伤和幽怨，她说，陈骁，我爱你，但我不能嫁给你。我爱你是真的，我不能嫁给你也是真的。我了解你，你咽不下这口气，你现在来找回的，并不是我苏晓杭，而是你的那口气。

苏晓杭说这话的时候，语调平缓，表情平静，目光平行，一点也没有屈服陈骁的逼视。

陈骁上体前倾，紧紧地盯着苏晓杭。他突然发现这个他一向爱着的女子变得深不可测，不再是他心目中那个依人小鸟，美丽依然美丽，但美丽中又有几分冷艳。在四目相对的时候，她还无意识地拢了拢头发，不过这个动作已不像先前那样让人赏心悦目，而似乎是表达着一种不可改变的倔强。

条件？什么条件？

这两个字把陈骁的心灼痛了。我的爱情，我刻骨铭心的爱情难道是一种交易？我来到这里难道就是为了寻找交换，为了获取补偿？她就这么看我，她把我看成了什么人？我又成了什么人？陈骁这时候才发现，他这次到省城来，纯属意气用事，这是一场准备得很不充分的战斗，还没交手，就乱了阵脚。

陈骁迅速调整心态，说了一句连他自己都吃了一惊的话，晓杭，你想到哪儿去了？既然你已经决定了，我尊重你的选择。我是出差路过，顺便看看你。祝你——幸福！

说完这句话，陈骁的心头突然涌上一阵悲壮的感觉，如释重负，似乎是在一个瞬间实现了一次人格的升华。

苏晓杭不动声色地说，你真的是出差？真的是顺便？

泪水，该死的泪水就要夺眶而出了。陈骁在心里暗暗动员自己，挺住啊挺住，不要眷恋，不要感伤，不要失态，不要让她看出你的脆弱和虚伪，即使是失恋，也要挺起胸膛，天涯何处无芳草，青山处处埋忠骨，失恋不要紧，只要骨头硬，走了这一个，还有后来人。

陈骁站了起来，缓缓走到苏晓杭面前，把一只手按在苏晓杭的肩膀上，这一按，大度和宽容的风采就体现出来了。

苏晓杭抬起头来，泪眼婆娑，看着陈骁，似乎不大相信自己的眼睛。她说，真的这么简单？

陈骁笑笑说，难道应该复杂吗？

苏晓杭说，你真的一点都不恨我？

陈骁说，我为什么要恨你呢？

苏晓杭仍然目不转睛地看着陈骁，突然，她一把抱住了陈骁说，你不恨，那就是不爱了。我没想到，你会这样冷漠，这样麻木！我原以为，你会暴跳如雷，你会气急败坏，你会兴师问罪，你会……我什么都准备好了，甚至准备把我给你……我就是没有准备，就是没有想到，你会这样轻易地把我拱手相让了，推出去了。这是真的吗？

陈骁说，我要说一点都不伤心，那不是事实。可是，我说过的，我尊重你的选择。

苏晓杭说，你不想要我吗？

陈骁说，我总不能强迫你吧？

苏晓杭松开了手，后退一步，看着陈骁，就那么长时间地看着，然后把双手举起来，向后拢着自己的头发，尽管泪花还在眼中闪烁，她却笑了，像一朵刚刚淋雨的杜鹃花，在雨后的阳光中绽放。她妩媚地笑着说，来吧陈骁，让我们举行一次告别仪式吧，来吧，这是我唯一能够补偿给你的。

陈骁说，不，绝不，我无须补偿，你也无须歉疚。我不想让一段美好的回忆被我自己玷污了。

这年腊月二十九的夜晚，陈骁拖着一颗干涸的心回到了平原市，在一家小酒馆里，就着一盘凉菜，独自灌了大半瓶白酒。次日凌晨三点钟，他把那辆为苏晓杭准备的崭新的飞鸽牌自行车推了出去，车子后面绑着一挂鞭炮。陈骁歪歪扭扭地骑着车子沿营区转了一圈，放了一圈鞭炮，把全团都惊醒了。团长康必绪闻讯派人追查是谁这么荒唐，结果在机场的塔台下面找到了烂醉如泥的陈骁，当即一顿劈头盖脸的臭训，陈骁的档案里从此又多了一张行政警告处分。

六

你一定留意了，我在前面举例幸福婚姻的时候，提到了祝生珉和阚层林。事实上祝生珉和阚层林的故事很简单，因为他们的结合是在一个特殊的年代，阚层林和祝生珉又都是特殊的人物。

请允许我把故事回到八十年代中期的那天。

那天，当阚层林视死如归地说了一句"我同意"之后，不仅我们的苏院长吃了一惊，就连我们的阚副军长也吃了一惊。我们的阚副军长在那一会儿突然局促起来了，突然慌乱起来了。我们的阚副军长从沙发上站了起来，搓着蒲扇一样大的双手，看着女儿说，孩子，爸爸对不起你，爸爸强迫你了，爸爸不该因为自己的面子让你做出牺牲。孩子，你再考虑考虑，也许爸爸做得不对，我们还可以重新商量。

阚层林说，爸爸你没有错，这不是为了你的面子，也不是感情用事，我是经过深思熟虑的。祝生珉怎么啦，祝生珉一点儿也不差，祝生珉有强烈的事业心，有舍生忘死的精神，他是个值得信任的男人。形象差一点儿算得了什么，血肉之躯终归腐烂，而精神不朽。

我们的苏院长也从沙发上站了起来说，层林，你再想想，这事可不是儿戏，这是你的终身大事啊，你不能拿你一生的幸福做赌注啊！

阚层林说，那么妈妈我问你，你说我该找一个什么样的人？你能保证，倘若我找一个比祝生珉英俊的人，找一个比祝生珉机灵的人，找一个比祝生珉能说会道的人，我就会幸福吗？

我们的苏院长居然无言以对。

我们可亲可敬的阚层林说，你不能，谁也不能保证我的幸福，那么为什么要阻止我嫁给祝生珉呢？我至少能够保证他忠厚老实，至少能够保证，在我，在你，在我们大家需要他的时候，他会挺身而出。难道这些还不够吗？

你可以想象，我们的阚副军长当时的心情，我们的阚副军长老泪纵横地说，孩子，我没有想到你有如此境界，你想问题如此深刻，爸爸都没有你成熟啊。

我们的苏院长说，既然这样，你们就相处一段时间。

我们可亲可敬的阚层林说，可以啊，我明天就到特务连找他去，我主动去。

我们的苏院长说，别忘了到师医院做个体检，要是没有遗传病史，没有传染病史，没有战争后遗症，那就……

我们的阚副军长说，我们的干部年年体检，战前体检，战后体检。你老苏不要搞贵族化，你这个丈母娘一旦当上，我们阚家就再也不容许你当假贵族了。

阚层林和祝生珉是在我回来当连长的前一年结婚的，结婚后祝生珉调到二十七师后勤修理所工作。

一九八七年秋天，陈骁约我和王晓华到后勤家属院看望老排长祝生珉和他的妻子阚层林，他们的女儿已经两岁了，聪明伶俐，可爱至极。

那天阚层林亲自下厨，给我们做了一桌丰盛的饭菜，兴之所至，老祝多喝了两杯，头发稀疏的脑门闪闪发光。祝生珉说，什么叫爱情，我跟你们的嫂子就是爱情。什么是幸福，丹丹就是我们的幸福。我老祝这辈子不可能有大出息了，老婆孩子热炕头，神仙也。

阚层林那时是平原市团委的副书记，也是一个风华正茂的女干部，但是在家里绝对是一个贤妻良母的形象，胸前系着围裙，脑后盘着发髻，真的像一个知足常乐的家庭妇女。阚层林说，我们老祝在谦虚呢，他怎么就没有出息了？他还在搞他的发明创造，那个什么远程定向探测仪，还有什么遥感传动器。你们知道吗，说外国已经有了一种无线电收音机一样的微型电台，可以装在口袋里。我们老祝说，他也要研究，要给你们特务连的干部每人装备一个。

我说真的吗，还有这么先进的东西？

祝生珉说，当然有，在国外早已经不稀奇了。不过不叫什么微型电台，好像叫手提电话。那东西原理跟对讲机没有什么区别，只不过用的材料不一样，不是半导体，也不是晶体管，而是一种什么新材料。

王晓华问，那通话距离呢？

祝生珉说，听说可以全球通话。

我目瞪口呆，因为这个东西太神奇了。我说那靠什么载波呢？

祝生珉说，卫星，我们能从收音机里听到《东方红》的乐曲，就是从人造卫星上发射回来的。我估计手提电话也是这个道理。别听你嫂子瞎吹，这东西我搞不了，我们中国都搞不了，要靠计算机技术支撑，每个手提电话都是一台微型计算机。我听说我们中国现在只有几台计算机，每台都有几间房子那么大，等我们搞成了，猴年马月了。

阚层林说，我们老祝就是谦虚，他说你们，不，他说我们特务连的通信技术太落后了，他确实想给你们每个干部搞一个……叫什么？

祝生珉说，接力微型对讲机。这东西靠谱，就是靠载波，有收音机和电话听筒做基本材料，用于军事，二十公里没问题。

我说那真是太好了，现代战争靠什么，就是情报传输速度和准确性。老祝你要是把这个搞成，没准能得军事科技发明奖。

阚层林眉开眼笑地说，得过呀，我们老祝去年就得了909研究所的一个奖，还给了八千块钱的研究经费呢。

王晓华说，来，老排长，我敬你一杯，祝贺你苦尽甘来！

我和陈骁也端起杯子，我顺着王晓华的话说，一起祝贺！

祝生珉一高兴，端起酒杯猛干一口，呛得咳嗽起来，脑门更亮了。

阚层林一口一个我们老祝如何，我们老祝怎样，给人的感觉这两口子真是天造地设的一对，一点儿也不存在当初苏院长担心的一朵鲜花插在牛粪上的状况。

我们兴致勃勃地聊天的时候，陈骁一直微笑，很少插话。这可不是他的风格。后来还是祝生珉发现了这个情况。祝生珉说，陈骁你怎么啦，难道是酒喝多了吗，你是有酒量的啊。

陈骁说，我在听你们高谈阔论啊，老排长你进步了，你身在平原市，放眼全世界，立足修理所，展望高科技。我们都得向你好好学习啊。

祝生珉说，你看我现在，老婆有了，孩子有了，房子有了，我还有什么后顾之忧？就是一门心思做点事呗。再说你嫂子也支持我，我当不了洋发明家，当个土技师行不行？

陈骁说，好啊，我们希望看到老排长日新月异。

陈骁说这话的时候，面带微笑，表情是正常的，但是我总感觉他的精神状态不好，好像是强作精神。

这时候我突然想起了十年前陈骁跟我说的那句话，沉舟侧畔千帆过，病树前头万木春。我的心里顿时有一种隐隐的疼痛。

七

当上特务连长之后，有一块心病一直压在我的生活中。

那次武晓庆到平原市做报告，瞎吹一通，事是那个事，人不是那个人，就挑痛了我的那根神经。武晓庆当然是强词夺理，说什么耿尚勤的事情不好说，也正是这句话提醒了我——为什么不好说？只要有可能，就应该搞清楚，就应该在光天化日之下光明磊落地说。我已经是特务连的连长了，我既有这个义务，也有这个权力，更有这个感情。

在相当长的时期内，我的脑子一遍一遍地回忆黑三角战斗摧毁环形高地山洞火力点的每一个细节，其中一个细节引起了我的高度重视，那就是当时我们遭到毒匪猛烈扫射的时候，也是我的副班长何区别带着几个兵支撑毛竹往山腰上送的时候，何区别突然喊了一声，老耿注意，然后就倒下了。

何区别的倒下是一个很关键的细节，也就是说，他倒下之后毛竹升降机也就垮下来了。那么耿尚勤是怎样完成任务的呢？显然耿尚勤并没有被摔出去，因为耿尚勤最终接近了毒匪的山洞火力点，并且成功地摧毁了火力点，由此我可以初步得出以下结论：

第一，在环形高地战斗中，耿尚勤即便牺牲了，也是牺牲在完成任务之后。可是既然没有找到耿尚勤的任何遗物，就不能确定耿尚勤当场牺牲。

第二，如果耿尚勤是在毒匪猛烈扫射的时候，也就是在何区别牺牲的时候，在毛竹升降机失去作用的情况下，离开了毛竹升降机，就说明他已经接触山体了，他是在失去依托之后，沿着绝壁攀登上去的。这样一来，在集约炸弹爆炸之后，他就有可能被震落山谷，或者被毒匪残存人员擒拿。

第三，耿尚勤被震落山谷的可能性已经排除，被毒匪活捉的可能不是没有，但是后来国际缉毒组织调查，被毒匪俘虏的人员中没有耿尚勤。当然，这并不等于他没有被俘，因为被俘后牺牲的可能性也不是没有。

推理的结果还是不确定的，最后的结局集中在两种可能上，一是被俘后牺牲，二是没有被俘而在另外的地方牺牲。

会不会有第三种可能，那就是既没有被俘，也没有牺牲。这当然是我们最最希望的，但是这种可能微乎其微，如果他活着，又没有被俘，那么他早就该回到部队了。

这时候我非常后悔，当时没有安排拍摄。陈骁倒是交代我了，但是由于我负伤了，也由于紧张，没有经验，没有及时地把任务布置下去，否则，有几张照片资料，或许能够发现蛛丝马迹。

这个问题缠绕了我很长时间。有一次我到团里报计划，把我的疑点跟陈骁说了。陈骁说，关于照片，我早就找过了，黑三角战斗发起之前，我让三班副于建国带领半个班在四号高地策应压制，他照的有，但是距离太远，没有长镜头，效果不好。

陈骁从他的保险柜里找出一个卷宗，里面有十几张照片，我们两个又辨认了一会儿，发现有两个问题，一是模糊；第二，虽然能看出个大概，但是都是在耿尚勤攀登之前的，后来大概是因为战斗激烈，于建国顾不上了，关键的照片没有。

我仍然不死心。

后来是在一个偶然的机会，我听张海涛说，武晓庆手里可能有照片。

我愕然，武晓庆手里怎么会有照片呢？

张海涛说，出发的时候，警卫排长尚未赛也交代他们要拍摄，留下战场资料，实际上尚未赛的本意是要为阚总指挥和团首长留下光辉形象。但是张海涛在轻装的时候，忘记取出照相机，留在他和武晓庆共用的背囊里。那是一架质量很好的海鸥牌照相机。后来武晓庆有一次告诉他，他在环形高地战斗开始之前，把照相机取出来了，并且在战斗过程中照了十几张照片。武晓庆还说，这些照片非常珍贵，他是不会轻易拿出来的，除非他当了连长。

我竭力镇静下来，不动声色地问张海涛，他还你相机的时候，里面有没有胶卷。

张海涛说，有，但不是我原来那卷，我原来那卷是富士牌的，而且是特制的军用胶卷。他还回来的是乐凯牌的，民用的。

张海涛提供的这个信息使我无比激动，我当天晚上就把武晓庆叫到我的宿舍，追问他照片的事情。

不料武晓庆矢口否认。武晓庆耷拉着眼皮说，哪有什么照片啊，我是跟张海涛开玩笑的，我跟他说我拍了贩毒女郎洗澡，你想怎么可能？

我说你正经点，现在我想搞清楚耿尚勤最后的情况。

武晓庆说，哪个狗日的不想搞清楚耿尚勤的情况，可是我真的没有照片，你把我杀了也没有。

我说你再想想，你有没有用警卫排的照相机拍摄过？

武晓庆想了一下说，确实用过，不过……跟你说实话吧，当时我很紧张，只拍了两张，后来……后来看见何区别他们牺牲了，我就……隐蔽了。

我的心脏都快要跳出来了，我说，这么说来，在何区别牺牲之前，你还是拍照了？

武晓庆怔怔地看着我说，应该是，我现在有点记不清楚了。

我呼啦一下站了起来，逼视武晓庆，吼道，告诉我，照片在哪？

武晓庆说，没有照片，只有胶卷，回到山圩农场之后，没有地方冲洗，再说我当时没意识到这东西的重要性，胶卷……找不到了，可能被我扔了。

我一步一步地向武晓庆逼近，我咬牙切齿地说，你他妈的回去给我好好找，从黑三角回来用的挎包、背囊，还有私藏战利品的相册盒子，还有你搜集的那些女明星照片的包裹，统统给我翻一遍，挖地三尺，你也要把那个胶卷给我找回来！

第二天早上，武晓庆就给我回话，他一头撞开我的门，拍着屁股欢天喜地地嚷嚷，找到了，找到了，我终于找到胶卷了。

我说很好，你这个人做的好事不多，这是最大的一件。

武晓庆说，牟卜我跟你说，要是从这个胶卷里找到耿尚勤的情况，你得把分管后勤的权力再还给我。

我说要是能够找到耿尚勤的线索，我宁肯把连长让给你当。

我们特务连不仅有几台在当时质量上好的照相机，还有专门的暗房，一应设备俱全。上午我就钻进了暗房，冲洗胶卷，显影，定影。武晓庆私藏的这个胶卷，是特制的军用品，有效期比普通的胶卷长，但是由于保存时间过长，还是有点氧化，显影和定影都需要专门的技术。

我正在紧张而又谨慎地忙碌，忽然听见一阵猛烈的敲门声，武晓庆在外面喊，牟卜，老牟，连长，连长，让我进去，我给你当助手。

我没理睬他，继续我的工作，我想单独进行这个工作，由我一个人首先介入调查。

但是武晓庆还在敲门，大约敲了二十分钟，这小子才可怜巴巴地说，连长，我想起来了，那上面还有我的隐私啊，你可得替我保密啊，我那时候年轻，我好奇啊……

武晓庆这个人的毛病真是太多了，怎么跟你说呢，用罄竹难书这个成语来形容武晓庆的毛病过分了点儿，但是说举不胜举还是比较靠谱的。我这样说是给你一个思想准备，当以后你听到他提前退休的消息后，请你不要感到突然，更不要受刺激。

那天我从武晓庆提供的胶卷里，果然看见了一张直接拍摄耿尚勤第二次摧毁环形高地的照片。武晓庆不是说两张吗，没错，但是另一张武晓庆这个笨蛋仅仅拍了一块石头，大约是手忙脚乱造成的——就这一张也就足

237

够了，因为这正是我朝思暮想并且希望看见的照片。

你没想到吧，恐怕连三流拍摄者武晓庆自己也不会想到，他抓拍的正是耿尚勤脱离毛竹升降机的瞬间照片，他的姿势棒极了，像是一只凌空飞越的猛兽，因为用力，他的身体拉得很长。如果不是因为太模糊，这简直就是一张无与伦比的艺术照，就凭这张照片，你就有理由喊耿尚勤一声英雄。要知道，那完全是孤注一掷，我相信即便是全世界最高超的杂技演员也不敢做这个动作，杂技演员做这个动作是要有充分的保护措施的，而我们的耿尚勤，是从一根人工支撑的并且眼看就要落地的毛竹梢上跳出去的，在那个已经歪斜的毛竹梢和绝壁之间，至少有三米距离，而下面就是万丈深渊。

我拿着放大镜，一遍又一遍地看，我看出来了，在那之前耿尚勤还是幸运的，因为绝壁上有一块突出的岩石，在岩石的上方，有一棵盘根错节的大树。

到此为止，我的第一个问题有了答案，耿尚勤是在何区别牺牲之前攀上绝壁的。

你可以想象，我当时是多么的兴奋，因为兴奋，我也就没有把武晓庆的丑行放在心里了，无所谓将功补过，其实说到底也不算什么大事。

武晓庆为什么在我冲洗照片的时候拼命地想进来参与呢，看在他为我提供了胶卷的份上，我替他遮一次丑。我只能告诉你，在那卷胶卷上，还有几张本来不应该出现的照片，是关于我们二十七师女篮几个女兵的照片。

我们那次在密西西那黑三角地区缉毒剿匪的战斗，后来实际上被看成是东部边境作战的一个组成部分。部队还在山圩农场休整的时候，沾了东部战区的光，上面来了很多慰问团，常常把我们也捎带着慰问一下。团里从我们特务连每个排抽调一个班去搞接待勤务。那时候生活条件比较差，部队便因陋就简地搞一些文体娱乐活动。我们师里的业余女子篮球队也来了，同我们缉毒剿匪特遣部队的"老头队"打球，老头队其实就是我们的阚总指挥和赵团长，加上武警支队和公安部队的几个首长。球赛结束后，女篮队员就在我们团的伙房实际上也是山圩农场的伙房里洗澡，武晓庆他们班既是警戒班，又是服务班，那天想必是伺候这些女篮运动员，他有机会比别人多看几眼，有机会发挥他的特务才干，也有机会偷拍。至于到了什么程度，你自己想吧。我只能说比较恶劣，但不算严重。

这件事情我以后再也没有提过。

有了耿尚勤脱离毛竹的这张照片，我就开始琢磨下一个行动。第一个问题解决了，剩下的还有两个问题，一个是耿尚勤到底是死是活。第二个问题是，如果活着，活在哪里。如果死了，死在哪里。这些问号挂在我的脑海里，长期挥之不去，我不敢说每一分钟想起，但我敢说，几乎每一天都要闪烁几次。

八

随着年龄的增长，我的爱情逐渐被提上了议事日程，标准也在不断地降低。刚当连长的时候，我们团政治处张震峰主任就张罗给我介绍对象。那时候我还没有同安晓莘敲定。坦白地说，那时候我跟谁都不想搞定，因为那时候我的心气还很高，认为自己前程远大，认为来日方长，我的一切都才刚刚开始，可以从容不迫地挑肥拣瘦。

我不想搞定是一回事，但是搞与不搞是另一回事。有人介绍，我概不拒绝。为什么呢，我想多看看，多选选，特别是张主任介绍的女朋友，我不能怠慢。

我既没有找到一个像"小花"一样美艳的女朋友，也没有找到像苏晓杭那样有内涵有底蕴的红颜知己，那么我只能跟安晓莘和阚尽染周旋。

我刚刚当上特务连的连长，安晓莘就考上了第二军医大学的研究生，这样，我的似是而非的爱情就搁浅了，就连阚尽染我也不联系了，没有安晓莘在场，我没有理由同阚尽染联络，而且单独同阚尽染在一起，我会莫名其妙地产生自卑感，觉得彼此不在一个对话层次上。在这种情况下，张主任给我介绍女朋友，我没有足够的理由推托。

你一定看出来了，在爱情这个问题上，我表现出了十足的功利主义嘴脸。我没有办法，我是从社会底层走向社会的，我的每一个选择，都要慎之又慎，包括前程、生活和爱情。在这个问题上，我记住了陈骁的那句话，人生的艺术就是选择的艺术，归根结底，人生的成败就是选择的成败。而人生的成败得失，爱情和婚姻是重中之重。

这里面也不排除另外一个因素，从精神层面上讲，我可以追求更理想的爱情，也可以用裴多菲的名诗"生命诚可贵，爱情价更高。若为自由故，二者皆可抛"来勉励自己，大丈夫以事业为重，不可过早沉溺于男欢女爱儿女情长。但是精神境界是一回事，生理规律是另一回事。我已经是二十五岁的大龄青年了，血气方刚，体格健壮，身体内的荷尔蒙就像一口旺盛的泉眼，汩汩地向外流淌，挡都挡不住。特别是夜深人静的时候，经常做梦，这些美梦常常把我折腾得翻来覆去不能入眠。这些感觉与高尚或者卑劣无关。而每当想到这个问题，我就会想起耿尚勤，我不知道耿尚勤的爱情是哪一个层面的，但无论是哪个层面的，我都理解。

干部股长朱家甄打电话的时候，我正准备到值班室里给安晓莘挂长途。有一段时间没有联系了，我想问问她的情况。我拿起电话还没有挂通，朱股长的电话就插进来了，让我马上到张主任办公室去一趟。

张主任给我介绍的女朋友是谁我并不关心，我最关心的是不能让张主任没有面子，我必须把这件事情妥善地处理好。显然，成功了就自然而然地妥善了，不成功就很难妥善，这就要看我这个特务连长的本事了。

张主任给我介绍了女方的简要情况，人品很好，相貌很好，年龄相当，家庭背景没有问题。女方是平原市的一个女警察。

后来我知道了，这个女警察是我当副连长的时候，在热电厂培训的公安干校的学员，也是平原市公安局长路子野的女儿，名叫路晓露。说起来，她和我还有师生之谊呢。

我对这个女警察印象不深，后来她跟我又郑重其事地相了一面，我还是印象不深，甚至可以说完全没有印象——请不要误会，我之所以说我对路晓露印象不深，这不是她的问题，不是说她本人在形象气质方面有欠缺，而完全是因为我的混账造成的，关于这一点，我在不久以后将会详细介绍。

约定的见面时间我记住了，是十月一日在海滑的机场废地第三十六号界桩附近。

那段时间我正带着连队参加助民劳动，我们连队的任务是帮助平原市人民公园开掘军民连心湖，就是把一块荒岗变成小型湖泊。当时还有一个任务，整党，王晓华和武晓庆参加第一批整党，我和副指导员胡达成带领连队，奋战了一个礼拜，累得死去活来。这种事情，与战争无关，我当然不会太操心，但凡受领任务、制订计划、分配土方、协调路线，都由我的炊事班老班长胡达成具体负责。我这个连长干些什么呢，我和战士们一样，拉板车，挖土方。

当时团里的作训股长陈骁也跟着我们一起行动，他是蹲点干部，更是甩手掌柜，他干脆提议我们两个拉一辆板车。我意外地发现这种臭苦力似乎特别适合他，他要求兵们垒得多一点再多一点。他拉起板车健步如飞，我在后面推车跑得上气不接下气。我想，这家伙莫非吃了激素？不知道从哪里来的这么大的力气。

后来我知道了，这是爱情的力量——他的爱情破产了，苏晓杭已经给他来信，说是年底就要和那个名叫章直达的混蛋结婚了。我猜想陈骁杀人的念头都有，但是就算他有这个胆量，他也没法杀人了，苏晓杭和章直达都到国外去了。

陈骁满腹悲愤，无处发泄，就把劲头用在板车上，害得我连续六天跟着他当骆驼祥子，创造了干部以身作则的奇迹。

我们两个人虽然体力消耗比较大，精神还是很愉快的。休息的时候，面对面坐在柳树下面，他一根接一根地抽烟。

我问他和苏晓杭怎么样了，他说不怎么样。

我说老班长算球了，活人不能被尿憋死，聪明人不能在一棵树上吊死，咱们再换一棵树试试。他不吭声。我发现他抽烟很凶，而他过去是不抽烟的，我知道他是被爱情折磨出毛病来了。我做梦都没有想到，这样一个貌似坚强的汉子也会如此柔肠侠骨，居然对爱情这样执着——就凭这，我就认为他比我更像个男人。

我跟他说，政治处张震峰主任给我介绍了一个女朋友，规定我在十月一日晚上见面，问他有什么看法。他说，爱情这东西，可遇而不可求，塞翁失马，焉知非福，失而复得，焉知非祸。

我说你别文绉绉的，我听不懂。

他说，通常的情况下，如果不出什么意外，人总是要结婚的。你要是没有爱过一个人，你早晚得有一个女人，可能是她，也可能是她她，还有可能是她她她，你不知道她是谁，那你就去看看她是谁。

我那天被陈骁弄糊涂了，说真的，我真的以为他的神经出了毛病，他的话云山雾罩，东一榔头西一棒子，不知所云。我想这大约就是失恋带来的后遗症，我只能用陈骁自己说过的一句话来安慰他和我自己，我说，时间会医治一切。

后来团首长在助民劳动总结表彰大会上，把我和陈骁好一通表扬，说我们两个是基层部队的焦裕禄，是解放军里的陈永贵。陈骁听到表扬后的表情是没有表情，我的表情是苦笑。

体力劳累使我的脑力状态变得迟钝起来。总结表彰大会开完，回到连队，王晓华和武晓庆之流那天正好参加整党结束。那天会餐，只吃两顿，中午——其实已经是下午三点了，王晓华让人把陈骁请回连队，加上胡达成和一排长刘燕斌，我们六个人喝了三瓶平原市的漳河粮液。那是一种高度的粮食酒，喝起来醇畅淋漓，但是喝过之后麻烦就来了，陈骁当场醉倒，就睡在王晓华的床上。我回到连长和指导员同居的宿舍，很快就鼾声如雷，但这丝毫没有打搅陈骁，他的鼾声比我的还大——这是后来胡达成告诉我的。

王晓华睡到副职宿舍，占据了武晓庆的床，武晓庆没有地方睡觉，就把他和胡达成的办公桌拼在一起，睡在上面。整个特务连连部，只有胡达成一个人是清醒的，因为我们分工那天晚上他值班。王晓华还编了一首诗，醉了不要紧，难得感情深，醉了同志们，还有胡达成。

醉了好啊，醉了真他妈的舒服，就像死了一样，再也没有那么多烦心的事情了。我醉得痛快，陈骁醉得深沉。但是我的醉和陈骁的醉是不一样的，我醉了是因为我快活，他醉了是因为他痛苦。但是那天晚上我已经顾不上想这么多了，我沉浸在我自己的美梦里。

不知道过了多久，我感到山摇地动。我嘟嘟囔囔地说，他妈的别烦我，只要不是战争爆发，就是地震了，我也不起来，老子要睡觉。

然后我就听见一个严厉的声音吼了起来，牟卜，张主任的电话！

我睁开蒙眬睡眼，好不容易才看清楚，是王晓华，他的身后还跟着我的老班长，装出一副可怜兮兮表情的胡达成。

我的酒顿时醒了一半，我一下子想起来了，今天就是十月一日，是张主任给我规定的同那个女警察见面的日子。我一骨碌从床上跳起来，骂道，他妈的，为什么不早点叫醒我？

胡达成说，我十分钟前叫过你一次，你说再睡一会儿，我不忍心把你弄醒，就等了一会儿。张主任让你七点以前必须到达指定位置。

我说现在只有半小时了，我怎么来得及，你是猪脑子吗？

我一边发火一边找衣服。刚刚穿上，陈骁醒了——这伙计醉得快醒得也快，他睁开眼睛看着我说，你这身衣服恐怕得换一换。

我知道我要去跟未来的女朋友之一见面，但是我不想刻意修饰自己，我穿的还是白天拉板车的时候穿的旧军装，而且是两个兜的义务兵服装，已经汗渍斑驳，气味浓重。脚上是解放鞋，也是臭气熏天。

我说这是公事公办，应付一下就行，难道你还要我洗澡更衣不成？

陈骁说，干干净净地做人，干干净净地见人，这是对人家的起码尊重，不管成功与否，一个特务连长，不能有失风度。

说完这话，陈骁翻了个身，瞬息之间，又打起了呼噜。

我虽然还在醉着，但陈骁的话还是对我很起作用的。我不能不承认，陈骁做人比我有品位。我让通信员赶紧搞来一盆热水，三下五除二地洗脸洗脚，又找出一套干净的军装，换上皮鞋，临出门时还把皮鞋前部在腿肚子上蹭了蹭，这才大义凛然地直奔海滑机场而去。

后来的事情我半是明白半糊涂。

我记得是胡达成和刘燕斌陪同我去的，胡达成亲自驾驶炊事班买菜用的三轮车，两只小腿蹬得飞快。到达指定位置的时候，我一看表，还差七分钟。胡达成对刘燕斌同时也是对我说，我们在导航塔下面，你一个人等在这里，一会儿就过来了。

我反应迟钝地看着胡达成说，那好，一会儿过来接我，暗号照旧。

胡达成看看刘燕斌，刘燕斌看看胡达成。胡达成问，什么暗号？

我说，左手戴手套。

胡达成和刘燕斌都蒙了，胡达成看了我一阵，突然冲上来摸我的脑袋。我一把把他扒拉开问，你干什么？

胡达成说，我看看你是不是发烧了。

我说你才发烧呢，摄氏七十二度。

胡达成说，我怎么觉得你说话不着调呢，酒还没有醒啊！

我说，笑话，我牟卜什么时候喝醉过？再拿一瓶漳河粮液来我也没有问题。

说完，我就闭上眼睛。发烧倒是没有发烧，但是这会儿工夫，我的脑袋基本上是一团糨糊，太阳穴一跳一跳地疼痛。

胡达成说，他妈的糟了，果然还在醉着，咋办？

刘燕斌说，我也没有办法，要不副指导员你先替他出面，救场如救火啊！

胡达成叫了起来，亏你想得出，我这五大三粗的，一看就是炊事班的，万一要把这狗日的好事办砸了，他酒醒了还不跟我拼命啊？一排长我看你小子一表人才，你给我顶上！

刘燕斌说，我是一表人才，但是人家要是看上我，以后发现不是我，那我们特务连不是坑蒙拐骗吗？

我咬紧牙关，坚持着睁开了眼睛，我说你们瞎咧咧个啥，都给我滚，我会女朋友你们在这里起什么哄？

胡达成说，牟卜，牟连长，你行吗？

我说，滚蛋吧同志们，我自己的事情自己做。

后来胡达成和刘燕斌就躲到海滑那座废弃的指挥塔后面去了。我坐在三十六号界桩上，摇摇晃晃地半打瞌睡半睁眼，朦朦眬眬地看着西边由血红变成紫红再变成暗红的天穹，艰难地保持着平衡，使自己不至于倒下去。

不知道过了多久，我发现远处来了一个人，骑着自行车。走近了，走到我的面前，一个人——我估计她是个女的——从车上跳下来，支好车子，看着我，低着头。我也看着她，她不说话，我也不说话，因为我不认识她。

后来还是她先说话，她说，你是牟连长吧，还认识我吗？

听这声音，果然是个女的。

我说我不认识你，但是我知道你是谁，你想嫁给我是不是？

她吃惊地看着我，面红耳赤——这是我以后猜测的——她说你听谁说我一定就要嫁给你？

我说，你不是来相亲的吗？我现在也在相亲，你相的是我，我相的是你，咱俩现在做的是同一件事情。

我没有想到她会生气，我想我一点都没有胡说，我说的全是事实，但是她还是生气了。她说我们只是被介绍认识，还没有上升到婚嫁的程度，你凭什么断定我就会嫁给你？

我说是吗，那好，你不嫁给我，我还跟你扯什么皮？我还要回去睡觉呢。

我说的话是实话，因为这会工夫我感到头疼欲裂，每说一句话都很吃力。老话说酒醉心里明，我嘴上语无伦次，但是心里确实很清楚，我已经意识到我的脑筋开始短路了，嘴不由己了，而且肠胃翻滚得厉害，好几次都差点儿喷薄而出，所以我得赶快脱离现场，以防止当场出丑。

她说，我没想到张主任给我介绍的是这么一个人，太粗鲁了。在热电厂给我们当教练的时候，还是一个风度翩翩……

我说，我……我，我得回去了。

她说，哼！

我说，再见！

她说，不会再见了。

说完，她就离开原地，去推她的自行车。

我两手撑着膝盖，用了吃奶的力气站了起来，摇摇晃晃地走了两步，突然觉得两腿一软，一条腿就跪在了地上。这时候她才发现情况不对，似乎犹豫了一下，但还是发扬了人道主义，她把车子一扔就跑过来扶我，紧张地问我，你怎么啦，你这是怎么回事？

我说，我……我，我没有……怎么回事……

话还没有说完，我就觉得嗓子眼儿一阵烫热，肚子里翻江倒海，如同决堤的洪水，汹涌而出。

后来的情况可想而知，这个倒霉的女孩被我糟践了一身。我对她的记忆只有一双白色的皮鞋，那是在她关切地搀扶我的时候，我耷拉着脑袋唯一能够看得清楚的东西。而那双皮鞋，转眼之间就被我的呕吐淹没了。

平心而论，这个女孩还是通情达理的，还是善解人意的。我已经醉成那样，简直没有人样了，她还是守了我十多分钟，直到胡达成他们赶过来，这才离开。

六年之后，我当侦察营长的时候，和一团副团长陈骁一起在第二军事工程学院住校，一次暑假返校，上火车的时候，看见站台上有个抱着孩子的少妇，很温柔地冲着我们微笑，给人很好的感觉。给我们送行的特务连第十八任连长刘燕斌问我，知道这个女人是谁吗？

我说不知道。

刘燕斌说，那年在三十六号界桩，你吐了她一身，把人家的皮鞋都糟蹋了。分手的时候我们跟她说，我们连长醉了，请原谅。

我惊问，路晓露？

刘燕斌说，正是。

我问，她当时怎么说？

刘燕斌说，她说，她可以原谅，但是她不想跟这样的人打交道了。

我说，那我当时怎么说？

刘燕斌说，你说岂有此理，老子就是喝醉酒了而已，就不跟老子打交道了，简直是反革命，枪毙！

我惊讶地问刘燕斌，你开什么玩笑？我怎么会这么说，那我也太没教养了。

陈骁一旁插话说，千真万确，这话就是你说的。你的这个故事很流行哦，二十七师和平原市都知道。

我说，他妈的，全搞砸了。那话不是我说的，是他妈的漳河粮液说的。

后来列车开动了，我发现她还在下面，居然抱着孩子向我们挥手致意。我的心里既惭愧又温暖，觉得挺对不起她。这时候我才仔细地看她，真的是一副贤妻良母的形象。

我也向她挥了挥手，我很想对她说点什么，但是又觉得无话可说。人生就是这样，茫茫人海，我们会同很多人相遇相识相知，又会同更多的人擦肩而过从此陌路，你搞不清楚你更应该认识哪些人而不应该认识哪些人。

直到车子开动，离开了站台，我才收回我的目光。这时候我才吃惊地发现我对面的老大娘一直在看着我，老大娘操着驻马店一带的豫东口音问我，你也认识俺儿媳妇？

我怔了一下，苦笑，摇头。

九

我在特务连当连长的第三年，安晓莘从军医大学进修回来了，她刚回来，我就带着连队去太行山深处的临县大峡谷进行为期一个月的野外生存训练。这样，我们又没有见上面。

武晓庆这次没有进山，他带领炊事班在家留守。我们刚刚离开营房四天，就接到后方的电报，说连队出事了。事情倒是不大，但是影响不小。

你还记得我前面讲的一个故事，提到了一个曾经被耿尚勤撵得屁滚尿流的叫邱冬瓜的著名懒汉吗？这小子现在比过去名气更大了，成了我们平原市北郊的流氓领袖，不过还不算罪大恶极，无非是小偷小摸、爬墙头割电线入室行窃、半夜三更拦路打劫之类。

我们特务连在一团营区的西北角，一河之隔，紧挨着后面的十里铺村。连队拉到太行山搞野外训练，不知道情报怎么传到了邱冬瓜邱司令的耳朵里，这伙计利令智昏，纠集城外一帮子土流氓半强盗，半夜三更潜入营区，偷猪。

你是知道的，我们特务连的猪不是一般的猪，几任猪倌都是有来历的，譬如耿尚勤，虽然没有英雄称号，但我们一直认为他就是英雄。譬如我，现在是特务连长。譬如我的原班长、现在的副指导员胡达成，还有一排长刘燕斌，我们都是从猪圈走向领导岗位的。

那天晚上，邱冬瓜亲自率领两个无赖，组成一个战斗小组，从营区西北角先行潜入菜地，潜伏在黄瓜架子里，把我们特务连留守人员的行动摸得一清二楚。趁现任饲养员周里京喂完猪回连队之机，邱冬瓜派出一个人把他们自己发明的蒙汗药——实际上就是肉包子里放上安定片，扔进猪圈，这时候猪们正在就餐，看见外面有肉包子，便争先恐后一拥而上。

大约在半个小时之后，邱冬瓜觉得差不多了，向等候在护营河外树荫下面的主力部队发出信号，这些当代游击队员拿着扁担绳子，从护营河潜水而过。

正要行动，不料猪圈东边有了动静，原来是武晓庆带着炊事班长刘迎建视察猪圈来了。

我曾经说过，武晓庆的毛病一言难尽，但是说真的，武晓庆的毛病对于国家和人民的利益危害并不大，他之所以能从一名义务兵当上了班长、排长、副连长，就说明他并非一无是处。譬如这次连队主力进山训练，让他负责留守，他就很负责任。要是没有武晓庆的这次视察，连队的损失可就大了，一共有三十七头猪，能够上案的在一百公斤以上的就有十三头。我们特务连训练强度大，伙食也搞得很好，每个星期都要杀一头猪打牙祭，要是让邱冬瓜阴谋得逞，恐怕我们特务连一年半载都吃不上猪肉。

我率领特务连主力离开营房，武晓庆就自然而然成了特务连后方最高长官。山中无老虎，猴子称大王，感觉就不一样。武晓庆背着手慢腾腾地走在前面，刘迎建恭恭敬敬地跟在后面。

武晓庆一边东张西望，一边哼哼哈哈地对刘迎建说，菜地要上肥了，最近把猪圈的粪起一起。

刘迎建说，是，明天落实副连长的指示。

武晓庆说，最近部队进山训练，留守人员有限，要加强防卫，发现问题及时向我报告。

刘迎建说，是，发现问题及时向副连长报告。

武晓庆说，要加强对零星人员的管理，熄灯之前要清点人员……武晓庆说到这里，不说了。

刘迎建说，是，熄灯之前要……说到这里刘迎建也不说了，他看见武副连长停住了步子，眼神好像有点奇怪，正在盯着某处，一动不动，而且还向身后的刘迎建做了个手势——把右手举在肩膀上，示意刘迎建不要乱说乱动。

刘迎建伸长脖颈子，向武副连长目光锁定的方向看去，但是他什么也没有看见。

武晓庆终于说话了，说话之前仰起脑袋，看天，看了一阵，声音很高地说，菜地嘛，暂时就不要管它了，现在在家的人少，就三个人，吃不了多少。你主要把我们几个人的伙食搞好就行了。

刘迎建一头雾水。他弄不明白，武副连长这是怎么啦，出尔反尔，刚才还说要把菜地弄好，还说要去看看黄瓜架子，怎么转眼之间又变了？而且武副连长还从前面的地埂上掉转方向，又慢腾腾地回到猪圈这边来了。站在外面，武副连长春风满面地说，我们特务连的猪好啊，让它吃食它就吃食，让它睡觉它就睡觉，让它放屁它就放屁。你看，一个个多老实，还打呼噜呢。

刘迎建稀里糊涂地说，那是那是，副连长管后勤，都是武副连长领导有方啊。

武晓庆笑呵呵地说，那是啊，本副连长不仅会管人，还会管猪。走吧，回去打扑克，拱猪。

说完，向前一挥手，扬长而去。刘迎建不解其意，屁儿颠颠地跟着走了。走到连部门口，武晓庆回头问刘迎建，看见什么问题了没有？

刘迎建说，什么？

武晓庆说，他妈的，没有打过仗就是不行，脑袋缺弦，没有战备观念，家里还有几个人？

刘迎建回答，总共七个。

武晓庆眯起眼睛，眨巴了几下，抠抠鼻子说，好啊，今晚可以过上一把瘾了。紧急集合，把大家都叫到炊事班。

刘迎建说，干吗啊？

武晓庆说，要打仗了。他妈的叫你去你就去，耽误战斗行动，军法从事！

后来的情况就简单了。

武晓庆如此这般安排，留守人员全体穿上了炊事班的蓝布大褂，然后就从三个方向包围了猪圈。

再说邱冬瓜。

武晓庆和刘迎建往菜地方向溜达的时候，眼看就快到菜地了，邱冬瓜之流正潜伏在黄瓜架子下面，上面大气不敢出，下面尿都快吓出来了，那颗心已经扑通扑通乱跳。

苍天有眼，千钧一发之际，那两个当兵的并没有发现他们，又慢腾腾地滚蛋了。机不可失，时不再来，邱冬瓜怕再一耽搁，猪们醒了，就不好下手了，赶紧招呼人马，上啊！一路小跑，冲进猪圈，套勒口的套勒口，捆四肢的捆四肢，七八个人正默默无闻地忙得起劲，就听见外面传来一声咳嗽。邱冬瓜惊得魂飞魄散，抬起头来，看见一个人，穿着蓝大褂，正在笑嘻嘻地看着他。

邱冬瓜回过神来，叫了一声不好，跳出猪圈就要跑。可是为时晚矣，说时迟，那时快，只见几道黑影一闪，偷猪的人瞬间就被摞翻了几个。武晓庆边打便喊，注意政策，重点打屁股，尽量抓活的。

这样一喊，邱冬瓜就回过神来了，当兵的不敢把他们往死里打，于是拼命反抗。

你是知道的，在我们特务连，即便是炊事员，也是有拳脚功夫的，收拾这几个土流氓不成问题，但问题是不能下手太狠，这就给了邱冬瓜之流反抗的余地。这些家伙是困兽犹斗，往死里反抗，拼命挣扎，居然打成胶着状态，犬牙交错，混战一团，不可开交。

武晓庆本来以为这帮土流氓一打就跑，没想到他们这么泼皮，反而越打越来劲了，揪住当兵的不松手。还有一个家伙躺在地上装死，顺地打滚，嘴里高喊，解放军打人了，解放军打老百姓了。

武晓庆一看不好收场，眉头一皱，计上心来。趁乱撤出战斗，回到宿舍，脱下蓝大褂，换上四个兜军官服，戴上军帽，脚上蹬了一双锃亮的皮鞋，把脸上被抓破的地方用胶布贴上，然后背着手威风凛凛地出现在猪圈边上，好像很惊讶的样子，大喝一声，都给我住手！本团长来了，你们还在打架斗殴，成何体统！

都住手了。偷猪的土流氓和护猪的特务兵，一起住手，一起看着武晓庆。

武晓庆威严地咳嗽一声，缓缓地移动脑袋，俯瞰一片狼藉的猪圈战场，慢腾腾地问道，这是怎么回事？

刘迎建明白过来了，马上跑步上前：报告团长，特务连猪圈遭到一伙不明身份的强盗偷袭，我部正在浴血奋战，已将主要案犯捉拿！

武晓庆点点头说，将领头的带走审问。你们也跑不掉处罚。老百姓为生活所迫，到军营捞点收入，虽然有错，但是你们不能动手打人。谁是这里负责的？

刘迎建说，我，我……我是特务连副连长武晓庆。

武晓庆说，我宣布，予以特务连副连长武晓庆以关禁闭二十天的行政处分！然后又向邱冬瓜之流说，你们更不是什么好东西，看在军民团结的份上，本团长不追究你们了，赶快滚蛋！

邱冬瓜爬起来，拍拍屁股，看着武晓庆哭丧着脸说，首长你可真是英明啊，俺们哪里是来偷东西的啊，部队上的猪跑到村里了，俺们是来给队伍上送猪回来的，就叫他们一顿暴打，你可得给俺老百姓做主啊。

武晓庆眨巴眨巴眼睛，哼了一声说，好啦，算啦，偷猪也好，送猪也好，本团长一概不予追究，你们滚蛋吧。

邱冬瓜感恩不尽，点头哈腰，一连串说，多谢首长明察，你老人家可是一定要明察，那个武晓庆不是个好官，俺们强烈要求多关他几天禁闭。

武晓庆说，你们放心，我们是军队，有三大纪律、八项注意，我关他两个月行了吧。

邱冬瓜打了一个招呼，正要率众滚蛋，我们连队的一个新兵忍不住扑哧一笑，这一笑，笑出麻烦了。邱冬瓜眼力不济，但是他手下有个狗腿子一直就在琢磨真正的武晓庆，这家伙突然喊了一声，不对啊老邱，他不是什么团长，他就是特务连的，刚才还把我按在地上猛打，他的脸就是我抓破的。

邱冬瓜说，什么，这狗日的敢冒充团长吓唬俺们？打他个狗日的！

这一声呐喊不要紧，邱冬瓜的手下又来劲了，霎时把武晓庆围个水泄不通。武晓庆一看暴露了，索性扔掉帽子，胳膊一抡说，他妈的给脸不要脸，那就给我狠狠地打！

于是重新开战。虽然有掌握政策这一说，但是打红眼了就顾不上那么多了，打到最后，真的把土流氓邱冬瓜打伤了，断了一根肋巴骨。

消息传到太行山的时候，我正带领连队主力搞野外生存训练，团政治处责成我们特务连写检查，我说连队分散在深山老林里，事故苗头多，我和指导员暂时都不可能分身回去，我们先训练，回去以后再说。

以后回去了，团里并没有揪住我们写检查，因为这件事情并不是武晓庆的错误。现任政委张震峰说，我们特务连的行动是正当防卫，盗窃乃至抢劫军用物资，可以视为反革命，和平时期镇压反革命，乃是我们的神圣职责。

地方上经过调查，确认邱冬瓜的团伙属于半黑社会势力，邱冬瓜乃平原市北郊的害群之马，被打断一根肋巴骨，咎由自取，纯属活该。

十

武晓庆在营房里大显身手的时候，我和特务连新任指导员张海涛率领连队也在太行山大峡谷里叱咤风云，把一百多号兵放进了深山老林，把身上的全部现金收起来集中管理，每人只发了五天干粮、半斤盐巴，让他们按照指定的路线行进，翻越太行山主峰，半个月后到达指定位置。侦察股长陈骁随特务连行动，我们两个编在一个战斗小组，跟战士们一个待遇。

一天傍晚，我们这个小组走到深山一座荒废的破庙里，当夜在那里宿营。

野餐之后，我和陈骁坐在破庙外面的残垣断壁上，眺望苍茫林海，我们不约而同地想到了耿尚勤，我对陈骁说，也许耿尚勤还活在人间。

陈骁没有说话，使劲地抽烟，烟火在夜暗中一明一灭。

我问陈骁，知道不知道那个叫段红瑛的女人现在的情况。

陈骁说，那不是问题的关键。

我说，这次野外训练回去之后，我要亲自去找段红瑛。

陈骁问我，你要干什么？

我说，我要问问，段红瑛怀的孩子是否真的做掉了。

陈骁说，你怎么会有这样的想法？

我说，我有一个感觉，这个孩子并没有做掉。耿尚勤多少年了下落不明，如果我们能够把他的后代找到，对他对我们都是一个安慰。

陈骁说，那你就试试吧，我不反对。但是你要有思想准备，恐怕你什么也情况得不到。

252

我说，你看看这漆黑的夜，这像海一样的深山老林，我们一百多号特务连的士兵，洒进去就像细水流沙，可是我们知道，他们都会回来。白天有太阳，夜晚有星星，只要有光亮，就会有希望。也许，耿尚勤当年就像我们现在一样，在密西西那丛林里，按照北斗星指引的方向，艰难跋涉，历经千辛万苦，又回到了人间。

陈骁没有说话，目光像是投得很远。远处什么也没有，只有茫茫夜色。也许，他在想密西西那河两岸的那片山岳丛林，在想那一个多月的生离死别。

我说，我不能接受耿尚勤不明不白的结果。

陈骁说，你的种种猜想我也有，我想了不知道多少遍。可是直到今天，这么多年过去了，杳无音信，连我自己都怀疑了。你不是说时间可以医治一切吗，人生有许多不解之谜，最后都是靠时间破译的。

我说对于人的情感是这样，但是对于人的生死不是这样的，我们不能依赖时间。依赖时间，最后时间也许只会给我们一个答案。

陈骁问，什么答案？

我说，不了了之。等我们大家都死了，就一了百了，什么问题也没有了。

陈骁沉默，沉默一会儿说，但是我劝你不要再去找段红瑛，她是一个普通女人，她没有必要承担我们军人遗留的苦难，她的日子够艰难的了。

陈骁没有意识到，他劝阻我的话恰好坚定了我的决心。因为从他的话里，我隐约意识到在耿尚勤的问题上，他比我知道得多，他有什么事情瞒着我，他甚至瞒着我做过什么事情。

后来的事实果然证明我的判断基本属实。

十一

陈骁这些年过得很不顺当，事业上磕磕绊绊，从作训股长到营里当副营长，后来又到团后勤处当了一段协理员，直到后来师政治部主任徐善笠过问，说是一个很有前途的军事干部，为什么一再调动？如果你们一团没有地方放了，那我就把他调到师里来了。

　　当然这话徐善笠也就是说说，恐怕真把陈骁调到师里，也不一定合适。过去徐善笠还在团里当政委的时候，也认为陈骁过于书呆子气，陈骁搞的那些方案计划之类，符合实战要求，但是不符合现实要求，徐善笠也有感觉，说这个人有点不食人间烟火，只有打仗才有用处，和平时期基本上找不着北。但是因为有了徐善笠主任的那句话，团里还是把陈骁调回司令部，不过不再担任作训股长了，而是改任相对单纯和清闲的侦察股长。

　　侦察股长这个职务，基本上就是管我们特务连，而且还是业务上的，行政上我们归团司令部直政股管辖，所以说陈骁是个光杆司令，基本上是事实。

　　我不知道像陈骁这样一个人怎么会落到这个地步。他一直是我心目中的偶像，过去的陈骁，卓尔不群，英俊潇洒，要能力有能力，要思想有思想，要干劲有干劲。我一直认为他是我们特务连的诸葛亮，是现代战争中的赵子龙。但是几年下来，这个人就像脱胎换骨似的，老气横秋，沉默寡言。难道是一次昙花一现的爱情就让他一蹶不振？那也太脆弱了一点吧。

　　我从指挥学院回来这几年，一直没有听到苏晓杭的消息，偶尔试探陈骁，这老哥讳莫如深，总是把话题扯开，闭口不谈苏晓杭的事情。倒是有一次听王晓华说，苏晓杭当初义无反顾地转业，差不多和她那老革命的家庭断绝了关系，现在在国外发展，据说很不如意，可能是婚姻出现了问题。再说，像她这样一个自幼养尊处优的女人，对于创业的艰难思想准备不足，实践起来也是捉襟见肘，如果她的婚姻出现了问题，经济上破产还在其次，重要的是精神破产。

　　我问王晓华是从哪里得来的消息，王晓华直言不讳地说是从当年海滑五朵金花之一的冉媛媛那里听到的。王晓华在当上一团干部股长之后不久，就同冉媛媛建立了恋爱关系，就在他跟我谈起苏晓杭的情况之后不久，就同冉媛媛结婚了。他们结婚的时候，我也去喝喜酒了，当了新娘子的冉媛媛，似乎成熟了许多，走路再也不挺着胸脯夹着屁股了。

　　关于王晓华同冉媛媛的恋爱结婚故事，属于大众化层次，在这里就不多说了。现在冉媛媛仍然在海滑干休所工作，当管理员，两个人的小家庭就建立在我们一团的家属院里，我和陈骁经常到王晓华和冉媛媛的家里吃饭，我估计陈骁很有可能经常从冉媛媛的嘴里打听苏晓杭的消息。

弹指一挥间，转眼我们都是二十六七的人了，而陈骁比我还大几岁，已经快三十的人了，婚姻依然渺茫。

当年传说的王晓华同陈骁因为提干的问题明争暗斗，我不能说没有，但是我们都理解这种竞争。从这些年的情况看，王晓华对陈骁还是很友善的，尤其是他当了干部股长之后，曾经先后几次托人给陈骁介绍女朋友，但是均遭到陈骁的婉言谢绝。王晓华说，陈骁这个人别的都好，就是太认真，认真是对的，但是认真不等于认死理，不等于一棵树上吊死。性格决定命运。陈骁是太重情了。这样的人如果顺利，就会一路畅通，但是如果遇到过不去的坎，就会掉下陷阱，就像飞蛾扑火，不粉身碎骨就不结束。

我承认王晓华的分析有一定的道理，但我不认为陈骁会永远这样，会一直沉沦下去。王晓华当初那句话就像箴言，塞翁失马，焉知非福，失而复得，焉知非祸。这是一个辩证法，但是辩证法在不同的时候有不同的表现，否则，我们一味地强调好事变坏事，坏事变好事，没有主观上的努力，听天由命，那我们的人生还有什么主动权呢，我们干吗还要死乞白赖地做这做那呢？

是命运改变了我们，还是我们改变了命运？

我相信陈骁的能量并没有消失，也许他在养精蓄锐，就像当年他在饲料房里跟我说的曹操煮酒论英雄的故事，勉从猪圈暂栖身，未当英雄先做人。巧借喂猪好机会，韬光养晦学本领。

他当时开这个玩笑是为了给我打气，其实何尝不是他自己心胸的表露。我在回味这段往事的时候，同时想起了曹操的一段话，龙能大能小，能升能隐。大则兴云吐雾，小则隐介藏形，升则飞腾于宇宙之间，隐则潜伏于波涛之间。

我不知道你对于古人的话、古人的文章怎么看，一方面我发现我们的祖宗文人一方面非常大气，可以说大气磅礴，譬如说《孙子兵法》里就有，动于九天之上，遁于九地之下；譬如形容人的素质，有经天纬地之志，吞吐宇宙之象等等。如果作为文学修辞倒也无可厚非，但是用在军事科学领域，就难免有点大而不当了。我说这些话是什么意思呢，往远处看，这与以后我们的关于特种兵建设的思考有关，动于九天之上，遁于九地之下，这些前人的一厢情愿，到了几千年之后我们的手里，可以说一定程度梦想成真了。往近处说，我想用这些夸张的文字来寄托我对陈骁的重新崛起的希望。

十二

一个月后，我们特务连完成了野外生存训练，班师回朝。

回到营房没几天，阚尽染就打电话来了，说星期天她和安晓莘到特务连来玩。

我问玩什么，阚尽染说，有什么好玩的我们就玩什么，反正不玩你。

我说我们是战斗连队，连耗子都是公的，你们来了不方便。

阚尽染说，有什么不方便？我们都是军官，教育你的兵，见到首长要敬礼。

我问，你们有什么事情？要不我到你们那里去？

阚尽染说，我们是去特务连，又不是去看你，你来有什么用，你把特务连全部集合拉过来都没有用，除非你把整个特务连连人带地皮一起搬过来。

我说好，那我们特务连做好首长视察的准备。

星期天一大早，我就让通信员和文书把连部各个房间打扫整理了一遍，然后躺在铺上看资料。

我看的这些资料是我们特务连的历史资料，当然是很有看头，我从当新兵的时候对此就有兴趣。我算了一下，从抗日战争成立手枪排开始，我们的这支老祖宗队伍以后的名称不断变换，先后叫过手枪队、敢死队、侦察队、特务队、警备队等等，叫特务连是在六十年代大比武之后，产生过中将一名，少将四名，担任过军以上和省部级以上领导职务的有五十八人，战斗英雄三百六十七人，烈士七百二十九人。在这其中，阚大门是首任连长，我们现在的军区参谋长是第四任连长，总部的一位部长是第六任连长，陈骁是第十四任连长，马学方是第十五任连长，我是第十六任连长。

我在读这些资料的时候，心情很复杂。

你要是当过兵你就知道了，老话说，军营是军人的第二故乡，这还不仅是生活外在的形态，按我的理解，对于军人来说，军营这个第二故乡其实更重要的是精神家园。当你是一个青年或者中年的时候，你可能不太注意这种感情，但是，如果你进入老年，当回忆成为你生活的主要内容的时候，你的回忆除了童年的遥远的记忆，剩下的便主要是你的军旅生涯。尤其是我们这些担任过各级主官的，你曾经指挥的部队，你曾经生活的营盘，就是你最重要的精神财富。所以我们的一些老干部在回忆自己的部队的时候，往往滔滔不绝如数家珍。我们的阚副军长，不，我们的阚军长——他去年已经升任军长了——就是这样。特务连既是他倥偬岁月起跳的第一个平台，也是他人生的最重要的驿站。

我说话是什么意思呢？是因为我热爱我的特务连。它给了我很多东西，挫折、成功、屈辱、荣誉、沮丧、信心，我的连队就是我的学校，我过去在这个学校里当学生，现在在这个学校里当校长。我想，若干年后，当我老态龙钟了，当我满脸龟皮了，或者当我行将就木了，或者等我彻底完蛋了，我牟卜可以不存在，但是我的特务连只要还存在，那么，我的思想、我的念头、我的战术、我的品德、我的高尚的或者卑劣的行径、我的生命的一部分就仍然在地球上行走。

重新整理连史应该不是个太大的问题。众所周知，我是一个小知识分子，一个文化不高但是很有文化追求的人，我崇尚真理，尊重事实。但是有一个问题给我带来了天大的麻烦，这就是耿尚勤的问题。

在我们特务连的英雄榜上，没有耿尚勤；在我们特务连的烈士名单上，没有耿尚勤。耿尚勤到底算是怎么回事？

我的想法是，在耿尚勤的问题上，有生之年我要做三件事，一是要找到那个名叫段红瑛的女人，我相信从她那里能够找到耿尚勤最后的蛛丝马迹；二是要到耿尚勤的家乡去，我估计那里可能会埋藏着关于耿尚勤的秘密；三是有机会要到我们曾经战斗过的地方去，到密西西那河岸的黑三角去，寻找耿尚勤最后的踪影。

我看着资料，有很多遐想，终于迷迷糊糊地睡着了。朦朦眬眬中我看见了很多人，有浑身是血的耿尚勤，有倒在血泊之中的何区别，还有一些我不认识的人。他们有的衣衫褴褛，有的骨瘦如柴，有的打着赤脚，有的光着膀子，但是都有一个共同的特征，就是看不清他们的脸。我听见他们中间的一个人说，战友啊，八年啦，你们走了，把我们扔在这密林深山里，风餐露宿，无家可归，跟毒蛇猛兽为伴，与风雨雪霜同眠。你们现在都出息了，当连长的当连长，娶老婆的娶老婆，吃小灶的吃小灶，难道你们就这样把我们忘得一干二净吗？

我说我没忘，不能忘记，但是不敢想起。

他们中的一个人说，我们阴魂不散，我们知道是谁把我们忘了，我们死不瞑目啊！

我说那怎么办，我也不知道该怎么解决你们的问题。

他们说，好办，每年清明节，给我们燃一炷香，我们就知道你没有忘记我们了，你就是我们的好战友。我们会保佑你的。

短暂的一觉短暂的梦，让我心惊肉跳。以至于后来好长时间我都不敢再翻阅那些资料，不是害怕，而是心虚。

十 三

因为有阚尽染的电话预约，那天我一直没有离开连队，等待安晓莘和阚尽染的到来。

直到上午十点多了，她们还是没有露面。我决定到值班室打个电话，想跟她们说不要来了，刚要出门，通信员进来报告说，连长，有个女同志来找你。

我脱口而出说，请进。

等客人进来之后我才发现，不是阚尽染，也不是安晓莘，原来是一个不认识的姑娘，很年轻也很漂亮，像个大学生。

我没有思想准备，傻乎乎地问，你是……

姑娘说，我是来找武连长的，请问他在吗？

我的脑子飞快地旋转一圈，马上明白了，一定是武晓庆这小子拉扯上的。这一个月我们在太行山，武晓庆除了为捍卫连队利益干过一件漂亮的事情，也一定不会浪费宝贵时间，估计在爱情方面又有了新的突破。这姑娘来找武连长，一定是他自己跟人家吹嘘的。他每次跟女孩子接触都是这样，问他职务，一律是特务连长。不过这次还不算冒充，因为在我离开营房期间，可以把他理解为代理连长。

我说哦，武连长这会儿正在检查几个排长的工作计划，我去给你找找。

姑娘问，谢谢，我怎么称呼你？

我说我是特务连的副连长，牟卜。

我们说话的时候，连队的通信员在门口好奇地看着我。我说通信员你还愣着干什么，赶快给客人倒茶，你去把武连长的杯子烫干净。

然后我就上天入地地去找武晓庆，一直找到汽车班，他正在跟汽车班长徐敬爱下象棋。我说有个女孩来找武连长，你这狗日的自己给自己升了一官，我这个连长只好降了一级，我成了副连长牟卜了。

武晓庆一点儿都不尴尬，嘿嘿一笑说，人家地方叫职务都不带副字，再说，我早晚总得弄个连长当当吧，你总不能老是不进步，总不能老是把我的路堵死吧？

我说别牢骚了，赶快去会你的女朋友吧。不过我警告你，别打提前量啊，无照驾驶那是要犯错误的。

武晓庆说，嗨，你也不看看我多大年纪了，二十五岁了，放旧社会儿子都有枪高了，还用你教这个？

我把房间让给武晓庆，自己就只好在连部外面溜达，直到十点二十分，阚尽染和安晓莘才骑着自行车过来。我说你们说要到特务连来玩，又不说玩什么，我什么也没有准备，最多就是中午给你们加两个菜。

阚尽染说，我们又不是来喝兵血的，加什么菜？

我说按照特务连的规定，干部的客人在连队就餐自己是要交款的，每人十五元。

阚尽染虎牙一呲说，你们连队的客饭费用这么贵啊，吃猴脑啊？

我说其实也是很简单的饭菜，主要是我们特务连作为一个执行重大紧急任务的作战单位，一般不提倡干部接待外面的客人，所以收费就高一点。

阚尽染说，我们是外面的人吗？

我和阚尽染斗嘴的时候，安晓莘一直在旁边看，推着车子微笑不语。

我说阚尽染同志你就别再吹毛求疵了，我请你们参观我们的训练场，找几个兵表演钻火圈给你看行不行?

阚尽染回头问安晓莘,你说呢?

安晓莘说,难得一个星期天,让战士们休息一下,别折腾他们了。

我说安晓莘同志说得好,体贴下属,我代表特务连一百二十四点五个官兵向你表示感谢!

阚尽染没有回过神来,阴阳怪气地看着我。安晓莘问我,怎么一百二十四点五个人,还有半个人?

我说不是半个人,还有一个人,他的情况还有一半没有搞清楚。

安晓莘哦了一声,若有所思,不吭气了。

阚尽染说,你带我们打靶吧,好长时间没打枪了。

我说可以倒是可以,我们从黑三角前线回来,私藏了不少子弹,但是实弹射击是要经过团首长批准的,还要到团以上作战值班室备案。

阚尽染说,你猪脑子啊,你不会悄悄地搞?你开上你的摩托车,带上我们俩,往北三十里是大沙河,有一个天然的靶场。

我说你怎么知道?

阚尽染说,这是军事秘密。

我说,在特务连长这里,还有军事秘密?

阚尽染说,说出来可别吓着你啊,我上小学的时候,我爸爸就经常带我到大沙河打枪。

说真的,从黑三角回来之后,我也很长时间没有摸枪了,手痒。我说阚老四你可别让我犯错误啊,我还想提拔当副营长把家属弄来随军呢。

阚尽染说,第一,你不会犯错误,这一点不用我负责,由阚大门同志负责。第二,你不用考虑家属随军的问题,她就在军队。安晓莘你说是不是?

安晓莘说,我不知道,难道你嫁给他?

阚尽染说,我嫁给他,癞蛤蟆想吃天鹅肉差不多,不过我看癞蛤蟆可以吃地上的鹅肉。你安晓莘不要再清高了,就这么定了。

我说你这是什么话,你既不是安晓莘的父母,也不是我的父母,你能包办婚姻吗?

阚尽染说,少啰嗦,你赶快去准备,你们的事情老子心里有数。

我心里骂了一声他妈的，这个阚老四口无遮拦，什么话都敢说。但是说真的，她这样说我也不反感。现在我真的对安晓莘有点意思了。

我决定犯一次错误。同武晓庆相比，我已经很长时间没有犯错误了。我吩咐文书从武器库里拿枪的时候，安晓莘瞅个空子，悄悄地对我说，能不能把陈骁请来一道玩？

我吃了一惊问，为什么？

安晓莘说，阚老四是冲着陈骁来的。

我由惊变喜，真的啊？

安晓莘说，以后你就知道了。

我的脑子像是一架高速运转的计算机，我觉得这件事情还真的有点意思。安晓莘是不会胡说八道的，万一……

我二话不说就到值班室给陈骁打电话。陈骁说，你说那个阚老四啊，我不见，就说我外出了，去平原市会女朋友去了。

我说好吧。

十四

经过漫长的马拉松似的试探，我和安晓莘的关系终于逐渐明朗化了。在我们两个中间，基本上不存在谁追求谁的问题，我们的关系是水到渠成的，是经过时间和生活双重检验的，是成熟的，因而也是牢不可破的。

现在我明白了很多道理，每次我试探安晓莘的时候，她都王顾左右而言他，然而她也没有明确拒绝，因为我从来没有明确求爱。在相当长的一段时间里，我们的关系有点与众不同，若即若离，似是而非。

为什么会这样呢，这些都是安晓莘造成的。即将成为我妻子的安晓莘是一个智慧型的女性，她可以说把我的小心眼儿看得很透，她知道我在选择，她也知道像我这样的小军官，刚刚出道的时候心高气盛自命不凡，容易玩火，所以那时候当我模棱两可地对她表示好感的时候，她是不会轻易接茬的。她在等待，等待我一次一次地碰壁，一次一次地幻灭，等待我心中的"小花"消失，等待我的偶像一个一个地溜走，等待我一步一步地向她靠近，一步一步地向她逼近。到了二十六岁的时候，我发现我的锐气正在一天一天地消退，我开始变得现实起来，开始考虑实际的生活，我必须面对未来的生活而不是幻想。

自从我越来越接近安晓莘的时候，在不知不觉中我有了一个感觉，安晓莘并不是我当初感觉的那样平常，而是越看越耐看。不就是眉间距宽一点吗？眉间距宽一点没有什么不好，眉间距宽一点显得单纯善良。不就是鼻子不太挺吗？鼻子稍微扁平一点显得人忠厚。在我同安晓莘频繁接触之后，我发现她眉间宽得并不太严重，宽得恰到好处，宽得让人能够接受。她的眉间距如果不宽一点，反而不如现在这样好看了。看惯了，安晓莘的鼻子好像也比过去挺拔了一些，单眼皮也有单眼皮的魅力。你要是看见安晓莘在手术台上的神态，你就会发现，我未来的妻子风度翩翩，气质非凡。

那次到平原市北边十五公里的漳河大沙滩上射击，陈骁婉言谢绝了邀请。当我把这个情况告诉安晓莘的时候，阚老四在一旁问我，你是不是给陈骁打电话了？

我说是的，他去市内了。

阚尽染冷笑一声说，不来就不来，有什么了不起，老子不稀罕！

我说陈骁确实有事，他说他下次一定陪你，并且要我好好照顾你，让你玩得尽兴。

阚尽染说，他妈的，少给我来外交辞令。他以为他是谁，一个志大才疏只会纸上谈兵的家伙，他还以为他能当军事家。我们走！

后来我就藏好手枪，背了半挎包手枪子弹出发了。

向漳河大桥开进的时候，我们的摩托车像箭镞一样奔驰在华北平原的康庄大道上，沿途的杨树像是被割倒的麦子，哗哗向后流淌。安晓莘吓得闭着眼睛尖叫，说慢一点慢一点！阚尽染坐在我后面，肆无忌惮地搂着我的腰，快活得哇哇大喊，快一点再快一点！我说已经把油门踩到底了，再快就飞起来了。阚尽染说，飞吧飞吧，让我们冲破云霄，展翅飞翔。

到了地方，果然有一片辽阔的人迹罕至的大沙滩。我们便兴致勃勃地布置射击。刚刚准备就绪，又一辆摩托车从大桥上下来，开上沙滩，在我们的周围盘旋了一圈，跳下来一个人。

他妈的，是武晓庆。这小子手里居然还捧着一束野花。

我瞪着眼睛问他，你怎么来了？

武晓庆说，我来给你们搞警戒啊。

我说谁让你警戒的，这里一望无际，五公里以内连耗子我们都能看得见。

武晓庆说，那你们总需要验靶吧，这个任务交给我。

我说你的那个女朋友呢？

武晓庆说，什么女朋友？是爱民街小学的老师，来联系校外辅导员的事情，我把她交给指导员了。

没有办法，我只好把武晓庆介绍给阚尽染和安晓莘。

看得出来，武晓庆这小子已经知道阚尽染是我们的阚军长的小女儿了，他没准就是冲着她来的。这小子心理素质出奇的好，只要哪里有异常动静，他马上就会跟风凑上来。果然，我刚刚介绍完毕，这小子就满脸堆笑地把手中的花一分两半，分别献给了阚尽染和安晓莘，说是临阵献花，给两位女战友助兴。

阚尽染说，啊武副连长，我看你比牟卜同志可爱得多，你更像特务连长。

武晓庆受宠若惊说，那是那是……看了看我又说，啊不，不，不。阚军医你这样说，恐怕回去我们连长要给我发一双女式皮鞋穿。

阚尽染说，他敢！实事求是嘛。

后来就打枪。

不用说你也知道，我作为一个资深特务连长，曾经接受过耿尚勤的严格训练，手腕上吊两块板砖每天三次每次三十分钟地练过，那当然是看家功夫了。我先打了十发，连续发射，成绩是八中六十六环。在五十米的距离上，这已经算不错的成绩了，何况我并没有认真。

我没想到，阚尽染的枪法也是那么好，第一发打飞了，第二第三发也打飞了，我们都以为她会一直飞下去，没想到第四发被她打了个正中，居然九环。接下来的六发全在靶子上，虽然总分只有四十七环，但是弹着点相对集中，这说明阚尽染的枪法是非常有潜力的。

打得最差的当然是安晓莘，安晓莘十发子弹只中了三发，而且东西南各一发，根本没有规律。

最后是武晓庆上场。不知道你还记得不记得我和武晓庆在新兵训练时候的情况，曾经有一个时期，在我没有投师耿尚勤之前，武晓庆这小子的个人技术一度遥遥领先于我，那时候他就在心里跟我较劲，一门心思要比我先当上副班长。射击也是他的强项，我印象新兵考核的时候，我和张海涛都没有他的成绩高。

武晓庆那天是有备而来，不骄不躁，存心要一展身手，所以就很慎重，一枪一枪地打，前面三枪，每一枪都去验靶，校正瞄准。结果这伙计十发全中，一个七环，三个八环，三个九环，三个十环，总共八十八环。

武晓庆打完了，摩着手腕说，好长时间没打了，手生了，打得不好。

阚尽染说，还打得不好啊，你再打好一点，别人还打不打了？

然后就是第二轮。阚尽染学着武晓庆的架势，也是一枪一枪地打，比第一轮好一点，打了个五十八环。

我表面上不动声色，但是心里还是警惕了——武晓庆这小子不看眼色，居然跟我抢头彩，是可忍，孰不可忍。虽然只是打着玩，但是有两个异性在场，不比赛也是比赛。我决心露一手给他点颜色看看。我这么一想，没想到反而想出问题了，瞄准的时候，老是觉得发射时机不成熟，一再重新瞄准，结果一会儿准星上就出现了虚光。我总不能这样无休无止地瞄下去吧，再瞄下去就露怯了，一枪打出去，他妈的，只打了个擦边，六环。

武晓庆凑到我跟前，眨巴眨巴眼睛，不怀好意地说，连长，不要紧，现在阳光角度在正中，注意虚光。

我没好气地说，知道，用不着你指导。

嘴上是这么说，但是我的心里还是有点紧张，出了一身冷汗。这时候我想起了耿尚勤，耿尚勤教给我的一个绝招是，当虚光出现的时候，暂停，闭眼，休息片刻，突然举枪，一次瞄准定位，只要确认，悬肘固定，然后快速射击，即便打不上十环，但是如果弹着点集中，成绩会加分一等。

我决定孤注一掷，我不能在他们面前露怯啊！还剩下的九发子弹我差不多是在瞄准的一刹那间一口气打出去的，我扬长避短，避开了视力的不稳定，发挥了臂力的稳固性。九枚弹头基本上在九环线和十环线交界处，射弹散布直径不到十公分。

武晓庆屁儿颠颠地跑去验了靶，又屁儿颠颠地跑了回来，向我伸出大拇指说，高，实在是高，九十一环！

我故作轻松地说，那是啊，本连座这只是牛刀小试，你以为就你是神枪手啊！

阚尽染说，不愧是特务头子，还真的名不虚传呢。

接下来该安晓莘打，安晓莘却死活不上场了，说害怕，怕把耳朵震坏了，要到一边休息。我的衬衣此刻已经湿透了，估计武晓庆一时半会也超不过我，索性陪同安晓莘坐在沙滩上闲聊，让那两个疯子尽情地过瘾。

就是那一次，安晓莘告诉了我陈骁的来历。安晓莘说，陈骁的父亲确实是阚大门的老上级，在解放战争中阚大门是时任团参谋长的陈骁父亲的警卫员，在一次战斗中，警卫员没有把团参谋长保护好，反而是参谋长在一发炮弹落地爆炸前将阚大门推了一把，阚大门安然无恙，陈骁的父亲负了点轻伤。以后陈骁的父亲转业到地方工作，在一个大型军工企业里当厂长，"文革"中被打成走资派，病死在一家小医院里，临死前把陈骁托付给阚大门，以后陈骁参军就是阚大门关照的。那时候阚尽染还小，陈骁参军的时候她才十来岁，没有什么印象，但是那次在103医院见面的时候，还是觉得有点面熟。除了面熟，阚尽染还对陈骁的仪表堂堂耿耿于怀。后来阚尽染回到家里问她爸爸，他当年关照的老首长的孩子是不是在二十七师一团特务连当连长，阚大门说是，所以后来阚尽染就很关注陈骁，对陈骁的才干和素质有了进一步的了解。最初听说陈骁有了女朋友苏晓杭，她还恨恨地说过，那个苏晓杭有什么好，除了漂亮，别的没有什么好，假模假式的，一看就做作。但是那时候阚尽染的感情还很模糊，属于少女的心血来潮，变数很大。后来听说苏晓杭和陈骁分手了，阚尽染还很高兴，经常给陈骁打电话，一会儿约他出去逛公园，一会儿约他看电影。起先陈骁还偶尔赴约，大约是赴约过程中阚尽染有所表示，陈骁就渐渐地和她疏远了。

这一切，都是发生在我在陆军指挥学院就读的那几年里。

我说陈骁现在的状况不太好，好像堕落了，在失恋的陷阱里拔不出来，要是阚尽染真的对陈骁有那个意思，未尝不是好事。

安晓莘说，他们不合适。

我问为什么，难道是性格差异？我的看法恰好相反。现在流行什么共同语言，其实爱情中人共同语言多了并不好，同性相斥，异性相吸嘛。

安晓莘说，问题不在这里。你们的陈骁是一个情商很重的人，这种人一旦有了初恋，况且他们的初恋又是发生在那样的年代那样的环境里，这就给他的心里树了一座榜样，再遇到其他女性，他就会拿这个人同那个人相比。你想想，谁能经得起这种比较啊，阚老四又是那样自负。

我说，那我们呢？

安晓莘说，我们什么？

我说你认为我们之间合适吗？

安晓莘没有说合适，也没有说不合适。安晓莘说，我先问你，你真的喜欢我吗？

我说是。

安晓莘说，那你告诉我，你喜欢的程度，是不是海枯石烂那种，是不是地老天荒那种。

我说不是。

安晓莘说，你说，你是不是把我放在很多人当中比较，你又在很多人当中选择，你说你喜欢我是不是退而求其次。

我说……

安晓莘说，你得说真话。

我说，过去是，现在不是。

安晓莘说，为什么？

我说，请允许我寻找和选择，但是我一旦决定了我的目标，她就高于一切。我承认你不是我的梦中情人，但是你可以是我的妻子。

安晓莘说，那我告诉你，我们合适。

第 六 章

一

陈骁的重新崛起是在我军第二次授衔之前，当时我已经被调出特务连，在师部侦察科当参谋，陈骁留在我们一团担任副参谋长。从股长到副参谋长当然算是提升，但是陈骁两年前的那次提升，并不是因为他在工作上有多么出色，他干得多么漂亮，而是因为他熬的年头实在太长了。他是七十年代中期的兵，比王晓华和耿尚勤兵龄都早，尽管他当兵的时候只有十七岁。他提升副参谋长的那年春天，我是先被任命为二营副营长，之后再调到师机关，也就是说，如果他再不提升的话，我们就是一个级别了。

担任了副参谋长之后，陈骁还是那副老样子，不紧不慢，不冷不热。司令部分工他管直属队，手下有通信连、特务连、防化连、工兵连，差不多是一个加强营了。他是直属队的党委副书记，书记是政治处副主任王晓华。事实上他根本不管事，大事由书记王晓华拍板，小事由各个连队自己决定。他在干什么呢？他在搞他自己的那一套，读书，什么书都读，外军知识、世界局部战争信息、小说、诗歌，等等，书读得好像学富五车，官当得一塌糊涂。连队干部去向他请示工作，比如党员发展计划、义务兵改转志愿兵名额，他不耐烦地说，这点小事也要问我？你们自己定，拿不准的请示王副主任就行了。所以那个时期部队就有个说法，说陈骁基本上就是个聋子的耳朵，是个摆设，没有什么作为。

我可以跟你这么说，这几年，陈骁不仅在岗位上没有什么建树，生活上也基本上没有什么业余爱好。我知道他读书很多，但读书面并不宽，无非是军官修养和军事变革的书。他的那个书柜我曾经翻过，翻来覆去索然无味。每天晚上，从看完《新闻联播》到熄灯这一段时间，陈骁大都在办公室度过。此人还十分排斥应酬，他可以喝一点酒，只是同对脾气的人一起喝，对各种名目的宴会和交际场合都不屑光临。尤其是别人好心好意地给他介绍女朋友，有几个还相当不错，对他也很有意思，这哥们儿压根儿不见，从来都是婉言谢绝，以至于王晓华有一次跟我说，完蛋了，陈骁完蛋了，废掉了。

我觉得问题不那么简单，以我对陈骁的了解，他是不会轻易把自己废掉的。爱情的力量有多大？爱情的力量可以引发一场战争，可以废掉像南唐后主那样的皇帝，但是它废不掉陈骁。

有一次陈骁到师部办事，晚上我请他吃饭，那一次他喝酒了，我们两个单身汉谈起这几年的情况，我劝他不要太封闭了，不要动不动就是打仗，动不动就是实战如何如何，动不动就是问题。有些人认为你好高骛远，有些人认为你哗众取宠，还有些人认为你居功自傲。

他捏着酒杯，眯缝着眼睛觑着我说，那你说我该怎么做？

我说识时务者为俊杰，合群随众，跟大家一样，上级指示怎么做就怎么做，别人怎么做就怎么做。你当个团里的副参谋长，给首长当个智囊，他说做什么，你就解决怎么做和做得怎么样的问题。不能老是首长说做这个，你偏要做那个，首长说这样做，你偏要那样做。

陈骁说，我有我的原则，我这个副参谋长总得有自己的观点吧，我又不是执笔太监！无论是做计划还是搞方案，无论是组织训练还是行政管理，我选择我认为最科学的、最能提高效率的去做，应该同首长的思路是不矛盾的。

我说，事实上是出现了矛盾。

陈骁说，那不是我的问题。

我说，难道都是首长的问题？

陈骁沉默了一会儿说，是大环境出了问题，是我们的带兵理念出了问题，是我们的战争准备出了问题，也是我们这支部队的地位和作用出了问题。

我说陈骁，我们必须面对现实，当年你告诉我，要先治窝后治坡，你得有地位，也就是说得有职务，当你成为师长、军长的时候，你的理念才会得到贯彻。

陈骁说，你说得对，这就是韬光养晦，一朝权在手，便把令来行。问题是，我可能不具备这方面的素质。我跟你讲一个秘密，我不想在野战部队待下去了。

我惊讶地问，为什么，难道我们的生活还不让你满意吗？组织上对你已经够照顾的了。

陈骁说，我又不是猪，我为什么要组织照顾？

我说那是为什么？

陈骁说，我知道，你们都认为我职务低，是因为我不识时务。其实我告诉你，就是这个职务，我都感到惭愧，没有荣誉感，没有成就感，无非是混天度日熬年头而已。我认为西方有些发达国家的军队，对于职务晋升的规则有好多是值得我们学习的。职务是什么？职务就是履行职责的平台，吾职即吾责。一个人一辈子能够做的事不多，一个人在一个领域里能够做的事不多，一个人在一个岗位上能够做的事就更不可能很多。从根本上讲，作为一名军官，还是要想打仗的事。军人不想打仗的事，你把什么都玩得出神入化，也是不务正业。现在你让我当个师长、军长，如果我没有战功，我是不会安心的，我不希望神话落在我的头上，我希望我是一个实实在在的有功之臣。如果我能当将军，我希望我是一个战功累累的将军而不是按资排辈的将军，更不是找靠山拉关系跑来的将军，否则我宁可什么也不是。

我对陈骁说，我记得你说过，地位决定作用，像你这样十年如一日，老是当一个下级军官，那就什么事情也做不成。

他说你说得对，先有鸡还是先有蛋，这的确是个问题。我跟你说实在话，现在要想当官，付出的成本太大——我说的还不是拍马溜须那一套，最重要的是要放弃自尊和原则，更重要的是要放弃自己的追求。说实在话，我觉得在这种状态下当官，越来越缺乏成就感，也越来越缺乏荣誉感。我还是先耗着吧。

我说，韬光养晦？蓄势待发？

他苦笑说，你这么理解，对我还的确是个安慰。

话说到这个份上，我觉得连我和陈骁的共同语言都少了，当真是话不投机半句多，我也就不再说什么了。我觉得陈骁可能真的完蛋了，由认真而迂腐，由执着而偏执，变成了一个跟这个社会和这个时代格格不入的人。

陈骁后来果然向上面打了个报告，要求转业，或者调动工作，到院校去当教员。这件事情还惊动了阚军长，阚军长给陈骁打了一个电话，抑扬顿挫地把他损了一顿。阚军长说，陈骁同志，陈副参谋长，你的日子现在好过啊，不带兵，不管兵，屁股后面没有兵。不操心，不着急，不生气。还不舒服吗，为什么要求转业？

陈骁说，军长这是批评我还是表扬我？我不想带兵管兵吗？不给我部队管，我总不能争权夺利吧？

阚军长说，你当然不会争权夺利，你在卧薪尝胆呢，夜读兵书，运筹帷幄，内知千年战事，外观世界风云，还忙乎着调动。你想干什么，当战略家啊？二十七师小池塘盛不下你这条大鱼了是不是？

陈骁说，我发现我不太适应部队工作了，也许换个环境换个活法更好一些。

阚军长说，这是要挟组织啊，嫌官小了是不是？

陈骁说，当然嫌官小了。我这个资历，这个水平，当个团长应该不成问题吧？您老人家在我这个年龄上，早都是团长了，而我混到现在，居然才是个团里的副参谋长，正营级。

阚军长说，你能跟我比吗？我那是出生入死打出来的。

陈骁说，我也想出生入死地把自己打出来，可是允许吗？老话说，人挪活，树挪死，在这里我伸不开拳脚，我滚蛋行不行？

阚军长说，据我所知，你滚蛋不行。转业不可能，调动也不可能。你还得在二十七师老老实实地待着，而且短时期内还不会升官。

陈骁说，我不想耗费我的青春，我在这里无所事事。

阚军长说，牢骚太盛防肠断。二十七师怎么耗费你的青春了？二十七师对你天高地厚，把你从一个普通战士培养成为一名指挥员，你翅膀硬了，就想远走高飞，没门。

陈骁说，我希望我能有一个可以充分展示我的才能和智慧的工作。

阚军长说，陈骁你给我听着，可以充分展示你才能和智慧的工作有的是，你现在的岗位就是，只不过你自己没有意识到。不要期待轰轰烈烈的时代，只有你自己在时代里轰轰烈烈。再打报告调动或者转业，我们就认为你是变相闹情绪，后果你自己想吧。

二

我到师部侦察科当参谋的下半年，军里下来一个副军长，名叫劳国梁，是从苏联留学回来的少壮派军官，年龄才四十多岁，传说是要接阚大门的班的。

劳副军长那次来到我们二十七师，是来检验部队战备情况的，主要是检查我们一团，还要搞团营规模陆战对抗现场会。师政委徐善笠和副师长康必绪亲自坐镇一团，我作为师工作组成员，也回到一团。

自然要准备汇报材料，这个东西问题不大。师里让一团司令部作训股拿出几道方案，团长李彤帆亲自修改，几易其稿，终于成形。草案交到师工作组后，我看了几遍，觉得不大对劲，因为我发现这个方案基本上还是过去那种模式，红蓝演习，导调部设置情况，最后是红军胜利，蓝军惨败——它不可能不惨败，因为对抗演习的结局已经规定了就是它惨败，它惨败不惨败的结局不是它说了算的，而是由导调部说了算。而我已经摸到军部工作组的意向，劳副军长这次可能是要搞突然袭击，他不会按照你的既定方案去检查你，他将会随机应变出情况，一是根据目前国际战争中呈现的趋势、陆军的地位和作用；二是根据我军的现有装备和兵力火力配置。

在师部工作组的方案讨论会上，我说出了我的担忧，我们在这里如此这般地准备，看似万事俱备，只欠东风了，可万一要是刮起了西风怎么办？

徐政委说，这些年我总觉得这一天迟早会到来，我们不能老是拿着解放战争或者朝鲜战争的模式来构思未来的战争。

康副师长说，现在情况很复杂，上面来检验，如果是走过场，我们谁都不怕，谁都会走过场。如果他不走过场，要真枪实弹地检查，尤其是结合世界战争呈现的新情况新样式来检查，我们准备的这一套就会抓瞎。

徐政委说，要有两手准备，一是按部就班，还是那个搞法，常规准备还不能放松；二是动真格的，要把问题想得细一点，要把情况准备得充分一点，要把应对的措施想得周密一点。

会议后来决定，两条腿走路，一条是按照老办法，把对抗演习变成对抗表演，不搞真枪实弹，不搞突然袭击。这一套方案容易，作训科熟门熟路，大家都是多年摸爬滚打出来的，从演练开始到机动，到展开，到攻防战斗开始，到占领阵地红旗插上山头，什么时间段哪支部队到达哪个位置等等，程序上大家都很清楚。有些环节，甚至把从前做过的计划拿出来，把地名时间稍微修改一下就能用。

第二套方案就比较难办？假如劳副军长当真不按常规出牌，他就是要搞一个现代战争的模式，就是要搞一个局部战争的模式，那可能就比较麻烦。众所周知，我们这支部队是陆军步兵，都是老枪老炮，装备编制几十年变化不大，打法和观念也是几十年变化不大，这些老牌子的，有了一把子年纪了的装备，在解放战争中、朝鲜战场上不曾丢脸而且十分卖力，让交手的对方颇感棘手。然而，五十年后，发达国家已经在非战争状态下把"人的因素"不动声色地渗透进先进武器装备的研制之中，使人的智能在兵器中得到充分延伸。海湾战争和其他一些局部战争中出现的微电子、航天、遥感、夜视、隐身、电子对抗、精确制导等等，这些东西我们只是听说过，连见也没有见过。你让我对照老枪老炮去搞现代战争方案，就像你让一个叫花子去思考皇帝宫殿的装修一样，他见都没有见过，当然也就不可能有那个想象力。

徐政委和康副师长商量了一下，把我们这次接受检验的第二套准备方案定位为：立足现有装备编制，在高技术战争中有所作为。

应该说，我们的这两位首长是有思想的，是有眼光的，也是有办法的。部队状况跟不上世界军事革命发展的大趋势，并不是他们的责任，当然也不是我们军长阚大门的责任。

这个定位一确立，剩下来的问题便是由谁牵头准备第二套方案。荣幸和不幸的是，康副师长指名由我们侦察科负责，侦察科长刘爽桥又指定由我具体落实。

　　可想而知，这是多么大的信任，对我来说又是多么大的压力！近些年我一直在基层工作，虽然我爱学习，关注战争，但那种关注是低层次的，譬如先进的兵器发展、外军的军事教育、军官服役制度、士兵福利待遇，最多也就是主动方的小分队突击战术、被动方的防御战术，等等。而现代战争条件下的营团攻防战术，实际上已经接近战役层次了，到了这个层次，我就抓瞎了。但是既然首长点了将，我也不能推托，只得应承下来，并像黄继光堵枪眼那样信誓旦旦地向首长保证，坚决完成任务！至于拿什么完成任务，我心里一点底也没有。要知道，这些东西在八十年代中后期，都是新课题。

　　千钧一发之际，我想到了我的老班长。当然不是耿尚勤，耿尚勤现在再也不可能给我支招了。也当然不会是王晓华，王晓华现在是一个春风得意的政工干部，主要精力都在研究部队基层思想政治工作方面。

　　那么，只有陈骁了。

　　我去一团找陈骁，陈骁说，我帮不了你，我的观点同现实距离太大，你要我帮你搞方案，没准又搞出一个大而无当的东西，那时候，纸上谈兵的就不是我了，而是你，那你就砸了。

　　我说死马当活马医，我一筹莫展，你总不能看着我出洋相吧，咱们就给他们拿出一个标新立异的东西，要么流芳千古，要么遗臭万年。我们总得有个交代吧。

　　我这么一说，陈骁才动了心。然后我们就开始分析。

　　陈骁问，这回劳国梁副军长是动真的还是走过场？

　　我说，不排除还是走过场，但我的任务是应对他动真的。

　　陈骁说，那么，我们来分析，他是来抓政绩的还是做实事的。

　　我说，不排除他来抓政绩，但是我们要做的是应对他做实事。

　　陈骁说，那好，我们先来分析一下在未来战争中陆军，具体地说来就是步兵的作用，因为这次检验的是我们步兵一团的战斗力。步兵是干什么用的？

　　我说，过去是攻城略地，开疆拓土，把红旗插在胜利的高地上。

　　陈骁说，你看过英国和巴拿马的战争资料吗？

　　我说，我看过一些，但是觉得跟我们的国情不同。

陈骁说，战争的规律是没有国界的，但是战争的规律有时代性。同一个时代，当世界范围内出现新的军事格局、新的战争模式，再具体地说，出现了新的装备和新的战斗力结构，出现了新的战法，即便是对最贫穷的第三世界国家，哪怕是索马里和柬埔寨，都是有影响的。

我说，你这话一说就靠谱，我知道我们不能老是搬着过去的那一套了，那一套打蒋介石还凑合，打现代的美国鬼子和日本鬼子都不灵了。

陈骁说，你开什么玩笑！那一套连打国民党也不灵了，国民党又没有搞"文化大革命"，国民党这些年也没有闲着。

我说，我们还是就事论事吧。

陈骁说，现在我们来判断劳副军长这次考核的范围，第一，多兵种协同是最近的时髦口号，但是师团以下的部队，主要是步兵和炮兵和坦克兵的协同。这次考核之所以不明确制定科目，可能就是要部队尽其所能地展示战斗力，步兵和坦克兵、炮兵的协同可能会成为这次考核的基点。第二，现代战争已经呈现多元化、立体化局面，工兵、防化、防空、电子对抗等等技术性强的兵种，要用够用足，这也可能是这次考核的难点。第三，鉴于国际上出现的战争模式，局部战争占主导地位，劳副军长是新派人物，不可能不受影响，因此快速机动、快速展开和快速撤离可能会成为这次考核的重点。

陈骁说完他的"三点论"，把双臂抱在胸前，居高临下地看着我问，我的意思你明白吗？

我想了一会儿，觉得陈骁的分析很有道理。我说老班长你给我指点迷津，具体怎么实施是关键。

陈骁说，你可以在方案里建议，以步兵防御为基本前提，同时准备若干小分队应对突然情况，比如获取最新情报、在敌情发生重大变化时突袭对方通信枢纽、破坏指挥系统，甚至直接擒拿对方最高指挥官等等。

我说，你是说要充分发挥特务连的作用？

陈骁说，特务连兵力有限，对于步兵分队的使用要改变大兵团规模使用、坚守阵地集团冲锋的打法，而以精锐的、秘密的、渗透性强的小分队执行决定性的关键任务。我记得我看过一部苏联电影，二战时期，一个孩子给德军送饭，把沙子灌在德军的炮管里，结果战斗打响后，导致这些火炮炸膛，德军部队不仅没有对苏联红军构成威胁，反而使自己损失惨重。这虽然是艺术作品，但是艺术来源于生活，战争的智慧往往产生于战斗基层，我们要善于总结。

我说还是你说的那句话，四两拨千斤。

陈骁说，我再说一遍，两个原则，第一是，决定战争胜利的是人而不是物，因此我们不能因为我们的装备差就觉得一无是处无所作为，世界上最强的武器永远都是人。第二，辩证地看，虽然人是决定战争胜利的重要因素，但是并不等于人海战术就能取胜。

我说，我好像明白一点了，我再考虑考虑。

陈骁说，还有一点，现代局部战争的一个重要特征是，战场的选择一个是城市，因为既然不是攻城略地，那么政治打击和经济打击就是目的，政治打击和经济打击的重点在城市，尤其是重要城市，因此我们的防御计划里面要有城市攻坚战甚至巷战方面的考虑。通常情况下，这样的战争一般都是不对称战争，战争的最后阶段会转到山地作战，因此山地游击战也要考虑。我们当年在黑三角缉毒剿匪的时候，也遇到过这种情况，有些经验和打法是可以借鉴的。

后来我用了两天两夜的时间，按照陈骁的基本判断和对兵力火力使用的初步设想，将其细化，搞了一个《现代局部战争中步兵兵力火力在战斗各阶段的运用》，设想了二十六种情况分析，并相应提出了二十六种应对措施。方案报上去以后，徐政委和康副师长又组织讨论。康副师长说，我看这个东西基础有了，我们大家集思广益，把可能遇到的问题再想细一点，把可能会出现的突然情况再考虑充分一点，把应对的措施再考虑周密一点。

徐政委说，即便它不是锦囊妙计，但它是我们二十七师机关的最高水平了。考核成败与否，一锤子买卖了。考核成绩好，说明我们二十七师有战斗力，考核不好，暴露出来问题也不是坏事。

我当然清楚，首长嘴里这样说，表现得境界很高，但是谁希望上级来考核自己考砸啊。

后来就考核，考核场地是在我们平原市西部太行山的临县皇岗岭。详细情况我就不介绍了，我跟你讲，劳副军长率领的军司令部考核组给我们二十七师一团设置的情况基本上没有跳出我和陈骁准备的范围，但是实战检验却出了很多问题。譬如对抗考核拉开序幕之后，我们侦察科的三架无人驾驶飞机，一架飞了二十米就一头栽下来了；另一架刚飞上去，一口气不灵了，落到所谓的蓝军阵地上了。再比如，一营的穿插分队刚刚到达指定位置，就发现所有的通信设备全部失灵了，原来是劳副军长指示军直通信团搞的电子干扰。导调部要求穿插分队凭借野外生存基本能力集结队伍，结果一天一夜一个营归队的不到一半。再譬如我们特务连搞城市巷战，场地是在西郊一个小镇上，前面三个情况，无非是快速机动、擒拿捕俘、虎穴救援，勉强完成了，到了后来，导调部出了一道情况，让特务连深入敌后破坏敌炮兵阵地，连长武晓庆率领一个排，驾驶摩托车风驰电掣地往所谓的敌人炮兵阵地凤凰山反斜面冲击，结果被导调部当场宣布，特务连遭到对方火力拦截，全军覆没，武晓庆被宣布"阵亡"。

在进攻战斗中，炮兵火力准备老是不到位，老是放马后炮，马后炮一般都是落在自己的进攻地段。一团的参谋长李开杰急眼了，指挥配属的炮兵营直接随步兵行动，结果步兵还没有发起冲击，炮阵地又被敌人摧毁了。

还有更出洋相的，就是同坦克兵的协同，就像过去我们在电影里看到的，外国的战斗样式是坦克大战，枪对枪炮对炮，我们的是步兵跟着坦克冲击，坦克一遇上阻击，瘫痪了几辆，我们的步兵自己一拥而上，跟蓝军的坦克打肉搏战，扔手榴弹，有的硬是爬上人家的坦克，喝令缴枪不杀。蓝军的坦克兵不干了，他们说，你们扯球淡，这是对抗演习，要是真打，我们已经把你消灭一百次了，还轮到你来喊缴枪不杀？

双方争执不休，闹到导调部，劳副军长苦笑，我们的徐政委苦笑，康副师长也苦笑。

一言以蔽之，方案是好方案，但是实际检验起来，漏洞百出，大都是因为部队平时训练花拳绣腿造成的。用陈骁的话说，把演习变成演戏，那怎么行，别说打仗了，最后连演戏都演不好。

三

后果可想而知。

据说劳副军长后来向阚军长汇报说，从这次检验的情况看，二十七师一团基本上不会打仗。

据说我们的阚军长当时一言不发，据说我们的阚军长后来很恼火。我们的阚军长说，二十七师一团是一支拳头部队，不知道打过多少胜仗，几年前我还带领他们去密西西那缉毒剿匪，在黑三角战斗中所向披靡，怎么转眼之间就不会打仗了？

据说劳副军长说，几年前黑三角缉毒剿匪，一团打出了八面威风是不错，但那毕竟不是现代战争。现在是科技时代，是新情况。

据说我们的阚军长说，不能全盘否定，不能崇洋媚外，再打一次。

劳副军长把我们的考核预案要了过去，组织机关认真地研究了一番，后来发现了问题，向阚军长表态说，坚决拥护阚军长的决定，我们这就向军区报告，重新考核一次。

这就苦了我们二十七师机关的参谋了，我们吸取了教训，重新分析了形势，重新做出了判断，又重新制定方案，准备了足足三个半月。

这一年我们一团的团长是李彤帆，参谋长是李开杰。但是劳副军长来搞第二次考核的时候，指定团长和参谋长作为基本指挥所的指挥员，掌握部队，另外指定由一名副团长开设前进指挥所，负责组织行动。当时一团的一名副团长在住校学习，另一名副团长是马见需，后勤管理员出身，当过管理股长，伺候首长吃喝拉撒睡游刃有余，对于军事指挥基本上是外行。师里很担心，让这么一个管伙食管首长服务出身的副团长来应对劳副军长的现代战术考核，牛头不对马嘴。

这个时候，我们的徐善笠政委和康副师长几乎同时想到了一个人，陈骁。

后来师党委为此专门开了一个会，给陈骁下了一个代理副团长的临时任命。

陈骁当然知道上次考核的结果,当我把情况向他通报的时候,陈骁笑了,笑得很开心,我有点怀疑他是幸灾乐祸。

我说老班长,你可以看我的笑话,但是你不能看一团的笑话,一团是我们的老部队啊!

陈骁说,我不是看你的笑话,更不是看一团的笑话。我高兴啊!我高兴终于有人关注到我们战斗力方面的问题了。你知道一个病人首先最需要做的事情是什么吗?

我被他问得莫名其妙,我说一个病人首先最需要做的事情当然是确诊病情,然后对症下药。

陈骁说,这就对了。我跟你说,我们一团是个老部队,战争年代攻无不克,战无不胜,但是历史的辉煌不等于永远辉煌。美国的彩虹师也是拳头部队,但是彩虹师每年都要搞一次战斗力检验,差不多就是实战。检验的宗旨只有一个,那就是结合新的战斗任务,看看部队存在多少问题,只讲问题,不讲成绩,因为在他们的观念里,彩虹师是一支王牌部队,这样的部队有多少功绩都是理所当然的,都是必须的。可是我们一团呢,自从黑三角回来之后,以为打遍天下无对手,天下从此太平,可以高枕无忧。真实情况是什么呢,夜郎自大,小小的。各级都要政绩,都要成果,所以就报喜不报忧,久而久之,积重难返。劳副军长说我们一团基本上不会打仗,可以说一语中的。

后来的情况是,陈骁作为一团前进指挥所一号首长,全面指挥了这次考核,那三个月的准备时间,对于陈骁来说就是他人生最辉煌的三个月。从单兵技术到班排战术,从小分队穿插到大部队进攻,从情报获取、通信传输、生化防护乃至搭桥造路,全都有了方案,甚至连雨雪天气的装备都一一想到,真的是万事俱备,只欠东风。

令我们始料不及的是,这次军里——当然还是劳副军长拿主导意见——给我出的战术背景战术情况,基本上是按照第一次进行的,唯一的区别是,指挥官换了。

考核开始后,我成了旁观者。最初是集团军的副参谋长和军区的一位副部长亲自导调。第一个战术情况是,蓝军突袭平原市,我军防御失利,主力拟撤出战斗,以一团兵力坚持就地抗战。

陈骁当即命令所属人员以三个营的兵力按计划进入城南要塞，另以一个营和团直保障分队作为预备队，然后命令特务连一个排出城行动，侦察敌人炮兵阵地并伺机将其摧毁，另以特务连连长武晓庆率领二排进入文风塔地区。

这时候导调部提出了疑问，为何以特务连一个排进入文风塔地区？

陈骁回答，此乃战场绝密。

导调部又问，为何放弃城北防御？

陈骁仍然回答，还是战场绝密。

当考核正式开始后，导调部的情况不断，陈骁应对自如。导调部要求陈骁通报炮兵位置和火力准备诸元，陈骁说，我不打算在战斗第一阶段使用炮兵火力，也不准备拦阻射击。

军里的副参谋长愕然，把探询的目光投向劳副军长，劳副军长微笑说，仗是人家打的，他要这么做，生死成败自负其责。你管他那么多干什么？

当导调部通报城南防御危在旦夕的时候，陈骁居然命令电台静默，然后率领两个营撤出城南防御，而让团预备队投入战斗，以零星火力牵制攻城蓝军。当蓝军眼看攻城得手，即将入城的时候，在城南十公里的开阔地上，突然遭到强大的火力覆盖。

武晓庆在文风塔地区无事可做，要求到城南支援，陈骁在电台严厉地命令，离开文风塔，军法从事！

果然，在战斗刚刚开始四十分钟之后，便由水冶方向向城南开进蓝军两个营的兵力，陈骁当即命令武晓庆，炸断桥梁，阻击二十分钟，不得恋战，从凤凰山背后穿插到七号地区，配合主力向城南打他一个回马枪。

这次考核，部队行动紧张而不紊乱，指挥系统多次遭到破坏，陈骁在关键时候启动了特务连的备用通信手段，连摩托车排都用上了，并且命令张海涛率领特务连三排从城北护城河潜出城外，活捉四名蓝军俘虏。

考核结束后，劳副军长良久不语，不说好，也不说不好。后来说，三天了，部队回去休息，主要指挥员留在皇岗岭，探讨成败得失。

据说后来我们的阚军长对劳副军长说，打现代战争我不如你，打常规战争你不如我。

据说我们的劳副军长对陈骁说，运筹帷幄你不如我，调兵遣将我不如你。

当然，这些都是传说，但是有一点是真的。那次劳副军长把二十七师各团团长留在皇岗岭搞总结——不是那种形势大好的总结，而是经验教训的总结，基本上还是查找问题，研究不足，寻找对策。陈骁的指挥当然不是天衣无缝，不是无懈可击，被找出了十三条漏洞。我们劳副军长后来拿着记录这些问题的文稿，在会上抖着文稿问，同志们，我只问你们一句话，你们谁敢担保比陈骁指挥得更好？

没有人回答。

看得出来，劳副军长对陈骁的表现是满意的，考核结束后，劳副军长向阚军长汇报说，从陈骁的身上，他至少看出了希望，看出了我们的部队真正关注和懂得高技术战争还是大有人在的。

阚大门微笑不语。

一个月后，陈骁被正式任命为一团副团长，时年三十二岁。陈骁升任副团长可以说一箭双雕，紧接着授衔开始了，他被授予中校军衔，我作为师部侦察科的副营职参谋，才混了个上尉，跟特务连的连长武晓庆和指导员张海涛同一个待遇。

四

作为一个上尉军官，我和安晓莘的关系有了实质性的进展，我变得现实起来，不再好高骛远不切实际地幻想"小花"之类，而安晓莘在我的心目中一天一天地漂亮起来，就连鼻子也似乎挺拔了许多。我不仅把我们两个自身的条件做了比较，同时也认为门当户对。我未来的岳父是个军校教授，大知识分子，但是说到底他不是个官，不是领导，这样的家庭比较开明，更不霸道，对我的自尊心不会构成威胁。

众所周知，我的家庭属于农村小知识分子阶层，我的父亲是个小学校长，这跟安晓莘家勉强可以沾一点门当户对的边。我后来的人生观有了很大的变化，对自己的期望值逐年降低，这也是我决定同安晓莘建立夫妻关系的重要思想基础。我的当过富裕中农的爷爷曾经说过，男人一生三件宝，丑妻薄田破棉袄，何况安晓莘还不算丑，只不过不算漂亮而已。用我爷爷的话说，漂亮能当饭吃吗？二十岁的时候漂亮，老了还不都是一脸皱皮？

我认为我爷爷的话至少相当于半个真理。

授衔那年我已经年近三十，婚姻自然也就被提到了议事日程。这一年连武晓庆都结婚了。当初我们谁也没有想到他会成为阚军长的乘龙快婿，但他就是成了。当初我们谁都认为他会被阚尽染管得像孙子，随时都有可能鼻青脸肿，随时都有可能被扫地出门，但是我们没有看到这些好戏。后来我们几家子聚会的时候，看见这小两口出双入对，好像十分恩爱，不知道是武晓庆改变了阚尽染，还是阚尽染改变了武晓庆。

武晓庆同阚尽染结婚，没有那么多悬念，但也不是一帆风顺。我们二十七师前师医院院长对武晓庆倒是很看好，这小伙子要模样有模样，要眼色有眼色，在阚大门的家里，一口一个苏阿姨，让苏静仪同志很受用。再说武晓庆的嘴巴也很会讲，谈起部队情况，口若悬河，滔滔不绝，不像祝生珉那样语无伦次东一榔头西一棒子。

可是我们的阚军长最初并不喜欢武晓庆，尤其是不喜欢这小子的发式。那时候要求基层官兵都理小寸头，而武晓庆脸小，理了小寸头就显得脸更小。武晓庆给自己设计了一个寸头中的分头，他自己感觉良好，可是在别人看来有点不伦不类。我们的阚军长说，这么个小白脸，加上这个阴阳怪气的头发，就跟汪精卫差不多，我能给汪精卫当老丈人吗？不能。

我们师医院前院长说，老阚你不能以貌取人，我看武晓庆这孩子脑袋瓜子很灵光，做事也很得体。难道你还想找一个祝生珉那样的女婿？难道你想让我们家的女儿都嫁给谢顶？你再也不能包办我们女儿的婚姻了。你再包办，不光是我们的女儿不答应，我们以后的外孙子外孙女也不答应。

阚军长后来专门让我们师里的政治委员徐善笠对武晓庆进行了考察，祖宗八代的情况都翻出来了。有一次阚军长还把陈骁召了过去。

我们的阚军长说，陈骁啊，我最近遇到一个麻烦，想向你讨教一二。

陈骁说，我又不是神仙，我哪里有那么大的法力给军长排忧解难？

阚军长说，你熟读兵书，精通韬晦，深谙首长心理，善于把握时机，你差不多就是个神仙了，最少也是个半仙。

陈骁说，我不明白军座的意思。

阚军长说，跟我装糊涂是不是？前面还在要挟组织，申请转业调动，后面就在考核中出尽了风头。你哪里要转业调动？你是曲线救国，让组织上重视你，重新发现你。

陈骁说，我没有这样想过，但是首长你这么看，我也不否认。我就是要让组织上重视我，重新发现我，重用我。我总不能希望组织上轻视我吧？

阚军长说，说得好！干得也好！劳副军长多次在我面前说，那个陈骁是个人才，是个将才。

陈骁说，谢谢首长慧眼识珠。

阚军长说，所以说，人无远虑，必有近忧。要有远见。作为一名军官，不仅要能吃得了苦耐得了劳，还要受得了委屈，还要忍辱负重。不能目光短浅，一看别人进步了，就沉不住气。那怎么行？你看我，师长一个职务当了二十年，换别人，早就跳河上吊了，可是我老人家就是不跳河，就是不上吊，我就盘踞在师长的位置上死缠烂打。结果怎么样，否极泰来，刷刷刷就上去了。

陈骁说，我希望首长早点当上大军区司令。

阚军长说，你小子别取笑我，还不是没有这种可能。我这个年龄，当军长是老了一点，当大军区司令正好。不过想不想是我的事，让不让是军委的事。我们不谈这个事，我们谈点生活上的小事。你对那个小白脸怎么看？

陈骁问，哪个小白脸？

阚军长说，装蒜，你的徒子徒孙都打进军长家庭内部了，你能不知道？

陈骁说，首长指的是武晓庆啊？首先，武晓庆不是什么小白脸，武晓庆是我们特务连素质很高的一任连长。

阚军长说，什么素质很高？你是说，他比你我的素质高？

陈骁说，尺有所短，寸有所长。我们不能把自己跟您老人家放在一个平台上横向比较。但是武晓庆这个人，具有特务连长的优秀品质。在黑三角缉毒剿匪的时候表现不俗，和平时期有板有眼。

阚军长说，他在追求阚尽染，你说合适吗？

陈骁说，合适不合适，我不知道，首长也不知道。应该尊重阚尽染的感情。

阚军长说，阚尽染对你情有独钟，你为什么无动于衷？

陈骁说，第一，阚尽染从来没有向我表示她对我情有独钟。第二，我和阚尽染是货真价实的不合适。

阚军长冷笑着问，为什么？我的掌上明珠还配不上你这个书呆子？

陈骁说，不是配得上配不上的问题，而是有没有缘分的问题。老话说，有心栽花花不开，无心插柳柳成荫。阚军长我斗胆给您老人家进一言，谈情说爱，男婚女嫁，没有一成不变的标准。你有情，我有意，即是恋爱婚姻的基础。我觉得阚尽染和武晓庆倒是真的合适。

阚军长说，你能保证他们在一起幸福吗？

陈骁说，我不能保证他们在一起幸福，谁也不能保证。但是我们谁也不能等到看见他们幸福之后再批准他们结婚。

我们的阚军长瞪着眼睛看着陈骁说，你的意思是说，我就这么放任自流让他们继续纠缠下去，就让那个小白脸一天一天地瓦解我的女儿？

陈骁说，那个小白脸有很多缺点，但是也有很多优点。小白脸作为一个军人，还是可圈可点的。军长您老人家又不是选接班人，用不着操太多的心。

据说陈骁的这番话对我们的阚军长还是起了点作用的。后来我们的阚军长说，好吧，天要下雨，娘要嫁人，嫁鸡随鸡，嫁狗随狗，文责自负，婚责自理。我老人家确实管不了了，也没法管。

如此一来，武晓庆凭着他那一张小白脸和锲而不舍的攻关，终于同阚尽染成了夫妻，而且动作相当神速。我不晓得武晓庆知道不知道陈骁在这个问题上曾经拉过他一把，曾经发扬了较大的风格。但是我知道，阚尽染对陈骁一直耿耿于怀。

五

同武晓庆相比，我和安晓莘的事情就简单了。我虽然一直在做结婚的准备，但是一直悬而未决。为什么呢？因为耿尚勤。

我曾经有一个很怪的想法，曾经想，在耿尚勤的问题没有搞清楚之前，我似乎不应该结婚。就像传说中的周恩来说，全国不解放，他就不剃须；就像传说中胡志明说的，越南不独立，他就不结婚。后来屈于我那当小学校长的父亲的压力，我才不得不放弃这些想法。

我觉得结婚是一件大事，来不得半点马虎。我并不打算大操大办，我甚至想谁都不告诉，我跟我的父母达成共识，在部队我说我们回老家举行婚礼，回老家我说我们在部队已经办过了。我们父子母子的这些想法不仅得到了安晓莘的支持，我的未来的老丈人安重伍也特别地欣赏，说牟卜这个办法好，有创意，新事新办，雅致简洁。

一切都准备好了，我还是没有结婚。我有一桩心事，我想在结婚之前到耿尚勤的故乡去，我甚至还提出在耿尚勤的故乡结婚，我们作为耿尚勤父母的儿子和媳妇到他家里办喜事——这种事情在那年头也很时髦。

我把我的想法对陈骁讲了，陈骁说了两句话，一句是没有必要，第二句是不伦不类。

我跟陈骁说，苟富贵，毋相忘。我们现在当官的当官，娶老婆的娶老婆，可是耿尚勤呢？也许遗骨散落荒山孤坟，也许活在人间隐姓埋名。我们总得为他做点什么吧？

耿尚勤说，你去他家里办喜事就是为他做点什么吗？我跟你讲，那样不仅做不了什么，反而会刺激老人。

我说，我把他们当作自己的父母，赡养他们，总是可以的吧。

陈骁说，他们还有一个儿子、三个女儿，用不着你去赡养。

我惊讶地问，你怎么知道得这么清楚？

陈骁说，我当过他的班长，我当然知道。

我说，我想去他家里看看，请你把他家的位置告诉我。

陈骁提起笔来，刷刷地写了一行字交给我说，我不反对你去，但是你不要提耿尚勤和段红瑛的事情，也不要提耿尚勤犯错误的事情，更不要提耿尚勤失踪的事情。

我更惊讶了，我说，难道这些他们不知道？

陈骁说，心里或许知道一些，但是你不要提，也不要问这问那。

我说我就是想搞清楚耿尚勤的问题，你什么都不让我问，我能搞清楚什么？

陈骁的脸色一变说，你想搞清楚什么，你能搞得清楚吗？

我说我有感觉，耿尚勤的事情没有完，我们至少要证实他是一个功臣，是一个英雄，至少要在精神上给他的亲人一个安慰。

陈骁说，我跟你想得完全一样，但是现在时机不成熟，不要触动伤疤。再等等吧，也许……

也许什么，后来陈骁不说了。

从这件事情上，你一定看出来了，陈骁对耿尚勤家庭情况了如指掌，我问起耿尚勤家里的地址，陈骁连想都没想就把它写出来了，连邮政编码也是清清楚楚。这说明什么呢？

这年国庆节，我和安晓莘请了十天假，对组织上我说是回老家探亲，对安晓莘我说了实话，我说我要去还一笔债，这笔债压我快十年了，不能再拖了。

安晓莘听我说了耿尚勤的故事，很有感慨，说我们是应该去看看他的家人了。安晓莘提议约武晓庆同行，我本来不想同意，我不愿意让武晓庆掺和这件事情。安晓莘说，武晓庆是湖北人，对那里的情况熟悉。后来我才知道，安晓莘其实是想约阚老四同行。

后来发生的事情表明，安晓莘的这个提议具有建设性的意义。

安晓莘说，这种事情不用跟武晓庆说，跟阚老四说就行了。安晓莘回到医院跟阚尽染把我们的想法一五一十地说了。阚尽染说，好啊，那里离神农架不远了，我们还可以到神农架去玩呢。

然后就行动。

我们两男两女乘坐京广线上的特快列车，到了武汉，不知道阚尽染通过什么关系，又弄来一辆破吉普车，没带司机，由我和武晓庆轮流对付。那车子实在旧得可以，一路呼呼嗤嗤地喘气，一到上坡，就呜呜呜地吼叫，屁股后面的青烟大股大股地往外喷，遇到沟坎过不去，还得下去推车。

坐火车的时候阚尽染还兴致勃勃，吉普车刚出武汉，进山的时候也还很有情绪，赞不绝口说，真是山清水秀啊，真是美不胜收啊……

我说看万山红遍，层林尽染。

阚尽染说，锦绣河山美如画，风景这边独好。

我们说说笑笑，倒也不觉得难受。但是离开武汉百十里路，麻烦就来了。路是土路，间或有一段两段石子路，车子纵横盘旋，往上看蓝天白云，往下看头晕目眩，连我这个老司机都有点发虚。

阚尽染说，上当了上当了，安晓莘我上你的贼船了。他妈的世界上居然还有这么难走的路！这里不是革命根据地吗？

我说那要问你爹啊，老革命打了天下坐江山，可是这里的路还是五十年前军阀修的。

阚尽染说，能不能找条好路走走？

我说，条条大路通北京，可是条条大路都要转山沟。

阚尽染说，前面遇到厕所停下，我要解手。

我严肃地问，是解左手还是解右手？

阚尽染眼睛一瞪，义正严辞地说，我要撒尿！

我找了一块相对平坦的地方，把车子停下说，女士们先生们，方便吧，这里太方便了。

阚尽染问我，就在这？

我说就在这，祖国的大好河山，处处都是你们的方便地，你想到哪里方便就到哪里方便。

阚尽染说，我拒绝随地大小便，太愚昧了。

我说那你就憋着，到县城至少还有两个小时，别把膀胱憋出问题了。

阚尽染骂安晓莘，都是你捣的鬼，说是看望革命烈士家属，如何如何高尚，如何如何有意义。有意义个屁，居然让我们在光天化日之下撒尿！

安晓莘当然要替我排忧解难，善解人意地说，走吧，到那边小树林里将就一下，体验一下自然风光嘛。

阚尽染嘟嘟囔囔地跟安晓莘走了，我和武晓庆转到吉普车一侧，就地解决。武晓庆一只手托着他的家伙撒尿，眨巴眨巴眼睛问我，你真的想给耿尚勤翻案？

我说，屁话，什么翻案，耿尚勤又不是反革命。

武晓庆说，到他家里，你可别说我是特务连的连长啊，耿尚勤是在特务连牺牲的，他家里要是通情达理还好，要是有些非分的要求，那我们不是送上门来惹一身骚吗？

我说，武晓庆啊你这个小白脸，我没有想到你这么狼心狗肺。你带着你的军长千金滚蛋吧，我的一切行为都是我个人负责，与你无关！

武晓庆表情难堪地说，你看这穷山恶水，老话说穷山恶水出刁民，我是怕万一，万一他们要提出什么，我们还真不好办。

我说去你妈的，你们老家不是穷山恶水？你就是一个彻头彻尾的刁民。你放心，一切由我承担。

武晓庆不吭气了。

众人方便完毕，上车继续往前走，还没走出半里路，阚尽染突然尖叫起来，龇牙咧嘴满脸痛苦的表情。我连忙停车问是怎么啦，阚尽染说，屁股，我的屁股。

我说你的屁股怎么啦，难道是被蛇咬了？

阚尽染说，没有被蛇咬，可是我的屁股起包了，安晓莘你摸摸，一个硬块，有拳头大。

安晓莘没有摸她的屁股，安晓莘说，可能是山里的虫子咬的，没有大问题，你忍一忍，过一会儿就好了。

我说晓莘你把清凉油给她，自己抹抹就行了。别一惊一乍的，要是把我吓住了，方向盘一松，大家都得到沟里说话。

阚尽染伸出脑袋往车窗外面看，不再咋呼了，叽叽咕咕地说，妈的，下面是万丈深渊，下去了还说什么话啊，粉身碎骨了。

七转八绕，走了二百多里山路才到耿尚勤家的县城，一听说还要走五十里的山路，阚尽染说，打死我我也不走了。

我说不走也得走，红军不怕远征难，万水千山只等闲。曙光就在前头，胜利在向你招手。

阚尽染说，我宁肯不要胜利！求求你牟卜，你们去吧，我和安晓莘在这里等你们。

我说那不可能，就是留下，也只能是武晓庆陪你，安晓莘必须跟我一道前往。

武晓庆也说，我看牟卜的意见有道理，留下你们两个女同志在这里不安全，干脆你们两口子去，我们两口子在这里等你们。

我说好啊，武晓庆正中你下怀。我问安晓莘，你怕不怕？

安晓莘说，你不怕我怕什么？

说好了，我们就把阚尽染和武晓庆送到县委招待所——这又是阚尽染的作用，阚尽染说，凡是有县委的地方，都有县委招待所。我问她有没有熟人，阚尽染说，这个鬼县城，屁股大的地方，我哪里有熟人？不过我会想办法，你们只管走你们的好了。

我说那好，你们就在这里住一夜，我们明天回来就到县委招待所找你们。

六

我查过地图，从县城到耿尚勤家的小镇船儿冲，土公路要绕五六十里，直线距离不过七公里，与其让吉普车颠着我们走五六十里，不如找个向导，直接爬山过去。

我对安晓莘说，我们弃车徒步前往如何？

安晓莘说好，这山路坐车实在吓人。

我说，从安全角度上说，从节省时间的角度上说，徒步都是最佳选择。

安晓莘说，既然是你的选择，不是最佳也是最佳，我听你的。

我们把车子留在县委招待所，找了一个当地向导，给了三元钱，他很高兴地带我们上路，也就是两个多小时的时间，船儿冲就到了。

耿尚勤家是一幢半新半旧的灰砖黑瓦老屋，从外面看，比我想象得要好一些。走到近处，居然看见门口挂着一块木头牌子，不知经过了多少风吹雨淋，已成了裂为三块的朽木。几个黄字依稀可辨：军属光荣。

这个木头牌子让我感到震惊，怎么还会有这样的牌子呢？这牌子不知道是哪年哪月制作的，也不知道是经由何人之手挂上去的。想当年，这块牌子还是有用的，在相当多的地方，一块军属光荣的牌子，相当于半个劳动力的收入。只不过，不知道在今天，它还能给耿尚勤家里带来什么。

我正站在门口发愣，从破房子里面慌里慌张地走出一个老太太，低着脑袋，看也不看我们，二话不说就把牌子取走了。

我好生纳闷，看看安晓莘，也是一脸茫然。我站在门口问，请问这是耿尚勤的家吗？

我听见屋里有一阵神秘的动静，不一会儿，还是刚才摘牌子的那个老太太出来了，警觉地看着我们说，这是耿尚勤的家。

看这老太太的穿着打扮，不像是纯粹的农村妇女。我告诉大娘，我们是耿尚勤的战友，看她老人家来了。大娘犹豫了一下，把我们让进门，摸过一条凳子让我们坐。

我四下睃了一圈，耿尚勤的家是乡村常见的那种家庭，四壁凌乱地摆着几件破旧的家具，堂屋里摆着供桌，供桌上供着不知是哪路神仙的塑像。屋里还算整洁。东边厢房里有男性老人咳嗽，我估计是耿尚勤的父亲，一位"退休"的乡村民办教师。我对耿尚勤的母亲说，大娘，这么多年了，我们一直想来看看二老，但是因为种种原因，没有来成，我们来迟了。

大娘问，你们真的是尚勤的战友？

我说是的，当年我和他一起到密西西那缉毒剿匪，他还是我的老班长呢。

没想到大娘的眼泪哗地一下就流出来了。大娘哽咽着说，孩子，孩子啊，部队上的同志总算来了。这下好了，你们是来给尚勤平反昭雪的吧？

我说大娘，我们是以个人名义来的。再说耿尚勤同志也不存在平反昭雪的问题。

大娘说，那是咋回事呢，你跟大娘说说，我们家的尚勤他到底是个咋回事？他是死了还是活着，他到底是叛国投敌了还是犯了啥错误。

我说大娘，这件事情一时半会说不清楚。不过我跟大娘您说，耿尚勤是个好同志，是个好样的。我们这次来，就是想了解一点情况，我们也在为耿尚勤的事情奔波。

大娘说，是吗？

我发现耿尚勤的母亲在和我说话的时候，始终闪烁其词含含糊糊。看得出来，老人家也是受过教育的，说话很注意把握分寸。

我说，大娘你放心，我的一生有两件事情，一是我自己的事情，二是耿尚勤的事情。有生之年，我不把我的老班长的事情搞个水落石出，我死不瞑目。

耿尚勤的母亲看着我，很久地看着我，突然提高嗓门喊了一声，他爹，出来，见贵客！

我愣住了。

没有几分钟我就听见东厢房里传来朗朗的老汉声音，毛主席教导我们说，假的就是假的，伪装应当剥去。

随着声音，一个老汉出现了，西装革履——西装是廉价的休闲西装，皮鞋是人造革的，已经裂开了口子，露出了脚趾头。老汉俨然是一个知识分子的形象，手里居然拿着一本红色塑封的《毛泽东选集》。

耿尚勤的母亲说，他爹你听明白了，部队上尚勤的战友来了，他说有生之年他不把咱尚勤的事情搞个水落石出，他死不瞑目。

老汉说，革命不是请客吃饭，不是绘画绣花。

我茫然地看着大娘，大娘热泪滚滚。大娘说，你大叔他疯了，自从听说尚勤死得不明不白，他就疯了。孩子，不管尚勤的事情有个啥结果，有你这样的兄弟，尚勤他——死了也值！

你能想象我听到耿尚勤母亲的这句话，是个什么感受吗？用士为知己者死形容不一定恰当，但是，我知道，一个母亲，一个含辛茹苦忍辱负重的母亲，她需要这个世界的理解，哪怕这个世界只有一个人理解这个母亲。

我说，大娘，我刚才看见你匆匆忙忙地去把那块军属光荣的牌子摘下来，为什么？

大娘说，孩子，这还不清楚吗？我们家现在这个样子，说是军属不是军属，说是烈属不是烈属，说是匪属不是匪属。可是你大叔他神经病了，他认死理，他就认定我们家是军属。村里的干部给咱家留了面子，交代咱们，平时可以挂军属的牌子，其实就是挂给你大叔一个人看的，来了外人，把牌子摘下来。咱们家，是一个不明不白的家庭啊！

大娘说着，又是潸然泪下。

傍晚时分，饭菜端上桌了，一个大约十来岁的男孩放学回到家里，我一看，顿时头皮就麻了起来——这简直就是一个小号的耿尚勤啊。

我向安晓莘递了个眼色，安晓莘不解其意，我只好拿出相机说，留个影吧，我们谈话，你抓拍。

趁我和大娘问寒问暖的时候，安晓莘拍了大半个胶卷。

吃饭的时候耿尚勤的父亲没有上桌子，我到厢房请他，老人家斜着眼睛看我问，你是谁？

我说我是耿尚勤的战友，也是他的老部下，还是他的学生。

大爷说，我们尚勤是功臣，大功臣。假的真不了，真的假不了。假作真时真亦假，真作假时假亦真。一切反动派都是纸老虎，一打就倒。

我听老人家讲话乱七八糟，没法对话，感到很尴尬。大娘过来说，孩子，别管他，他受刺激了，跟他说不清楚。

我说，可是大爷他得吃饭啊。

大娘横过一条凳子，把碗筷摆好，然后对大爷说，尚勤的战友说了，吃了饭就给咱尚勤平反昭雪。

大爷说，那敢情好。你要跟组织上说清楚，尚勤是革命的大功臣，功不可没，功高劳苦。

我说我记住大爷的话了。

大娘说，老头子你不要东拉西扯了，尚勤的战友吃过饭还有事，几十里的山路呢。

大爷果然听话，端起碗说，忙时吃干，闲时吃稀，不足部分瓜菜代。

大娘又招呼孩子一起吃饭，这孩子有点腼腆，看着我们不说话。大娘说，叫叔叔姑姑，是你二叔的恩人哩。

孩子叫了声叔叔姑姑，便不再吭气，只顾埋头吃饭，不时偷偷地看我和安晓莘。

我问大娘，这是谁的孩子？

大娘说，这是尚勤他哥庆丰的孩子，叫耿恒志，明年就该念中学了。

我的目光落在耿恒志的身上，我的心灵在颤抖，这个孩子太像耿尚勤了。我情不自禁地问大娘，这真是耿尚勤哥哥的孩子吗？

大娘愣怔了一下，目光同我对视，然后肯定地说，就是，他是我大儿子耿庆丰的孩子，我的大孙子。

我说我知道了，大娘，我明白了。

我的重复强调让大娘有些惊讶，老人家再一次用一种复杂的眼神看着我说，孩子，你在想什么？

我说我没有想什么，我想知道，这孩子学习成绩好吗？

大娘说，老话说，穷人的孩子早当家，这孩子懂事，学习很好。

我又问大娘，你们家里生活困难吗？

大娘说，没有困难，我们老两口自食其力，日子够过。

我说这孩子的学费，以后就由我们两口子负责了。

大娘说，不用，这孩子的学费有人替他交，每年都有人寄钱来。

我的心里一动，问道，大娘，告诉我给孩子寄学费的是谁？

大娘再次愣怔，好像是意识到失言，支支吾吾地说，我也不知道是谁，反正是好心人，可能还不止一个。

离开耿尚勤家的时候，我和安晓莘翻遍了所有的衣兜，留下三十块钱当路费，其余的二百一十九元陆角全部交给了大娘。

七

当我把故事讲到这里，我想你一定和我一样，有了一个重大的发现，那就是在船儿冲耿尚勤家里的那个名叫耿恒志的孩子。

我们原本计划在船儿冲找个旅馆住下的，我还有个潜在的念头，就是打听一下耿尚勤大哥的情况。但是这次安晓莘没有同意，她毕竟没有在农村待过，觉得这里是荒山野岭，不太安全。再说她已经跟阚尽染说好了，要回到县城找他们，如果没有回去，有两个问题，一个是怕阚尽染和武晓庆担心，第二是我们两个人现在还没有结婚，一起住在陌生的旅馆不合适，她不想让阚尽染多心——你看，这就是我的妻子，一个生活在现代而思想极其封建的女人。

后来我们决定还是回县城，因为夜黑，我们选择走大路，打算实施夜行军。安晓莘有点怕，我说有我这个老特务，你怕什么怕？

安晓莘说，那就听你的。

　　好在这一年的国庆节和中秋节挨得很近，那一天是农历八月十三，我们上路的时候，一轮明月已经悬挂在东方的天幕上，月光在山野里像平湖一样荡漾，真是一个难得的月夜。

　　路上我把我的疑问跟安晓莘说了，我说我现在有理由怀疑，这个孩子就是耿尚勤的孩子，从年龄和相貌上看都像。

　　安晓莘说，这两点都不足为据，因为耿尚勤哥哥的孩子同耿尚勤也有血缘关系，而且是很近的关系。

　　我说我有感觉，你注意了没有，那孩子的眼睛与众不同。

　　安晓莘说，农村孩子，没有见过世面，眼神都是躲躲闪闪的。

　　我说你错了，你没有见过耿尚勤，尤其是你没有见过犯了生活作风错误之后的耿尚勤，那双眼神，虽然阴郁，但是穿透力很强，就像相机的快门，闪烁一下，就能定格。

　　安晓莘说，你的感情我理解，但是要防止走极端，不能走火入魔。

　　我说我走火入魔了吗？我清醒得很，我比任何时候都理性。

　　安晓莘说，也许，这件事情是有一定的可能性，如果是，当然更好，对耿尚勤，对你们这些战友，都是一个安慰。

　　走了一段，安晓莘就不行了。我原先就准备过越野步行，还特意关照安晓莘不要穿皮鞋，穿我们部队发的那种带绊的布鞋，就这样她的脚还是打泡了。

　　我说我背你吧。

　　安晓莘说，怎么可能，还有几十里的路呢。

　　我说背一段算一段，这可能是我们恋爱史上最重要的一段路程。

　　安晓莘说，我希望它是我们一生中最重要的一段路。

　　我说那就让我背你。

　　安晓莘还是不肯让我背，四下看看说，我们歇歇脚吧。

　　我说那也行，也许有过路的拖拉机什么的。

　　安晓莘说，哪怕是牛车也行啊。

　　我们就坐在路边的一块石头上，仰望天上的明月，聆听山野的蛙鸣虫吟。

　　我说我想起了一首歌，你问我爱你有多深，我爱你有几分，月亮代表我的心……我说着说着，就唱了起来。

安晓莘也跟着低低地唱，你去看一看，你去想一想，月亮代表我的心……

唱着唱着，我突然不唱了，我的泪水忍不住地流了下来。安晓莘没有注意我的变化，还在轻轻地唱着，似乎沉浸在一种美好的境界里。好一会儿她才发现我不对劲，惊讶地问我，你怎么啦？

我说没什么，好像起风了，沙子落进眼里了。

安晓莘东张西望地说，连树叶都没有动，哪里来的风啊？

我说那就是虫子飞进眼里了。

安晓莘不再追问了，休息了一会儿她说，走吧，万里长征这才刚刚开始啊。

我说，好的，那就走。辛苦就在脚下，幸福也在脚下。

我们接着往前走。

在这一段路上，我的眼前老是晃动着耿尚勤的影子，耿尚勤铁青着脸对我吼，调频，调频，赶快调频。耿尚勤操着一口叽哩嘎拉的湖北话说，用作战电台收听广播节目是违反纪律的，要是在战场上，就是违反战场纪律，如果信号被敌人捕捉到了，目标就暴露了，而有电台的地方一般都是指挥所，把敌人的炮火引来了，那责任你能负得起吗？

耿尚勤啊耿尚勤，如今我们都还活在人间，不管能不能负得起责任，我们都还在负着一定的责任。可是你在哪里，你真的消失在密西西那河流域那片深不可测的丛林之中了吗，你真的化作一缕青烟融进这苍茫宇宙之中了吗？抑或你当真隐身到了异国他乡？

命运啊命运，这恐怕是人间最难把握的东西。你不让我听月亮代表我的心，我知道，其实你的内心充满了渴望，你最想听的就是这首歌。现在，我们都不知道你在哪里，都不知道你在想什么在做什么，也许只有月亮知道，可是它不告诉我们。

那天我们在船儿冲通向县城的路上走了很长很长时间，走了很长很长时间也不过走了十几里地。后来我终于背上了安晓莘，她的双脚基本上不能挨地面了。伏在我背上的安晓莘让我的内心充满了感激，这个善解人意的女军医将是我今生今世唯一的爱人。

就在我们精疲力尽的时候，远处的山谷里传来了汽车的轰鸣声，然后我们就看见了两束雪白的车灯像利剑一样在月色中的山野里穿梭，半个小时后，一辆吉普车停在我们的面前，阚尽染和武晓庆从车上跳了下来。

<h2 style="text-align:center">八</h2>

我和安晓莘结婚的第三年，我们二十七师组建侦察营，我被任命为少校营长，武晓庆同我对调，到师部侦察科任少校副科长。如此一调换，虽然都是正营职军官，但是因为我们侦察营的业务归侦察科管辖，武晓庆实际上成了我的顶头上司。

武晓庆过去一直对我和张海涛比他进步快耿耿于怀。这下跟我扯平了，难免得意，一得意就有所流露。有一次居然跟我说，牟营长同志，本科长再到侦察营视察工作，你要向我汇报哦。

我说我不仅要向你汇报工作，我还要给你敬礼呢。你就等着吧。不过，我们部队不是地方，我们还是习惯于职务全称，以后请你自称武副科长。

平心而论，武晓庆这哥们除了青年时代有点花花肠子以外，别的没有什么太大的毛病。那次在耿尚勤的家乡船儿冲，我对他的表现一度深恶痛绝。但是当夜半三更我和安晓莘在山路上艰难跋涉的时候，武晓庆开着吉普车到山里来接我们，我还是很感动的。

后来我们知道了，武晓庆是在执行阚尽染的命令。

我们离开县城之后，阚尽染在县委招待所蒙头大睡一通，晚上这小两口又大吃一通，吃饱喝足了阚尽染问，安晓莘他们怎么还没有回来。

武晓庆说，以一个特务连长的敏感性，我判断他们今天夜里不会回来了。

阚尽染问，为什么？

武晓庆说，一是山路险峻，他们夜里不可能抄近道，如果走大路，一夜也走不回来；第二，他们正在热恋，水深火热，留居船儿冲，不跟我们搅和在一起，他们正好可以搞提前量。

阚尽染琢磨半天才明白武晓庆的小人之心，阚尽染说，他妈的你以为

295

他们都跟你一样啊，过夫妻生活也跟要流氓似的。安晓莘那家伙是个卫道主义者，不结婚他们就绝不会睡一张床。他们一定会回到县城。

武晓庆说，那我跟你打赌。

阚尽染说，赌你妈的头。去，给老子端盆洗脚水来，热一点，但也不能太热。

武晓庆便屁儿颠颠地给阚尽染兑了一盆洗脚水。

阚尽染洗完脚说，去，给老子找两只苹果来，要富士苹果。

武晓庆便屁儿颠颠地去找富士苹果。但是这次他没有完成任务，因为县委招待所根本没有富士苹果，武晓庆拿回来两只胡萝卜。

阚尽染倒是没有骂武晓庆，啃了半截胡萝卜，阚尽染说，去，把车子点着。

武晓庆问，干什么？

阚尽染说，去接安晓莘和牟卜，他们一定在长征。

武晓庆说不可能，他们要是在路上，我今天就睡在地上。

阚尽染说，他们如果不在路上，我们就找到船儿冲。什么玩意儿？

武晓庆吃了一惊说，你说谁什么玩意儿？

阚尽染说，当然是你，你太不是个玩意儿，大家一起来看老班长，人家跋山涉水，你却在这里给老婆端洗脚水，整个一个窝囊废。

武晓庆说，我不端行吗？那下次我不端了。

阚尽染说，你敢？反了你了，一朵鲜花插在牛粪上，你以为牛粪就成了牛皮啦？

武晓庆嘟嘟囔囔地说，他妈的，这就是娶军长千金当老婆的下场。不过我比你强，你这朵鲜花嫁了个牛粪，我这个牛粪娶了个鲜花。

阚尽染扑哧一下笑了说，他妈的，你也会点辩证法啊！

两个人斗着嘴，倒也有趣。

胳膊拧不过大腿，武晓庆最后还是乖乖地把车子开出来了。

我这里想说的是，阚尽染阚老四这个人实际上是个刀子嘴豆腐心，甚至是一个善良的人。后来他们不光把我和安晓莘接了回来，第二天早上又拉着我们重新来到船儿冲，再次探访了耿尚勤的双亲，临走的时候阚尽染还给了耿尚勤的母亲五百元钱，说是给孩子上学用。

也就是那一天，我深入地了解了一些情况，获悉了一个至关重要的秘密——此为后话。

我们新组建的侦察营当时只有两个连队，一连是原来的师直侦察连，二连就是我们特务连，另外还有一个技术侦听队。两个连队都是战斗连队，但是分工不同，一连主要负责器材侦察，二连主要是武装侦察，技侦队技术含量高一些，战斗性能也更强一点，有航模，有雷达，有远程红外传感、热能传感、声音传感等等，这些东西连我也不是太明白。

为了提高军事主官的业务素质，我上任不久，就接到命令到第二军事工程学院进修，很荣幸地和一团副团长陈骁成为同学。我住校后，侦察营营长一职由师部侦察科副科长武晓庆兼任代理。

众所周知，武晓庆是一个半吊子花花公子，但是武晓庆的特种作战能力是很强的，十多年前他的单兵技术战术曾经一度领先于我，十多年后，特别是结婚之后，这哥们好像成熟了许多，在吃喝玩乐的事情上有所收敛，工作上很有长进。在我离开侦察营的那段时间里，这哥们基本上住在营里。有一次我们两个通电话，他居然说，他妈的牟卜，你屁股一拍去镀金去了，把这么个烂摊子交给我，我已经三个星期没有回家了，长期没有性生活。

我说你他妈的小白脸得便宜卖乖。我的侦察营多好啊，军官听话，士兵尊干，伙食一流，人才济济，师医院的通信营的女兵找对象，侦察营的军官是首选。

武晓庆说，你还有脸说！就是你小子开的口子，什么肥水不流外人田啊，什么军队干部爱军队啊，要把通信营和师医院的单身女军官一网打尽啊！现在倒好，已经搞上五对了。未婚先孕还算不上什么，光纠纷就把人搞得焦头烂额。他妈的有一对上个礼拜打结婚报告，这个礼拜又打离婚报告。还有的当了陈世美，家里明明有了未婚妻，也傻乎乎地去赶你的时髦，这边挎上一个花前月下，那边的农村小妞打上门来，居然还到师部办公楼前静坐，搞得鸡飞狗跳。你留下的这个屁股让我擦得好苦啊！

武晓庆的话半真半假。

我刚到侦察营当营长的时候确实说过，我们侦察营的青年军官都是百里挑一的，为了解决两地分居问题，最好在本地找女朋友，最好在部队内部找女朋友，最好在我们的师医院和通信营找女朋友。我开玩笑说，要把通信营和师医院变成我们侦察营的家属院，我们侦察营在讨老婆这个问题上，要充分显示我们的战斗力。到了那个时候，看个病打个电话也方便一点。

我这一煽乎不要紧，没想到还真的蔚然成风。我们侦察营连排级军官有十二个人是单身汉，百分之八十都拥护我的倡议，并且以实际行动拥护。

你是知道的，八十年代后期，军队干部基本上都是高等院校毕业的，选在我们侦察营的干部，又经过反复筛选。侦察营刚成立的时候，我们的阚军长还专门回到二十七师一趟，就侦察营的军官配备做过重要指示，一是学历要高，二是品质要好，三是能力要强，四是军人仪表要过硬。谈到军人仪表的时候，他老人家还专门说过，说过去的特务连，一排长陈骁高大英俊，二排长刘爽桥精明精干，三排长张晓强膀大腰圆，四排长尚未赛五官端正。但是他老人家记不得了，还有一个长得像老年难民似的祝生珉，只是与会的人员中没有人纠正他老人家记忆上的错误，况且祝生珉虽然在形象方面不能和以上人员媲美，但祝生珉自有他的过人之处。更何况，祝生珉现在是他老人家的女婿，还是战斗英雄呢。

经过层层选拔，我们侦察营的干部确实比较整齐，开干部会的时候，横队是一排仪表堂堂的小军官，纵队是一溜风度翩翩的美男子，站在这样的队伍里，有充分的自豪感和自信心，即便形象气质稍微差一点的，也是瑕不掩瑜，并且平空多了几分气质。

坦率地说，我不怕他们犯错误。他们能犯多大个错误？不就是男女之间的那点破事吗？前两年有一部很有名气的小说叫《历史的天空》，里面的梁大牙将军说得好，老天爷给男人安了那个，就是让他那个的，该那个的时候他就要那个，你不让他那个，那就是违背了老天爷的好意，那是要出问题的。

当然，我这样说并不是怂恿我的部下去乱搞男女关系，去不负责任地祸害人家，我们的开放是有原则的，是有前提的，是有政策约束的，是要负责任的——这一点，请你不要担心。

以后的事实表明，我们的开放政策确实给我的代理人武晓庆带来一点麻烦，不过也仅仅是小麻烦而已。无非就是劝解加教育解决，并没有像武晓庆担心得那样天塌地陷，没有发现谁犯了生活作风方面的问题，没有谁堕落成了腐化腐朽分子。即便有个别人打了点提前量，搞了点小动作，作为组织的代表，我是睁一只眼闭一只眼的，我建议武晓庆和张海涛也睁一只眼闭一只眼。人家都是知识分子，尊重科学并运用科学的武器，解决个人的小麻烦，易如反掌，你去操心干什么，自讨苦吃在次，不是自找没趣吗？于是乎，男男女女你亲我爱，磕磕绊绊哭哭笑笑，最终皆大欢喜。

我的内心深处有一个情结，时代不同了，价值观和是非观都在改变。当年耿尚勤犯的那点所谓的生活作风错误，放在这个时代，微不足道，睁一只眼闭一只眼就过去了，首长机关即便不像我这么开明，但是至少也不会太去把它当回事。未婚先孕也不是什么洪水猛兽，两相情愿的未婚先孕乃是爱情的产物，现在的非婚生孩子也是受到法律保护的。暂时条件不允许也不要紧，到妇产医院花八元钱开两片药，一个半小时就摆平了。当然我们不提倡这样，但是问题既然出现了，我们也不会如临大敌。批评教育就是了。

而在那个时代，却酿成了一场生离死别的悲剧。

诚如陈骁说的那样，所谓的战争，全部的关键就是两个问题，一个是时间，一个是空间。耿尚勤的事情也是这样，同一件事情放在不同的时间和不同的地方去做，效果就不一样。放在今天的侦察营，至多被组织上骂一顿，自己就去摆平了。而在侦察营那块小小的地盘上，所谓组织，往往就是我本人，我是不会把这种事情搞大的。可是放在十五年前的特务连，结局是耿尚勤身败名裂，先是被撤职，后是被处分，由此产生的连锁反应是被监控，最后葬身他乡。

九

院校生活，按部就班。我和陈骁经常在晚间散步时相遇。有一次饭后散步，我又提起了耿尚勤，追问陈骁当年耿尚勤到底把什么东西留给他了。

陈骁背着手，停住步子，望着西天流金溢彩的火烧云，慢腾腾地说，你觉得这件事情很重要吗？

我说太重要了，我现在想知道耿尚勤在最后的时刻说的每一句话，每一个念头。

陈骁说，难得你这样重感情，那我就告诉你，耿尚勤最后留给我的是一顶军帽。

我问，里面有没有别的东西，比如血书、遗书之类的东西。

陈骁说，没有，就是一顶军帽。

我问，那是什么意思？

陈骁说，他幻想，我理解，那是绝望中的幻想。

我说你给我说说，他到底是怎么幻想的。

陈骁说，时候没到，到了我自然会告诉你。

坦白地说，我一直有点隐隐约约怀疑，我怀疑陈骁知道耿尚勤的一切，他和耿尚勤之间存在着一个天大的秘密，我有一次甚至闪过一个念头，怀疑耿尚勤真的利用黑三角缉毒作战的机会，巧妙脱身，隐藏在密西西那河流域，然后辗转到了东南亚某个国家。而耿尚勤之所以能够成功，很有可能是陈骁暗中配合，如果我的怀疑是事实，那么陈骁就是耿尚勤的同谋。当然，后来我很快又打消了这个想法，觉得疑神疑鬼有点神经病。

我问陈骁，你说，耿尚勤有没有可能还活着，有没有可能真的利用那次机会，成了偷渡者？

陈骁说，怎么，你也认为耿尚勤会叛国？

我说，不是叛国，而是……躲避。耿尚勤受到处分，家庭、爱情、事业搞得一塌糊涂，倘若一时想不开，有了机会，负气出走的可能性不是没有，尽管很小。

陈骁说，绝无此种可能！你不了解耿尚勤，他不可能这么狭隘，他不可能背离祖国，不可能背离他的亲人。

我说，那么，还有一种可能，在黑三角战斗中，耿尚勤完成了环形高地摧毁毒匪火力点的任务，而他当时的处境基本上就是枪林弹雨，这是大家有目共睹的。他会不会负伤，然后被毒匪俘虏，再然后带到金三角去？

陈骁沉思了一会儿说，我没法回答你，这也是我经常思考的问题。

这次交谈，又是不了了之。

有人曾经说过，我牟卜这个人命大福大造化大。细细想来，好像还真的有这个意思。这不是我自吹自擂，我可以给你举出很多例子。先讲一个眼前的。

阴差阳错，就在我出去学习这半年里，武晓庆差点儿把命送掉了，命没有送掉，但是耳朵掉了一只。

事情的缘由是这样的——

这一年春天我们驻地所在的省城出了一个大案，两个重刑罪犯越狱打死打伤三名看守警察，并且抢走了两支微型冲锋枪，以后连续作案，杀人数十，此案举国震惊人心惶惶。估计这件事情多数人都有印象，那时候全国通缉这两个号称二黄的罪犯，公安部门经过两个多月的跟踪侦察，最后将目标锁定在我们驻地平原市西郊的凤凰山。

二黄是亡命之徒，手段凶残，手法高超，号称双枪神手，民间传说神乎其神，几次被公安干警伏击又几次逃脱，平原市公安局有三名警察死于二黄枪下。

还记得那个差点儿成了我岳父的路子野吗？他当时是平原市政法委书记兼公安局长。这次路子野决心不惜一切代价，信誓旦旦要在平原市境内干掉二黄，报仇雪恨。平原市委要求部队协助围剿，部队和地方公安局还成立了联合指挥部，市委书记亲自担任总指挥，路子野和我们师的康副师长担任副总指挥。康副师长到市里开完紧急会议，任务就落在侦察营的身上了，具体地说，就是落在侦察营二连也就是特务连——我们在习惯上还是叫二连特务连——的身上。

后来听说，行动那天是个阴天，还下着一点毛毛雨。联合指挥部制定的方案是两条腿走路，一方面动用大量警力和部队，在凤凰山一带拉锯式搜山，打草惊蛇，引蛇出洞，一方面以精锐小分队在三个主要方向设伏。

侦察营教导员张海涛带领一连参加搜山，代理营长武晓庆则率领二连在曲沟设伏。

武晓庆率领特务连一排设伏的地段是重中之重，曲沟那块地形我知道，原先是我们野外训练的必经之地，通往水冶，植被稀疏，视野开阔，如果打游击战，在这个地方基本上没有用武之地。但是围剿罪犯，这里就成了最有可能的通道。

在张海涛带领的侦察营主力和地方公安部队拉锯式搜山的时候，武晓庆一直按兵不动，直到第二天早上，才有情况显示，二黄押解着三名人质已经被驱赶到曲沟的千佛山石崖里，这是这一带唯一具有游击战条件的山地。但是由于土质关系，千佛山上树木低矮且稀疏，部队很难接近目标。武晓庆他们围而不打，坚持了两天两夜，期待二黄弹尽粮绝自行投降，但是没有，二黄不仅没有投降，还剁了人质的两根手指扔在搜山的路上。

目标虽然明朗了，但是很难下手，一是因为有人质在二黄的手上，这三名人质是一个公安干警的家庭，两个大人都是警察，还有他们七岁的女儿，一旦强攻，势必会伤害到这个家庭。另外，千佛山是隋朝留下的佛教遗址，被列为省级保护文物，一旦开战，就会殃及旅游资源。

当天夜里，联合指挥部决定继续围困，同时开展攻心活动，向千佛山石崖喊话，要求谈判。二黄同意了，提出的条件是撤出对石崖的围困，同时派一名上了年纪的农妇到石崖送饭。

显然，这是个机会。

联合指挥部从公安部队里挑选女警察扮作老年农妇，准备在送饭接近二黄之后出其不意地下手。但是这些女警察一听说是执行这个任务，都有些畏难情绪，这其中还包括一度差点儿成为我妻子的路晓露。女警察们说，牺牲都不怕，就怕完不成任务。后来我们的代理侦察营长武晓庆就挺身而出了，武晓庆当着康副师长和路子野的面走了几步，弯腰驼背，松松垮垮，倒还真有点老年妇女的样子。

我们大家都知道，武晓庆这小子细皮嫩肉，五官清秀，本来就有点女相，再化上妆，扮个中老年妇女，在十米开外基本上看不出破绽。武晓庆的优势更在于他当过特务连长，特种作战能力强，尤其是他参加过黑三角缉毒剿匪战争并且尝过真枪实弹，心理素质明显高于那些缺乏实战经验的女警察。

康副师长说，我看行，这是没有办法的办法。

路子野也说，关键的时候，还是要靠解放军打头阵。

这样一来，方案就定了下来。

当天黄昏，武晓庆一身老年农妇的装扮，按照二黄指定的路线，挎着竹篮子，妖里妖气地出现在千佛山通往石崖的羊肠小道上。但是在接近石崖大约三十米的距离上，二黄突然朝武晓庆开了一枪，武晓庆愣了一下，扔掉篮子，拔腿就往回跑。跑了十几步，二黄在后面喊，回来，再不回来就打死你！

武晓庆不跑了，站住了，然后蹲下了。

二黄又喊，过来，把东西送过来！

武晓庆哆哆嗦嗦，鬼鬼祟祟，然后爬着向二黄接近。

我想你一定被搞糊涂了，其实我在听张海涛后来描述这个细节的时候，也有点糊涂。只有武晓庆没有糊涂。二黄开的那一枪是试探性的，他们要确认这个送饭的老太太是不是训练有素的警察，而武晓庆表演得屁滚尿流的丑态，获得了他们初步的信任。但是他们并没有彻底相信武晓庆，就在武晓庆捡起竹篮子里的饭菜正要往石崖进一步靠拢的时候，二黄突然喊道，说话，你说，是谁让你送饭的？

意外的事情发生了，只听羊肠小道上传来一个苍老的颤抖的当地老年妇女的声音，是公安同志啊，公安同志说，把这东西送到石崖上，给俺家二百块钱。

二黄问，你知道我们是什么人吗？

老太太颤抖的声音说，知道，你们是罪犯。求求你们别杀俺，俺想挣二百块钱。

二黄说，那好，你把篮子放下，把裤子脱掉。

老太太不说话了，过了好一会儿颤抖苍老的声音才重新响起，伤天害理啊，你们也是有爹有娘有姐有妹的，俺这把年纪了，让俺脱裤子干啥，未尝你们还想糟蹋俺一个老婆子，天打五雷轰啊，这个钱俺不挣了。

老太太说着，哭着，把竹篮子一挎，骂骂咧咧地就要往回走。

大约是二黄饥不择食饿令智昏了，其中的一个忍不住，一头从石崖里冲了出来，几大步就追上了武晓庆。两人相逢，二话不说，二黄之一——以后我们知道这家伙是大黄——冲上去就给了老太太一拳，老太太当即惨叫一声倒在地上。大黄还不放心，又出脚去踢老太太的裆部，他大约是想证实这老太太真伪。无奈老太太假装疼痛，满地打滚，嘴里还发出撕心裂肺的号叫，大黄正要下手撕扯，却不料老太太一个鲤鱼打挺站了起来，接着就是一个闪电般的扫裆腿。大黄眼疾手快，凌空一跳，再泰山压顶一般扑了下来，两个人顿时扭成一团。

正在石崖口掩护大黄的二黄见势不妙，举着冲锋枪扑了过来。武晓庆挣扎着从裤裆里摸出手枪，连放数枪，二黄当即毙命，大黄也被随之而来的特务连长刘燕斌等人紧紧扼住。

这场战斗，是我们侦察营——当然主要是特务连自从归建之后再一次大显身手，武晓庆建了头功。当然代价也是惨重的，武晓庆在同大黄的搏斗中，被大黄咬掉了一只耳朵，肋巴骨也被敲断两根。

几个月后，我从工程学院住校回来，武晓庆已经退休了，成为我们二十七师最年轻的退休干部。这年春节我和陈骁、王晓华等人到干休所慰问老干部，武晓庆头上戴着棉军帽，耳朵巴子护着左耳，双手拢在袖筒里，样子很像威虎山上的小炉匠。把我们让进客厅里，这小子阴阳怪气地说，你牟卜牛啊，你简直就是神仙，有先知先觉，他妈的好事都让你摊上了，我替你擦屁股，还替你挨刀子，你倒好，坐享其成，现在又升官当了侦察科长。我怎么这么倒霉啊，都是你克的！

我说你也不差啊，成了军长的乘龙快婿，又成了和平时期的战斗英雄，永垂不朽啊！

武晓庆说，球，我他妈的都快废掉了！

十

与陈骁同校学习，我再次领教了这哥们的狂妄。

陈骁对于学校的填鸭式教学早就不以为然，尤其是对一些教员生吞活剥的教学方式不满。他好几次跟我讲，这个学校的师资力量太弱，教学质量太差，评定职称太滥，有些教员根本不了解战争，甚至不了解部队，照本宣科，教出来的知识，除了应付考试，基本上跟战争无关，基本上不着边际。

我劝他谦虚一点，安分一点，好歹把学业完成，最好弄个优秀学员，回到部队也是个资本，再有提升的机会，也多一个硬件。

304

陈骁说，你开什么玩笑！我来深造，是为了提高指挥能力的，不是为了提高分数的，如果我们的分数同指挥能力脱节，我宁肯不要这个分数。

这哥们有这个态度，我实在为他担心。后来果不其然，这哥们终于闹出了一个乱子。

有一次上步坦协同指挥课，教员是一个博士生，不能说这个博士生没有真才实学，可以说渊博得很，从沙漠之狐隆美尔，到巴顿的坦克群在二战中的运用，引经据典，头头是道。但是结合实战，他的那几条原则，几大攻防战术，在陈骁看来至少落后二十年。这个教员搞了一个作业想定，按照他传授的那些原则，多数同学都取得了较好的成绩，唯独陈骁交了一份别出心裁的答卷。教员很不满意，在课堂上把陈骁的答案作为反面教材提出来。

陈骁说，教员，如果按照你的打法，在解放战争中可以，在抗美援朝战争中也可以，但是在现代战争中不行。

教员说，那请你谈谈你的高见。

陈骁说，我想请教教员三个问题，一是伪装，你知道在两伊战争中莫克尔进攻战斗中坦克机动的伪装是怎么实施的吗？第二，你知道二十二坦克旅在迂回阿辽卡什沙漠的后勤供给是怎么实施的吗？

教员说，我们的战略是防御战斗，防御战斗的伪装和后勤都是以常规作战为背景的，我们不能生搬硬套。

陈骁说，教员，我谈的就是常规防御战斗。你要是搞不清楚，那请你下来，让我来当堂完成这个作业。

教员很恼火，但是还是克制了，赌气地说，那好，我们就请你上台，我洗耳恭听。

陈骁当真登上讲台，作战背景还是教员设置的，敌我双方兵力火力配置也还是依据教员提供的。但这哥们的思路跟教员的思路大相径庭。在众目睽睽之下，他捏着粉笔首先在黑板上把教员布置的作业想定标了出来，他的那些同学不得不承认，陈骁仅凭感觉，就标出了一幅非常漂亮而且精美的战术态势图，然后陈骁开始分析地形，分析作战条件。陈骁说，现代战争制胜的根本，同样有一个基本的前提，首先是保存自己，具体说来，无论是待机还是机动，隐蔽行动是重中之重。如果按照教员对于装甲兵的使用方案，战斗发起前在兰登高地反斜面集结，这里在敌人的射界之内，三个小时的待机时间，不要说卫星侦察和航空侦察了，也不要说传感侦察了，人工侦察就能发现这个重要目标。想当年，在朝鲜战场上，我们二十七师侦察队的队长阚大门仅仅从地图上分析地形和兵力配置，排除了一个示假的伪装炮兵阵地，就确定了真正的炮兵阵地。而现在运用于战场的侦察科技手段，比几十年前不知道先进多少倍。所以说，在教员给我们布置的这个作业想定里面，运用坦克基本上是错误的。

陈骁一语既出，整个课堂一片哑然。一个学员禁不住问陈骁，问题是，我方兵力就是这样计划的，如果放弃使用坦克，纯粹使用步兵火力，一方面进攻难度增加，势必造成更大的伤亡，另一方面，有兵不用，袖手旁观，哪有这样用兵的道理？

陈骁说，不存在有兵不用的问题。关键要看怎么用，在什么地方用，在什么时候用。我们绝不能忽视现代战争条件下机械化行动的伪装问题。同志们请看，我们可以把坦克群待机地域选择在松毛山反斜面，这里为敌人常规炮火的射击死角，松毛山是地面导弹无法逾越的屏障，除了空中炮火袭击，这个待机地域是安全的。

教员说，陈骁大师，别忘记了，从松毛山反斜面向敌人一线阵地冲击，有一段三十米的断裂沟。

陈骁说，正是。正是这段三十米的断裂沟，给我们的坦克提供了天然的用武之地。在战斗发起的第一阶段，在炮火准备之前，我们的坦克就可以从松毛山反斜面直接开进沟里，连我们此前都没有想到，敌人更就不可能想到我们会有这么大胆的行动。炮火准备，既可以掩盖坦克开进的声音，同时也可以混淆敌人的科技侦察手段。同志们请看，在坐标58，32方格，在748等高线上，这是一段相对平缓的山坡，只需要工兵一个排，在短短的十分钟之内，架设二十米的舟桥，哪怕把浮桥架到这里，一个营的坦克就可以在瞬间拔地而起，在离敌人做梦也想不到的地方以迅雷不及掩耳的速度冲击，其结果可想而知。

陈骁讲完，坦然下了讲台。教师里好一阵鸦雀无声。在山地里架设舟桥和浮桥，这是闻所未闻的事情，但陈骁的想象力就是这么丰富，而且就是这么出奇，鬼斧神工。

过了一会儿，才有一声掌声，两声掌声，接着就是掌声大作。

教员的脸由红变紫，给自己找了个台阶说，我认为陈骁同志的设想有一定的独创性，但是纸上谈兵是一回事，战争实际又是一回事。

陈骁说，是啊，我们大家都是纸上谈兵。

一个学员在下面嘀咕说，既然都是纸上谈兵，谈得科学的总比谈得蹩脚的好吧。

教员的脸上再也挂不住了，苦笑一声说，好吧，既然大家认为我这个教员水平差，那好，我下台，你们另请高明。

这件事情后来闹到院首长那里，传到院首长的耳朵里的情况就有些变样，说是我们二十七师的学员牛皮哄哄，扰乱课堂秩序，把教员轰下讲台了。院里派人到学员队了解情况，结果并非如此，反而暴露了学院教学质量有问题，所以也没有处理陈骁，只不过院长把陈骁叫去批评了几句。陈骁自然不服气，还振振有词地对院长说，首长，再不提高教学力量，再不改革教学方法，再不刷新教学内容，我们的院校就变成幼儿园了。

院长很生气，他生气倒不是因为陈骁给了教员难堪，而是生气陈骁说他的院校要变成幼儿园。院长同我们的阚军长是老战友，还打了个电话给阚大门告了陈骁一状，我们的阚军长弄清事情原委，哈哈一笑说，陈骁这小子，就他妈的自以为是。不过，这一点像我，学术探讨，知无不言，各抒己见，我看也没有什么不好。说实话，这小子有思想，读书也多，脑子动得多。连我他都敢唱对台戏，你那些教员，要是没有两把硬刷子，还真是教不住他。你老兄是得搞一批真才实学的教员哦。

院长说，我把他留下当教员，你看如何？

阚军长说，那不可能。这小子目中无人，你管不住他，还是我来收拾他吧。

十一

这年秋天，我从第二军事工程学院住校返回部队之后，被任命为二十七师的侦察科长，副团级。

我的幸运还不仅仅是同武晓庆相比，也不仅仅是同耿尚勤相比，就是比起王晓华和陈骁，我依然是幸运的。不谦虚地说，我的幸运不是天上掉下来的馅饼，我的幸运来自我的努力，是公平竞争的结果。我信奉的临渊羡鱼，不如退而结网的原则，在我的人生旅途中无时无刻不在起着重要作用，发展才是硬道理这句话是我克服一切困难的决定性的法宝。

当然，我这样说并不是说上述人等不努力，比如说耿尚勤，耿尚勤不努力吗？耿尚勤比我们任何人都努力，可是他还是被淘汰出局了。所以说，我们改变命运，往往也只是能够改变很小的一部分。

在我的特务连生涯最初接触的几个人当中，除了一个一言难尽的耿尚勤，还有一个让人说不明道不清的陈骁。

陈骁的变化是不以我们的意志为转移的。过去我一直认为是苏晓杭造成的，事实上又好像不完全是，说到底还是性格的问题。陈骁不像我这样功利，我是不见兔子不撒鹰的，我绝不会把自己弄到一棵树上吊死，我笃信识时务者为俊杰、好汉不吃眼前亏这些人生理念。而陈骁不，陈骁的骨子里有中国士大夫的精神，宁死不屈，百折不挠，从一而终。这不仅表现在爱情上，也表现在对人对事上。

我担任侦察科长之后不久，陈骁也毕业回到了二十七师，还是当他的副团长，现在我已经跟他平起平坐了。

有一次我和陈骁相约到平原市逛新华书店，我们那天买了很多书，从对图书的选择上也可以看出彼此兴趣的差异。我买的书大多如《一百个名人的精彩演讲》《职场谋略三十六计》《当一个成功的领导者》等等。而陈骁选择的多数是人物传记、发达国家军事变革之类，其中有《第三次浪潮》《大趋势》，还有两本我压根儿就看不明白的书，一本叫作《通向奴役之路》，另一本叫作《论法的精神》，内容晦涩艰深，我翻翻头就大。我不晓得像陈骁这样连自己的爱情都搞得一塌糊涂的人，何以会对这种离我们的生活十万八千里的高深理论发生兴趣，而偏偏他就兴趣盎然。

我们从新华书店出来已经快到中午，我说我请客，我们去秋风楼撮一顿。陈骁说，不去，要吃饭就到江南包子馆。我说你我都是相当一级军官了，我们为什么不能吃好一点，为什么要到那种乱哄哄的市井餐馆去？我们应该提高生活质量。

陈骁说，生活质量的高低不在于餐馆档次的高低，而在于就餐人自身素质的高低。毛主席经常吃红烧肉，你能说他生活质量不高？

我说那不一样，毛主席他老人家吃红烧肉，是因为他老人家爱吃红烧肉。

陈骁说，那我告诉你，我爱吃江南包子。我当新兵的时候，星期天上街，最幸福的事情就是中午到江南包子馆来打牙祭。

我没说话，我知道这是一种怀旧的情绪在起作用。一个人如果开始怀旧了，就说明他已经开始变老了。

七拐八转，我们到了江南包子馆，里面果然乱哄哄的，熙熙攘攘，热气腾腾。好不容易才找到一个座位，叫上两笼包子，再来两瓶啤酒，陈骁吃得津津有味，剥蒜，蘸醋，一丝不苟，一会儿就吃得满头大汗，汗水从头皮上渗出来，在鬓角的白发根子上闪闪发光。

我看着陈骁，陈骁看着包子。陈骁吃饭的时候全力以赴，一句话也不说。君子食无语，这也是陈骁的生活准则之一。

我的心里很不是滋味，我发现陈骁真的老了，尽管他才三十多岁，但是他的举止、他的语气，还有他鬓角上的星星点点的白发，都在向我昭示，这个人已经未老先衰了。

吃完饭，我们徒步从老街穿过，准备打道回府。正走着，陈骁站住了，眼神投向一条小巷子。我顺着他的视线看过去，见小巷瓶颈处有一个门面，匾额上大书"山涧斋"三个字，店内摆放着一些文物字画之类的玩意儿。我对文物字画向来不感兴趣，我甚至对收藏也从来没有兴趣。但陈骁似乎很有兴趣，看着看着，就移动长腿走了过去，我只好屁儿颠颠地跟着进去了。

陈骁很认真地打量着店内的货物，并不询问。守店的是个年约七旬的老者，戴着一副老花眼镜，偶尔抬起头来，浑浊的目光从镜框上沿滑过来，瞟我们一眼，又低下头去看他手中的报纸，很有一些与世无争任客自便的味道，这做派使老者平添了几分仙风道骨，也使这个名叫"山涧斋"的古玩店多了几分幽深的意境。

陈骁在一幅山水画面前停留很久，我注意看了一眼，标签上的价格是八百元。我跟在后面说，就这几下子，也要八百元？快赶上我两个月工资了。

陈骁说，牟卜你别胡扯。老先生我问你，这幅画是从哪里进来的？

我定睛看去，陈骁指的是店铺内侧悬挂的一幅尺寸很小的国画，基本上是一张白纸，上面淡淡几笔，抹出一条水牛，水牛的背上横骑着一个少女，少女的手上，捏着一朵小花。整个作品的基调简洁淡雅。

老者说，两位先生是存心买画还是无事闲逛？

陈骁说，二者兼而有之。

老者说，这画是从哪里进来的，无可奉告。要是有心购买，说明二位鉴赏品位不低。一个价，六百元拿去。

陈骁说，价格可以商量。请老先生直言相告，这位画家的作品在贵店卖出多少？

老者说，直言相告就直言相告，这位画家的作品在本店一张还没有卖出，你是第一个过问的。

陈骁扭头问我，牟卜你身上带了多少钱？

我吃了一惊，瞪着眼睛看陈骁问，难道你真想把这幅画买回去？

陈骁说，我借钱还钱，你问那么多干什么？

我说老陈你吃错药了吧，吃个饭花十块钱你都磨磨蹭蹭的，这张破纸你就拿出六百元钱？

陈骁突然火了，我近几年很少见他发这么大的火。陈骁说，你牟卜怎么回事？萝卜青菜，各有所爱，我喜欢的东西我就要买，你干吗要推三阻四？你不借钱算了，我到银行去取。

我赶紧掏钱，并且点头哈腰地赔不是。我说老陈你急什么急？我不是不借钱给你，可是我们总得讲讲价吧？人家狮子大开口，你就把脑袋往里填。哪有你这样一口价的？

陈骁说，少啰唆！我知道该出什么价！

回营房的路上，我的心里好不晦气。不知道陈骁犯了什么毛病，为什么会对那么一幅《少女牧牛图》产生那么大的兴趣，简直一掷千金，简直挥金如土！

直到一年之后我才知道，陈骁就是从那张看似简洁的国画里，嗅到了苏晓杭返回平原市的气息的。在这个问题上，我这个曾经的特务连一号班长，曾经的特务连长，现任的侦察科长，反应到底还是迟钝了一些。不过这也难怪，在这个问题上，我是局外人，自然不如陈骁敏感。

十二

二十八年后，当我回忆起我的特务连往事的时候，很多细节已经不可能再现了，只有那些人生的重大事件还是历历在目。这些所谓的重大事件，包括我们的政治前途，包括各个时期命运的重大转折，更包括我们须臾不可缺少的爱情生活。所以说，在我的回忆里，当年特务连的那些人的爱情脉络，基本上还是清晰的。

现在我来谈谈王晓华。

众所周知，王晓华是一个务实的人，在这一点上我们两个其实有很多相像之处。王晓华这些年官当得顺溜，日子过得舒服，脸上皱纹比别人少。在我当特务连长的第二年，王晓华升任我们一团的干部股长，然后是政治处副主任、主任。我到师部侦察科当科长的时候，这家伙已经是一团的政委了。王晓华的幸运不仅在于仕途坦荡，家庭生活也是其乐融融，他和当年海滑的五朵金花之一冉媛媛结婚之后，居然一次性地生下两个孩子，还是龙凤胎，一男一女。可以说，我们特务连的好事都落在这个人的身上了，天知道他在前世是怎么修行的。

王晓华当上一团政委之后，我只找过他一次，跟他商量重新调查耿尚勤的问题。当时他的态度令我十分失望，他坐在他的宽大的办公桌后面，居高临下地看着坐在对面沙发上的我，煞有介事地说，调查？怎么调查，到哪调查，找谁调查？

我说趁我们这些人都还活着，重新调查重新结论还有可能。如果拖着不办，等我们这些人都死了，那这件事情就永无出头之日了。

王晓华皮笑肉不笑地说，是啊，等我们都死了，这件事情是不好办。问题恰好在这个地方，我们都会死的，既然死了，弄个水落石出又有什么意义呢？

他妈的！我没有想到这哥们会这么说，而且这哥们在说这话的时候，还跷着二郎腿，二郎腿在他的写字台后面居然还一颠一颠的。这真是官大一级压死人。他好像忘记了，虽然他曾经是我的老班长，但我也曾经是他的老连长。我当连长他当指导员的时候，我是特务连一号，他是特务连二号，虽然这段时间并不长。

我说，我们总不能因为我们大家最终都会完蛋，就对同志不负责任吧？

王晓华说，你说怎么负责任？你把你的调查方案拿给我看看。做事要考虑可行性，要考虑可操作性。做不成的事情我是不会去做的。

无奈，我只好硬着头皮，把我的关于黑三角战斗中耿尚勤失踪之谜的疑点和盘托出，我还向王晓华介绍了那次我和武晓庆去湖北船儿冲见到的那个孩子引起的疑惑，以及耿尚勤在环形高地执行任务之前同陈骁的接触引发我的疑问。

王晓华耐心地听着，中间还远距离地抛了一根香烟给我。等我说完了，他长久沉思不语。直到一根香烟抽完，他才表情僵硬地看着我说，牟科长，看来你对耿尚勤确实很关心，不过有一件事情我想请教于你。

我说老班长你太客气了。

王晓华微笑说，想当年，你知道耿尚勤是因为什么出事的吗？

我说，那还用问，因为段红瑛呗。

王晓华又问，你知道不知道，耿尚勤和段红瑛是怎么认识的？

我明白了。王晓华这个自以为是的家伙，事过将近二十年，终于明白过来了，当初他是上当了，被人戏弄了，而苦果却是由耿尚勤承担了。他是怎么确认那封信不是苏晓杭写的呢？难道他后来和苏晓杭对证了？这种可能不是没有，因为他的老婆冉媛媛和苏晓杭是闺中密友，而且王晓华这哥们做事有时候也是出其不意的。

我说，至于耿尚勤和段红瑛是怎么接上头的，我也不知道。听说是段红瑛在飞机场受到流氓骚扰，耿尚勤路见不平，拔刀相助，段红瑛感恩戴德，后来就……

王晓华打断了我的话说，你知道那天耿尚勤为什么会出现在飞机场吗？

我说我不知道。

王晓华阴阳怪气地看着我说，你还记得不记得，那天是个星期天，我接到过一封信，信中暗示是苏晓杭和我有约，我正准备赴约，不料政治处董副主任打来电话要我到政治处出公差。我记得我正要去团部的时候，在连部门口的单双杠池子里看见了一个兵，我委托这个兵去找了耿尚勤，耿尚勤是替我赴约然后出事的。

我说，这都是过去的事情了，你没有必要跟我说这些。

王晓华说，你还记得替我去找耿尚勤的那个兵是谁吗？

我说，记得，是我。

王晓华从高背靠椅上向我欠欠上身问，牟卜，你那天出现在连部门口，是偶然呢还是必然呢？

我说，老班长，我不明白你的意思。

王晓华说，这个意思恐怕除了我明白，就是你明白。不过，我不能把耿尚勤出事的账算在你的头上，就像不能算在我自己的头上一样。但是，前因后果，我们好像都脱不了干系。

我说，我不明白你的意思。我对耿尚勤，只有怀念，没有愧疚。

王晓华不说话了，看着我，然后扭脸看窗外。

我站起身说，老班长，我要走了。

王晓华终于从写字台后面站起来说，牟科长你等等，我给你看样东西。

王晓华说着，起身打开他的保险柜，摸索了半天，从里面翻出一张发黄的报纸，扔到我面前的茶几上。

我一看那张报纸，头皮顿时就麻了起来。那是一张八十年代中期的军区小报，在第三版头条上，一个标题赫然醒目：攻险夺隘英雄出生入死，屡建奇功好汉杳无音信。

细细读来，文章介绍在多年前的一场边境缉毒剿匪战斗中，某部特务连班长 G 同志飞身攀登绝壁，炸毁毒匪山洞火力点，从而打开主力部队进攻的通道，夺取了战斗的胜利。但是由于意外的原因，G 同志在完成任务之后失踪。记者跟踪采访，先后到与此战役有关的部队深入了解情况，当时参加黑三角地区缉毒剿匪的武警支队的一名干部和两名战士回忆，就在那天环形高地战斗之后，这三名同志作为中队尖兵奉命紧急前出，到距离环形高地十三公里的 1783 高地截击残匪，开进途中遇见一位浑身多处负伤、身着作战服的特种兵老战士。因为重任在身，这三名武警官兵未能更多地救护这位特种兵老战士，只是给了他两个急救包和两块压缩饼干、一壶水，然后就分手了。

据武警部队这三名同志描述，这位特种兵老战士身上带有一把匕首、一部海鸥牌照相机、一块指北针。这位特种兵战士告诉他们，他要寻找部队，而这三名同志中的干部，也就是武警支队的排长李建华则动员这位特种兵老战士跟随他们行动，特种兵老战士婉言谢绝了李建华的建议，独自向北走了，临走的时候他对李建华等人说，如果找不到部队，他就一直往北走，直到找到后方基地。

这篇文章的署名作者是吴梦利。

我大为惊骇。直到这时候我才知道，当年吴梦利在采访我的时候，虽然对耿尚勤的情况讳莫如深，但是她并没有忽视耿尚勤的存在，而是暗中下了功夫。这是个有心人，而且真正是对我们基层官兵有感情的无冕之王，为此我感到惭愧又感动。

我问王晓华，这么说来，这些年来你也没有忘记耿尚勤？

王晓华说，我为什么要忘记耿尚勤，耿尚勤是我们能够轻易忘记的吗？

我说我没想到，我真的没想到你也这么关注耿尚勤。

王晓华说，人心都是肉长的，耿尚勤不仅是你的老班长，也是我的老战友。而且……

我问，这个吴梦利现在在哪里？

王晓华说，在军区报社，现在是军区报社的副社长了。

我说，那她那里还会不会有耿尚勤的最新消息？

王晓华说，我去找过武警支队的李建华，这个人已经转业了，他给我提供的信息是，耿尚勤最后是沿着西拿河向北走的，至于最后走到了哪里，他也不知道。

我说我知道。

王晓华不动声色地看着我说，是的，你应该知道，我们都应该知道。但是我后来——不瞒你说，八十年代中期，也就是在授衔之前，有人曾经两次秘密回到楚洪地区，在我们当年的缉毒剿匪作战地带调查过，甚至到黑三角去过，也查过当地民政部门的烈士登记，还到三处烈士陵园查看过，但是没有找到他。

我说，希望还是有的。战争中什么事情都有可能发生。当年我们在山圩农场都给祝生珉同志开追悼会了，可是开着开着他又回来了，还给自己的遗像三鞠躬。也许耿尚勤他并没有死，也许他后来回到了楚洪，也许由于某种原因，他隐姓埋名，流落异乡，苦度日月。我们应该继续找下去，直到水落石出。

王晓华说，那就是你的事情了，你是侦察科长嘛。

十三

当天晚上，我没有离开一团，而是直接住进了陈骁的宿舍。陈骁仍然孑然一身，一个人占据了首长家属院的半幢房子，共有四间，显得空空荡荡的。

那天我和陈骁喝了点酒，是我主动提出来要喝酒的，我提出把王晓华请来一起喝，遭到陈骁的婉言谢绝。陈骁说，我一个副团长，跟政委走那么近干什么？我们本来就是特务连出身的，走近了对他不好。

我只好作罢。

喝了半瓶，我对陈骁说，连王晓华都在关注耿尚勤的事情，你不可能无动于衷。

陈骁说，我怎么无动于衷了？难道我们敬爱的王政委找到耿尚勤的下落了？

我说那倒没有，但是他手里掌握了耿尚勤最后的情况，非常重要。

陈骁瞪着一双血红的眼睛，听我把从王晓华那里得到的情况讲完，淡淡一笑说，他知道的我都知道，可是没有用。

我说为什么没有用？你把地图找来。

陈骁找了半天也没有找到当年用过的地图，因为早就列为移交了。我灵机一动，从陈骁的书柜里找到了我们一团的团史，那上面有黑三角战斗的战例示意图，从这张图上，我找到了西拿河，我拿着铅笔沿着西拿河画了一道粗线，我说陈副团长请你往上看。

陈骁说，我看过一百遍了，往上是青曲镇，但是从环形高地到青曲镇，图上直线距离是六公里，而实地没有道路，绕道要绕三十多公里。毫无疑问，耿尚勤即便活着，也肯定身负重伤，在这三十公里的路段会发生什么，那就只有天知道了。

我说你为什么不去青曲镇走访一下？或者你为什么不告诉我，派我去走一遭？

陈骁反问我，你怎么知道我没有去过青曲镇？

我大惊，惊问陈骁，难道你去过青曲镇？

陈骁说，我当然去过，而且有一次在那里住过四天，我几乎认识青曲镇所有的人。还有，青曲镇周边的几个村子我都去了，有东那村、西那村、吗言村、茅茨村，但是我没有发现耿尚勤，在青曲镇周边的几个村镇里，也没有人知道耿尚勤这档子事。

陈骁的话让我腾云驾雾。

这一天我在我的老团队，受到的震撼难以言表，原来我以为只有我还对耿尚勤的下落耿耿于怀，没有想到还有那么多的人都在暗中做着工作，这里面除了我早就知道的陈骁，也包括吴梦利，包括王晓华。还有没有别的人？我再也不敢轻易下结论了。

我对陈骁说，请你把耿尚勤最后交给你的东西拿出来给我看看。

陈骁沉默了一阵说，也好，看这势头，我可能在部队待不长。这件东西就交给你了，万一我转业了，你就……

话到此处，陈骁戛然打住。

我说，你要我做什么？

陈骁说，我也不知道你能做什么？耿尚勤希望把他的孩子弄到特务连来当兵，这顶军帽就是他唯一的遗产。

陈骁起身，打开保险柜，拿出一顶军帽。

我看着这顶军帽发蒙，我说耿尚勤到底有没有孩子还是个悬案，我怎么把他的孩子弄到特务连来当兵？

陈骁叹了一口气说，是啊，一点头绪也没有。但是，我还是把这顶军帽交给你，也许，以后会有……也许以后会发生一些你我都想不到的事情。

我说那好吧，谢谢你对我的信任。

十四

我终于得到了那顶军帽，那顶浸染着耿尚勤血汗的绿色的解放帽。你要是出生在八十年代之后，你不一定见过那种军帽，棉布底料，帽檐上用缝纫机纵横扎着菱形的图案，用于加强硬度。整个帽子结构非常简单，只是在衬里的白布上盖着一个长方形的红戳，上面有姓名、出生年月、民族、籍贯和血型等等项目。我刚当兵的时候曾经听马学方说过，我们的领章和军帽上都标记有血型，这是为战争准备的，也就是说，一旦在战斗中负伤，可以不用验血，就地输血。

陈骁把耿尚勤遗留的军帽交给我之后，有很长一段时间我都在研究这件再普通不过的军用品。

我的第一个想法是从帽子里发现耿尚勤留下的文字和东西，譬如遗书之类，但是没有。譬如现钞，也没有。我本来想拿剪刀把它拆开，但是我最终没有这么做，我觉得这样做有点唐突，如果里面什么都没有，而我又破坏了这顶军帽的完整性，那我就不好向耿尚勤交代了。

我的第二个想法是从军帽里看到某种暗示，比如耿尚勤在帽子的某个部位留下什么标记，然而也没有，如果有的话，帽子在陈骁那里放了十几年，以陈骁的细腻，他不可能不有所察觉。

我的第三个想法是，留下这顶军帽，就是留下一份牵挂，也许，耿尚勤的军帽在我身边，它自己就会产生一种向心力，冥冥中召唤某种信息向我靠拢。

就在我长时间地琢磨那顶军帽的时候，我突然想起了一个曾经被我忽略的细节，那就是钱，耿尚勤想还给陈骁而没有还成的二百六十元钱。也就是说，这二百六十元钱最后还在耿尚勤的身上。这个细节有什么意义呢？这个时候我还不是太明白，但是它一定会有意义，一定会起作用。耿尚勤最后留下的所有的情况、所有的细节，都将在以后的岁月里为我寻找耿尚勤引路。

当然，寻找耿尚勤是几年以后的事情了。我仍然长久地凝视那顶军帽，军帽有两层，里面一层是白色的衬布，除了那个长方形的红戳，再也没有其他东西了。虽然里面的信息我都清楚，但是看着那个红戳，我还是产生了很多联想，譬如血型一栏，它就让我想起了六年前我和武晓庆在湖北船儿冲耿尚勤的老家见到的那个男孩。

我记得我在前面曾经介绍过，那次我和安晓莘夜走山路，离开船儿冲之后，于艰难跋涉中突然遇到阚尽染率领武晓庆前来救援，我们回到县城睡了一觉，第二天早上重返船儿冲。这次重返至关重要，容我慢慢道来。

第二天我们赶到船儿冲的时候，已经是半晌午了，耿尚勤的母亲见我们没有走，而且还多出了一男一女，喜出望外，张罗给我们做午饭，还把耿尚勤的堂叔也就是船儿冲的村支书请了过来陪同我们。我在同村支书的闲聊当中获取了一个重要信息，耿尚勤的哥哥耿庆丰身患疾病，长年服药，两口子为此经常吵架，在家里种田难以维持生活，双双外出跑运输去了。

耿庆丰患的是什么病呢，村支书支支吾吾地不肯说。我在倒腾耿尚勤家的相册的时候无意间发现了一张处方，我把这个处方连同耿尚勤幼年时的照片和那个名叫耿恒志的男孩的照片一起带回了部队。后来我让安晓莘找到了平原市的一位老中医辨认，这个处方原来是医治不孕症的，而且是男方服用的。凭借这个处方，我假设了一种可能，那就是耿庆丰是不育症患者。如果这个假设成立，那么耿恒志就不是耿庆丰的孩子。而从照片上看，耿恒志又酷似耿庆丰，所以他们两口子经常吵架似乎也可以从这个"酷似"上面找到原因。

我还假设，这个孩子是耿家抱养的，而随着孩子越长越大，越来越酷似耿庆丰，这时候耿尚勤的嫂子就要怀疑了，她不是怀疑别的，而是怀疑她自己。她怀疑真正不能生育的不是耿庆丰而是她本人，她怀疑耿庆丰在同她婚前或者婚后有婚外恋，生下这个孩子，再以抱养的名义回到耿家。

这只是一种假设，是我替耿尚勤的嫂子假设的一种推理。

我还怀疑，我怀疑这孩子既不是从外面抱养的，也不是耿尚勤的哥哥搞婚外恋的产物。我怀疑这孩子原本就是耿尚勤和段红瑛的孩子。

我进一步推理，当年耿尚勤铤而走险私刻公章开了一个假证明，同段红瑛结了婚，事实上那时候段红瑛已经怀孕了。从陈骁介绍的情况看，他们办理结婚证的时间是那一年的十月一日，从这一天起，到耿尚勤在黑三角失踪，到失踪的消息传到平原市，已经是第二年的三月了，也就是说，那时候段红瑛妊娠的时间至少是六个月，而妊娠六个月再做流产，显然难度很大。

我的判断是，段红瑛很有可能把孩子生了下来，然后带着这个孩子来到了耿尚勤的老家湖北船儿冲。也许是一个朝雾朦胧的清晨，也许是一个日落西山的黄昏，耿家的人劳作归来，发现自家的门前放着一个婴儿，襁褓里有一张纸条，写着孩子的出生年月。耿家的人正承受着丧子之痛，意外添丁，自然喜出望外，于是对外宣称耿庆丰有了后嗣，他们做梦也没有想到，他们抱养的正是自己的亲孙子。

我为我自己的推理感到振奋。我认为我的推测很有可能就是事实真相。我相信随着孩子逐渐长大，耿家的人也会发现这个孩子同耿家的天然血缘关系，他们也会有疑惑，他们可能会同耿尚勤的嫂子一样疑惑这是耿庆丰婚外恋的产物，但是难道他们一点儿就没有想到这很有可能是耿尚勤留下的结晶？我相信他们会猜想到这一层的，只不过，即便他们确认这是耿尚勤的骨血，他们也不会轻易说出来的，一来是他们不想让孩子知道真相，不想让孩子蒙上没有父母的阴影；再则，他们也不想让这个孩子自幼就承担亲生父亲在战争中失踪的现实。

我相信我的推理。在船儿冲，在耿尚勤的老家，当我面对神色忐忑的耿尚勤的母亲，当我面对闪烁其词的耿尚勤的堂叔村支书的时候，我就坚信我的判断是靠谱的。作为一个在特务连成长起来的军官，我对人的内心洞悉是相当敏感的。

耿尚勤留下的这顶军帽成了我寻找耿尚勤的信息资源宝库，但是我不能仅仅凭借血型之类的元素就证实耿恒志是耿尚勤的孩子，因为这孩子同耿庆丰的血型也有可能完全相同。可是不管怎么说，这顶军帽还是把我的调查往前推进了一大步。冥冥中，我总是感觉到这顶军帽还有更重要的作用，究竟是什么样的作用，我现在还说不清楚。但我知道，在这个孩子的问题上，对事实真相最清楚的，可能就是陈骁了，我将不遗余力地向陈骁发起攻势，从他的嘴里把这件事情搞明白。

第 七 章

一

我当兵的第十八个年头，我们敬爱的阚大门军长终于到了快要离休的年龄。阚大门一旦离休了，对于多数人来说无足轻重，就是对于他的女婿祝生珉和武晓庆来说，影响也不是太大。祝生珉在我们二十七师后勤修理所当工程师兼副所长，军衔是上校，职务大约等于副营。武晓庆因为断了两根肋巴骨并且丢了一只耳朵，不适应在野战军继续服役，提前退休，成了年轻的老干部。所以说，阚大门的这两个女婿，军旅生涯是个什么样子，基本上定型了，他们的岳父阚大门当不当军长，对他们来说无所谓。

但是阚大门在任与否，对我们的特务连却是影响深远的。

这年春天，阚军长轻车简从回了平原市一趟，单独接见了几个人，其中有我的老班长、二十七师军需科科长胡达成，一团政委王晓华，装甲团政委朱东光，二十七师参谋长刘爽桥，还有离休老干部、原平原市军分区的司令员赵州章，现任副司令员李开杰等等，多数都是我们一团特务连的老同志。当然这里面还有我。而被召见次数最多的是陈骁。

作为一个侦察科长，我掌握的情况当然比别人多得多。而且我敏感地意识到，阚军长在离休之前回到二十七师，并且陆续召见原特务连的人马，似乎预兆着要发生什么大事。

经我之手巧妙安排，在陈骁和武晓庆的陪同下，阚军长还到特务连秘密地住了两天。第一天，我们跟着阚军长开了两个座谈会，都是关于特务连历史的回顾、未来战争中特务连的作用和地位等等内容。座谈会往往由阚军长亲自主持，由陈骁提出问题，然后大家讨论。

看得出来，陈骁和阚军长的关系确实不一般，阚军长和陈骁的亲近似乎证实了二十多年前的那个传说。这一次阚军长回到二十七师，留下很多话题，而最多的还是关于特种兵建设的一些想法，这些想法多数与陈骁的鼓噪有关。

那天晚上到海滑废弃的跑道上散步，阚军长和陈骁在前慢慢溜达，我和武晓庆跟在后面六七步的地方，先是听到老爷子感叹，说他在这个地方待了三十多年了，从抗美援朝回来部队就在这个地方待。天还是那片天，地还是那块地，人却不是那个人了，满头白发，一脸龟皮，老了，真的老了。

陈骁说，这是自然规律，是不以人的意志为转移的。

阚军长说，可是，我觉得还有好多事情没有做成，一不留神就老了，好不甘心啊！

陈骁说，军长您还是幸运的，您的前半生还是轰轰烈烈的，后半生也必然余热滚烫。而这个世界上，百分之九十五以上的人，都是在无所事事碌碌无为的状态下老去的，不是好多事情没有做成，而是一件事情也没有做成，那才是真正的悲哀呢。

我们的阚军长突然问，陈骁你说，我快下台了，还能不能做成什么大事？

陈骁说，以军长您的威望和影响力，别说快下台了，就是真的下台了，您还是能够做成大事的，只要您下决心去做。

阚军长说，好，我老人家洗耳恭听。

陈骁说，军长，我记得您当年在国防大学深造的时候曾经写过一篇论文，是关于军事变革的，其中有一个很重要的观点，就是分析战争形态改变的依据，冷兵器时代、热兵器时代、骑兵时代、火炮时代、坦克时代，不同时代的战争特征都是以最新装备投入战争作为标志的，因而不同时代的各军兵种的作用也在变化着发展着。

阚军长说，是这个问题，我们是唯物主义者，物质基础决定意识形态，也决定战争形态。

陈骁说，沿着首长这个思路延伸，现在是飞机时代、导弹时代、火箭时代、卫星时代。在这个时代里，陆军在战争中的作用和地位正在悄悄地发生着变化，到了今天，已经变得面目全非了。譬如在前几次局部战争中，你从电视里基本上看不见阵地战防御战了，也基本上看不见攻城略地红旗插上山头了。是不是我们陆军，再具体点说是我们步兵没有用处了呢？不是。我们依然有用，关键看怎么用，用在什么地方，用在什么时候。我分析了很多局部战争的战例，我发现未来战争中最能大显身手的，恰好是我们特务连这样的精锐的多功能部队。

阚军长说，是啊，但是我们的战略是防御战略，我们有辽阔的疆土，因此我们也必须有强大的陆军。

陈骁说，两手抓，两手硬，攻防兼备，乃为上策。

阚军长说，我明白你的意思了，不过你想得太多了，这些东西既不是你想的，也不是我想的，那是党和国家领导人想的。

陈骁说，但是，向上反映我们的想法，扩编我们的特种部队，应该是您老人家能够做到的，而且这也符合军委的宏观意图。关键在于，谁最先有想法，最先拿出科学的可行的方案，谁准备得最充分，这块硬骨头就有可能落到谁的手上。您老人家要是把这件事情运作成功了，您就是退休了，也是光照千秋。

阚军长停住步子，看着陈骁冷笑说，啊，你的意思是，我要是不把这件事情运作成功，那我就是遗臭万年了？

陈骁说，那怎么会？您要是运作不成功，那就是时机不成熟，您也是光照九百九十九秋。不过我分析军委和总部最近下发的一系列文件精神，感到未雨绸缪，好像很快就要拉开序幕了。先下手为强啊！

我们的阚军长笑了，阚军长满头银丝在夕阳下流金溢彩。我们的阚军长说，陈骁啊，我怎么说你呢，说你是秀才不出门，能知天下事，抬举你了。不过呢，你确实很有敏感性，很有预见性。你的分析有道理，类似的分析判断，在我们集团军，有两个人向我流露过，一个是劳副军长，一个是你。

陈骁怔住了，吞吞吐吐地说，军长您是开玩笑吧，我怎么能跟劳副军长相提并论，我的层次差得也太远了。

阚军长说，这话虚伪！在我这个当军长当叔叔的面前，你都敢大放厥词，还说什么跟副军长层次差得太远？老实说，你想干什么？

陈骁笑了，居然扭捏起来说，我什么也不想干，就是想做事！

我们的阚军长说，哈哈，狼子野心暴露无遗，让我来给你点破，你希望我们组建一个特种兵大队，你希望你来担任第一任特种兵大队大队长！

陈骁咔嚓一个立正说，是，这是我的梦想！

阚军长叹了一口气说，谈何容易谈何容易啊，梦想成真你知道还有多少距离吗？以我一个即将退出历史舞台的人的能力，要做这样的大事，简直就是蚂蚁推象。

陈骁傻了，期期艾艾地看着阚军长说，难道，难道还没有开始？

阚军长爽朗大笑，大手一挥，拍在陈骁的肩膀上，陈骁打了一个趔趄。阚军长说，等着吧小子，蚂蚁推象微不足道，但是我们有推土机，有重型坦克，有尚方宝剑。不过我暂时不能给你交底，这是绝密。我只能告诉你，军区已经给我们集团军打招呼了，你的梦想，也是我的梦想，我们的梦想一定要实现，我们的梦想一定能够实现。

陈骁明白了，良久仰望着阚军长，热泪突然夺眶而出。

这一幕，把跟在他们后面的我和武晓庆看得目瞪口呆。

二

第二天，根据陈骁的授意，我秘密安排祝生珉夫妇、武晓庆夫妇、王晓华夫妇，加上我和安晓莘、陈骁，陪同我们敬爱的阚军长，乘坐一辆十七座的依维柯面包车，到漳河大沙滩上搞了一次轻武器射击。

老爷子那天情绪很高，打了手枪打机枪，打了机枪打狙击步枪，成绩虽然很一般，绝大多数都脱靶了，但是这丝毫不影响他的积极性。他把子弹打飞了还有理，振振有词地训我说，牟卜你是怎么搞的，我这个老特务连长老是打地球，你说是你的问题，还是我的问题？

我说当然是我的问题，这枪校得有问题。子弹是过期的，飞行的时候拐弯。

阚军长打不准，我们也只好往地球上打，只有他的那个乘龙快婿武晓庆不识时务，噼里啪啦都在九环以上。

阚军长说，他妈的牟卜你不说实话，你说枪有问题子弹有问题，为什么小白脸一打一个准？

我说那是小白脸他自己出了问题，他视力右偏，歪打正着。

武晓庆捂着半边耳朵在我身边嘀咕，狗日的牟卜你才视力右偏呢，我双眼都是一点五。

阚军长哈哈大笑说，你们这些兔崽子，马屁拍得水平太次。什么枪有问题子弹有问题，统统扯淡。什么问题？我老了，这就是全部的问题所在。老了就是老了，老了眼花手抖，他能不往地球上打吗？你们好好打，打出最高水平来，百步穿杨，雾里采花，有本事全给我露出来！

有了阚军长这话，我们大家就放肆了，一个个粉墨登场，罄其所有，把真本事亮出来了，结果还是武晓庆独占鳌头。

阚军长说，好啊，我的这个女婿虽然是小白脸，却还是打仗的料子，只可惜肋巴骨断了两根，不然还真是特种兵的将才呢。

阚尽染不失时机地说，爸爸你太保守了，肋巴骨断了两根算什么？我军独臂将军断腿将军多的是，可是你一个命令下来，我们的小白脸就退休了，他今年才三十六岁，在干休所里天天跟一帮子七老八十的人打牌下象棋！

阚军长说，老四你不要胡搅蛮缠，独臂将军断腿将军有，但那是在战争年代，特殊时期特殊使用。你们家小白脸三十六岁就退休了，屁事不干，一个月拿一千多块钱薪水，还有人伺候，有什么不好？

武晓庆说，我不想干事吗？可是你老人家不让我干事啊！

阚尽染说，再说，我们家小白脸也是在缉毒剿匪战斗中负伤的，也应该特殊使用啊！

阚军长说，时代不同了，现在用不着独臂将军断腿将军了。你武晓庆肋巴骨都断了两根，再让你带兵摸爬滚打，就是组织上不仁道了。你断了两根肋巴骨还坚持工作，那我们的陈骁、我们的王晓华、我们的牟卜，他们干什么去？

武晓庆说，我们也就是发发牢骚而已，没有想抢他们的饭碗。

阚尽染说，我们的当代军事大师陈骁先生天天不是叫嚣要组建特种兵大队吗，组建了把我也调去，给你当一个现代花木兰。

阚军长说，就你那几下子，当什么花木兰，当川岛芳子你都不够格。

阚尽染说，我怎么不够格？我当川岛芳子不够格，但是我可以当双枪老太婆。陈骁你表个态。

陈骁说行啊，我完全同意你到特种兵大队当双枪老太婆。但是你必须先帮我做一件事情。

阚尽染说，什么事情，你不会让我把苏晓杭给你找回来吧？

陈骁说，更那不搭界。你先帮我把军委副主席当上，或者帮我把总参谋长当上也行，剩下的事情全部由我来做。

阚尽染说，我操，我要是能帮你当上军委副主席，剩下的事情我还要你做个鸟！

阚军长哈哈大笑说，好好，孩子们，你们斗吧，你们斗得好。世界是你们的，也是我们的，但是归根结底是你们的，然而现在还是我们的。你们就像早晨八九点钟的太阳，明天一天都是你们的！

我们全都傻眼了，因为我们听出了阚军长的声调不对，阚军长的两只眼睛里似乎涌动着泪花。

三

这年秋天，一道命令下来，上级在我们集团军试点成立了一个特种兵大队，级别同建制团，陈骁被任命为特种兵大队的大队长，上校军衔。至此，陈骁迎来了他军旅生涯的第三个春天。

与这道命令前后脚下达的，还有我们的阚军长离职休息的命令。

关于我们集团军实验性特种兵大队的故事我不能多讲，因为有很多属于军事机密。我能跟你讲的，还是我们特务连那些人的事情。

直到担任特种兵大队的大队长，陈骁还是个单身汉，这时候他已经年届不惑了。

你还记得那张画吗？就是三年前我和陈骁在平原市江南包子馆吃过饭后，在一条小巷的瓶颈处"山涧斋"里，陈骁花了六百元钱买的那幅《少女牧牛图》，它后来挂在陈骁的卧室里面。

那次我在王晓华那里看到那张报纸之后，到陈骁那里痛饮了一顿，陈骁言之凿凿地告诉我说，这幅画是苏晓杭画的。当时我还不以为然，还讥笑陈骁是痴人说梦，但是后来的事实很快就让我口服心服了。那幅画确实是苏晓杭画的，而且苏晓杭确实已经回到了平原市。只不过，令人不能接受的是，她是以那样的身份，那样凄惨的面貌回到平原市的。

还有一件令我始料不及的事情是，分别多年之后，陈骁和苏晓杭的会面，竟然是王晓华夫妇安排的。当然，这也符合逻辑，王晓华是陈骁的战友，而且那时候还是他的政治委员。而冉媛媛恰好是苏晓杭的闺中密友。

那是一个秋天的夜晚，按照王晓华指定的时间，陈骁自己开了一辆越野吉普车来到了跟我们特务连有着千丝万缕关系的赵王渡。此时已是月明星稀，身后灯火逐渐隐去，一个空荡荡风轻轻的小草地便扑面而来。

陈骁没有想到，时隔十年，他见到的苏晓杭居然是一个弱不禁风骨瘦如柴的中年妇女，由于久病，面无血色。

你能想象出来陈骁当时的心境吗？

你想象不出来，我也想象不出来。

草场还是那片草场，月光还是那片月光，秋风还是那样的秋风，可是，星移斗转恍如隔世，那个健康的、笑容如阳光一样灿烂的女孩呢？那个歌声甜润步伐轻盈俏皮的女孩呢？那个手臂像葱白一样健康敏捷的女孩呢？那个淘里淘气把他画成腿短脑袋大的"准将"的海军女兵呢？岁月无情，生活无情，疾病无情，说到底，生命是多么的脆弱啊，美丽是多么的短暂啊，什么都没有了，只剩下一段初恋的情感，一份苦涩的回忆。

坐在赵王渡东边冰凉的草坪上，苏晓杭向陈骁讲起了她这些年的经历。就在她同那个叫章直达的画家婚后不久，一次梦里她叫出了陈骁的名字，章直达当然知道陈骁是谁，但是章直达没有流露，章直达以不断更换画室的女模特并把女模特带上她和他共同享用的双人床，作为对她梦中呼唤的回应。夫妻间的冷战持续到九十年代中期。那一年陈骁和我正在第二军事工程学院住校。章直达和苏晓杭当时在俄罗斯，过着穷困潦倒的勤工俭学生活，后来章直达不知道从哪儿得到讹传，说陈骁也在俄罗斯，一次苏晓杭参加一个女友的派对，因身体不适留宿女友家中，章直达一口咬定苏晓杭去会陈骁了，酗酒之后大打出手，导致苏晓杭大出血，以后血小板不断减少，满头青丝逐渐稀疏——据俄罗斯医生诊断，苏晓杭得的是"汉谱诺综合征"。直到一九九六年，两个人办了离婚手续，苏晓杭回国求医。这个消息后来被冉媛媛知道了，冉媛媛拉着王晓华到北京把苏晓杭接了过来，遍访彰原市民间中医。待陈骁嗅到苏晓杭的气息，苏晓杭已经在太行山下的一个小镇上住了半年了，过着隐居的生活，以卖画收入养病，病情才算没有继续恶化，但仍然没有根治，时好时坏。

陈骁说，在这件事情上，王晓华这两口子倒是仗义，可他们为什么瞒着我？瞒了这么长时间，太不应该了。

苏晓杭苦笑着说，那不是他们的错，那是我请求他们保密的。陈骁，你看我这个样子，我真不想让你看见。可是，我还是想见你，我孤独，我害怕，我不会活得太久了，我得见你最后一面啊。

陈骁说，晓杭，别再回到那个小镇了，要相信科学。我有一个战友，在上海一家合资医院工作，我要帮你找回你自己。

苏晓杭苦笑着说，我的病我知道，国外的医疗条件不比国内的差，也是无能为力。我还是留在太行山吧，就是死了，我也想死在我熟悉的土地上。

陈骁说，别说傻话了，还是要到医院去，我们一起想办法。

苏晓杭说，陈骁，你要是爱我，请你尊重我，让我平静地生活，让我平静地死去，这也算是我们的爱情善始善终了。

陈骁说，不，你一定得活着，活着就是胜利。

苏晓杭说，我何尝不想活着啊，我的好日子还没开始呢。

陈骁说，王晓华做了一件大好事，我会感谢他。

苏晓杭苦笑说，我今天来，就是想见你，我连报恩的想法都没有了。

陈骁说，晓杭，你暂时安心在那个小镇上养病，我还是要给你想办法。等着我，我会去看你，会去接你。

苏晓杭说，不，你绝不能去，王晓华也不会带你去，除非我死了，或者我的病好了。

四

只有陈骁这样的人，才会创造出这种地老天荒的爱情故事，这在我们特务连众多的大起大落大悲大喜的故事里面，可以说是唯一的婉约之歌。

我们集团军组建特种兵大队的时候，本来准备调我去当副大队长，但我权衡再三，觉得自己还是更适合纸上谈兵，再说我一直想当一个政工干部，不让当政工干部搞学术研究也行，所以在我们军政治部主任徐善笠找我谈话的时候，我开诚布公地提出来，我不想到特种兵大队工作，尤其是不想给陈骁当副手。

徐主任听了我的话，深感意外。他问我，你和陈骁的关系不是一直很好吗？

我说那是个人关系，个人关系同工作关系是两回事。我们两个人都很要强，恐怕搞不到一起。

徐主任说，你们两个的确都很强，强强联手，应该是最佳搭档啊！

我苦笑，我说我跟陈骁在一起，那他就是太阳，我只能是月亮。

还有一句话我没有说出来。我懂得陈骁，我知道陈骁一口气憋了二十年，他一直盼望东山再起，一直盼望重振雄风。这么多年来他忍辱负重韬光养晦，头发都熬得花白了，一旦交给他一个全副武装的特种兵大队，那他势必就是饿虎下山，他的每一声长啸，每一次腾空，都将山摇地动。在这个时候我去给他当副手，无疑是自讨苦吃。当年他刚当特务连长的时候，光是一个篮球，就打得二十七师电闪雷鸣，我被他训过，被他骂过，还被他用球砸过，如今我也是快四十岁的人了，我干吗再到他手下吃二遍苦，受二茬罪？

徐主任是何等精明的人，自然很快就看出我心里的小九九。徐主任笑笑说，我明白了，一山容不得二虎，你是怕陈骁这颗太阳的光芒把你淹没了。

我说也不全是，我想做最适合我做的事情。带兵打仗我不如陈骁，搞思想政治工作我不如王晓华，搞后勤保障我不如胡达成，搞科技练兵我不如祝生珉。我觉得我还是适合搞点学术研究。

徐主任笑了，啊你牟卜野心不小啊，你是自比汉高祖刘邦啊，你是不是想说，你不如张三不如李四，但是你能够统筹全局驾驭张三李四？

我说徐主任这话吓我了，我哪有那么大的胸怀啊，我是实事求是地掂量自己，就觉得自己越来越像个书呆子。

徐主任说，那我问你一个问题，你觉得谁到特种兵大队当政委合适？你但说无妨，我们两个只是探讨问题。

我冲口而出，王晓华。

徐主任说，为什么？听说王晓华和陈骁这两个同志貌合神离，互相不服气。

我说恰好因为他们互相不服气，把他们放在一起才最合适。说到底，他们两个到了一起，也是强强联手。陈骁有远见，有责任感，也有事业心，但是陈骁也有致命的弱点，那就是锋芒太露，容易头脑发热，容易意气用事，一旦给他平台，他能折腾得天昏地暗。相对之下，王晓华却要理性得多，冷静得多。王晓华不紧不慢，不卑不亢，恰好能制约陈骁的无限膨胀。

徐主任又笑了，哈哈，你牟卜行啊，你口口声声说做思想政治工作你不如谁谁谁，我看你心里还是有一本明白账的，你把用人看得如此透彻，我看让你做干部工作没准还真的有点建树呢。

我灵机一动，抓住了这个机会，我说徐主任您能不能给我改个行，我就是想当一个政工干部，十五年前从陆军指挥学院毕业回部队的时候，我就向我们团里政治处主任张震峰同志提出过要当政工干部，结果张主任说，你一个副连职排长，军事干部是你，行政干部是你，政工干部是你，后勤干部还是你。后来当了副连长，从此之后就成了军事干部，其实我一直想当政工干部。

徐主任说，怎么，你是认为你有政工干部的天赋，还是认为政工干部好当，还是认为政工干部权力大？

我说我认为政工干部职责神圣，使命光荣。现代战争对于战斗成员的素质要求越来越高，从知识结构到思想品德，从战斗精神到性格意志，都很大程度地区别于常规战争。未来战争除了科技含量，最重要的就是精神含量，甚至可以说，未来战争首先打的是自己，即便战争还没有开始，从作战单元自身素质能力思想意志方面就能判断是否稳操胜券。所以我认为，针对未来战争的思想政治工作有很多空白，有很大空间，有很宽阔的平台。

徐主任不动声色地看着我夸夸其谈，沉吟一会儿说，很好，牟卜你把你刚才的观点系统地整理一下，具体一点，就未来战争思想政治工作的新情况新规律进行分析，并拿出相应的对策，整理好后直接交给我。

我马上意识到，我成功了，或者说一定程度地成功了。我说是，我尽快整理，给首长提供一点参考意见，请首长指导。

后来，王晓华果然被任命为特种兵大队政治委员，属于平调。而我，用张海涛的话说是偷鸡不着蚀把米，我被调到集团军干部处当了一名副团职干事。

这次调动对我打击很大，一来我原本是二十七师司令部的侦察科长，大小也算个领导干部，那时候我到团里，参加大会的时候还可以坐主席台。而调到集团军干部处之后，我就成了光杆司令。干事干事，就是干事的，别说坐主席台，就是下面往往也没有我的座位。我们干部处张罗的会议，我得在后台站着，负责会务。还有一点让我难堪的是，在集团军政治部干部处，我的年龄是最大的，资历却是最新的，在干事这个职务上，我是新兵，一切都得从头学起。

当然，到干部处工作，要说一点好处也没有，那也不是事实。处长是我过去的老指导员黄嘉平，这个人过去对我一般化，我对他也一般化，但现在情况不一样了，总的来看，他对我还是比较照顾的。年龄一大，分手时间一长，就重感情了，这从分工上也可以看得出来。

这年夏天，我离开了二十七师。我到集团军干部处报到的时候，黄嘉平把我领进他的办公室，给我沏了一杯新茶。我注意看了茶叶包装盒，是金龙玉珠牌的，我一看就知道这是张海涛送的，这种茶叶只有我和张海涛的家乡金寨县有，产量极其有限，据说每年只产三百公斤，属于贡品。我不知道张海涛同黄处长的关系走得有多近，但是我本能地意识到张海涛同黄处长的关系走近了，对我没有什么好处。

黄处长把茶放到我面前，我诚惶诚恐地站了起来，黄处长摆摆手说，不必拘束，我们都是老战友了。

我赶紧说，你是老首长，我是老部下。

黄处长说，什么手掌脚心的，以后就是同事，大家并肩战斗。

我说我坚决服从老首长的指挥。

黄处长说，指挥什么，又不是天天打仗。服从领导还差不多。

我说是，我服从黄处长领导。

黄处长在他自己的写字台后面坐下说，牟卜啊，你到干部处来工作我当然欢迎，但是我有点奇怪，你侦察科长当得好好的，怎么突发奇想跑到干部处来当干事呢？那天马干事把你的材料报上来，我还以为他们搞错了呢。

我心里想，你以为我稀罕来当这个鸟干事吗？这不是鬼使神差吗，这不是搬起石头砸自己的脚吗？但是这话我只能在心里说，我嘴上说，我喜欢当政工干部。

黄处长不解地问，牟卜你一直是沿着军事行政道路走的，而且干得不错。你怎么会喜欢当政工干部呢？是不是受过什么刺激？

我心里想，你他妈的才受过刺激呢。我嘴上说，其实我想当政工干部不是一天两天了，由来已久。

黄处长更意外了，咧着大嘴，露出一口黄牙，憨憨地看着我说，哦，还有这事？我怎么不知道你想当政工干部，是从什么时候开始的？

我说从你当指导员的时候就开始了，那时候我想当文书，可是你没有让我当。

黄嘉平愣了一下，笑了起来说，哦，你这样说我想起来了，好像是有这么回事。不过，这也未必是坏事哦。如果那时候让你当了文书，恐怕就没有后来在战斗班排的发展，说不定现在已经复员了，像徐敬爱那样，当司机回家，开大卡车跑长途。你看，疲劳驾驶，一头栽到路边，钱没挣多少，还落个残废。

我心里想，你他妈的真是乌鸦嘴，你怎么知道我回去就一定开大卡车跑长途，就一头栽到路边？我问，黄处长你怎么知道徐敬爱残废了？

黄嘉平说，我是你们的老指导员啊，特务连给我转来了徐敬爱的一封信，要求我证明他是在黑三角战斗中负的伤，要求补一个残废证明。你看，真是异想天开。

我说你是我们的老首长，有能力帮助弱势群体。

黄嘉平说，帮助弱势群体那是可以啊，可这种事情怎么帮？不符合政策，也不实事求是。牟干事我跟你说，你到干部处工作，是个考验。我们这个部门，政策性强，原则性强，来不得半点马虎。私下里我们是老上下级，但工作的时候一是一二是二，小葱拌豆腐，一清二白。干部处管的事都是涉及人的事情，都是大事，上上下下都在盯着，谁也不能得罪。一句话说到底，掌握政策，完成任务。

我说好，我跟着处长慢慢学习。

五

平心而论，黄嘉平给我的分工还是不错的，让我管调配，也就是说，干部进进出出来来去去，首先都要过我这一关，应该说是一个很有实权的职务。

特种兵大队组建之后，首先配备首长班子，这个工作没有我什么事，大队长陈骁和政治委员王晓华都是军区党委下的命令。然后是副大队长和副政委、参谋长和政治处主任以及后勤处长、装备处长，这也没有我什么事情，黄嘉平他们早就搞定了。副大队长两名，一名是三十七团参谋长楼炳光，还有一个是我们特务连的老班长之一田齐，他在到特种兵大队之前是二十八师的侦察科长。副政委一个，是我们集团军政治部宣传处副处长李亨业。

特种兵大队的政治处主任是谁，或许你已经猜得八九不离十了，张海涛。张海涛本来是建制团的副政委，属于团首长，也就是我们通常说的四号，当了政治处主任就成了六号，属于部门首长，可是为什么张海涛还要积极要求当政治处主任呢？

只有在部队机关干过的人，往往才有可能发现一个微妙的情况。一句话说到底，政治处主任有实权，也可能更有作为。

在为特种兵大队选配参谋长的问题上，我起了一点作用，原来的参谋长杜寅时只干了半年，就突发心脏病住院去了，集团军拿了几套方案，选了又选，四个参谋长的人选都被陈骁否了。

这时候我已经在干部处站稳了脚跟，随着我们副处长孙方东活动到二十七师政治部当副主任成功着陆，我也水涨船高地当上了副处长，管的事多了，说话也有分量了。我提议把二十七师侦察科副科长、我原来的助手刘燕斌调到特种兵大队担任副参谋长，主持司令部的工作。这一提议不仅得到了陈骁的支持，也得到了黄嘉平的支持。刘燕斌当特种兵大队副参谋长不到一年，即因其身手不凡晋升为参谋长。

我在干部处副处长的位置上，还做了一件大事，就是帮助我的老班长也是我后来的老部下胡达成调整了工作。那时候胡达成在二十七师军需科长的位置上已经干了七年，而且这个人当兵年龄就大，跟陈骁同岁，是年四十一岁，如果再在科长的位置上干下去，就只有转业了。但是倘若不在科长位置上干，把他往哪里安呢？他那个科长比别的科长更难办。

说到这里，我还得简单地向你介绍一下我们军队基层的体制。在后勤部门，师里的军需科长往上一步是后勤部的副部长，而后勤部的副部长跟后勤部的科长是一个级别，都是副团职。从副部长到部长，距离有多远呢？看起来只有一步之遥，一级之差，实际上隔着万水千山，因为后勤部部长那个位置，不仅有副部长惦记，科长惦记，还有各团副团长惦记，甚至还有一些团长惦记。特别是一些战斗部队的老团长，想提提不上去的、欲罢不能的，最后就给一个后勤部长的职务，虽然还是正团职务，但是后勤部长参加师里的常委会，勉强可以算作师首长，感觉不一样。也正因为有了这个不一样的感觉，所以在我当干部处副处长的那些年头，我们集团军下面的师后勤部的副部长，基本上没有提升的。

我替我的老班长胡达成着急呀，即便不能马上提拔，我也要把他从那个军需科长的位置上倒腾出来，因为在那个位置上简直就看不见希望。需要说明的是，这还不仅仅是个人感情在起作用，而是因为我的老班长胡达成确实是一条勤勤恳恳的老黄牛，为人正派，工作勤恳，不提可惜。我记得那年我们到太行山搞野外生存训练，有三名战士失去联系六天，硬是我的老班长带人跋山涉水走了二百多公里山路，几天没有吃上饭，把这三名战士找了回来，给我这个连长帮了大忙，补了大窟窿。

我刚当副处长不久，我们集团军腾出了一个副团职位置，是装备部器材处的副处长，我向黄嘉平建议，拿方案把胡达成调整过来，因为我很清楚，这个器材处的副处长基本上就是处长的接班人，不是唯一的，也是稀有的，远远比那个军需科长有希望得多。

我没有料到黄嘉平会坚决反对，我甚至怀疑当初黄嘉平在特务连当指导员的时候，我们当时的炊事班长胡达成同志得罪过他，譬如他的家属来连队占点小便宜而胡达成坚持了原则，坚持按标准收费了什么的。黄嘉平反对胡达成出任器材处副处长的理由似乎冠冕堂皇，他说胡达成文化程度太低，而器材处科技含量高，胡达成若是占据了那个位置，以后要是当上了处长，打起仗来会误事的。黄嘉平也说了，我同意重用胡达成，但是必须有他最合适的位置。

我后来想想，黄嘉平的话并非完全没有道理，黄嘉平并不是我们想象的那样狭隘和自私，黄嘉平既有原则也有水平，否则他就不可能登上干部处处长这一要害位置而且一干就是六年。

我在即将离开干部处的最后一个月，终于给胡达成找到了一个合适的位置，集团军干休所的所长，正团职，虽然要改为专业技术职务，取消军衔，但是对于胡达成来说，还是天高地厚的。我在征求胡达成本人意见的时候，胡达成感激得嘴唇都紫了，他紧紧地拉着我的手说，我没有看错啊，我当年没有看错啊，那时候我就知道你是一个有大志气的人，是一个有抱负的人，是一个讲感情的人。谢谢啊谢谢牟处长。

我说我是副处长，再说你也用不着谢我，要谢谢得感谢组织。

胡达成还是拉着我的手说，谢谢啊谢谢，在这间屋子里啊，你牟卜就是组织，你牟卜就是处长而不是什么副处长，绝不是！

六

我在干部处副处长的位置上做的第三件大事是为特务连选调了几个基层干部，这项工作也可以说是我和陈骁共同完成的。

特种兵大队组建起来之后，我们原先的特务连被纳入其中，番号是特种兵大队特务连，也就是说，这个连队成了特务中的特务。在特种兵大队组建之初，特务连实际上就是大队的教导队，特务连的干部骨干到了其他连队，基本上是提拔使用。这并不单纯因为特务连是一个老连队，而是因为这个连队承受着常人难以想象的训练强度和思想政治工作的力度。

按照集团军的规定，特种兵大队选配的干部，哪怕是排级干部，都要经过集团军党委常委会研究。但是说真的，不管哪个级别的委员会研究，最初的考察还是由我们干部处来实施，方案也是由具体经办的人拟定。当然，我们这些具体办事的机构也是百炼成钢的，是上级首长机关信得过的，不是随心所欲的。首先是学历，一律大学本科以上。在特种兵大队，只有排长，没有排级干部，排长都是副连级。其次是思想道德，从硬件上讲，必须是军队高等院校的优秀学员，在意志、品质和忠贞程度上，受过专家的心理测试，能够吃苦耐劳坚忍不拔，有克服困难完成任务的心理素质。再有就是形象，军人仪表必须端庄，站如松，坐如钟，行如风是基本要求。

特务连的现任连长是鲁布革，那还是我在二十七师侦察科当科长的时候，根据康必绪师长的指示，会同干部科长孙尚香到陆军工程学院挑选过来的，当时他只有二十岁，从他大三的时候我们就把他预定到二十七师。鲁布革大学毕业后在特务连当了四年副连级排长，两年副连级副连长，直到这次组建特种兵大队，这才提升为连长，可以说是久经考验了。此人不仅理科成绩突出，精通各种现代电子器材，光学、声学以及感应学基础扎实，计算机业务熟练，而且身体材质较好，各项军体成绩出类拔萃。有这种材质基础，转到特种兵部队，很快就能得心应手，像我们过去搞的上刀山下火海、飞檐走壁、百步穿杨那一套，根本不在话下。现在的特务连，已经不像过去那样仅凭单打独斗匹夫之勇了，还必须掌握现代的科技知识、视听收录记传，以及驾驶、拍摄、爆破、伪装、跳伞、通信等等手段，一言以蔽之，在当代当一个特务连长，必须是一个全才或者说接近全才。

特种兵大队的营址是军区指定的，在太行山下一个隐蔽的褶皱里，这里原先是我们二十七师的军官野外训练中心，代号是猎豹基地。迁入新营房之后的第四个星期，我曾经去过一次。表面上看，山清水秀，鸟语花香，是个修身养性的地方。有谁知道这里藏龙卧虎呢？

在兵员没有全部到位之前，特种兵大队有点像预备役，只有多数军官和少量士兵，二百多号连排级军官被集中在这里，进行高强度体能、技能、智能训练。我们的新任军长劳国梁继承和发展了阚大门的思想，他在训练动员大会上说，首先要搞好体能，特种兵大队的基层军官，攀登跳跃要像猴子那样敏捷，长途奔袭要像骆驼那样坚忍不拔，冲锋陷阵要像饿虎那样凶猛，忍饥耐渴要像乌龟那样持之以恒，判断敌情要像狐狸那样快速反应，敌后潜伏要像变色龙那样随机应变，穿插捕俘要像鳄鱼那样游刃有余。

我到特种兵大队考察干部的那几天，基础训练已经全面展开，从外面你看不见人，但是在基地内部，动静就大了。即便是上基础理论课，即便是诸如标图、计算、检测等脑力作业，你听不见声音，但是你能感受到在那无声无息的背后，正在涌动着凶猛的强劲的暗流。特种兵大队的任务不仅有敌后侦察、破袭捕俘，还增加了一些科技含量较高的项目，比如数字侦察、机降滑翔、电子对抗等等，这些都要求军官具有现代科技知识。而在体能和战术训练场上，则是另外一番景象，漫山遍野都是监听监视和传感仪器，攀登、越障、泅渡、射击、刺杀、擒拿、肉搏、垂直升降、无人驾驶等等等等，此起彼伏，如火如荼，每天都是剑拔弩张杀气腾腾。

你能想象得出来吗，一旦战争爆发，将会是一副什么样的景象？

刷，刷刷，这里就跃起一条蛟龙，腾空而起，耕云播雨。

刷，刷刷，这里就拔出一把利剑，锋芒所向，点石成金。

刷，刷刷，这里就拉出一支队伍，哪里需要哪里去，攻关夺隘，披荆斩棘。

说实话，在进驻猎豹基地的那些日子里，我有些后悔。这里太有朝气了，这里的生命气象太旺盛了，这里的雄性气息太有力度了。早晨起床，眺望群峰叠嶂的山峦，聆听山峦中时起时伏时隐时现的青春的呐喊声，脚心处会隐隐约约感受到触电般的酥痒。

我真想让时光倒流，回到二十年前，回到我的特务连，再当几年连长，再跟那些活蹦乱跳的小伙子们一起龙腾虎跃，光头上热气腾腾，脏脸上汗如雨下，旧军装上缀满补丁。跳得最高，跑得最快，藏得最深，打得最准。可是，这一切都一去不复返了，岁月不等人，年纪不饶人。我已经是快四十岁的人了，放在半个世纪前，这个年龄就是一个老汉，体能、技能、智能，样样不能。我很羡慕陈骁，他已经是四十出头的人了，居然能跟小伙子们一样爬高上低，在专用游泳池里，他穿着短小的泳裤，顶着花白的头发，敞着瘦骨嶙峋的胸膛，居然敢做十五米跳水，而且姿势并不难看，而且可以一口气游泳三千五百米！

那一次我坚持住在特务连里，我让鲁布革把刚刚布置就绪的连队荣誉室打开，里面安上一张行军床，这就是我下榻的地方。

　　第三天夜里下雨。我翻来覆去睡不着，我在想我们特务连的历史，从抗战中的手枪排，到解放战争中的手枪队，再到抗美援朝战争中的侦察队，一直到后来的特务连，我们这个特务连走过了多么坎坷而又辉煌的历程。

　　我躺在特务连的荣誉室里，聆听着窗外淅淅沥沥的雨声，似乎看见有很多人，像从远方踩着云端向我走来。我不认识他们，但我知道他们跟我有着某种联系，他们都是特务连的老祖宗老前辈，有的穿着对襟大褂，腰里别着驳壳枪；有的身着长袍头戴礼帽，手里拄着文明棍；还有的穿着灰色粗布军装，穿着黄色洋布军装。我看不清他们的脸，但是我能听见他们的声音，那声音苍老浑浊，他们问我，你是谁？我说我是特务连第十六任连长牟卜。他们说，你为特务连做了什么事情，你有什么资格睡在特务连的荣誉室里？我说我在特务连连长的位置上没有什么大的建树，但是我为特务连争得了一点荣誉。他们说，你们现在好了，有电子眼，有电驴子，有电话机，有电报机，有电视机，有电算盘，可是我们那时候什么也没有，只有一双眼睛一颗心，只有一双耳朵一双大脚板，可是我们照样出生入死，万军丛中取上将首级，千里之外截绝密情报，枪林弹雨攻万夫莫开之关，你能做到吗？我说时代不同了，我们特务连的任务也在变化，我们现在是高技术信息化时代，你们能够做到的，我们不一定能够做到，我们能够做到的，你们也不一定能够做得到。他们说，万变不离其宗，我们特务连就是特务连，我们的任务、职能、使命永远不变。我说老前辈们你们说得对，你们帮帮我吧，帮我解疑释难。他们说，难道你们这些现代人也有做不到的事情？我说是的，我想找一个人，可是我找不到。他在你们中间吗？他们说，你是说耿尚勤？他不在我们中间，他的辈分还不够。我说耿尚勤你在哪里啊，阳间没有，阴间也没有，活人里面没有，死人里面也没有，荣誉室的英雄榜上没有，烈士名单里还没有，你到底在哪里啊？后来我就看见一个浑身是血的人向我走来，我仍然看不清他的脸，但是他自报家门说他就是耿尚勤。他说是的，我既不在阳间，也不在阴间，在阳间我已经被除名了，在阴间我死不瞑目，我是一个孤魂野鬼，我现在只能在阴阳交界的地方流浪。你看见这雨了，这就是我的泪水，我在电闪雷鸣的森林里藏身，我在冰天雪地的山水间飘荡。我没有家，没有亲人，没有血液，没有皮肤，没有生命，没有思想，我甚至连名字也失去了。你牟卜是个有良心的人，你能帮我找回我的名字吗？我不奢望登上你们的英雄榜，也不奢望登上你们的烈士榜，我只求求你们把我的名字还给我，我只希望我的家人我的后代知道，在二十世纪的地球上曾经有过耿尚勤这个人，我的这个要求不算过分吧？我说太不过分了。他说那好，谢谢你，谢谢你帮我证明我曾经是一个活人。我说你现在在哪里，我去看看你，一壶老酒，一条老狗，两双老手，明月几时有，把酒问青天。他说好啊，那你就过来吧，跟我一样过着暗无天日的生活吧。我说不，不不，等一等，我还有好多事情没有做完呢，我在集团军的干部处当副处长，关于特务连的干部调配问题……他说来吧来吧来吧，我们相依为命甘苦与共。他说着，就伸出手来，那不是手，而是一条血淋淋的棍棒，不由分说地朝我的胸前杆了过来……

我醒了。外面雷声大作，风雨交加。

我坐了起来，惊魂未定，一身冷汗。过了很长时间我才披上衣服，想去找人聊聊。可是找谁呢？找鲁布革吧，他白天累得死去活来，此刻睡得正香，我不能打搅他。再说他还年轻，正处在人生的重要冲刺阶段，我不想把历史的阴影传染给他。

好在鲁布革为我临时下榻的荣誉室里准备了香烟。我点了一支香烟，烟火一闪一灭，墙上的功臣像和烈士名单朦胧可见。我凝视他们，他们也在看着我。

我想，生命难道是有意义的吗？没有意义。我们的生命是何等的渺小，又是何等的脆弱。苍茫宇宙，芸芸众生，你来我往，稍纵即逝。在这其中，我们的生命就像一滴水，不，就像一棵小树，不，就像一粒尘埃，不，就像一个微量元素，太阳出来，我们就灰飞烟灭了。所以说，生命几乎是没有意义的。可是生命真的是没有意义的吗？那些曾经让我们震撼的名字，那些曾经让我们感动的名字，就像天上的星星，璀璨夺目，光芒永恒。生命就像一根冰凌，我们能够做到的，就是在空间的隧道里让这根冰凌变粗，在时间的隧道里让这根冰凌变长，然后把它放在阳光之中，让它一滴一滴地融化，融化出更多的水分，融化出更长的时间，这就是我们仅仅能够做到的。

<h1 style="text-align:center">七</h1>

雨是暴雨，来也匆匆，去也匆匆。

翌日雨收，晴空万里。我带着一种说不清道不明的怅惘到大队部第一教室参加面试第二批学员。

这批学员是从三所院校选拔过来的，一半文科生，一半理科生。面试的内容包括语言交流、记忆测试、常识解答等等。我翻开花名册，仔细地研究他们的籍贯、民族、年龄、专业以及亲族和社会关系。

突然，有一行字跃入我的眼帘：耿恒志，祖籍湖北，民族汉，解放军第三工程学院情报专业应届毕业生，中共党员，优秀学员。父亲，耿庆丰，湖北省孝感市船儿冲镇农民……

我捏着档案的手不由自主地颤抖起来，我抬起头来，目光从一溜十七个学员的脸上一一扫过，在第九名学员的脸上，我读出了我似曾相识的内容，个子很高，瘦长，剑眉，厚嘴唇。

似乎就在这个时候，我感觉到另一双眼睛也落在我的脸上，我侧过头去，我看见了他，陈骁。陈骁平静地，冷峻地瞥了我一眼。我们的目光相接的那一瞬间，千言万语，万语千言，如同滔滔不绝的洪水，决堤而出，一泻千里。

我端起茶杯，把心中的热浪和疑问吞了下去，我告诉自己，要冷静，要保持一个干部处副处长的风度，要体现一个政工干部处变不惊镇定自若的素质。不管他是谁，我们为特种兵大队挑选干部的标准和程序是不会改变的。

面试轮到耿恒志了。我竭力使自己保持平常心态，不易察觉地看一眼陈骁。陈骁好像一直都是事不关己高高挂起的态度，并且抱起了膀子。

耿恒志在走向答辩台的时候，没有表现出与众不同，他的步履甚至比规定的步幅慢了五分之一拍，不像其他学员那样雄赳赳气昂昂的，一副志在必得招之即来来之能战信心十足的样子，相反显得有点锐气不足，甚至还有点无精打采。他慢腾腾地走到答辩台后，慢腾腾地坐下，眯缝着双眼，低垂着眼皮，不看提问者的眼睛，而是看着提问者的脖子以下部分。

给耿恒志出题的是集团军副参谋长刘爽桥。刘爽桥问，耿恒志，你愿意成为一名特种兵军官吗？

耿恒志没有马上回答，而是思考了一会儿才慢腾腾地说，愿意。

耿恒志的表现让我有一丝担忧。

刘爽桥问，如果给你一支小分队，让你率领他们潜入敌后，破坏对方通信枢纽，你有信心完成任务吗？

耿恒志还是慢腾腾的口气回答，那要看具体情况。我只能说，我会努力完成任务。

刘爽桥一扬手，集团军司令部的姚参谋出现了，把一张作战想定示意图和想定文本放在答辩台上。耿恒志埋头看了一会儿，又拿铅笔画了几道线条，然后抬起头来，仍然看着刘爽桥脖子以下部分，慢腾腾地说，这个任务我完不成。

整个教室一下子就哑了，十几双眼睛齐刷刷地投向耿恒志。

耿恒志无动于衷。

刘爽桥说，你谈谈理由。

耿恒志说，三十公里的纵深，跨越四处开阔地，即便昼伏夜行，也难摆脱对方陆战雷达监视。况且我方携带的武器装备，都是金属器材，进入磁感应地区，无异于招摇过市……

说到这里，耿恒志停住了，稍微把脑袋抬起一点，这回他在看刘爽桥的眼睛。

刘爽桥问，还有没有了？

耿恒志说，美国对伊拉克的战争中，已经使用了声纳传感仪和热能成像仪。以我们现有的装备和破坏程序，很难进入敌占区。

刘爽桥问，那好，请你谈谈，你有没有最佳方案。

耿恒志慢慢地移动目光，从上到下，然后在某处定格，沉思了一会儿说，根据首长提供的战术背景，结合现地地形、地貌和气候条件，我认为破坏对方通信枢纽，可以采取远程引爆的方式。

说完，他又打住了。

刘爽桥说，接着说，不要大喘气。

　　显然，刘爽桥对耿恒志不紧不慢的态度和欲言又止的表现不满。

　　耿恒志坐着没动，坐了很长时间，还是耷拉着眼皮，看着刘爽桥脖子以下部分。我的手心已经开始出汗了，我扭头看了陈骁一眼，陈骁却仰着脑袋，在看头顶前方的吊灯。

　　忽然，耿恒志站起来了，他拿着那张作战想定示意图，微微弓着腰，走到教室一侧的黑板前面，把作战想定示意图挂上，拿起了小巧的金属指挥棒。就在他转过身来的那一刹那，我发现拿着指挥棒的耿恒志同刚才判若两人，他的腰杆似乎遭受电击一般挺直了，两眼炯炯有神，动作干脆利索，说话清晰，节奏分明。

　　耿恒志说，首长请看，这里是我主力部队待机出发地域，沿此向北七点三公里，是我一线防御阵地。在坐标67，42方格，为对方通信枢纽所在地。但是我认为在实战中，这将是一个隐真示假的目标，而真正的通信枢纽应该设置在红山反斜面，以零式光纤延伸波长。我方小分队于战斗发起之前三小时由89，45方格出发，沿潢川公路北上……

　　刘爽桥打断了耿恒志的话头问，为什么舍近求远？

　　耿恒志说，理由有二，一则舍近求远也是舍弃徒步而是利用车辆，化长为短；二则制式公路磁力密集，我方装备不易被传感扫描，可以浑水摸鱼。我可以继续吗？

　　刘爽桥说，继续。

　　耿恒志指点着作战想定示意图说，沿潢川公路北上至七号地区红崖反斜面，避开电子和磁力侦察，潜伏待机。这里有一条河流，沿河岸到红山目标，只需要二十分钟，一旦战斗打响，我们快速接近目标，即便此时暴露，但对方也来不及做出反应。最好的结果是彻底完成了任务全而保存了自己，次好的结果是彻底完成任务之后部分地保存了自己，最差的结果是彻底地完成了任务彻底地牺牲了自己。

　　好——

　　冷飕飕地，我们突然听到了一声叫好。我们齐刷刷地回过头去，原来是我们的军长劳国梁出现在教室的后门口。大约是我们的注意力太集中了，以至于劳军长和他的随员在后门口站了很长时间都没有人发现。劳军长面带微笑，往前走了两步说，好一个上中下，好一个玉石俱焚！

耿恒志似乎对这么大的首长突然出现没有思想准备，劳军长肩膀上的将星让他眼花缭乱手足无措。耿恒志正准备跑步敬礼，突然又听见劳军长说，慢！

耿恒志握紧的双拳又慢悠悠地放下了。

劳军长说，小伙子，你的表演可以收场了。说吧，是谁派遣你打进我们特种兵大队的，任务是什么，是窃取情报还是行刺爆破？

起先我以为我听错了，我抬眼望去，教室里全是目瞪口呆的表情，集团军司令部的姚参谋还下意识地往劳军长的身边靠近，拉开了雄鹰展翅的架势，似乎要保护劳军长，似乎一旦出现情况，他就会扑到劳军长的身上。

就连陈骁似乎也沉不住气了，站起来紧张地左顾右盼。

只有我们的耿恒志，只愣怔了极其短暂的工夫，就张开他那厚厚的嘴唇说，将军阁下，在我们两个人中间，一定有一个人弄错了。否则，我就把这一幕理解为一名将军同一名见习少尉开玩笑，还可以理解为一名将军对一名见习少尉的特殊测试。

我们的劳军长又笑了一下，他这一笑才把我们提到嗓子眼里的心脏放了回去。我们的劳军长说，蔚蓝蔚蓝蛤蜊蛤蜊噼哩啪啦呜呼呜呼咭里哇啦——请原谅，我们劳军长说的是英语，我压根儿听不懂。

我们劳军长说完，耿恒志开始说。耿恒志说，蛤蜊蛤蜊蔚蓝蔚蓝噼哩啪啦咭里哇啦呜呼呜呼——请原谅，耿恒志说的也是英语，我还是压根儿听不懂。

我们劳军长说，咕咚咚咕里个咙咚密斯密斯哈里哈里……

耿恒志说，咙咚密斯密斯哈里哈里咕咕咚咚里个……

就这样，我们的劳军长和耿恒志说了大约有七八分钟的话，我们就傻乎乎地站了七八分钟。

后来通过翻译我们才知道，我们劳军长对耿恒志说，你的双眼告诉我，你不是一个合适的特种兵军官。

耿恒志说，我的感情告诉我，我必须成为一个合格的特种兵军官。

我们的劳军长说，当一个特种兵军官必须有义无反顾的献身精神。

耿恒志说，为了我唯一的选择，我唯一能够献出的就是我的生命。

我们的劳军长说，如果你选择了这个职业，牺牲的还不仅仅是生命，还可能包括自由、爱情、亲情以及其他选择的可能性。

耿恒志说，一个人一辈子最多只能做成一件事情，我希望在我的有生之年获得一个合格军官的评价。

我们的劳军长说，你很有纸上谈兵的水平，你怎么才能让我相信你是一个合格的特种兵军官？

耿恒志说，我和将军遇到的是同一个问题，我非常渴望能够在实战中检验自己。

我们的劳军长说，请你用一句话概括你对特种兵的理解。

耿恒志说，人所不能我能。

我们的劳军长说，如果你不反对的话，我将建议你留在特种兵大队工作，但是我不能承诺给你很高的职务和优厚的待遇。

耿恒志说，我吃饭需要一只碗，睡觉需要一张床。如果能满足这个条件，我将在特种兵大队落地生根。

我们的劳军长说，我们将给你提供一只吃饭的碗和一张睡觉的床，那是用特种兵大队的精神铸造的。

八

我相信你已经看出来了，这个耿恒志对于我们这些特务连老兵有着怎样不同寻常的意义，这个年轻人形象特征酷似耿尚勤，而精神气质却与陈骁一脉相承。这么多年来，冥冥中一直有一面看不见的旗帜在引领着耿恒志，学业优异，报考军校，分配在特种兵大队，而我坚信不疑，这面旗帜就是陈骁。

你能猜得出来从特种兵大队回到军部宿舍之后，我做的第一件事是什么吗？

我回到军部宿舍之后所做的第一件事就是打开我的那个用炮弹箱子做成的箱子，我把我的细软统统翻了出来，摊了一床，扔了一地，然后我在角落里找到了一个红绸子包袱，并把它打开。

我找到了那顶军帽。我在写字台上垫了一张用于绘制大幅作战地图的雪白的一百五十克胶版纸，然后把军帽放在上面，轻轻地抖动，翻过来覆过去地抖。

你知道我想做什么吗？

其实刚开始的时候我也不知道我想做什么，后来我才明白，我在找一样东西，我在找头发，耿尚勤遗留的头发。

可是，我没有找到任何东西。里里外外都找遍了，还是没有。我又一次想把这顶军帽剪开，看看里面有没有什么内容，可是后来我再次打消了这个念头。

什么东西也没有找到，让我感到失望，也很生气，我攥着帽檐使劲地拍打，还是一无所获。

我扔掉军帽，躺在乱七八糟的床上，回顾我在猎豹基地的所见所闻，历历在目，恍如隔世。

这一切难道都是巧合吗？那也太不可思议了，巧合太多了就成了神话了。如果说我原先还对耿恒志是耿庆丰之子半信半疑的话，那么，当耿恒志出现在特种兵大队之后，打死我我也不会相信他是耿庆丰的儿子了。他是谁呢？这个答案就在陈骁的心里。

现在我似乎明白了许多事情。想当年，我和武晓庆去湖北船儿冲的时候，耿尚勤的母亲就无意中流露，有人暗中资助那个孩子，而且还是两个。我当时就怀疑，这两个人，一个是段红瑛，一个是陈骁。如果是这两个人同时资助这个孩子上学，你还能相信这是希望工程吗，你还能相信那个孩子是耿庆丰所生吗？那就活见鬼了。

陈骁说过，当年从黑三角缉毒剿匪前线回来之后，他曾经去找过段红瑛，他说没有找到是撒谎，我能理解他撒谎的良苦用心，他是为了保护那个孩子。我有理由相信，他找到了段红瑛，正是因为他把一切都大包大揽了，所以后来每当我提出要去找段红瑛的时候，他都拐弯抹角地阻拦。我甚至有理由相信，就是他替段红瑛出谋划策，把那个孩子巧妙地送到湖北船儿冲，送到耿尚勤父母的手中。有些情况连耿尚勤的父母和哥嫂都蒙在鼓里，而陈骁却是自始至终了如指掌。

耿恒志就是耿尚勤的孩子，这个指认像电流一样击中了我，使我深陷其中，不能自拔。

　　我推测，陈骁和段红瑛从两个不同的方向，带着两个不同的目的，资助了这个孩子。陈骁跟踪了这个孩子成长学习的全过程，并且不露痕迹地校正着他的方向。终于，这个孩子长大了，读了高中，考了大学，一定又是陈骁暗中点拨，把他引到了军校，直到二十世纪最后一个秋天，他来到了我们新组建的特种兵大队。

　　你一定看出来了，这个叫耿恒志的年轻人胜利了，他不仅顺利地通过了我们特种兵大队特殊人才的考核，而且出乎意料地得到了我们集团军劳国梁军长的赏识，他的起点比他的前辈要高得多。

　　我高兴啊，我替耿恒志高兴，也替陈骁高兴，更替耿尚勤高兴。我坚信不疑，耿恒志就是耿尚勤的孩子，而陈骁无疑就是耿恒志的教父。耿恒志在应对考核中的表现，既有耿尚勤的遗传基因在起作用，更能看见陈骁的痕迹，那不卑不亢的态度，那从容不迫的神情，那胸有成竹的自信，简直就是陈骁的翻版。天知道，这些年来陈骁是通过怎样的方式，一点一滴地灌输着养育着这个孩子！

　　我知道我现在还不能暴露他的身世，也许他自己也不知道他的身世。如果我们不能给耿尚勤恢复荣誉，也许我们永远都不能把耿恒志的身世大白于天下。

　　然而，一种强烈的力量驱动我，我要证实他的身世。靠什么呢？头发，我要找到耿尚勤的头发，哪怕是一根。我知道现在的医学技术有了神速的发展，一根头发就可以做亲子鉴定。至于为什么要这样做，这样做有什么后果，我不管。我要亲自证实耿恒志是耿尚勤的亲生儿子，然后，我要做我该做的事情。

　　可是，我徒劳了一个上午，也没有从耿尚勤遗留的军帽里找到一根头发。

　　那天，在乱糟糟的床上心乱如麻地躺了一个多小时，最后我放弃了，从床上一骨碌爬起来，把零碎的衣物塞进箱子，然后给陈骁挂了个电话，我打算把我的判断和盘托出，我将要求陈骁无条件地告诉我全部事实的真相。

　　电话很快就挂通了，陈骁在那边说，喂，喂，牟卜吗，牟副处长吗，你怎么啦？

奇迹就在这时候发生了。

我没有理睬陈骁，我的目光在这一刻定格在我的写字台上，定格在写字台上一百五十克的胶版纸上——在那顶被我揉得皱皱巴巴的军帽下面，在军帽的外圈棉布和内层皮革之间，露出了一截不到两毫米长的头发茬。

我的心跳骤然加快，我不顾陈骁在电话那头一连声地喊叫，二话没说就挂上了话筒，然后，然后……我小心翼翼地从抽屉里找出了小镊子，小心翼翼地找出了小剪子，小心翼翼地剪了一块白纸，小心翼翼地捏住了那根头发茬子。

啊，足足有两公分长。这正是二十年前我们出征黑三角的时候，我们的阚大门师长给我们规定的头发长度。

我把这根头发小心翼翼地放在白纸上。

我拿起了放大镜。天啦，这是谁在帮助我？我只能理解是耿尚勤。耿尚勤在我最需要他的头发的时候显灵了，送来了他的头发！众里寻他千百度，蓦然回首，那人却在，光线模糊处。

你知道这根来之不易的头发的价值吗？

这是真正的千钧一发！

终于有了一根耿尚勤的头发，我反而冷静了，反而不急于用它去鉴定耿恒志的身世了。冥冥中，我预感这根头发可能还有更重要的作用，至于是什么时候起什么作用，这个时候我还不是太清楚。

九

一个人一辈子有多少秘密，天知道。这个问题就像问一个人一辈子要吃多少粮食要喝多少水一样。隐私是我们生活的重要部分，越是生命质量高的人，隐私就越多，似乎隐私越多，生活就愈加丰富。

我说这话是什么意思呢，什么意思也没有。我是想说，陈骁这个人的秘密太多了。我不得不承认，保守秘密、秘密做事是一种本领，能够把秘密的事情做成，做得滴水不漏，更是出奇之人。

我在集团军干部处工作一年之后，过足了政工干部的瘾，又有点想入非非。说实话，当干部处副处长并不是我的最佳选择。只要我耐着性子坚持，干部处长的位置也是指日可待，这是多少人梦寐以求的职位。手握大权不说，沿着这条路走下去，前程辉煌。当过军官的人可能都知道这样一个事实，凡是在干部部门主官交椅上坐过的人，几乎没有不提升的，除非犯了错误。

但是我渐渐地失去了兴趣，我不适合做人的工作，尤其是不适合做有权力的工作。我多次问自己，我要权力干什么？我能使用这些权力做我自己想做的事情吗？不能。我能用这些权力做我自己能做的事情吗，还是不能。权力是双刃剑，一方面它能给我们带来好处，另一方面，它在给我们带来诸多方便的同时也会给我们带来危险。如果我小心翼翼地使用这些权力，我就必须放弃我自己的许多意愿，我会为了保护这权力而丧失自我。如果我不能小心翼翼地使用这些权力，那么这些权力很快就成为绳索，捆住我的手脚。

有一次陈骁到军部开会，休息的时候我们两个人在办公大楼前面散步，我把我的想法告诉了陈骁。陈骁说，你牟卜真的与众不同啊，思维出奇。

我说，没有什么出奇的，我觉得一个人还是应该做自己力所能及的事情。这也是你教导我的。

陈骁说，其实你最适合当干部处长，因为你能够正视权力的危害，所以也就不会滥用职权。

我说，我不能为了当一个称职的干部处长，就扭曲自己改变自己。

陈骁说，那你想干什么，难道你想当和尚，不食人间烟火？

我说过去耿尚勤帮我分析过，他说我是创造性人才，独立创造可以，混迹人间不行。武晓庆是竞争性人才，独立创造不行，混迹人间可以。

陈骁说，我看你这个干部处的副处长当得很好啊，锦绣前程在向你招手，怎么就突然不想干了？

我说干得很好的是牟副处长，可是委屈了我牟卜。

陈骁仰起脑袋看天，突然打了一个喷嚏，然后揉着鼻子说，好，你牟卜大彻大悟，看破红尘。你的事情你拿主意，老班长不再指手画脚了。不过，依我之浅见，你恐怕当不了作家，也当不了科学家。你怎么独立创造，独立创造什么呢？

我说我想搞研究。

陈骁笑了，哦，你想做学问啊，那我不打击你的积极性。

我说你也说过，人的历史其实就是一部奋斗史，也是一部选择史，我还是想选择我自己想做和能做的事情。

陈骁说，可是这个选择往往不是单向的，你选择了一种职业，那种职业还不一定能够选中你。你要慎重哦。

我说那就听天由命了。

那次跟陈骁探讨之后，我又思想斗争了很久。终于有一天，我向黄嘉平提出了调动工作的申请。

黄嘉平听了，嘴巴大张着半天没有合拢。黄嘉平说，你是怎么回事，难道在干部处不顺心吗，难道工作中遇到了难题，难道被首长批评了，难道是我委屈了你？

我说都不是，我不适合长期做机关工作，我想搞研究。

黄嘉平说，你研究什么？

我说我研究战争中的哲学问题。

黄嘉平说，战争中的哲学问题是个什么学问？

我说，这很复杂，战争哲学问题包括战斗力的形成、战斗力的使用、战斗力的结构、战斗力的强化、战斗力的消失、战斗力的毁灭，等等。战争哲学就是战争中一切学问的总和。

黄嘉平说，前所未闻，只能说我孤陋寡闻了。

我说，不是处长孤陋寡闻，其实我也是知其然，不知其所以然。所以我想研究。

黄嘉平沉吟了一会儿说，你是开玩笑吧，这样的玩笑你今天开了就开了，出去可别乱说啊。

我说我是认真的，我已经跟军区编研室的冯主任说过，他也愿意调我。处长劳驾你在政治部首长面前帮我说说，成全我吧。

黄嘉平半天没有吭气，好大一会儿才说，这真是老革命遇到了新情况。我在机关这么多年，还没有听说过一个干部处的副处长主动辞职去当一个什么研究员。牟卜，你不会不知道，干部调整工作马上又开始了，我可能不会在干部处待得太久了。

我说我知道，你要提拔到二十七师当政治部主任。

黄嘉平笑笑说，现在还是在酝酿阶段。不过，我不会老是堵在你前面的道路上。你能不能再等一等，干吗那么心急火燎的？

我说处长你误解了，我不想当干部处长。

黄嘉平见我态度严肃，知道我不是信口开河，但是他还是感到困惑。我理解这种困惑，在我们这块土地上，居然还有不愿意升官的人，确实是稀有动物。如果不是我自己提出来的，而是别人向我提出来的，恐怕连我自己一时半会都不好接受。

黄嘉平说，那个研究员是个什么级别？

我说，可大可小。我不在乎级别，只想做事。

黄嘉平说，好吧，我知道了，我再想想，你也再想想。

十

在等待调动的日子里，我接到陈骁的电话，他问我，五一放假能不能陪他到山里去一趟。我问，山里是哪里？陈骁说，山里就是山里。我说不去。陈骁说，我们去见一个老朋友，我想来想去，只有你跟我一起去最合适，因为这个人认识你。

我冲口而出，苏晓杭？

陈骁说，是的。

我说那好，五一你派车来接我。

五月一日，陈骁先是把我接到猎豹基地，在基地简单地吃过午饭，陈骁换了便衣，带上地图，自己开车，我们便向西进发了。

出了水冶山脉，拐了一个弯，径直向南，大约走了四十多公里，路面由宽渐次变窄，最终成了碎石路，这就进入太行山主峰区域了。但见公路两边阡陌纵横，水网稻田星罗棋布，农家男女唱着山歌栽秧耕田，牛羊鹅鸭摇头晃脑散漫其中，点缀出太行山五月乡村的悠然自得。我和陈骁都是第一次到这里来，没想到太行山的深处，这中原的大山沟壑里，还有江南的景致，顿时就觉得神清气爽。再往前走，视野收敛，目力所及的是天穹下一溜黛色的山脊。车子七转八绕，倏然拐过一个山根，几乎就在瞬间，一种异常的感觉扑面而来，好像是从芸芸众生闯进了另一番天地。回首去看刚刚走过的山根路口，竟疑惑那是两重境界的门户。

走到一个山根下，陈骁把车停下，说前面没路了，得徒步。

我只好下车。陈骁自己拿着地图，像是指挥作战行进，却把一个大包从后备厢里拖出来，交给我背着。

我说陈大队长，你得找准感觉，这可不是当年在103医院了，我堂堂的牟副处长，即将的牟研究员，好歹也是个知识分子，你不能还把我当狗腿子使用。

陈骁停住步子说，那你说，我给你当狗腿子合适不合适？

我说，你干吗要背这么大个包啊，难道是粮草？

陈骁说，山高路远，来一趟不容易，多带点东西。

我不吭气了，背着大包气喘吁吁地跟着陈骁前进。

爬了一段坡路，向东南方向绕过一个山腰，大约走了里把路，眼前豁然开朗，下午两点钟的阳光从树梢上斜斜地落下来，在附近的山坡上溅起斑驳的光晕。一条小河宛若飘带，似乎是从山根的竹林里款款而来，在两山之间一块隆起处挂成一道瀑布，阳光就在这瀑布上描绘出大大小小的虹环，扑朔迷离。瀑布上游横一道毛竹扎成的排桥，宽约四五尺，长约四五丈。

过了桥，陈骁对照地图，指着远处山沟里的一片村庄说，到了，前面就是陀螺村。

我说，这里看起来还真像世外桃源人间仙境。就凭这景色，我就觉得这是个修身养性的好地方。苏晓杭在这里养病，首先就把心情养好了。

陈骁说，桃源虽好，红尘难离啊！让你牟卜在这住一个星期你可能感到新鲜，住半年你试试。

我说，那是，我是个凡夫俗子啊。可是我干吗要在这里住半年？我又没有患上汉谱诺综合征。

到了陀螺村，拐过两个巷子，只见一幢高墙大屋耸立在山根上，房后苍松翠竹掩映，正房雕梁画栋，院落宽大明净，院墙上还爬着丝瓜藤叶，一片春意盎然。见有人来，先是出来一个老妪，探头看看，又转身回屋了。再出来一个老翁，鹤发童颜，眉高眼深，站在廊檐上，看见我和陈骁，微微点了点头，算是打了招呼，说了句，屋里请吧。

显然，事前陈骁已经安排好了。

置身陀螺村，我有些恍如隔世的感觉，似梦非梦。进了正房大厅，又是耳目一新。这是一间古色古香的堂屋，所有家具都显得陈旧，但黄亮如金，飞鸟盘龙雕刻极其精美。这都是乾隆时期的黄花梨，这一套家具，应该是很有价值的。我没想到在这个穷乡僻壤，还有如此阔气的家居，可见世界之大之奇。

老翁说，是来看晓杭姑娘的吧？

陈骁答道，正是。

老翁说，跟我来吧。

陈骁率先，我在其后，无语地跟着老翁，出了堂屋，绕到房后，从后墙小门出去，又是一条羊肠小道，拾级而上，不久就看见了一个亭子，一个盛装的女人坐在那里，走近一看，果然是苏晓杭，不是我想象中的风烛残年的样子，当然，也不再是当年那个风姿绰约演唱《远航的军舰》的漂亮的海军女军官了。苏晓杭似乎化了淡妆，脸上有些红色。看见我们来了，苏晓杭站起来了说，啊，牟卜，二十年了，没想到还能见到你啊！

我说，有我的老连长，什么人间奇迹都能发生。我把陈骁交给我的那个大包从肩头上卸下来说，苏晓杭，我可是又给你当了一次狗腿子啊。

苏晓杭搓着手，连声说，谢谢，谢谢。

老翁说，好，这份礼物来得好啊，两个军官，如日中天，生日送礼，阳气沸腾，晓杭姑娘的病又要好了两成。

我和陈骁对视一眼，我困惑而陈骁微笑。陈骁说，我来迟了，当特种兵大队长我不称职，当男人我也不称职。

说话间老翁已经把我扛来的包打开了，原来都是食品，居然还有一块硕大的蛋糕。苏晓杭颤抖着说，陈骁，真难得你们想得这么细，过这么一个生日，我死而无憾了。

老翁说，孩子，你说这话我不爱听，你的病见好，我可是要看着你活蹦乱跳地离开陀螺村啊！

坐下来我才知道，原来这一年多，在陀螺村这个名叫桑谯的老中医的

351

调理下，苏晓杭的病情已经有所好转，今天路上陈骁跟我说苏晓杭病情反复，是往好的方向转化。

但是，苏晓杭再也不是二十年前的苏晓杭了，尽管强作欢颜，但是仍然骨瘦如柴，憔悴苍老。苏晓杭面前的石桌上放着一块画板，旁边还摞着一叠画稿，竟然是国画，崇山峻岭，苍松翠柏，鱼水花鸟。

我有点惊讶，问苏晓杭，我记得你是学油画的，怎么又画起国画了？

苏晓杭说，我现在的心态，比较适合画国画，寄情于山水之中，超脱于红尘之外。

陈骁说，那年我从"山涧斋"买了你的一幅画，我就知道你的心态了。画油画的，素描功底和造型功底好，改画国画，更有深层次的韵味。

苏晓杭说，我只是随心所欲地画，倒是没想那么多。

陈骁说，要的就是随心所欲，随心所欲既是一剂良药，也是一种超凡脱俗的境界。晓杭，你在这个地方养病，倒是合适。

我对陈骁说，老哥，别有一番滋味在心头吧？

陈骁说，感慨万千。

苏晓杭说，不仅老了，还病了。

我对老翁说，大爷你知道吗？眼前的这个人，在二十年前是我们陈大队长的初恋情人，她像太阳一样照亮了我们陈大队长的青春，也像太阳一样照亮了我们的北兵营。

陈骁说，别挖苦我，都怪我，没有保护好她，我在不该退却的时候退却了。

苏晓杭说，还是我自作自受吧，你们今天来看我，对我就是天高地厚了。

陈骁说，你没有错，女人的软弱不是错，男人的退却才是错。晓杭你知道吗？那次我到省城找你，确实是做好了打仗的准备的，一路上我想了很多方案，但结果只有一个，就是把你夺回我的身边。哪怕身败名裂，哪怕放弃一切，可是，可是……我最终没有……我最后是摇摇晃晃地回到部队的。

苏晓杭说，你是要干大事的，犯不着为一个女人把自己弄得伤痕累累。

我一看话题沉重，赶紧搅乱说，不说了不说了，都是年轻时候的事了，老连长你现在对苏晓杭还是一往情深，说明你这个男人还不全是没心没肺的。

陈骁说，牟卜你什么意思，我什么时候没心没肺啦？

我说，那我就不说了。今天这个活动有意义，我们以特殊的方式来为苏晓杭同志庆祝生日，唯一的心愿就是祝晓杭同志早日康复。有一首歌叫什么，再过二十年，我们再相会，下面是什么？

陈骁说，人生易老天难老，岁岁重阳，今又重阳，战地黄花分外香。

我说陈骁你胡扯，歌词不是这样的。

陈骁说，谁告诉你我背诵的是歌词，我背诵的是毛主席的诗词。

我问苏晓杭，你记得《年轻的朋友来相会》吗？

苏晓杭说，我是业余歌手，那几年这首歌正流行，我怎么能不记得？她站了起来，先说后唱——年轻的朋友们，我们来相会，荡起小船儿，暖风轻轻吹，花儿香，鸟儿鸣，春光多明媚，欢歌笑语绕着彩云飞……

陈骁说，牟卜，把蜡烛点上，让我们合唱一首歌，为苏晓杭早日康复，高歌一曲。

此时已是傍晚，西方的天穹腾起了金红色火焰，在陀螺村这个大山深处的小小山峦铺了漫山遍野的瑰丽。陈骁起了个头，我和苏晓杭跟着唱，啊亲爱的朋友们，让我们自豪地举起杯……再过二十年，我们来相会，花儿想，鸟儿鸣，春光多明媚，欢歌笑语绕着彩云飞……歌声从亭子里飞出，掠过山脊，掠过树梢，飞向遥远。

这一瞬间，阳光明媚，我看见陈骁和苏晓杭都是热泪盈眶。

十一

二十一世纪第二个春天，我们集团军的特种兵大队被升格为快速反应陆战旅，俗称快反旅，陈骁任旅长。陈骁在担任快反旅旅长，也就是他四十三岁那年同苏晓杭结了婚。

说实话，我对陈骁的爱情和婚姻一直持保留意见，我不认为这是完美的婚姻，我认为陈骁可能是被一种莫名其妙的理念所诱导，一步一步地走到了今天。但是我还是带着安晓莘去庆贺了，还参加了陈骁组织的小范围典礼。

安晓莘倒是很理解，甚至对陈骁很敬佩。

在前往陈骁和苏晓杭新居的路上，安晓莘说，陈骁这样的男人不是一般的男人，这个男人不仅有事业心，还有高度的责任感。他和苏晓杭的爱情始于倾慕，成熟于相知，结果于包容。雨果说，这个世界上，最宽阔的是大海，比大海宽阔的是天空，比天空宽阔的是人的胸怀。牟卜我问你，如果我是苏晓杭，你能对我这样吗？

我语塞。我搜肠刮肚半天才说，你的这个课题太深奥了，这不是用语言和文字就能回答的。回答这个问题需要时间。

安晓莘说，你在回避。

我说我是在回避，我不想用沉重的问题搅乱我的心情和生活。什么事情都不是一成不变的，我不能保证我有陈骁那么宽阔的胸怀，但是我能保证我给你当一个好丈夫。你不能要求每个男人都像陈骁这样对待女人。

安晓莘说，是啊，陈骁只有一个。

我说，牟卜也只有一个。

那天出席婚礼的，都是特务连的老人，其中有王晓华夫妇、祝生珉夫妇、武晓庆夫妇。

我担心阚尽染会幸灾乐祸或者讽刺挖苦，因为现在的苏晓杭同阚尽染相比，一个在天上，一个在地下。阚尽染这年也快四十岁了，不知道武晓庆是怎么伺候的，阚尽染比二十岁的时候要漂亮得多，身材反而比过去苗条了，连肤色都向好的方向发展，红润健康，真有点光彩照人的样子。相比之下，苏晓杭就逊色了，虽然化了点淡妆，还是掩饰不住久病的憔悴，皮肤干皱，基本上看不出当年的漂亮了。

但是我的担忧多余了。

那天陈骁显得很幸福，陈骁的幸福不是强作欢颜，而是实实在在的。陈骁挽着苏晓杭的胳膊对我们大家说，什么叫来之不易，我现在体会出来了。从爱情的质量上讲，追求二十年和追求两年是有很大区别的。我前半生在追求苏晓杭，我的后半生就靠我的妻子了。我们将相依为命，直到永远。

苏晓杭说，我是把我的幸福建立在陈骁的委屈上面，我能为你做什么？

陈骁说，嫁给我，就是给了我一个家，就是为我做了天大的事情。从今往后，我们就是一个战斗小组，我再也不是孤家寡人了。

阚尽染说，晓杭姐，我太羡慕你了，你嫁的这个人，是个真男人。

王晓华说，什么话，难道武晓庆不是真男人？

武晓庆说，陈骁，我也太羡慕你了。走遍全世界，五朵金花之魁只有一个，只有我们的特务连老连长陈骁独占鳌头。

我说话了，我说一个男人爱一个女人并不难，难的是只爱一个不爱两个，更难的是二十年如一日不改初衷，只爱这个不爱那个。

其实我的心里还有一句话，经年累月地爱着一个并不可爱的人，难上加难。但是这话我当然不能说，我只是在心里替陈骁惋惜。以后的漫长岁月，陈骁将与这个脱去了美丽外衣的干瘦的女人一同度过，他无疑要为她做出很大的牺牲。我不仅为陈骁惋惜，甚至为我们的快反旅惋惜。我认为我们的快反旅应该有一个光彩夺目的旅长夫人。但是我的妻子安晓莘不这么看，安晓莘认为，苏晓杭出任快反旅的旅长夫人，简直是天时地利人和。至于为什么，她说是天意。

祝生珉的老婆阚层林说，爱情还是初恋好，陈年老酒，历久犹香。

祝生珉说，我以老大哥的身份谈谈切身体会。第一，婚姻就像电焊，焊上了，就不要来回动它；第二，婚姻就像做生意，投入越大，利润越高。

阚尽染不满地打断她姐夫的话说，老祝你胡扯什么，大喜的日子扯什么生意经，你老糊涂了吧？

阚层林抗议道，你姐夫有没有老糊涂，我比你清楚。你姐夫他说的是大实话。以新婚为起点，陈骁和晓杭的幸福源远流长。

陈骁说，谢谢。谢谢大姐。

我的妻子安晓莘此时已是 103 野战医院的副院长，在我调动到军区编研室工作的问题上，她无怨无悔，坚决支持。我的妻子在陈骁和苏晓杭的婚礼上发表了独特的宣言——热爱自己的妻子是每个男性公民应尽的义务。在座的男士们，热爱你们的妻子吧，就像热爱你们的祖国！就像陈骁热爱苏晓杭！保证你们的妻子不受苦不遭罪，就是保证你们的祖国繁荣昌盛。

安晓莘的宣言得到了普遍的拥护，虽然人不多，但大家还是鼓了掌，阚尽染还热烈鼓掌。

十二

这一年我在军区编研室当研究员，写了几部专著，是关于战争哲学问题的。说实话，这是一门莫名其妙的学问，内涵五花八门，应有尽有。我想，大概就是因为这门学问芜杂，才使我兴趣盎然。我关注的当然不是我跟黄嘉平说的诸如战斗力的种种，我关注的是战争的起源和末路。

通过几年的努力，我先后找到了军区报社的副总编辑吴梦利、当年参加黑三角缉毒剿匪战斗的武警某部原排长李建华、楚洪地区某县武装部的王海峰、县民政局退休干部任德法，最后，我找到了边境上的东那村。

我终于找到了耿尚勤。

事实的真相与我的推测大致吻合，叙述起来并不复杂。

在当年黑三角环形高地战斗中，由于毒匪火力太猛，耿尚勤确实是在我的副班长何区别等人牺牲之前就离开了毛竹升降机，他凭借高超的攀登功夫登上了绝壁，反手向毒匪的火力点扔进了集约炸弹，炸弹爆炸后，耿尚勤被震昏了，在他栖身的那块鹰嘴岩上躺了三个多小时，等他苏醒过来，部队已经向纵深开进。耿尚勤找不到部队，孤身一人向北走，路上遇到友军李建华等三人，补充了一点药品和干粮，就同这三名战友分手了。

我不知道耿尚勤是在当天夜里找到东那村的，还是在第二天早上到达的。据王海峰说，这些年，先后有六个人前来寻找那个姓耿的战友，其中有两名女的，四个男的。

东那村村民全佑民知道点情况，王海峰把全佑民写的一份材料传真到我手里。材料称，二十三年前的那天春天的清晨，全佑民和妻子开门出工，看见门前躺着一个浑身血污的军人，他们被吓坏了，因为身处边境，他们弄不清这个军人的身份，便去喊村干部。可是那天没有找到村干部，而等他们回来，那个军人已经无踪无影了。

　　我分析，先后去寻找耿尚勤的人当中有陈骁，也可能有王晓华，还有可能有马学方。但是王海峰说有四个男的，我无论如何想不明白这第四个可能的人是谁，不可能是武晓庆，也不可能是张海涛，难道会是耿尚勤的家人？

　　两个女的我大致能够判断出来，一个是吴梦利，一个是段红瑛。吴梦利来寻找耿尚勤，是职业使然；段红瑛来寻找耿尚勤，是什么动机，可能就比较复杂了。

　　这一年的夏天，我利用工作之便，去了东那村。我亲眼见到了全佑民夫妇，这是一对年过六十的老年夫妇，他们听说我是来寻找当年失散的战友，麻木的脸上没有什么表情。我向他们详细了解情况，他们说的和我已知的情况差不多。但是，我从他们闪烁的眼睛里捕捉到了一个重要信息——他们说的并不全是真话。

　　我反复问他们，那天他们去找的村干部是谁，他们一会儿说是村长全聚德，一会儿说是村支书苗甄三。作为一个前特务连长，我很快就发现了蛛丝马迹，也大致判断出了其中的隐情。

　　后来我采取了分头突袭的办法，先跟全佑民谈，让他介绍那天见到那个身负重伤的军人的前前后后，包括此前此后他们自己的情况，我问得很细，每一个细节都不放过，他每说一个细节，我就要他再三重复，再三确认。等他谈过之后，我不等他们夫妇见面，紧接着找他老伴谈，也是同样的内容，同样的方式。不到两个小时，我就得到了两个完全不同的版本。

　　这一天，我就住在东那村村委会的一间破旧肮脏的接待室里，下午我在村里东游西逛，随便找人聊天。我还到全佑民家里看了看，里里外外都看了。这时候我发现全佑民夫妇明显露出惊慌的神色，我的心里越发有底了。

　　第二天上午，我把东那村原村支书苗甄三和原村长全聚德以及现任村长支书都叫到全佑民的家里，然后我给他们讲了一个故事——

　　在不久不久以前，在西南边境密西西那河流域，发生过一场缉毒剿匪战争。在一次战斗中，一名英雄老兵为了保障主力部队突击，只身登上绝壁炸毁了对方的火力点。任务顺利地完成了，但是我们这位英雄的老兵也被炸昏在山腰。等他苏醒过来，部队已经撤离。这位英雄老兵不知道部队现在何方，但是他看到了北斗星，他沿着北斗星指引的方向，回到了生他养他和他所热爱的土地，最后，他来到了东那村。

有幸的是，他遇到了一家善良的村民，不幸的是，他遇到了一对虽然善良但是又贪点小便宜的夫妇。这对村民夫妇本来打算报告村里，本来打算挽救这个老兵的生命，可是，他们发现这个老兵身上有二百六十元钱，有一百斤全国通用粮票，这时候，他们起了歹意，他们没有向村干部报告，他们后来谎称没有找到村干部，谎称等他寻找村干部回来之后，那个英雄老兵已经不见了。而事实是，他们杀害了那位英雄的老兵⋯⋯

我的话还没有说完，就听扑通一声，满头白发的全佑民跪倒在我面前，操着一口叽哩嘎拉的南方话，拖着哭腔，大喊，冤枉啊冤枉，我们没有杀害他啊，我们看见他的时候，他已经断气了，他已经死了啊⋯⋯苍天作证，冤枉啊，我们要是撒谎，老天有眼下雷劈了我们吧⋯⋯

我说是该劈了你们，但不是老天爷劈你们，而是法律！

原来的村长全聚德稀里糊涂地问，啊，你们见到他的时候他真的死了？可是你们后来为什么说不见了，死人还能走路啊？

我说不是死人走路，而是他们老两口把我们的英雄老兵悄悄地埋了。你们说是不是？

全佑民说，是是是，你说的是。

我说你们把那两百六十元钱贪为己有了是不是？

全佑民磕头如捣蒜说，是是是，你说的全是。那时候穷啊，穷得揭不开锅。

我说，你起来吧，听我给你分析分析。说你们杀害耿尚勤，这是我的第一次推理。我的第二次推理，不是你们杀害的，而确实如你们所说，你们见到他的时候，的确打算报告村干部，你们也的确去找了，并且村里已经有人知道你家门前有一个身负重伤的军人，所以说，可能你们真的没有杀害英雄老兵。但是你们去找村干部回来，发现英雄老兵已经断气，你们掏了他的衣兜，发现有二百六十元钱，这时候财迷心窍，你们顿生歹意，留下钱财，而把英雄老兵扛到后山埋了起来。两个小时后，村长全聚德赶到你们家询问负伤战士在哪里，你们欺骗村长说失踪了。村长以为这位老兵继续寻找部队了，也就不再追究了。

全聚德说，牟同志你说得对，我不仅在那时候认为他去找部队去了，就是刚才，在你没有说出真相之前，我还是认为那位同志后来去找部队去了。

全佑民说，牟同志，牟干部，牟首长，你说的句句都是实情，我们没有杀害他，我们只是贪了点小便宜。我有罪，我该死，这都是我做的，我老伴一点儿都不知道，要打要杀就我一个人吧！

我说你他妈的还很仗义呢。我跟你说，说你只贪财没杀人，这只是我个人的推测，与法律无关。至于你的行为是个什么性质，恐怕还要公安机关和法律部门认定，你就等着吧！

我到东那村，是个人行为，当我把结果弄清之后，就必须走法律程序了。通过王海峰，我们向当地公安部门和检察部门报了案。事实上侦破工作早在我们报案之前就展开了。经过公安机关的反复审讯和技术侦察，确认耿尚勤牺牲在前，全佑民夫妇匿财埋尸在后。

审讯全佑民的时候，我问全佑民，你把那二百六十元钱昧起来也就算了，为什么隐瞒耿尚勤来到东那村的事实？

这个被吓坏了的可怜虫说，我怕调查啊，一调查，那钱就不是我的了，反正他已经……已经……死了。

县里的同志押着全佑民，把我带到掩埋耿尚勤的那个山坡上。山坡上有一棵树，杂草丛生，荆棘遍地。全佑民用铐着的双手扒拉了一阵，从乱石堆里清理出半块埋得很深的磨盘，跪在地上看着我说，就是这里。

十三

离开楚洪，我直接回到了我的老部队，首先到猎豹基地去了一趟。在陈骁的办公室里，我对陈骁说，我去了楚洪的东那村。

陈骁哦了一声，平静地看着我，等待我的下文。

我说，有些事情啊，你可以不告诉我。但是，有些事情，我必须告诉你。

陈骁问，你是不是去找耿尚勤了？

我说，是的。

陈骁问，找到了吗？

我说，没有找到我会来找你？

陈骁又沉默，过了很长时间才说，你认为时机成熟了吗？

我说，万事俱备，只欠东风了。

陈骁静静地看着我，看了一会儿，站起身，缓缓到书柜前，抽出一本书，哗哗地翻了几页，放回原处。又抽出一本书，哗哗地翻了几页，再放回原处。我看得出来，他的手微微颤抖。陈骁说，啊，是啊，时机终于成熟了，这一天终于来到了。

我说，这一天终究要来到，这一天一定要来到，这一天，现在来到了。我们还等待什么？世界上从来就没有什么救世主，也不靠什么神仙皇帝。耿尚勤已经没有发言权了，他在九泉之下，死不瞑目，他在看着我们呢。

陈骁不说话了，也不看我，而是仰脸看着天花板。看了一会儿他说，牟卜，我带你去见一个人。

我说，如果是去见段红瑛，那就免了。

陈骁没有表情地说，跟我走吧。

陈骁领我去的，是猎豹军官训练中心。

我没有看见人，只看见一个镭射投影屏幕。陈骁给训练中心的一名女中尉交代了几句，不多久，屏幕上就出现了画面。这是一场演练的录像。

这次演练的背景是，由 241 师步兵二团并加强一团的三营，配属一个数字化炮兵营、一个坦克营、特种兵大队一个连，同时以三团两个营为预备队，以一团一个营和师汽车营、修理营等组成二线保障基地，作为 A 军部队，防守 889 高地。

以数字化一旅副参谋长刘燕斌率领的一个营，配属一个导弹连和一个特种兵排，组成 B 军进攻部队。就数量而言，A 军的兵力是 B 军的七倍。

战斗开始后，B 军数字化部队没有按照传统的强攻佯攻方式，甚至在没有进行火力准备的情况下，就把部队以排为作战单元撒出去。从指挥控制中心的投影上可以看出，这些小分队就像一个手掌上的五根指头，异常灵活地躲避了对方的炮火拦截，各自为战，但是相互交替掩护、进攻要点衔接、利用对方火力间歇或窒息瞬间，几乎没有多少伤亡就接近了 A 军阵地前沿。炮兵和导弹都没有进行实弹射击，但按照实战要求进行模拟诸元装定和火力分配，通过以计算机为核心的评判系统的评估，在战斗第一阶段，B军导弹连累计模拟发射十二次，其中十一次精确锁定了A军通信枢纽和炮兵阵地，A军的指挥系统在战斗发起的二十分钟后即陷入瘫痪。因为这次小型演习的战术背景是B军远距离敌后作战，没有坦克，便以特种兵分队对A军坦克部队实施电子干扰，造成信息紊乱。直到B军已经兵临城下了，A军防御指挥官在指挥所里暴跳如雷，他们所指挥的坦克也没有出现，而是被B军特种兵引诱导航到B军导弹有效杀伤地域，对其进行了毁灭性的打击。B军特种分队装备了BIC魔方的WE—99型狙击步枪，累计模拟发射三百余次，正面接触的A军一线步兵分队基本上被"歼灭"，B军"伤亡"不到二十个人。

这时候我看见了那个年轻人，个子很高，瘦长，剑眉，厚嘴唇。他就是B军特种分队的连长，他带领他的部属，穿越在山岳丛林地带，从容不迫，镇定自若。

我说好啊，这孩子被你调教出来了。

陈骁说，你确认他是耿尚勤的孩子吗？

我说还记得耿尚勤的那顶军帽吗，我从那里面找到了一根头发，回答你的问题，只需要一个小小的亲子鉴定。

陈骁愣了一下，然后说，没有必要了，你的分析是对的。

我说，低估我是你犯的一个错误。不要忘记，我也曾经是特务连的连长。

陈骁说，是啊，我们成熟了，也老了，下一步就要看他们的了。

我说，这是自然规律，我们都回避不了。

陈骁说，看见了没有，我们的特务连已经装备数字化了。

我说看见了，长江后浪推前浪。

说了这话，我们重新陷入沉默，默默地注视屏幕。

战斗第二阶段，A军调整部署，主动放弃阵地，组织有生力量从侧翼向B军进攻分队迂回，同时动用预备队和后方增援部队，企图对B军形成合围态势，然而为时已晚，耿恒志指挥的特务连从不同的方向迅速收拢，利用传感器材，在指挥所的导航下，精确地绕过A军的"雷区"，安然无恙地撤离战场，仅有一个排因定位系统被"炸毁"，指挥所无法判明其准确位置，同 A 军拦截部队正面接触，打了一场短兵相接的游击战，招架不住 A 军的人海战术，"伤亡"六人，其余突围而归。

演习进行得逼真，虽然火力都是模拟发射，但是伤亡标志明显，来不得半点虚假。

陈骁问我，感受如何啊？

我说，触目惊心，也很激动。我现在想知道，段红瑛在哪里？

陈骁说，在她应该在的地方。你不是说不想见她吗？

我说我不想马上见她，我首先要去见阚军长。

陈骁说，我们一起去。

十 四

第二天，我和陈骁同行，到集团军干休所找到了胡达成。胡达成安排了一顿饭，准备隆重地宴请阚大门一次。陪同人员有陈骁和王晓华，还有武晓庆夫妇、祝生珉夫妇等人。

胡达成说，我们的老师长、老军长离休这几年，日子过得很不舒展，就像拔了气门芯的皮球，脸皮瘪了，也皱了，听说在家里经常发脾气，饭菜荤了不行，素了也不行。

胡达成给我讲了一个故事。

有一天晚饭后，我们的老军长阚大门在漳河岸边散步，看见一对小青年躲在树林里亲嘴，老爷子挥舞拐杖一通训斥，说看看你们像什么样子，耍流氓啊。

男青年一看是个年近七旬的老头子，一身中山装，像个老工人，压根儿不把他放在眼里，出言不逊，说老不死的狗拿耗子多管闲事，你才老流氓呢。一声招呼，来了一帮子恋爱中的青年，把阚大门同志围个水泄不通。阚大门一看这架势，嘿嘿一笑说，嗬，怎么着，想给老子来两招，那就上来试试。老子几年没有打仗了，手正痒着呢。

说话间就比画开了。小青年们一看这老爷子气度不凡，举手投足不像个老工人，有点胆怯，就互相推让，推让的结果是妥协，给自己找台阶下，为首的小青年说，你这个老家伙老糊涂了，不跟你一般见识，滚蛋吧！

我们的阚大门这一辈子还没有听说过有谁敢让他滚蛋，袖子一捋说，他妈的，敢让我滚蛋，你知道老子是谁？老子是阚大门！

小青年们嘻嘻哈哈地说，阚大门，阚大门是什么玩意儿？回家看你的大门去吧，这里是年轻人的天下，没你什么事！

正吵着，我们的苏阿姨苏静仪同志气喘吁吁地跑过来了，后面还跟着干休所的警卫班。苏静仪同志闯进圈子，拽起阚大门就走，边走边数落，你这么大个岁数，怎么像个孩子，还跟年轻人打架，成何体统！

阚大门一边挣扎一边反抗，嘟嘟囔囔地说，我想跟他们打架吗？是他们招惹我啊！

警卫班上来了。小青年们才知道此阚大门非彼看大门，此阚大门乃是堂堂的中国人民解放军离休干部，某集团军原军长，想当年别说平原市，在整个中原，跺一跺脚，半壁河山都得动弹。

小青年们惊出一身冷汗，对着阚大门的背影骂，您老爷子吃多了撑的，恁把年纪了，不在家里种花养狗，跑出来惹是生非，差点儿打起来了。把您老人家打坏不要紧，您有国家养着，可是俺们就惨了，不杀头也得坐牢啊！

这件事情后来就传出来了，说阚军长在家闲不住，自己跑到街上维持社会治安，胳膊上还箍着一个红袖圈。

这的确是事实。

我们集团军的劳国梁军长和徐善笠政委对此非常震惊，专门到干休所里看望阚军长，又专门拨出一笔经费，让干休所加强文体建设。干休所新建了曲棍球场、棋牌室、康乐球室等等。

但是我们的阚军长对曲棍球和棋牌、康乐球一概不感兴趣，闲来无事照样到街上溜达，遇到门口晒太阳的老哥们，就吆五喝六，拖着人家上街"发挥余热"。阚大门同志说，老子过去是敢死队，现在不能当等死队。老子的余热还热得很。

没有办法，胡达成他们绞尽脑汁，反复同老爷子谈判，只要他不上街胡闹，怎么着都行。

老爷子说，那好，七十岁以前，每个星期让我打一次轻武器射击。七十岁以后，每个月搞一次。

胡达成无奈，只好请示集团军首长。我们的劳军长和徐政委一人一条批示，同意给予阚大门每十天一次轻武器射击的申请。我们的徐政委还特意强调，必须在指定的地点指定的时间由指定人员负责组织，指定的地点就是我们二十七师特务连原先的训练场地。

我去干休所拜会老军长的那天是个好日子，是阚大门同志轻武器射击的日子。我们一干人等在干休所的会议室里聊天等待，众人的共同愿望是老爷子今天能够打个好成绩。他要是平均六环以上，那今天这顿午宴的气氛就会热烈得多。

到了十一点多，一辆奥迪车子开了回来，咣当咣当几声车门响过之后，我们的阚军长的大嗓门耀武扬威地出现了。阚大门同志说，啊哈哈，听说我的徒子徒孙们过来请我吃饭？好啊，今天我老人家跟你们喝个一醉方休。

按职务，陈骁第一个上前敬礼。陈骁说，首长，从首长的脸上，我分析首长今天至少在及格以上。

阚大门握着陈骁的手，又拍拍陈骁的脸，哈哈，陈旅长，你小子小看我了，我老人家三十发子弹打中了十三发，优秀。他妈的只跑了十七发。这个水平，当特务连长都还行，你们说是不是啊？

我们大家都蒙了，但是赶紧明白过来，七嘴八舌地说，那是那是，首长水平高底子厚。

阚大门指着身边的苏静仪说，她不行，三十发子弹跑了七十三发。

我们一听更蒙了，三十发子弹怎么会跑七十三发？但是谁也没有较真，我们乱哄哄地敬礼，乱哄哄地寒暄，乱哄哄地涌到了餐厅。

宴会开始之前，陈骁向阚大门同志汇报——阚大门同志再三纠正，是介绍而不是汇报——快反旅的情况。我在角落里问胡达成，怎么搞的，三十发子弹打了中了十三发算什么优秀，而且连环数也不计。

胡达成说，死脑筋！这是专门给老爷子制定的评定标准。他老眼昏花的，能沾边就不错了，你还指望他打环数？

我说还有一个问题，苏阿姨三十发子弹从哪里跑了七十三发？

胡达成说，老爷子诬蔑，在这个问题上，他偷梁换柱混淆黑白，他说的是苏阿姨一个月打飞的数字。苏阿姨比他打得好，但苏阿姨每次都让着他，故意打飞几发，满足老爷子的自尊心和虚荣心。

听完胡达成的话，我的心里顿时一沉。我们敬爱的阚大门同志，差点儿成了我岳父而不折不扣地成了武晓庆和祝生珉岳父的阚大门同志，真的老了。

那天阚大门同志喝了不少酒，我们大家轮流敬酒，老爷子来者不拒，茅台一杯一杯地干。我们普遍要求，老人家随意，意思意思就行了，但是老爷子红着眼睛嚷嚷说，他妈的，随意什么？随意就是随便。我老人家什么事情都可以做，就是不能随便。我老人家连死都不怕，还怕这点水吗？

阚尽染同志跟她妈妈说，你也不管管爸爸，可别喝出毛病啊！

苏静仪说，管？怎么管？你不让他喝酒，他敢喝汽油。不过不要紧，你爸爸的心脏血压都很好，半斤酒放不倒他。

我是在单独敬酒的时候把耿尚勤的事情向老爷子汇报的。我站在老爷子的背后，老爷子也站起来了，我们两个端着酒杯走到休息厅，把酒杯放在茶几上，老爷子还点了一根香烟。

我把寻找耿尚勤的来龙去脉一五一十娓娓道来。

在我汇报的工夫，我感觉到我们的阚大门同志完全不像一个离休老干部，更不像一个喝了半斤茅台酒胡搅蛮缠无理取闹的老头子，他正襟危坐，目光深邃，面无表情，胸有成竹。等我讲完了，老爷子问我，你把这件事情搞清楚了，目的是想干什么。

我说这是明摆着的，给耿尚勤恢复名誉，给耿恒志甄别身世，给特务连的历史填补空白。

老爷子红着眼睛问我，你觉得可行吗？

我说完全可行，实事求是嘛。

老爷子突然提出一个问题，你怎么就能断定东那村里埋的那个同志就是耿尚勤？

我胸有成竹地说，首长，我有头发，我有一根两公分长的头发，耿尚勤的头发。

老爷子又沉思了一会儿，看着我，突然端起酒杯，往我的酒杯上啪地一碰说，干了它！

我仰头把酒干了。

老爷子站了起来，背起手，在小小的休息室里来来回回地踱步。就在他踱步的这会工夫，我发现我们的阚军长变了，似乎变得年轻了，变得有朝气了。他的双眼似乎正在眺望着遥远的岁月，他的心中似乎在酝酿着一场宏伟的战役。他似乎又回到了集团军军长的位置上，胸有雄兵，运筹帷幄。

倏然，阚大门同志走到茶几旁边，弯下腰，把一包中华牌香烟抖落出来，摊开烟盒纸，又站起身来，从中山装的口袋里掏出一根钢笔递给我说，我口述，你记录。

我赶紧执笔待发。

阚大门同志望着窗外的流云，一字一顿地说——军区党委：某年某月某日在楚洪地区缉毒剿匪战斗中，二十七师一团特务连班长耿尚勤在执行重要任务之后失踪，悬案存疑。二十年来经多方努力，现已将事实查清，括号，调查材料及有关笔录附后，括号完。耿尚勤同志乃为国捐躯，且功绩重大，现申报为耿尚勤同志恢复名誉，请报一等功，追认革命烈士，追授一级战斗英雄称号。二十七师原特务连老战士阚大门。

我愣住了。我说，首长，你就别署名了，您给我们铺一条路，我们去跑就行了。

阚大门说，谢谢你啊牟卜。你帮我做了一件天大的事情，我必须署名。

我说那我们就一起署。

六天之后，一份由我们敬爱的阚大门同志首署的《关于耿尚勤同志的情况报告和处理意见的建议》经由我手送到了军区政治部。联合署名的人共有七十多人，除了康必绪、陈骁、王晓华、祝生珉、李开杰、黄嘉平、刘爽桥、张海涛等等，也包括我本人在内的在职在位的人，还有赵州章、武晓庆等离退休干部，以及马学方等转业干部。

尤其让我们感动的是，这件事情还惊动了集团军的首长。劳国梁军长和徐善笠政委把我们的材料要了过去，他们没有像通常那样做个批示，拟同意或者拟不同意，而是把自己的名字加了进去。劳国梁的名字署在阚大门名字的右下方，徐善笠的名字署在阚大门的左下方。

补 记

　　我不知道那天的行动是谁创意的，可能是陈骁，也可能是王晓华，还有可能是阚大门，甚至有可能是我们集团军现任军长劳国梁和政委徐善笠。反正不是我。

　　军区党委的批复下来之后，我差不多是跟着这个批复再次回到猎豹基地的。耿尚勤遗骨迁葬事宜，均由陈骁和王晓华操持，我基本上没有参与。

　　我仍然住在特务连的荣誉室里，我白天跟耿恒志交谈，我在观察这个年轻人，观察我们特务连的后代。夜里我同耿尚勤交谈，我说老哥们这回你该满意了吧，除了不能让你死而复生以外，其他的能做的我们都做了。

　　我听见墙壁发出瓮声瓮气的回音，似乎是耿尚勤在说话，他说谢谢啊谢谢。谢谢兄弟，谢谢战友。

　　我说要谢也不要光谢我一个人，那么多人，那么多年，一直都把你放在心上。

　　瓮声瓮气的墙壁说，是啊，人间自有真情在，特务连里有亲人。

　　就在那天清晨，一阵急促的哨音把我从梦中惊醒。我不知道发生了什么事情，正在犹豫我要不要参加特务连的紧急集合，门被敲开了，特务连的现任连长耿恒志全副武装地出现在我面前，向我报告说，有紧急情况，上级命令进入一级战备，特务连全部携带武器拉到 2166 高地待命。陈旅长让我向首长传达，牟研究员也参加奔袭。

　　我一跃而起，穿衣蹬鞋撒尿。等我着装就绪，全连已经整装待发了。

　　紧急命令，特务连要在一个小时内，完成了十公里越野。我当然不行，我还没有跑满三公里，就已经近乎瘫痪了。我刚想向耿恒志同志说明，想让他们先走，后面开来一辆伪装得天衣无缝的越野车。我连滚带爬上了越野车，却发现车内还坐着面无表情的阚大门。

我说，首长，我也老了，居然跟首长一个待遇了。

阚大门说，屁话！老了比死了强，不过你还不算老！

我立即闭嘴。胡达成不止一次跟我说过，这老人家近年说话东一榔头西一棒子，你要是以为他老糊涂了，那你就错了。在他该清醒的时候，他比谁都清醒，譬如在对待耿尚勤的问题上，他没有一点含糊，不光是掌握原则，而且具体到方法。但他有时候也会讲几句让你莫名其妙的话，我认为他是故意的。他老人家修行到今天，不是我们常人用常人的眼光能够看得明白的。

是在2166高地向南的一面，我和阚大门被带到了山腰，准确地说应该是山顶部分，不，更准确地说，是山峰的上半部分。我后来查看地图，从等高线上分析，我们那天站立的那个位置的高程应该是1510米左右，也就是说，我们那天的位置处在2166高地的黄金分割线上。

到了山上之后我才发现，除了我陪同的阚大门同志，在那条等高线所在的空地上，已经有很多人了。空地显然是早就平整妥帖的，中间挖了一个大坑。在大坑的东面，有一个台子，上面放着的是什么东西不知道，像个坛子，蒙着红旗。

旭日东升，朝霞满天，云蒸霞蔚，视野无限辽阔。

这是一个好地方。

我明白了，我们是在这里为耿尚勤举行告别仪式，举行安葬仪式。

我的心里突然动了一下，觉得好像缺少了什么。怅惘了很长时间，我才明白我要找的那个人是谁。是啊，不管发生了什么情况，不管经历了多少沧桑岁月，在今天这个场合，她是应该到场的。我举目四看，山坡上站满了军人，从队列的缝隙里看过去，我当真看见了另一群没有穿军装的人，那是耿尚勤的亲属，有我认识的耿尚勤的父母，还有我不认识的耿尚勤的兄嫂，还有……在那堆人群里，我还震惊地看见了我的妻子安晓莘和阚尽染，在阚尽染的身边是苏晓杭，而在苏晓杭身边的那个女人——那个身着素装的女人是谁？似曾相识，恍然如梦。

安葬仪式由快反旅政治委员王晓华主持，首先是陈骁宣读军区党委的批复——

经军区司令部政治部联合工作组调查证实，阚大门、劳国梁、徐善笠等同志反映原二十七师一团特务连班长耿尚勤同志于某年某月某日在楚洪地区缉毒剿匪战斗中，执行重要任务之后身负重伤，昏迷在战场，失去联系后顽强寻找部队，在归队途中壮烈牺牲。耿尚勤同志作战英勇，以身殉国，功绩显著。经军区党委研究决定，为耿尚勤同志荣记一等功，追授二级战斗英雄称号，追授革命烈士称号！

陈骁宣读完毕，部队默哀。

默哀完毕，陈骁命令，仪仗班出列！

刷，刷刷！

耿恒志率领一只小分队，共十名战士，手戴雪白手套，臂缠黑纱，肩扛上了刺刀的 720 式新型步枪，正步走向 1560 等高线。

枪声骤起。

图书在版编目（CIP）数据

特务连 / 徐贵祥著. — 北京：中国文史出版社，
2020.3

ISBN 978 - 7 - 5205 - 1714 - 0

Ⅰ．①特… Ⅱ．①徐… Ⅲ．①长篇小说 - 中国 - 当代
Ⅳ．①I247.5

中国版本图书馆 CIP 数据核字（2019）第 268137 号

责任编辑：蔡晓欧

出版发行：中国文史出版社

社　　址：北京市海淀区西八里庄 69 号院　邮编：100142

电　　话：010 - 81136606　81136602　81136603（发行部）

传　　真：010 - 81136655

印　　装：北京新华印刷有限公司

经　　销：全国新华书店

开　　本：720×1020　1/16

印　　张：23.5　　　字数：354 千字

版　　次：2020 年 3 月第 1 版

印　　次：2020 年 3 月第 1 次印刷

定　　价：69.80 元